Lara Möller wurde 1978 in Hamburg geboren. In ihrer Schulzeit war sie aktive Rollenspielerin. Ihre Faszination für das Rollenspiel ShadowRun und die begleitenden Romane führte schließlich zu dem Entschluss, es selbst mit dem Schreiben zu versuchen. Während ihrer Ausbildung zur Schifffahrtskauffrau und in den folgenden Jahren hat sie drei Fantasy-Romane und zwei Kurzgeschichten veröffentlicht. Die Ehrfahrungen ihrer zehnmonatigen Rucksacktour durch Australien und Neuseeland hat sie auch für eine schriftstellerische Neuorientierung genutzt. Wenn Lara in ihrer Freizeit nicht gerade an einem neuen Buch arbeitet, plant sie den nächsten Wanderurlaub.

DUNKLES SPIEL

Ein Christopher Diecks-Krimi

LARA MÖLLER

Love is patient
Love is kind
It keeps no record of wrongs
Love doesn't boast
Love isn't proud
It's light when all hope is gone

(Copyright for all Lyrics from „Credo" in this book –
Chris Harms/Lord of the Lost)

PROLOG

In manchen Nächten wachte Christopher schweißgebadet auf und roch wieder das Benzin. Dann spann seine Fantasie schreckliche Bilder zusammen. Von Feuerzeugen. Von Flammen, die ihn umhüllten.

KAPITEL 1

April 2015 – Donnerstag

Verrückt! Total absurd und skurril!

Christopher schlürfte den letzten Schluck Kaffee und stellte den Becher vor sich auf den niedrigen Tisch. Weit entfernt von seinem Laptop, auf dem er soeben eine erstaunliche Videoaufnahme angesehen hatte. Er erhob sich vom Sofa. Steif und verspannt nach der dritten Nachtschicht in Folge. Als er sich streckte, streiften seine Fingerspitzen die Decke der Gartenlaube. Trotz der beengten Verhältnisse bot seine zeitweilige Unterkunft schlichten Komfort. Auf rund zwanzig Quadratmetern drängten sich eine Küchenzeile, das ausziehbare Schlafsofa, der Tisch, zwei Sessel, ein Büfett und ein Sideboard. An den Wänden hingen handgestickte Landschaftsbilder. Durch eine schmale Falttür gelangte man in ein winziges Bad mit Dusche und Chemieklo. Ein mobiler Heizstrahler sorgte bei Bedarf für behagliche Wärme.

Er trat ans Fenster. Jenseits der Scheibe erstreckte sich ein morgendliches Idyll. Die Sonne hob sich allmählich in den strahlend blauen Himmel. Vögel zwitscherten gemütliche Melodien. Ein leichter Wind bewegte die Blätter eines Apfelbaumes. Der musste einst sehr schön ausgesehen haben. Bevor ein durchgedrehter Landschaftsgärtner mit Axt und Laubsäge über ihn hergefallen war. Klaffende Lücken im Geäst zeugten von der mutwilligen Verstümmelung. Ein Kaninchen hoppelte über den Rasen. Vorbei an den Überresten bemalter Ostereier, die Stunden zuvor in ihrer hübschen Ganzheit an einem gelb blühenden Strauch gehangen hatten. Nun lagen sie zerbröselt über das Gras verteilt. Buntes Konfetti auf dunkelgrünem Grund. Dazwischen ein silbrig glänzendes Windspiel. Das Kaninchen schnupperte neugierig am Metallständer eines pinkfarbenen Flamingos, dessen langer Hals in einem nahezu perfekten Neunziggradwinkel abgeknickt war. Der Kopf zeigte auf den Apfelbaum. Ein höhnischer Gruß. Einige Schritte entfernt lag ein zweiter Flamingo im Gras. Gartenkunst à la Rambo.

Seit dem vergangenen Herbst war der Schrebergarten seiner Auftraggeber Schauplatz merkwürdiger Vorfälle. Umgekippte Gartenmöbel, abgerissene Blumenampeln, ein entwurzelter Rosenbusch. Farbspritzer an den Wänden der Gartenlaube und des Geräteschuppens. Hundekot auf der hölzernen Terrasse. Am vergangenen Ostermontag thematisch passend eine Attacke mit rohen Eiern. Während der Winterpause hatten diese Ereignisse aufgehört. Einen brachliegenden Schrebergarten zu verschandeln, machte wohl keinen Spaß. Doch nach den ersten Frühlingstagen begannen die Übergriffe erneut. In regelmäßigen Abständen ließ jemand seinen Ärger an dem kleinen Stück vom Glück aus, das Marita Haberling und ihr Ehemann Hubert seit zwanzig Jahren hingebungsvoll hegten und pflegten. Es geschah stets nachts und nie an den Wochenenden. Zeugen gab es bislang keine. Für die Haberlings standen die Schuldigen trotzdem fest: eine Gruppe Jugendlicher, die die Schrebergartenkolonie heimsuchte, um Joints zu rauchen, Alkohol zu trinken und grundsätzlich laut und verdächtig zu sein. Marita Haberling, eine streitbare Rentnerin, vertrieb die Störenfriede regelmäßig. Der Polizei lagen Strafanzeigen wegen Sachbeschädigung vor. Frau Haberling kannte ihre Rechte. Jedes Einzelne, im Detail. Aussichten, den oder die Täter auf frischer Tat zu ertappen, gab es kaum. Der Schrebergarten konnte nicht rund um die Uhr von Beamten überwacht werden.

Vorhang auf für die Privatdetektei Kleemeyer.

Wir übernehmen jeden Fall.

Christopher gähnte. Die Welt verschwamm vor seinen müden Augen. Er rieb sich das Gesicht und blinzelte, bis Farben und Formen zurückkehrten. Die Haberlings trafen um zehn Uhr ein. Ihm blieb eine Viertelstunde, um seine grauen Zellen in Schwung zu bringen. Die Kaffeemaschine in der Küchenzeile hielt den dringend benötigten Treibstoff bereit. Er füllte seinen Becher erneut mit der schwarzen Flüssigkeit. Gab Milch und Zucker dazu. Danach öffnete er die Eingangstür. Kühle Morgenluft strömte herein. Sie brachte den frischen Duft des Frühlings mit sich. Obwohl ihn in seinem T-Shirt fröstelte, ließ er die Tür offen. Sauerstoff war wichtiger als Wärme. Er setzte sich aufs Sofa, nahm einen Schluck des heißen Kaffees und spielte die Videoaufnahme ein viertes Mal ab.

Zunächst sah man bloß eine Gestalt, die sich im Zwielicht des anbrechenden Donnerstags dem Schrebergarten näherte. Klein, schlank, gekleidet in einen dunklen Mantel, eine Schirmmütze tief ins Gesicht gezogen. Vor dem Gartentor blieb die Gestalt stehen, den linken Arm seitlich an den Körper gepresst. Sie blickte sich verstohlen um. Machte sich am Tor zu schaffen und betrat das Grundstück. Die Szene rückte näher heran, als der Zoom des Camcorders betätigt wurde. Das diffuse Licht genügte, um unter der Schirmmütze das schmale Gesicht einer Dame in den frühen Siebzigern zu erkennen. Typ liebenswerte Großmutter, die stets selbst gebackene Kekse und wohlmeinende Ratschläge parat hielt. Umso erstaunlicher war, was nun folgte. Großmuttern knöpfte ihren Mantel auf und holte einen Golfschläger darunter hervor. Das Sportgerät wirkte riesig in ihren behandschuhten Händen. Sie trat auf den blühenden Strauch zu. Beäugte die Ostereier, die in gleichmäßigen Abständen an den Zweigen hingen. Zeit zum Abschmücken. Unvermittelt holte sie mit dem Golfschläger aus, schwang das Eisen in einem gekonnten Bogen und zertrümmerte das erste Ei. Für ihre Haltung hätte sie von jeder Wettkampfjury eine glatte Zehn bekommen. Sie holte ein zweites Mal aus, ein drittes Mal. Vernichtete systematisch Marita Haberlings in liebevoller Handarbeit erschaffenen Ostergruß. Sobald das letzte Ei vom Strauch geschlagen war, traf es das ewig klimpernde Windspiel im Apfelbaum. Die Golferin ließ den Schläger fallen und wandte sich einem der Flamingos zu. Mit einem Gesichtsausdruck lustvoller Bösartigkeit packte sie die Gartenverzierung und verbog den dünnen Hals. Danach versetzte sie dem zweiten Flamingo einen kräftigen Tritt.

Christopher hatte in seinem Versteck gekauert und fassungslos ein Beweisfoto nach dem anderen geknipst. Während der Camcorder auf dem dreibeinigen Ständer jede Sekunde des Geschehens aufzeichnete. So auch den abrupten Abgang der alten Dame. Sichtlich zufrieden mit ihrem Werk verbarg sie den Golfschläger wieder unter dem Mantel, trat durch das Gartentor, verschloss es und eilte davon.

Einige Sekunden lang zeigte die Aufnahme lediglich den Schrebergarten. Schließlich huschte er selbst durchs Bild, dunkel gekleidet, die Kamera um den Hals. Am Gartentor hielt er kurz inne, bevor er behände darüberkletterte.

Er stoppte die Aufnahme. In den Minuten bis zu seiner Rückkehr passierte nichts mehr.

Christopher war der alten Dame in sicherem Abstand bis zum Ausgang der Schrebergartenkolonie gefolgt. Dort war sie auf ein Damenrad gestiegen und mit dem Golfschläger in der Hand davongeradelt. Ihre Wahl des Fluchtmittels hatte dem absurden Erlebnis die Krone aufgesetzt.

Warum besaß die Golferin einen Schlüssel für das Gartentor? Stammte sie aus dem Bekannten- oder gar Freundeskreis der Haberlings? Was war ihr Motiv für die anhaltende Zerstörungswut? Fragen über Fragen. Die hoffentlich bald beantwortet wurden.

Inzwischen war ihm ausreichend kalt. Als er die Eingangstür schließen wollte, entdeckte er Marita Haberling. Die Rentnerin näherte sich im Laufschritt dem Schrebergarten. Trotz ihrer Leibesfülle erreichte sie ein beeindruckendes Tempo. Ihr nicht minder umfangreicher Gatte folgte weit abgeschlagen. Eine hervorragende Metapher für die Beziehungsdynamik der beiden. Er trat hinaus auf die Terrasse. Frau Haberling schloss soeben das Gartentor auf. Beim Anblick der Verwüstung entfuhr ihr ein spitzer Schrei.

„Diese unverschämten, dreisten ...“ Sie raufte sich das lilastichige Haar. „Das werden mir diese Kriminellen bezahlen! Jugendknast, da gehören sie hin! Weggesperrt, die ganze Bande!“

Wahrscheinlich hätte er ihr vorhin während des Telefonats von der wahren Täterin erzählen sollen. Aber in diesem speziellen Fall bevorzugte er die Live-Präsentation. Als kleine Belohnung für drei schlaflose Nächte.

Mittlerweile war Herr Haberling eingetroffen. Schnaufend wie eine Dampflok, das Gesicht knallrot vor Anstrengung. Das weiße Haar klebte ihm an der Stirn.

„Zeigen Sie mir die Aufnahmen!“, verlangte Frau Haberling. „Ich will sehen, wie diese Subjekte über mein Eigentum herfallen!“

„Bitte.“ Er deutete auf die Gartenlaube. „Sie werden allerdings überrascht sein.“

Überraschung reichte bei Weitem nicht aus, um Marita Haberlings Reaktion zu beschreiben. Ein Kaleidoskop von Gefühlen spiegelte sich auf ihren Zügen wider, während sie neben ihrem Gatten auf dem Sofa saß und sprachlos die Videoaufnahme verfolgte.

Hubert Haberlings Miene wirkte hingegen wie versteinert. Das Stofftaschentuch, mit dem er sich den Schweiß von Stirn und Nacken getupft hatte, hielt er zerknüllt in der Hand.

Christopher stand neben dem Sofa und wartete gespannt ab. Eines wusste er mit absoluter Sicherheit: Seine Auftraggeber kannten die Täterin.

„Dieses verlogene Miststück!“, stieß Marita Haberling schließlich mit vor Wut zitternder Stimme hervor. „Der haue ich ihren Golfschläger um die Ohren!" Ohne ein Wort der Erklärung wuchtete sie sich vom Sofa hoch und stürmte hinaus in den Garten.

„Marita!" Ihr Mann kam mühsam auf die Beine. „Hase! Mach keinen Unsinn!"

„Moment." Christopher hielt Hubert Haberling am Arm zurück. „Wer ist die Frau auf dem Video?"

„Roswitha Kuhnert. Parzelle 27. Kommen Sie, bevor ein Unglück geschieht!"

Auf dem Weg zum Gartentor hörten sie Marita Haberlings schrille Stimme.

„Roswitha! Wo steckst du? Ich weiß genau, dass du da bist!"

Christopher flitzte los. Durch das Tor und nach rechts. Frau Haberling stand vor einem anderen Grundstück, keine dreißig Meter entfernt. Er erreichte seine Auftraggeberin, als sie das verschnörkelte Gartentor aufstieß.

„Du verlogene Schlange! Du hinterlistiges Biest!"

Die Beschimpfungen galten einer älteren Dame in dunkler Kleidung, die vor einer Gartenlaube mit spitz zulaufendem Dach stand. In den Händen trug sie einen Stapel Blumentöpfe und im Gesicht einen verdutzten Ausdruck. Klein, schlank, die grauen Haare kurz geschnitten, Typ liebenswerte Großmutter, die Frau vom Video. Sie war nach der Tat zurückgekehrt. Während er sich erschöpft ein Nickerchen gegönnt hatte. Das war kaltschnäuzig.

„Lügnerin!" Marita Haberling walzte auf die ambitionierte Golfspielerin zu. „Du heuchelst Mitgefühl, tröstest mich und fluchst über diese unverschämten Jugendlichen. Dabei warst *du* es die ganze Zeit selbst!"

Verstehen spiegelte sich auf Roswitha Kuhnerts Zügen wider. Gefolgt von einem triumphierenden Lächeln.

Ein älterer Herr in dunkelblauer Latzhose und Holzfällerhemd trat aus der Laube. Er blickte sich verwirrt um.

„Rosi, was ist hier los? Marita?"

„Werner, deine Frau ist ein verlogenes Miststück!", fuhr Frau Haberling den Neuankömmling an.

Herr Haberling erschien auf der Bildfläche. Er schnaufte an Christopher vorbei und wollte seine Frau beim Arm nehmen. Die wehrte ihn wütend ab.

„Ich verlange eine Erklärung!"

Frau Kuhnert setzte die Blumentöpfe seelenruhig auf einem Gartentisch ab. „Du hast es nicht anders verdient."

„Wie meinst du das?"

„Seit Jahren terrorisierst du alle mit deiner ewigen Nörgelei. Niemand ist sicher vor deinen Belehrungen und Beschwerdezetteln. Die Hecken sind zu hoch, die Tomaten zu dicht gepflanzt, der Kompostbehälter steht an der falschen Stelle, die Kinder lachen zu laut. Es reicht!"

Den Haberlings verschlug es die Sprache. Werner Kuhnert wirkte ebenso verblüfft. Offenbar wusste er nichts von den nächtlichen Aktivitäten seiner Frau.

„Ist Ihnen keine andere Lösung eingefallen, als den Schrebergarten der Haberlings zu verwüsten?", fragte Christopher in die Stille hinein. „Man kann durchaus das persönliche Gespräch suchen."

„Auf gutes Zureden hört die feine Dame ja nicht. Die ist sofort beleidigt, wenn man sie anspricht." Roswitha

Kuhnert musterte ihn scharf. „Was mischen Sie sich überhaupt ein, junger Mann? Wer sind Sie?"

Marita Haberling antwortete für ihn: „Das ist Herr Diecks, von der Privatdetektei Kleemeyer."

„Nein! Tatsächlich?" Frau Kuhnert klatschte mit höhnischer Verzückung in die Hände. „Du hast einen Privatdetektiv engagiert, um mir aufzulauern? Wenn ich das meinen Enkeln erzähle!"

„Der Spaß wird dir bald vergehen. Ich zeige dich an!"

„Bitte schön. Dann zeige ich dich an wegen ...", Roswitha Kuhnert suchte nach den passenden Worten. „Wegen penetranter Verletzung der Privatsphäre."

Frau Haberling lachte auf, einen Hauch von Hysterie in der Stimme. „Ohne mich wäre diese Schrebergartenkolonie eine Schande! Würden sich alle an die Vorschriften halten, bräuchte ich die Leute nicht ständig auf ihr Fehlverhalten hinzuweisen."

„Du selbstgefälliges Stück!"

„Senile Hexe!"

„Kleingartendiktatorin!"

Mit einem entrüsteten Schrei holte Frau Haberling aus und verpasste ihrer Streitpartnerin eine schallende Ohrfeige. Frau Kuhnert zögerte keine Sekunde, die Tätlichkeit schwungvoll zu erwidern. Nun brach das totale Chaos los. Herr Haberling und Herr Kuhnert hielten mühsam ihre jeweiligen Gattinnen fest, die sich keifend Beleidigungen entgegenschleuderten. Herr Haberling beschuldigte Herrn Kuhnert japsend der Mitwisserschaft, was dieser entschieden von sich wies und seinerseits Hubert Haberling vorwarf, seine tyrannische Ehefrau nicht im Griff zu haben. Es ging zu wie bei einer schlechten Doku-Soap.

Christopher entfernte sich unbemerkt von dem würdelosen Spektakel und rief die Polizei. Bevor einer der Kontrahenten ernsthaft verletzt würde.

KAPITEL 2

Freitag

Bepackt mit Rucksack, Kameratasche und Camcorder-
ständer, traf er am nächsten Morgen in der Detektei
Kleemeyer ein. Der gestrige Tag war anstrengend gewesen. Die Befragung durch die Polizeibeamten, die Be-
weisaufnahme und die Formalitäten hatten sich bis in
den frühen Nachmittag hingezogen. Nach einer Bege-
hung des Tatorts, die im nächsten Handgemenge endete, waren sie zur Wache gefahren. Die Kuhnerts im
Streifenwagen, die Haberlings in ihrem Auto und er
selbst in dem dunkelgrauen Volvo, den er seit zwei Monaten sein Eigen nannte. Auf der Wache hatte er seine
Aussage zu Protokoll gegeben und Kopien der Videoaufnahme und Fotos zur Verfügung gestellt. Anschließend die Heimfahrt, völlig übermüdet. Er erinnerte
sich vage an einen Austausch von Textnachrichten mit
seiner Freundin Romy. An ein Telefonat mit seinem
Chef. An verkochte Spaghetti in Tomatensoße, während irgendein Tierfilm im Fernsehen lief. Sein Bett.
Augen zu. Sämtliche Systeme auf null. Heute früh Neustart. Zwölf wunderbare Stunden Schlaf hatten seine
Akkus erfolgreich aufgeladen. Er fühlte sich dynamisch und voller Tatendrang.

Cindy, die struppige Seele der Detektei, vermittelte
den gegensätzlichen Eindruck. Sie saß hinter dem

Empfangstresen, eingekreist von Aktenordnern und Papierbergen, und verströmte akute Lustlosigkeit.

„Moin", grüßte er fröhlich. „Der Baum ist definitiv tot."

Die brünette Rezeptionistin/Sekretärin/Buchhalterin hob unbeeindruckt eine gezupfte Augenbraue.

„Tee?", setzte er rasch nach, um sie versöhnlich zu stimmen. Ihr Becher mit dem blauen *Schietwetter-Pott*-Schriftzug stand leer neben dem Telefon.

Cindys Miene hellte sich auf. „Unbedingt!" Sie betrachtete den Papierstapel. „Ob Martin es merkt, wenn ich den ganzen Kram durch den Schredder jage?"

„Garantiert. Der Mann liebt seine Ablage."

Mit einem Seufzer nahm sie das oberste Blatt und lochte es. „Das liest doch kein Mensch mehr."

„Mir brauchst du das nicht zu sagen." Er schnappte sich den Schietwetter-Pott. „Einen Kräutertee für die Dame an Tisch 1, kommt sofort."

„Du bist ein Schatz."

Bevor er in die Küche ging, stellte er die Ausrüstung unter seinem Schreibtisch ab und hängte die Jacke über die Rückenlehne des Bürostuhls. Eines Tages würde das Wunder der digitalen Ablage auch die Detektei Kleemeyer erobern. Vorerst schlich es auf leisen Sohlen durch die Räume und mogelte sich – von ihm tatkräftig unterstützt – in die Prozessabläufe. Sein Streben nach Papierreduzierung stieß auf verhaltene Gegenliebe. Sein Chef Martin und sein Kollege Andi gehörten zu den haptischen Typen. Sie wollten anfassen, umblättern, notieren. Außerdem plagte sie die Sorge vor einem Hackerangriff, der Kundeninformationen, Protokolle und andere sensible Daten unwiederbringlich löschte. Jedes Dokument wurde ausgedruckt. Die Aktenordner und Hängemappen drohten die begrenzten Lagerungsmöglichkeiten der Detektei zu sprengen.

Während das Teewasser heiß wurde, schenkte er sich den zweiten Koffeinschub des Tages ein. Cindy kochte hervorragenden Kaffee. Die schlaffe Brühe, die Martin und Andi produzierten, genügte als Grund für eine Anzeige wegen Körperverletzung. Aus einem der Hängeschränke holte er einen Beutel Kräutertee und hängte ihn in den Schietwetter-Pott. Sobald das Wasser heiß war, übergoss er den Beutel mit der dampfenden Flüssigkeit. Der Duft von Fenchel erfüllte die Luft. In jeder Hand einen Becher, verließ er die Küche. Auf dem Weg zum Empfangstresen fiel ihm Andis aufgeräumter Schreibtisch auf. Gewöhnlich bedeckte ein Wust von Papieren, Akten und Post-its die Tischplatte. Heute war sie blitzblank. Der Laptop wirkte regelrecht vereinsamt.

„Erwarten wir hohen Besuch?" Er stellte den randvollen Tee-Pott in gekonnter Kellnermanier vor Cindy ab.

„Um neun Uhr kommen Herr Conrad und Frau Oswald von der Firma *RC Security* sowie Herr und Frau Borchert von der Firma *Lärmraum* zu einem Beratungsgespräch vorbei."

Cindys verschmitztes Lächeln irritierte Christopher. „Sollte ich mich an die Leute erinnern?"

„*RC Security* hieß früher *ProSec*. Die Firma wurde vor Kurzem umbenannt."

In den Tiefen seines Langzeitgedächtnisses bimmelte ein Glöckchen. „Ach so, *ProSec*. Dahinter steckt Martins alter Schulfreund Rainer Conrad, richtig?"

„Richtig." Cindys Lächeln wurde zu einem Grinsen. „Er bringt Tara Oswald mit."

Nun grinste auch Christopher. Natürlich. Am Nachnamen hatte er sie nicht erkannt. „Deshalb wird unser Andi auf einmal zum Putzteufel."

Tara hatte die Detektei im vergangenen Dezember für kurze Zeit unterstützt. Während er nach der verschwundenen Nina Armin und ihrem Freund Simon suchte, war sie Andi und Martin bei einem anderen Fall zur Hand gegangen. Ihr fröhliches Wesen und ihre engagierte, professionelle Arbeitsweise hatten die beiden begeistert. Besonders Andi war aus dem Schwärmen nicht mehr herausgekommen.

Cindy lochte den nächsten Schwung Papiere. „Ich wette mit dir um zehn Euro, dass er heute seinen besten Anzug trägt."

„Ich nehme grundsätzlich keine Wetten an, die ich verliere."

Auf dem Tresen stand eine Schale mit übrig gebliebenen Ostereiern. Er nahm zwei mit Nugatfüllung und schlenderte zurück zu seinem Schreibtisch. Am Montag fand die Abschlussbesprechung mit den Haberlings statt. Bis dahin musste der Bericht verfasst sein.

Um halb neun erschien Andi in der Detektei. Im dunkelblauen Anzug mit rot-weiß gestreifter Krawatte und farblich passendem Einstecktuch. Das ehemals schwarze, mittlerweile grau melierte Haar wirkte frisch geschnitten. Ein Hauch von Hollywood in St. Georg. Sein Kollege erinnerte ihn stets an eine melancholische französische Bulldogge. Der quadratische Kopf, die leicht hervortretenden braunen Augen und die flache Boxernase drängten einem den Vergleich geradezu auf. Dazu gesellte sich eine eher trübsinnige Sichtweise auf das Weltgeschehen im Allgemeinen und seine eigene bescheidene Rolle darin im Besonderen. Heute war Andi allerdings eine äußerst beschwingte französische Bulldogge.

„Guten Morgen!", schmetterte er fröhlich in die Runde.

„Moin, Mister Dressman." Christopher rollte auf seinem Stuhl zurück und musterte den Neuankömmling demonstrativ. „James Bond hat angerufen. Er vermisst einen Anzug."

„Spotte ruhig, junger Narr", erwiderte Andi im Brustton moralischer Überlegenheit. „Auch du wirst eines Tages verstehen, wie wichtig es ist, seine Firma angemessen zu repräsentieren."

Vom Empfangstresen kam das charakteristische Husten einer Rezeptionistin/Sekretärin/Buchhalterin, die sich soeben böse an ihrem Tee verschluckt hatte.

Andi blieb unbeirrt. „Seriöses Auftreten ist die halbe Miete. Für den ersten Eindruck gibt es keine zweite Gelegenheit."

„Pling, pling."

„Bitte?"

„Das waren zwei Euro, die klimpernd ins Phrasenschwein gefallen sind."

Sein Kollege öffnete den Mund und schloss ihn wieder. Schlagfertigkeit gehörte nicht zu Andis Stärken. „Hast du das Rätsel um den verwüsteten Schrebergarten gelöst?", wechselte er rasch das Thema.

„Ja. Es war die alte Dame mit dem Golfschläger von Parzelle 27." Die Formulierung war eine Anspielung auf *Cluedo*, Christophers Lieblingsbrettspiel aus Jugendzeiten.

„Was? Erzähl!"

Er fasste die Ereignisse des gestrigen Tages zusammen. „Eine klassische Nachbarschaftsstreitigkeit", schloss er. „Frau Haberling terrorisiert die anderen Pächter mit ihrem ewigen Genörgel, und Frau Kuhnert rächt sich im Namen aller an der alten Meckerziege."

„Verstehe. Also eher Frau Rechthaberling."

An der Rezeption erlitt Cindy den nächsten Hustenanfall.

Andi grinste selbstzufrieden. Wahrscheinlich lauerte er seit Tagen auf eine Gelegenheit, dieses fesche Wortspiel einzustreuen.

„Der war gut", lobte Christopher, ohne eine Miene zu verziehen.

„Danke. Wo steckt Martin?"

„Ist bestimmt im Anflug."

„Schön, schön." Sein Kollege rieb sich voll rastloser Energie die Hände. „Ich bereite das Besprechungszimmer vor."

„Mach das."

Mit seinem Laptop unter dem Arm verschwand Andi durch die entsprechende Tür.

Wenig später gab sich Martin Kleemeyer die Ehre, gekleidet in einen schwarzen Anzug mit dunkler Krawatte. Allmählich fühlte sich Christopher in Jeans und T-Shirt sträflich underdressed.

„Gut, dass du da bist", legte sein Chef ohne Begrüßung los. „Um neun Uhr findet eine wichtige Besprechung statt. Bei der möchte ich dich auf jeden Fall dabeihaben."

„Auch dir einen fröhlichen guten Morgen."

„Richtig, guten Morgen." Martin legte schwungvoll eine Aktentasche auf seinem Schreibtisch ab. „Erinnerst du dich an Rainer Conrad?"

„Dein ehemaliger Schulkamerad. Tara Oswald arbeitet für ihn."

„Kompliment, exzellentes Gedächtnis. Rainers Firma stellt den Objektschutz für einige Musikbunker im Hamburger Raum. Seit Anfang des Jahres kam es dort vermehrt zu Einbrüchen. Wir sollen das untersuchen."

„Klingt interessant."

„Vorsicht mit der Begeisterung. Beim letzten Mal gab es einen Verletzten. Apropos Verletzte: Was machen deine rabiaten Rentner?"

Christopher rollte die Augen gen Decke. „Was für ein Zirkus! Frau Haberling und Frau Kuhnert haben die halbe Wache zusammengeschrien. Und die Ehemänner mittendrin. Alles wegen ein paar Quadratmetern Rasen und bekloppter Regeln, die vorschreiben, wie eng Tomaten gepflanzt werden dürfen."

„Manchen Menschen bedeuten diese paar Quadratmeter Rasen alles. Sie investieren viel Zeit, Geld und Mühe in ihre Grundstücke. Da kann das rechte Maß gelegentlich verloren gehen."

„Wie verständnisvoll."

„Meine Eltern waren leidenschaftliche Kleingärtner. Als Kind habe ich fast jedes Wochenende und viele Schulferien im Schrebergarten verbracht."

„Sollte *ich* jemals auf die Idee kommen, einen Schrebergarten zu pachten, darfst du mich einweisen lassen. Das gebe ich dir gern schriftlich."

Martin schmunzelte. „Ich werde dich beizeiten daran erinnern."

Die Tür des Besprechungszimmers wurde geöffnet. Andi steckte den Kopf heraus. „Ich habe alles vorbereitet. Wir können nachher ohne Verzögerung starten." Sein Blick traf Christopher, wurde missbilligend. „In diesem verlotterten Aufzug nimmst du nicht an der Besprechung teil!"

„Du hast recht. Ich ziehe mich *sofort* um." Beim Aufstehen vermied er es, Martin anzusehen. Der grinste garantiert wie ein Honigkuchenpferd.

Im Ruheraum rechts von der Küche stand neben einem Bett und einem wuchtigen Safe auch ein Wäscheschrank. Darin hing ein Kleidersack, in dem sich ein dunkler Anzug, zwei weiße Hemden und eine Auswahl an Krawatten befanden. Im untersten Fach lagerte ein Paar schwarzer Lederschuhe samt Socken. Seine Notfallausstattung. Für spontane Kundengespräche, Missgeschicke mit Lebensmitteln und Kollegen in der Midlife-Crisis, die junge Frauen beeindrucken wollten.

Er mühte sich noch mit dem Krawattenknoten ab, als es an der Tür klingelte. Rasch richtete er den seidigen Stoff und streifte das Jackett über. Ein prüfender Blick in den Spiegel. Pumuckl im Anzug.

Am Empfangstresen nahm Cindy gerade die Jacken der vierköpfigen Delegation entgegen. Es folgte ein Durcheinander von Händeschütteln und Begrüßungen. Andi bedachte Tara Oswald mit einem angedeuteten Handkuss, den sie souverän mit einem Knicks beantwortete. Sie trug das honigblonde Haar kürzer als im vergangenen Winter. Der sportliche Schnitt brachte ihre hohen Wangenknochen zur Geltung und verlieh ihr etwas Freches, Draufgängerisches. Kein Wunder, dass Andis Synapsen verrücktspielten. Als sie Christopher die Hand gab, glitzerte Belustigung in ihren grünen Augen.

„Nette Kostümparty."

„Nicht meine Idee", raunte er ihr zu. Die Besucher trugen fast alle bequeme Freizeitkleidung. Lediglich Frau Borchert hatte für den Anlass ein buntgeblümtes Kleid gewählt. „Toll, dass wir uns wiedersehen", fügte er lauter hinzu.

„Finde ich auch. Obwohl es kein schöner Anlass ist."

„Martin hat erzählt, dass es beim letzten Einbruch einen Verletzten gab."

„Ein Freund von mir wurde zusammengeschlagen. Er liegt im Krankenhaus."

„Das tut mir leid. Hoffentlich geht es ihm bald besser."

„Wollen wir?" Sein Chef deutete einladend auf die Tür des Besprechungszimmers.

Ihre Besucher nahmen an der Fensterseite des ovalen Tisches Platz, Andi und Christopher gegenüber. Auf einem Rollwagen standen Getränke und Geschirr bereit. Martin schenkte Kaffee, Tee und Wasser aus. Sobald alle versorgt waren, schaltete er Laptop und Beamer ein. An der Wand neben der Tür erschien die Startfolie einer PowerPoint-Präsentation.

Während sein Chef im Stehen die übliche Einführung über die Geschichte der Detektei und die angebotenen

Leistungen hielt, musterte Christopher verstohlen die Borcherts und Herrn Conrad.

Linus Borchert war in den frühen Fünfzigern. Durchschnittlich groß, hager, fliehendes Kinn, prominenter Adamsapfel. Kurz geschnittenes Haar in Salz-und-Pfeffer-Optik. Hinter einer randlosen Brille verrieten seine dunklen Augen Skepsis und Ungeduld. Vor ihm auf dem Tisch lag eine blaue Pappmappe.

Dorina Borchert mochte Ende vierzig sein. Sie überragte ihren Mann um einige Zentimeter und besaß das breite Kreuz und die muskulösen Arme einer Schwimmerin. Das dunkle Haar trug sie kinnlang. Ein Hauch von Make-up umrahmte ihre blauen Augen. Sie strahlte freundliche Ernsthaftigkeit aus.

Rainer Conrad saß zurückgelehnt da, einen Arm lässig über der Rückenlehne des Stuhls hängend. Sein helles Poloshirt spannte über einem Medizinball, der von zu vielen deftigen Mahlzeiten und zu wenig Bewegung zeugte. Das Doppelkinn unterstrich diesen Eindruck. Lachfältchen zierten sein gutmütiges Gesicht. Dunkelblondes Haar lichtete sich an den Schläfen zu Geheimratsecken.

Sobald Martin den Vortrag beendet hatte, ergriff Linus Borchert das Wort. „Vielen Dank, Herr Kleemeyer. Das war sehr informativ", sagte er mit sonorer Stimme. „Bevor wir zu den Details unseres Anliegens kommen, möchte ich Ihnen kurz unsere Firma vorstellen." Sein Adamsapfel hüpfte einige Male wie auf einem unsichtbaren Trampolin auf und ab. „Meine Frau Dorina und ich haben *Lärmraum* mit dem Ziel gegründet, erschwingliche Probe- und Hobbyräume für Künstler zu schaffen. Während meines Musikstudiums habe ich selbst in einer Band gespielt. Damals war es sehr schwierig, einen geeigneten Raum zu finden. Vor gut zwanzig Jahren ergab sich die Gelegenheit, in Hamm-Nord günstig einen Hochbunker zu erstehen. Wir haben die Baumasse renoviert, mit Lüftung, Beleuchtung, Sanitäranlagen und Elektrik ausgestattet und alle dreiundvierzig Räume schallisoliert." Er legte eine Kunstpause ein, um die Informationen wirken zu lassen. „Inzwischen bietet *Lärmraum* im Hamburger Stadtgebiet auf elf Immobilien verteilt über vierhundertachtzig Räume an."

„Zahlreiche unserer Mieter sind Profimusiker, die sich eigene Tonstudios eingerichtet haben", übernahm Frau Borchert versiert die Gesprächsstaffel. „Die Diebstähle sorgen für enorme Verunsicherung. Es ist lediglich eine Frage der Zeit, bis die Medien davon erfahren."

„Es wäre das Ende von *Lärmraum!*", setzte ihr Ehemann dramatisch nach. „Wir haben sämtliche Ersparnisse in die Firma investiert. Kredite müssen abbezahlt werden. Wir stünden vor dem Ruin!"

„Na, na, na." Rainer Conrad hob beschwichtigend die Hand. „Dazu wird es nicht kommen. Herr Kleemeyer und seine Mitarbeiter gehen der Angelegenheit auf den Grund. Ich habe größtes Vertrauen in ihre Fähigkeiten."

„Vielen Dank." Martin setzte sich auf den freien Stuhl neben Andi. „Frau Borchert, um alle auf denselben Wissensstand zu bringen: Wie viele Einbrüche gab es bisher?"

„Fünf."

„Ohne erkennbaren Rhythmus?"

„Die zeitlichen Abstände variieren. Mal sind es zwei Wochen, mal drei.”

„Immer in einem anderen Bunker?”

„Ja.”

„Ereignen sich die Diebstähle tagsüber oder nachts?”

„Schwierig zu sagen. Nicht alle Räume werden regelmäßig genutzt. Weil es keine auffälligen Einbruchsspuren an den Türen gab, wurden die vier Diebstähle erst von den Mietern selbst entdeckt. Der letzte Einbruch fand Dienstagabend statt. Das wissen wir leider sehr genau.” Sie bedachte Tara mit einem mitfühlenden Blick.

„Gab es Einbruchsspuren an den Schlössern selbst? Zum Beispiel Schäden an den Profilzylindern oder Kratzer im Metall?“

„Da bin ich überfragt.“ Frau Borchert sah zu ihrem Mann. Der zuckte die Achseln.

„Das lässt sich bestimmt herausfinden“, gab Martin zurück. „Welche Gegenstände wurden entwendet?”

„Musikinstrumente, Mikrofone, Lautsprecher, Computer, in einem Fall ein Mischpult.”

„Das hat niemand bemerkt?”

Ein Kopfschütteln.

Sein Chef kratzte sich nachdenklich am Kinn. „Sie erwähnten vier Diebstähle. Obwohl es fünf Einbrüche waren.”

„Benni hat die Täter überrascht”, antwortete Tara. „Deshalb sind sie nicht zum Zug gekommen.”

Christopher hob die Hand. „Wie viele Personen haben deinen Freund zusammengeschlagen?”

„Eine. Ein maskierter Mann. Benni schwört, im Hintergrund einen zweiten Mann gesehen zu haben.”

„Eine organisierte Bande?", fragte er in die Runde.

Martin wiegte bedächtig den Kopf. „Möglich. Sprechen wir zunächst über die Sicherheitsvorkehrungen in den Bunkern. Anschließend können wir uns Gedanken über den möglichen Täterkreis machen."

„Wir haben die wichtigsten Informationen zusammengestellt." Herr Borchert schob die Pappmappe über den Tisch. „Die Außentüren sind alle mit einem Hightech-Profilzylinder ausgestattet. Das beste Modell auf dem Markt, nach den höchsten Sicherheitsstandards. Mit Vertragsabschluss erhält jeder Mieter die von ihm benötigte Anzahl von Schlüsseln. Die Türen zu den vermieteten Räumen sind mit Panzerriegeln ausgestattet. Wir vergeben drei Schlüssel für die Riegel und behalten selbst keine Kopien zurück. Für das Schloss an der Raumtür besorgt sich jeder Mieter einen eigenen Profilzylinder. Die dazugehörigen Schlüssel verbleiben in seinem Besitz."

„Das klingt sehr sicher." Martin schlug die Mappe auf. Er überflog das oberste Blatt. „Gibt es Überwachungskameras?"

„An den Ein- und Ausgängen. In den Bunkern selbst bis dato keine."

Eine erste Sicherheitslücke.

„Wie sieht es mit Fenstern oder Außentreppen aus?", erkundigte sich Christopher.

„Einige Bunker besitzen Freitreppen. Fast alle haben Feuerleitern, die allerdings für Transporte gänzlich ungeeignet sind. An vier Objekten gibt es Fenster. Die im Erdgeschoss sind vergittert. Es bräuchte einen Schneidbrenner oder schweres Werkzeug, um die Metallstreben zu entfernen. Das ist in keinem der Fälle geschehen. Die höher gelegenen Fenster erreicht man höchstens über eine Leiter."

Seine Gedanken wirbelten umher. Gab es andere Möglichkeiten, die Gebäude ungesehen zu betreten und zu verlassen? „Die Bunker stammen aus Kriegszeiten. Befinden sich in den Kellerräumen unterirdische Zugänge?"

„Sie meinen verborgene Verbindungstüren? Geheime Fluchttunnel, die in die Kanalisation führen?"

„Zum Beispiel."

Herr Borchert lächelte spöttisch. „Ihre Kreativität in allen Ehren, Herr Diecks, aber mit der Idee können Sie sich als Drehbuchschreiber beim *Tatort* bewerben."

Überheblicher Blödmann. Er zwang sich zu einem neutralen Gesichtsausdruck.

„Mein Kollege hat eine berechtigte Frage gestellt", erwiderte Martin mit Stacheldraht in der Stimme.

Linus Borcherts Mundwinkel näherten sich seinem fliehenden Kinn. „Wir überprüfen das."

„Danke." Sein Chef wandte sich Frau Borchert zu. „Wie sieht es mit Untermietern aus?"

Sie nickte. „Viele Mieter nutzen diese Möglichkeit, um die monatlichen Kosten zu senken. Die Untermieter erhalten ebenfalls Schlüssel für alle Türen und den Panzerriegel."

„Ist es leicht, Kopien anfertigen zu lassen?"

„Nicht bei den Außentüren. Die Profilzylinder werden alle mit einer Sicherungskarte geliefert. Möchte ein Mieter eine Schlüsselkopie in Auftrag geben, muss er die entsprechende Karte vorlegen. Die händigen wir selbstverständlich niemals aus. Für die Panzerriegel gibt es keine Sicherungskarten. Auf die Profilzylinder der Raumtüren haben wir, wie gesagt, keinen Einfluss."

„Wurden Schlüssel als verloren oder gestohlen gemeldet?"

„Es gab in den vergangenen Monaten drei Fälle. Jedoch nicht bei den betroffenen Bunkern."

Christopher drehte nachdenklich seine Kaffeetasse in den Händen. „Wer versichert die Musikinstrumente und das Equipment?"

„Die Mieter", antwortete Linus Borchert. Nach Martins Zurechtweisung klang er leicht angefressen.

„Ihre Firma erfährt nicht, welche Werte sich in den Räumen befinden?"

„Das geht uns nichts an. Größere Instrumenten- und Equipment-Transporte müssen allerdings im Voraus bei *RC Security* angemeldet werden."

Herr Conrad gab einen zustimmenden Laut von sich. „Wenn jemand zwei Gitarren von A nach B befördert, ist uns das gleich. Aber wenn ein Mieter mit seinem kompletten Tonstudio ein- oder auszieht, stellen wir einen Mitarbeiter zur Überwachung ab."

Christopher runzelte die Stirn. „Kann man aus diesen Anmeldungen den Wert der zu transportierenden Gegenstände ableiten? Oder Rückschlüsse auf die zukünftige Ausstattung eines bestimmten Raumes ziehen?"

Rainer Conrads Gesicht verlor leicht an Farbe. „Das ist möglich."

Betretenes Schweigen erfüllte den Raum.

Martin griff nach seinem Wasserglas. „Wir überprüfen, ob ein zeitlicher Zusammenhang zwischen den angemeldeten Transporten und den Einbrüchen besteht." Er nahm einen Schluck. „Welchen Personen wird neben den Mietern und Untermietern Zutritt zu den Bunkern gewährt?"

Herr Borchert löste den anklagenden Blick von Rainer Conrad. „In der Mappe finden Sie eine Liste der Firmen, mit denen *Lärmraum* zusammenarbeitet. Hausmeister, Elektriker und Sanitärfachleute sind Externe. Für die Reinigung der Gebäude und sanitären Anlagen beschäftigen wir eigene Mitarbeiter. Wir haben keine Kontrolle über fremde Personen, die von den Mietern hereingelassen werden."

„Fällt Ihnen jemand ein, der Ihrer Firma schaden möchte? Ein ehemaliger Mitarbeiter? Die Konkurrenz?"

„In unserer Branche geht es seriös zu, Herr Kleemeyer. Kieztaktiken sind unnötig." Linus Borchert richtete pikiert seine Brille. „In der Vergangenheit gab es Kündigungen, aber diese Einbrüche trauen wir keiner der betroffenen Personen zu."

„Wie sieht es mit den aktuellen Mitarbeitern aus? Hat jemand offen Unmut über ein bestimmtes Thema geäußert? Ist eine erwartete Gehaltserhöhung oder Beförderung ausgeblieben? Geldprobleme können ein Motiv sein."

„In jedem Team gibt es Reibereien", erwiderte Frau Borchert. „Die Grundstimmung in unserer Firma ist sehr gut."

„Und bei dir?", wandte sich Martin an Rainer Conrad. „Gibt es faule Äpfel bei *RC Security?*"

„Tara und mir fällt niemand ein."

„In dem Fall empfehle ich eine Überprüfung der aktiven und ehemaligen Mitarbeiter beider Firmen. Ebenso der externen Dienstleister."

„Wissen Ihre Mitarbeiter von diesem Treffen?", stellte Andi die erste Frage. Bei Kundengesprächen hielt er sich meist zurück. Hörte zu, beobachtete, sammelte Informationen.

„Nein", antwortete Rainer Conrad. „Einzig die Personen in diesem Raum sind eingeweiht."

„Das ist gut. Falls nötig, können wir einen von uns bei *RC Security* oder *Lärmraum* einschleusen. Um vor Ort zu recherchieren."

Unsichtbare Gewitterwolken türmten sich über Linus Borchert auf. „Das klingt nach einem ausgedehnten Einsatz. Wir hatten auf eine schnelle Lösung des Problems gehofft. Wer soll das bezahlen?!"

Dorina Borchert legte ihrem Mann beruhigend die Hand auf den Unterarm. „Wie lange werden die Nachforschungen dauern?"

Herr Borchert nippte derweil mit geröteten Wangen an seinem Wasser. Es gibt so etwas wie zorniges Trinken.

„Das kann ich Ihnen leider nicht beantworten", erwiderte Martin. „Ich schlage vor, wir setzen die Ermittlungen zunächst für zwei Wochen an."

Rainer Conrad stimmte sofort zu. Die Borcherts wirkten unentschlossen.

Martin erhob sich. „Wir lassen Sie einige Minuten allein. Entscheiden Sie in Ruhe, wie es weitergehen soll."

Sie warteten vor der Küche, mit höflichem Abstand zum Besprechungszimmer.

„Was gibt es da zu entscheiden?", machte Andi seinem Unverständnis im Flüsterton Luft. „Wollen die Däumchen drehen, bis die Täter erneut zuschlagen?"

Christopher betrachtete die Milchglastür, hinter der schemenhaft die Silhouetten ihrer Besucher zu erkennen waren. „Ich hätte auch keine Lust, unverschuldet Tausende von Euro ausgeben zu müssen."

„Das Problem kann bei *RC Security* oder *Lärmraum* liegen", erwiderte Martin. „Vielleicht bei beiden. Wenn sich die Firmen die Rechnung teilen, schmerzt es nicht ganz so arg."

Martins Vorschlag überzeugte die Borcherts, den Ermittlungen zuzustimmen. Linus Borchert erklärte sich bereit, für alle betroffenen Bunker die Überwachungsaufnahmen der vergangenen drei Monate zur Verfügung zu stellen. Die Stunden vor und nach der Prügelattacke auf Taras Freund Benni waren von der Polizei ausgewertet worden. Ohne Ergebnis. Bei den restlichen Aufnahmen würde es dauern. Zu viel Filmmaterial, zu wenig Personal.

Die Borcherts verabschiedeten sich bald darauf. Rainer Conrad und Tara blieben länger. Bei Kaffee, Tee und Ostereiern besprachen sie die nächsten Schritte.

„Rainer und ich sichten die Überwachungsaufnahmen", bestimmte Martin.

Sein alter Schulfreund seufzte. „Der aufregendste Job von allen." Zum Trost biss er genüsslich in ein Marzipanei. „Jemand sollte Benni befragen", sagte er kauend. „Vielleicht hat er etwas gesehen oder gehört, das uns weiterhilft."

Tara wirkte skeptisch. „Der Vorfall hat ihn ziemlich fertiggemacht. Keine Ahnung, ob er alles noch einmal erzählen möchte."

„Du könntest mitkommen", schlug Christopher vor. „Zur moralischen Unterstützung."

„Das übernehmen Tara und ich", schaltete sich Andi sofort ein. „Ich habe eine äußerst beruhigende Wirkung auf Menschen."

Quality Time mit der hübschen jungen Frau. Sein Kollege war sooo durchschaubar.

Martins Mundwinkel zuckten. Das unterdrückte Schmunzeln wanderte hoch zu seinen Augen, wo es sich in ein amüsiertes Funkeln verwandelte. „Überlassen wir das Topher und Tara. Junge Leute unter sich, ein lockeres Schwätzchen ..."

„Ich kann sehr locker sein", protestierte Andi.

„Das bestreitet niemand. Aber wir müssen eine Vielzahl von Personen überprüfen. Darin besitzt du weitaus mehr Erfahrung."

„Na gut. Solange Topher mich später unterstützt."

„Natürlich."

Nachdem das geklärt war, rief Tara bei Benni im Krankenhaus an. Es bedurfte einiger Überzeugungsarbeit, bevor er dem Besuch zustimmte.

„Seine Eltern werden dabei sein." Sie sah zu Christopher. „Ich hoffe, das ist in Ordnung."

„Klar." Er erhob sich. „Ich ziehe mich schnell um." Bloß raus aus den feinen Klamotten. Andis strenger Blick ließ ihn innehalten. „Oder soll ich den Anzug aus Gründen der Seriosität lieber anbehalten?"

Tara musterte ihn mit schelmischem Grinsen. „Bennis Mutter wäre bestimmt sehr angetan."

Er seufzte. Es war stets von Vorteil, die Mutter auf seiner Seite zu haben.

KAPITEL 3

Christopher beschloss, den Volvo zu nehmen. Der Hamburger Baustellenslalom nervte, aber sie waren flexibler als mit den öffentlichen Verkehrsmitteln. Er hielt Tara die Haustür auf und deutete nach links. Der Wagen stand am Ende der Straße. Morgens fand man in St. Georg tatsächlich einen Parkplatz. Am späten Nachmittag erinnerte die Suche an ein Lied von Herbert Grönemeyer: *Ich drehe schon seit Stunden hier so meine Runden …*

„Bei der Besprechung hattest du gute Ideen." Tara trug ihre Jeansjacke über dem Arm. Der April protzte seit Tagen mit Sonnenschein und sommerlichen Temperaturen. Eine fällige Wiedergutmachung nach dem stürmischen Monatsanfang. „Auf die unterirdischen Zugänge wäre ich nie gekommen."

„Ja, meine Kreativität ist filmreif." Die blöde Bemerkung pikte noch immer.

„Ach, Linus ist ein fantasieloser Realist."

„Merkwürdige Eigenschaft für jemanden, der Musik studiert hat."

„Zwei Semester lang. Danach ist er zu BWL gewechselt. Er kokettiert gern mit seiner schillernden Musikervergangenheit." Das Wort „schillernd" umrahmte Tara spöttisch mit Anführungszeichen. „Dorina und ich treffen uns manchmal zum Kaffee", erklärte sie ihr Insiderwissen. „Sie ist superlieb. Ohne sie würde Linus mit seiner ruppigen Art alle vergrätzen."

„So viel zur glücklichen *Lärmraum*-Familie.”

„Dorina kann ihren Ehemann schlecht vor versammelter Mannschaft in die Pfanne hauen.”

Die schnodderige Formulierung gefiel ihm.

Sie erreichten den Volvo. Unter den Scheibenwischern klemmten zwei Flyer. Werbung für eine Ü-30-Kuppelparty und für Lack- und Ledermode. Geschickte Ergänzung. Er entsorgte die Zettel im nächsten Mülleimer.

„In welchem Krankenhaus liegt Benni?”

„Im Marienkrankenhaus in Hohenfelde. Ich lotse dich hin.”

„Eine fähige Co-Pilotin. Andi wird durchdrehen.”

„Der alte Charmeur.” Taras Tonfall sagte alles über Andis Chancen, bei ihr zu landen. Eher sprossen in der Hölle knuffige Schneemännchen aus dem Boden. „Wer ist Henry?” Sie deutete auf eine Plakette, die an Saugnäpfen innen an der Windschutzscheibe des Volvos klebte: *Sponsored by Henry.*

„Meine persönliche Bank.” Als sie irritiert guckte, fügte er hinzu: „Mein Stiefvater.”

„Hat er dir den Wagen gekauft?”

„Er hat mir einen äußerst großzügigen Kredit gewährt.” Henry wollte ihm den Volvo sogar schenken, aber das wäre zu weit gegangen. Stattdessen hatten sie sich auf einen Kompromiss geeinigt: Sein Stiefvater lieh ihm das Geld für den Kauf, und er zahlte es in monatlichen Raten zurück. Die Plakette war ein bescheidenes Zeichen seiner Dankbarkeit. Bei Überwachungseinsätzen verschwand sie allerdings im Handschuhfach. Um Henry vor möglichen Konsequenzen seiner Schnüfflerarbeit zu schützen.

„Klingt, als wäre dein Stiefvater cool."

„Der Coolste. Obwohl ich Ex-Stiefvater sagen sollte."

Sie lächelte wissend. „Patchwork?"

„Mega-Patchwork."

Sobald sie eingestiegen waren, schob Tara den Beifahrersitz zurück. Ihre langen Beine benötigten mehr Raum als Romys.

„Meine Eltern haben es auch vergeigt", führte sie die Unterhaltung unverblümt fort. „Ungeplante Schwangerschaft, zwei Jahre Elend, Trennung."

„Autsch."

„Ach, mein Erzeuger ist eine totale Pfeife. Ohne den sind wir besser dran."

Auf so viel fröhliche Abgeklärtheit hatte er keine Antwort. Er schüttelte belustigt den Kopf und startete den Wagen.

Obwohl er sich geistig auf die bevorstehende Befragung vorbereiten wollte, kreisten seine Gedanken während der Fahrt hartnäckig um ein anderes Thema: die Hochzeit seiner Mutter. Die Nachricht war *die* Überraschung des ausklingenden letzten Jahres gewesen. An Silvester hatte sie ihre Kinder zu einem opulenten Champagner-Brunch eingeladen und strahlend verkündet, dass sie im Sommer Stiefvater Nummer zwei heiraten werde. Somit gesellten sich zu seinem Bruder Elias und seiner Halbschwester Jasmin zwei ältere Stiefbrüder samt Ehefrauen und Nachwuchs. Der nächste Ast am wild wuchernden Stammbaum der Familie Diecks. Die Verbreitung der frohen Botschaft war allerdings leicht verzögert erfolgt. Weil er die Unverfrorenheit besessen hatte, Weihnachten mit Romy bei ihrer Familie in Genua zu verbringen. Statt daheim mit der eigenen Verwandtschaft zu feiern. Welch ein Drama! Im Nachhinein verstand er die – milde ausgedrückt – zickige Reaktion seiner Mutter. Ihr ältester Sohn hatte mit einer heiligen Tradition gebrochen; und ihr den großen Auftritt unterm Tannenbaum verdorben. Enttäuschung im Doppelpack serviert. Er spielte seine Rolle zuverlässig.

Das erste gemeinsame Abendessen mit Dittrich, dem Neuen, und dessen Söhnen war schrecklich höflich verlaufen. Wie beim Ballett hatten sie einander auf verbalen Zehenspitzen umtänzelt. Keine Politik. Keine humorigen Anmerkungen, die, aus welchen Gründen auch immer, falsch verstanden werden könnten. Kein Fußball! Dittrich stammte aus Bremen. Sein Herz schlug für Werder. Dieses Minenfeld wollte niemand betreten. Selbst Elias, der glühende HSV-Anhänger, übte sich ihrer Mutter zuliebe in der hohen Kunst des Schweigens. Christophers Berufswahl hatte sich schließlich als Eisbrecher entpuppt. Privatdetektive fanden die meisten Leute interessant. Die nächsten Treffen würden zeigen, ob die beiden Familienäste zueinanderfanden. Elias war skeptisch, Jasmin euphorisch, er selbst vorsichtig optimistisch.

„Da vorn musst du links abbiegen", bemerkte Tara.

Er nickte, obwohl der Hinweis unnötig war. Seit seiner Zeit als Leibeigener des Umzugsunternehmens Scholz war der Hamburger Stadtplan fest in seinem Gedächtnis gespeichert.

Bald darauf stellte er den Volvo auf einem der Besucherparkplätze des Krankenhauses ab.

„Gibt es irgendetwas, das ich über Benni wissen sollte?"

Tara löste ihren Gurt. „Was meinst du?"

„Was ist er für ein Typ? Sensibel, tough ...?" Er wollte seine Vorgehensweise entsprechend anpassen.

„Benni ist der sanftmütigste Mensch, den ich kenne. Er hasst Konflikte. Probleme klärt er am liebsten mit sich allein, weil er niemandem zur Last fallen möchte."

„Also eher introvertierter Schweiger als extrovertierte Quasselstrippe."

„Definitiv. Er hat unglaubliche Angst, die Täter könnten herausfinden, dass er über sie spricht, und sich dafür an ihm rächen."

Nachvollziehbar. „Wie schwer wurde er verletzt?"

„Zwei gebrochene Rippen, ein angebrochenes Schlüsselbein, Prellungen und Blutergüsse. Der Scheißkerl hat ihn zu Boden geschlagen und auf ihn eingetreten." Taras Wangen röteten sich vor Zorn. „Benni ist eine halbe Portion. Diese Brutalität war völlig unnötig!"

„Hey." Er berührte sie sanft am Arm. Wir tun unser Bestes, um diese Typen zu erwischen."

Sie drückte seine Hand. „Danke."

Aus einem Fach in der Mittelkonsole holte er Notizblock und Kugelschreiber. Danach stiegen sie aus.

Die medizinischen Stationen lagen in Haus 2. Neben dem Eingang scharten sich die obligatorischen Raucher in Jogginganzügen und Bademänteln um einen Standaschenbecher. Krücken, eingegipste Gliedmaßen und Würfelhusten hielten sie nicht davon ab, sich die Lungen zu teeren. Der Empfangstresen war verlassen. Im Wartebereich saß ein älteres Paar auf einer Bank.

Graue Gesichter, graue Stimmung. Ein Stück abseits, doch offensichtlich dazugehörend, fläzte sich ein schwarzhaariger Junge auf einem Stuhl. Das Paar starrte ins Leere, der Junge auf sein Handy.

Bei den Fahrstühlen drückte Tara die Taste mit dem Pfeil nach oben. „Lass dich nicht von Bennis Vater einschüchtern. Clemens ist eine imposante Erscheinung. Das komplette Gegenteil von Benni."

„Soll bei Vätern und Söhnen gelegentlich vorkommen."

„Spricht da der Experte?"

Er tat, als wäre er pikiert. „Du bist mir viel zu schlau."

Mit einem triumphierenden Grinsen folgte sie ihm in die Kabine.

Im dritten Stock führte Tara ihn durch eine Glastür und einen langen Flur entlang. Ihre Schritte auf dem grauen Linoleum unterbrachen die Stille. Wo waren die Ärzte, die Schwestern und Pfleger, die anderen Besucher? Krankenhäuser bereiteten ihm Unbehagen. Die Ernsthaftigkeit, die sie ausstrahlten. Die Atmosphäre angespannter Erwartung. Der Geruch nach Desinfektionsmitteln, abgestandener Luft und ... Beklemmung. Ja, Beklemmung besaß einen Geruch. Und sie hatte Gewicht. Es legte sich ihm auf Brust und Magen und beschleunigte seinen Gang.

„Hier ist es." Tara hielt vor einer Tür auf der rechten Seite. „Gestern war die Stimmung ziemlich gedrückt. Erwarte also keine Konfettiparade."

„Alles klar."

Sie klopfte an.

Drinnen näherten sich Schritte. Er richtete seine Krawatte und straffte die Schultern. Die Tür wurde geöffnet. Eine schlanke brünette Frau Mitte vierzig sah sie aus geröteten Augen an. Ihr gesamtes Wesen drückte Kummer aus.

„Hallo, Tara." Eine kraftlos gesprochene Begrüßung.

„Hallo, Bianca."

Die beiden umarmten sich.

„Das ist Christopher", stellte Tara ihn vor. „Er arbeitet für die Privatdetektei, die Linus und Dorina engagiert haben, um die Einbrüche aufzuklären."

„Bianca Wagner." Die Frau reichte ihm eine klamme Hand. „Bennis Mutter."

„Christopher Diecks. Tut mir leid, dass wir uns unter diesen Umständen kennenlernen."

„Ich hatte Sie mir anders vorgestellt." Es klang wohlwollend. Applaus für den Anzug. „Bitte." Sie bedeutete ihnen, einzutreten.

Das Zimmer war überraschend geräumig und viel zu warm. Die Ausstattung schlicht: Kleiderschrank mit Schiebetüren, in einer Ecke ein Tisch, auf dem eine Flasche Wasser und Plastikbecher standen, davor zwei Stühle. Ein Fernseher, hoch an der Wand verschraubt. Durch das Doppelfenster fiel trotz des schönen Wetters kein Lichtstrahl. Leuchtröhren unter der Decke warfen ihr hartes Licht auf zwei Betten. Das erste war leer. Allerdings wiesen die unordentlich zurückgeschlagene Bettdecke und ein Stapel Sportzeitungen auf einen Patienten hin. Der schlanke junge Mann im zweiten Bett musste Benni Wagner sein. Er saß halb aufrecht, gestützt durch das angehobene Kopfteil und ein Kissen. Kinnlanges silbergrau gefärbtes Haar umrahmte ein etwas aus der Form geratenes Gesicht, dessen Züge man unter normalen Umständen wohl als feminin bezeichnet hätte. Das linke Auge war bis auf einen Schlitz zugeschwollen. Das rechte zierte ein Veilchen, dessen Farbpalette von Rot über Blau bis Lilaschwarz reichte. Der linke Arm steckte in einer Schlinge. Allein das Hinsehen schmerzte.

„Hey, Ossi." Benni Wagner versuchte ein Lächeln. Seine Oberlippe war dick verschorft.

„Hey, Benster." Tara umarmte ihren Freund behutsam. „Das ist Christopher."

Ihn traf ein kritischer Blick. „Ich dachte, du wärst einer dieser lässigen Fernsehtypen in Jeans und Lederjacke." Die geschwollene Lippe ließ den Satz leicht vernuschelt klingen.

„Heute trage ich ausnahmsweise Uniform. Du kannst mich Topher nennen."

„Topher. Nice." Vorsichtig hob Benni Wagner den rechten Unterarm. Sein Handschlag war sanft. „Sorry, die Rippen." Langsam zog Benni die Hand zurück. Seine Fingernägel bedeckte brüchiger schwarzer Nagellack. Auf der Innenseite des Handgelenks war ein Tattoo zu sehen. Vier schwarze Blockbuchstaben formten das kryptische Wort *LOTL*. Auf seinem schwarzen T-Shirt, teilweise verdeckt von der Armschlinge, silberne Buchstaben: *In Darkness We Trust.*

Keine Konfettiparade.

„Mein Mann holt gerade Kaffee", erklärte Frau Wagner. „Ich würde gern auf ihn warten."

Christopher nickte. „Selbstverständlich."

Sie stellte sich auf die gegenüberliegende Seite des Bettes und legte ihrem Sohn die Hand auf die Schulter.

Trotz der Gesichtsverletzungen war die Familienähnlichkeit unübersehbar. Bis hin zu den dunkelgrauen Augen.

Die Uhr über der Zimmertür zählte stumm die Sekunden. Mit jedem Vorrücken des kleinen Zeigers wurde die Wärme unangenehmer. Und das kollektive Schweigen unbehaglicher. Er öffnete die Knöpfe des Jacketts. Sein Hemd fühlte sich am Rücken und unter den Achseln feucht an. Er beneidete Tara um ihr helles Shirt und die leichte blaue Stoffhose.

Plötzlich ging ein Ruck durch Bianca Wagners erstarrten Körper. Sie blinzelte sich aus der inneren Einkehr zurück in die Wirklichkeit. „Möchten Sie etwas trinken?"

Tara verneinte. Er nickte. Auf seiner Zunge lag ein Geschmack von Pappe.

„Wir haben nur stilles Wasser."

„Perfekt, danke."

Frau Wagner schenkte ihm ein. Er leerte den Plastikbecher in einem Zug, reichte ihn zurück. Als sie nachfüllen wollte, winkte er höflich ab.

„Darf ich die Fenster öffnen?"

„Bitte."

Er stellte beide Fenster auf Kipp und lehnte sich gegen die Fensterbank. Eine angenehme Brise strich ihm über den Rücken. Sie sog die stickige Luft nach draußen und ließ frische herein. Die angespannte Atmosphäre tauschte sie leider nicht aus.

Die Zimmertür wurde schwungvoll geöffnet. Ein Mann trat ein, gekleidet in eine knielange Cargohose in Bundeswehrflecktarn und ein farblich passendes grünbraunes T-Shirt. Mit ihm wälzte sich eine Präsenz in den Raum, die sofort alles dominierte. Die Möbel schienen zu schrumpfen. Benni, Bianca Wagner, Tara, alle wirkten schlagartig winzig. Selbst Christopher kam sich klein und schmächtig vor, obwohl er keines von beidem war.

Clemens Wagner war Mitte bis Ende vierzig, gut eins neunzig groß und gebaut wie Arnold Schwarzenegger zu seinen besten Bodybuilderzeiten. Beine wie Baumstämme, Oberarme wie anderer Leute Oberschenkel, ein Torso wie ein Bär. Das Gesicht kantig, die dunklen Haare im militärischen Crew Cut geschnitten, strahlte er Strenge und Disziplin aus. In der rechten Hand, oder treffender, Pranke, trug er einen Papphalter mit drei Bechern.

„Guten Morgen", grüßte Bennis Vater mit Bass in der Stimme und Misstrauen in den dunklen Augen.

„Guten Morgen." Das saloppe *Moin* blieb Christopher in der Kehle stecken.

Herr Wagner pflügte mit hüftsteifem Gang durch den Raum. Dabei rotierten seine Schultern von einer Seite zur anderen. Als wolle er die Welt aus dem Weg schieben. Bianca Wagner nahm ihrem Mann den Becherhalter ab. Die beiden tauschten einen flüchtigen Kuss. Kaum ein Berühren der Lippen.

„Hier." Clemens Wagner gab seinem Sohn einen der Pappbecher. „Pfefferminztee. Zu viel Koffein ist ungesund."

Benni starrte auf den Becher in seiner Hand, die Gedanken ins lädierte Gesicht gemeißelt: *Aber er selbst zieht sich schön den Kaffee rein.*

Zeit für einen Themenwechsel.

„Christopher Diecks, von der Detektei Kleemeyer." Er streckte die Hand aus. In banger Erwartung, mit gequetschten Fingern nach Hause zu fahren.

Sein Gegenüber griff zu. Kräftig, aber weit entfernt von mutwilliger Körperverletzung. „Wagner."

Frau Wagner reichte ihrem Mann einen der verbliebenen Pappbecher. Er nahm ihn entgegen und entfernte sich einige Schritte. Distanz auf sämtlichen Kanälen.

„Es dauert nicht lange", versicherte Christopher. „Ich habe einige Fragen zum Ablauf des Geschehens und ein, zwei anderen Punkten."

„Mein Sohn hat bereits mit der Polizei gesprochen." Clemens Wagner nippte am Kaffee.

„Vielleicht ist Benni in der Zwischenzeit mehr eingefallen. Oder die zuständigen Beamten haben andere Fragen gestellt."

„Halten Sie sich für schlauer als die Polizei, Herr Diecks?"

Der Nächste, der ihn abfällig behandelte. Was war heute nur los?

„Möglicherweise betrachte ich den Fall aus einem anderen Blickwinkel."

„Wieso sollte es da unterschiedliche Blickwinkel geben? Mein Sohn wurde brutal zusammengeschlagen. Von einem maskierten Mann. Er hat nichts gesehen oder gehört."

„Das würde ich gern mit Benni besprechen."

Sein Gegenüber zog die Mundwinkel nach unten. „Wir brauchen keine Privatdetektive, die in unseren Angelegenheiten herumschnüffeln."

Von daher wehte also der Wind. Bei manchen Menschen löste sein Beruf reflexartig Feindseligkeit und Mitarbeitsverweigerung aus. Dagegen half weder ein schicker Anzug noch ein gewinnendes Lächeln. Einzig ein dickes Fell.

Bianca Wagner regte sich. „Warum wollen Sie Benni zwingen, wieder darüber nachzudenken? Es wäre besser für ihn, wenn er dieses schreckliche Erlebnis bald vergessen würde." Sie strich ihrem Sohn über das Haar. Der erstarrte unter der Berührung, den Kopf leicht geduckt. Wie eine Schildkröte, die am liebsten in ihrem Panzer verschwinden würde.

„Es sind bloß ein paar harmlose Fragen", sagte Tara in beschwichtigendem Tonfall. Die negativen Schwingungen verwirrten sie sichtlich.

Angespannte Stille senkte sich über das Zimmer. Alle blickten auf den armen Benni hinab. Der starrte verbissen ein Loch in seine Bettdecke. Aus der Nummer kam er leider nicht raus, ohne Stellung zu beziehen. Schließlich nickte er.

Christopher atmete auf. „Danke." Er holte die Stühle heran. Einen für Tara, den anderen für sich. Um das Gespräch auf Augenhöhe fortzusetzen. In jeder Beziehung. Tara nahm dicht an Bennis Seite Platz, er selbst zu ihrer Rechten. Bevor er die erste Frage stellen konnte, hielt Benni Tara den Pappbecher hin.

„Möchtest du? Ich mag keinen Pfefferminztee."

Um Clemens Wagners Augen zuckte es. Von der Herzlichkeit in dieser Familie bekam man Frostbeulen.

Tara wirkte peinlich berührt. „Äh, danke." Sie nahm den Becher und stellte ihn auf der Fensterbank ab.

Christopher beugte sich vor, die Ellbogen auf die Knie gestützt, die Finger ineinander verschränkt. „Erzähl uns vom Ablauf des Abends. So detailliert wie möglich."

Benni ordnete seine Gedanken. „Ich studiere Violoncello an der Hochschule für Musik und Theater. Zusammen mit vier anderen Studenten habe ich vor einiger Zeit eine Band gegründet. Wir treffen uns zweimal in der Woche zum Proben. Manchmal hängen wir auch bloß zum Spaß im Bunker ab. Wir teilen uns den Raum mit einer Schauspieltruppe, die Stand-up-Comedy und Impro-Theater macht. Die sind super drauf. Weißt du ja", fügte er an Tara gewandt hinzu.

„So hat er seine Freundin Lily kennengelernt", erklärte sie.

„Habt ihr an dem Abend geprobt?"

„Ja. Wir haben in acht Tagen einen Auftritt bei einem Wettbewerb. Also hätten ihn gehabt ..." Benni blickte betrübt auf die Armschlinge.

„Ein Wettbewerb für klassische Musik?"

Die Ablenkung funktionierte. Sein Gegenüber musterte ihn, als hätte er etwas Unanständiges gefragt.

„Nee, wir spielen Dark Rock. Wir covern die Songs unserer Lieblingsband und komponieren eigenes Material. Rein instrumental. Cello, Geige, Kontrabass, Klavier und Percussion."

„Klingt ungewöhnlich." Dark Rock verband er mit schwermütigen Liedern über Weltschmerz und Todessehnsucht, nach deren Genuss man sich vor die nächste U-Bahn stürzen wollte.

In Bennis funktionierendem Auge flammte Begeisterung auf. Trotz seines desolaten Zustands strahlte er plötzlich vor Euphorie. „Klingt megageil! Wenn wir loslegen, geht das richtig nach vorn! Du kannst gern vorbeikommen und es dir anhören. Wenn ich wieder fit bin. Wir rocken den Bunker!"

Welch eine verblüffende Wandlung. Schade, dass sie nicht bei diesem Thema bleiben konnten. „Danke für die Einladung. Ihr habt an dem Abend also geprobt. Wie lange?"

„Die anderen Jungs sind gegen zweiundzwanzig Uhr abgehauen. Ich habe allein weitergeübt. Beim Wettbewerb wollten wir einen neuen Song spielen, der hat diese frickelige Solopassage, die ich ständig versemmle. Um halb elf bin ich los." Das Strahlen machte Trübsinn Platz. „Wäre ich bloß zusammen mit den anderen gegangen."

Tara strich ihrem Freund tröstend über den Unterarm. „Das konntest du nicht ahnen."

„Wo hat sich der Angriff ereignet?", hakte Christopher nach.

„Im ersten Stock."

„Was ist passiert?"

Bennis geschwollene Oberlippe zuckte. Er atmete ein, wohl zu tief, verzog vor Schmerzen das Gesicht. „Unser Raum liegt im dritten Stock. Es gibt keinen Aufzug, nur die Treppe. Auf dem Weg nach unten habe ich eine Nachricht an Lily vorbereitet. Der Empfang im Bunker ist mies, ich wollte sie draußen abschicken. Auf einmal stand da dieser Mann. Groß, breitschultrig, schwarze Kleidung. Zuerst habe ich nicht geschnallt, dass der maskiert ist. Ich dachte, der hat einen echt bekloppten Haarschnitt. Im nächsten Moment schlägt der mir ins Gesicht."

„Ohne Vorwarnung?"

„Der hat keinen Ton gesagt. Ich bin gestürzt, voll auf die linke Seite. Dann hat er zugetreten."

Bianca Wagner hob die Hand vor den Mund. Ihre Augen füllten sich mit Tränen.

„Ich erinnere mich an das Knacken." Bennis Stimme klang distanziert. „Als würde ein trockener Ast durchbrechen."

„Manche Geräusche vergisst man nicht", erwiderte Christopher leise. Sie brannten sich tief ins Gedächtnis ein. Verbanden sich dort mit der Angst zu einem schlagkräftigen Team. Und plötzlich bekam man beim Aufheulen eines Automotors Herzrasen. Er schob den Gedanken beiseite. „Du hast der Polizei von einem zweiten Mann erzählt."

„Der stand reglos da und hat zugeguckt. Während ..." Benni stockte.

„Möchtest du eine Pause machen?"

Ein zitterndes Ausatmen. Ein Zucken, als der Schmerz folgte. „Geht schon."

„Konntest du die Augenfarbe deines Angreifers erkennen? Die Hautfarbe an den Ausschnitten der Maske?"

„Dunkle Augen. Helle Haut."

„Was ist mit Augenbrauen? Oder einem Bart?"

„Dunkle Augenbrauen, dunkler Oberlippenbart."

Beides ließ auf ebenfalls dunkles Haupthaar schließen. Er notierte es. „War irgendetwas an seiner Kleidung ungewöhnlich? An der Jacke, der Hose, den Schuhen?"

Benni wich seinem Blick aus. „Nein."

Er log. Der bemüht feste Tonfall, die tiefere Stimmlage ...

„Sicher?" Keine Antwort. „Benni?" Hartnäckiges Schweigen. „Benni?"

„Das reicht!", raunzte Clemens Wagner.

„Lassen Sie ihn doch", bat Frau Wagner.

Was hatte Tara auf dem Parkplatz gesagt?

Er hat unglaubliche Angst, die Täter könnten herausfinden, dass er über sie spricht ...

„Ich weiß, wie schwierig das für dich ist."

Benni fixierte ihn mit einem *„Du hast überhaupt keine Ahnung, was ich durchmache"*-Ausdruck im unversehrten Auge.

Er legte Stift und Block beiseite. „Ein Privatdetektiv schiebt nicht nur Papier von links nach rechts. Mein Job kann sehr gefährlich werden. Ich wurde bedroht, zusammengeschlagen, und man hat auf mich geschossen. Ich weiß, wie es ist, Angst zu haben. Sich davor zu fürchten, dass die Täter zurückkommen. Es gehört Mut dazu, trotzdem über die Erlebnisse zu sprechen. Du bist mutig. Sonst hättest du diesem Treffen nicht zugestimmt."

Benni starrte ihn an. Alle starrten ihn an. Die geballte Aufmerksamkeit bereitete ihm Unbehagen.

„Er trug eine dieser Sweatjacken mit Kapuze", sagte Benni leise. „Auf der linken Brust war ein Aufdruck."

„Kannst du den Aufdruck beschreiben? Oder zeichnen?"

Er reichte Benni die Schreibutensilien. Der schlug eine neue Seite auf und betrachtete konzentriert das blanke Papier. Schließlich malte er ein umgedrehtes „V" mit breiten Linien, auf dem schräg eine unförmige Eidechse saß. Der Kopf des Tieres zeigte nach rechts oben, der lange Schwanz kringelte sich nach links unten. Christopher betrachtete die Zeichnung. Keinen blassen Schimmer, was das Symbol bedeutete.

„Welche Farbe hatte der Aufdruck?"

„Weiß."

Auf der dunklen Kleidung des Mannes musste der Aufdruck regelrecht geleuchtet haben. Die Achtlosigkeit eines Amateurs? Die Absicht eines Profis? Er fragte sich, wie viel Zeit zwischen dem Aufeinandertreffen mit den Einbrechern und dem ersten Schlag tatsächlich vergangen war. Genügten ein oder zwei Sekunden, um sich diese Details zu merken? Oder hatte doch eine Unterhaltung stattgefunden? In Gegenwart der Eltern wollte er nicht nachfragen. Er würde wiederkommen. Wenn die Wagners nicht wie Helikopter über ihrem Sohn kreisten. Er fotografierte die Zeichnung mit seinem Smartphone. Danach kopierte er sie auf ein zweites Blatt, riss es vom Block ab und reichte es Bianca Wagner.

„Geben Sie diese Information an die Polizei weiter. Das Symbol könnte ein Markenzeichen des Täters sein. Falls er vorbestraft ist, taucht es vielleicht in seiner Akte auf. Oder in einer Datenbank."

„Meinen Sie?" Bianca Wagners Tonfall irritierte ihn. Es lag eine seltsame Schwingung darin.

„Bekomme ich Ärger?", fragte Benni besorgt. „Weil ich es nicht gleich erzählt habe?"

„Mach dir darüber keine Sorgen. Manchmal fallen einem Details erst später ein." Ein subtiler Hinweis für eine Ausrede.

„Das genügt." Clemens Wagner feuerte seinen Kaffeebecher demonstrativ in den Mülleimer. „Die Fragestunde ist beendet. Mein Sohn braucht Ruhe. Schnüffeln Sie woanders weiter."

Christopher akzeptierte den Rauswurf. Ihm wirbelten zu viele Gedanken durch den Kopf, um das Gespräch sinnvoll fortzusetzen. Er gab Benni zum Abschied die Hand. „Danke für deine Hilfe."

„Kein Ding."

„Falls dir noch mehr einfällt, kannst du mich jederzeit anrufen." Er holte eine Visitenkarte aus der Innentasche des Jacketts.

Benni nahm sie. „Mach ich."

„Würdest du mir deine Handynummer geben? Falls ich Rückfragen habe?"

Nach kurzem Zögern nannte Benni eine Zahlenfolge, die Christopher in seinem Smartphone speicherte. Tara umarmte ihren Freund behutsam und küsste ihn auf die Wange.

„Bis bald, Benster."

Die Verabschiedung von den Eltern war ein Nicken, das ebenso knapp erwidert wurde. Schon halb zur Tür raus, wandte er sich um und reichte Frau Wagner eine Visitenkarte. Sie nahm sie mit spitzen Fingern entgegen.

Als sie das Krankenzimmer verlassen hatten, atmete Christopher geräuschvoll aus. „Das hat Spaß gemacht", verkündete er übertrieben fröhlich.

„Unfassbar!" Tara schüttelte den Kopf. „Keine Ahnung, welche Laus Clemens über die Leber gelaufen ist. Wie der dich behandelt hat!"

„Ist er sonst entspannter?"

„Wenn es um seinen Sohn geht, wird er schnell zum Pitbull. Ein Reflex aus Bennis Schulzeit. Doch so aggressiv habe ich ihn selten erlebt. Die ganze Atmosphäre war ..." Sie suchte nach dem passenden Wort. „Unterirdisch."

„Ist diese Distanz zwischen den Eltern normal?" Es ging ihn eigentlich nichts an. Nicht jede Ehe funktionierte. Auch nicht jede zweite. Vielleicht die dritte. Er wünschte es seiner Mutter.

„Schwierig zu beurteilen. Dafür sehe ich sie zu selten."

„Was macht Herr Wagner beruflich?"

„Er ist Personal Trainer. Verwandelt XXL-Moppel in Slim-Fit-Muskelpakete und bereitet Bodybuilder auf Wettbewerbe vor. Früher hat er selbst an Meisterschaften teilgenommen. Da war er *richtig* aufgepumpt."

„Jetzt ist er in schlechter Form?"

„Ein Schatten seiner selbst."

„Herrje."

„Clemens hat sich vor einem Jahr selbstständig gemacht", fuhr Tara fort. „Seitdem steht er unter Dauerstrom."

„Das wäre eine Erklärung."

„Bianca durchlebt ebenfalls schwierige Zeiten. Anfang letzten Jahres wurde die Apotheke geschlossen, die sie sechs Jahre lang geleitet hat. Sparmaßnahmen. Bianca hat verbissen um den Erhalt gekämpft. Es ging nicht allein um ihren Job, sie fühlte sich für ihre vier Mitarbeiter verantwortlich. Das Aus kam trotzdem."

„Übel", gab er betroffen zurück.

„Unverschuldet arbeitslos zu werden, hat ihr stark zugesetzt. Dazu kam Clemens Selbstständigkeit, die ein finanzielles Risiko darstellt. Inzwischen arbeitet sie in einer anderen Apotheke. Mit einer Chefin, die ihre Tochter sein könnte und sich aufführt wie eine Königin."

„Keine schöne Situation."

„Wahrscheinlich ist es die Kombination. Beide im beruflichen Ausnahmezustand und keine Kapazitäten für die Probleme des anderen. Das erzähle ich dir alles im Vertrauen, okay?"

„Keine Sorge, ich bin ein Meister im Hüten von Geheimnissen."

Tara hob die Augenbrauen. „Das klingt ominös."

„Danke."

Diese Antwort brachte Tara zum Lachen.

Sie fuhren im Fahrstuhl nach unten. Im Wartebereich saß das ältere Paar noch immer auf der Bank. In einigem Abstand der Junge auf dem Stuhl. Die Alten starrten ins Leere, der Junge auf sein Handy. Draußen eine neue Gruppe von Rauchern beim Standaschenbecher. Auf dem Weg zum Parkplatz kam ihm eine von Taras Bemerkungen in den Sinn.

„Wurde Benni in der Schule gemobbt?"

„Wie kommst du darauf?"

„Pitbull", gab er ihr ein Stichwort.

Sie verzog das Gesicht. „Der schüchterne Spargeltarzan mit dem Grufti-Look und dem Mädchengesicht? Wo denkst du hin! Benni war der Klassenchamp."

„Seid ihr ...?"

„Hey, Tara!"

Synchron wandten sie sich um. Eine junge Frau um die zwanzig kam heran. Knapp mittelgroß, zierlich, mit feinen Gesichtszügen. Ganz in Schwarz, in einem knielangen Kleid mit Korsage und Spitzenbesatz an Ärmeln und Saum. Dazu passende Stiefeletten, Netzstrümpfe und eine schwarze, mit silbernen Nieten besetzte Umhängetasche. Im harten Kontrast zu all der Finsternis standen ihr ellbogenlanges weißblondes Haar und die nordische Blässe. Oder *„der Hamburger Post-Winter-Zombie-Look"*, wie sein Kumpel Jacobi gern sagte.

„Hallo, Lily." Tara musste sich vorbeugen, um die kleinere Frau zu umarmen. „Wie geht's?"

Ein Schatten fiel über das elfenhafte Gesicht. Aus der Nähe wurden gerötete Augen und dunkle Augenringe sichtbar. Schwarzes Make-up verstärkte den Eindruck von Erschöpfung.

„Geht so. Sollte ich irgendwas wissen?", fragte Lily mit einem bedeutungsvollen Blick auf Christopher.

Tara errötete. „Quatsch. Was du immer gleich denkst!"

„Schade." Benni Wagners Freundin musterte ihn interessiert aus dunkelbraunen Augen.

„Christopher Diecks, Privatdetektiv", stellte er sich betont förmlich vor. Ein kurzes Innehalten, während die Information verarbeitet und bewertet wurde. Diesmal fand er anscheinend Gnade.

„Liliana Zimmermann." Zarte Finger mit dunkelrot lackierten Nägeln schlossen sich erstaunlich fest um seine. Zahlreiche silberne Ringe kühlten seine Haut. „Sie dürfen mich Lily nennen."

„Topher." Ihm fiel der silberne Anhänger auf, den sie an einem ebenfalls silbernen Kettchen um den Hals trug. Vier geschwungene Buchstaben, beginnend mit einem *L.* Sein Gehirn formte automatisch ihren Kosenamen. Doch es war dieselbe Buchstabenfolge, die innen an Benni Wagners Handgelenk prangte: *LOTL*. „Können wir uns duzen?", setzte er leicht verzögert nach.

„Gern. Ihr habt einen Privatdetektiv eingeschaltet?", wandte sich Lily verwundert an Tara.

„Behalte das bitte für dich. Tophers Firma hilft uns dabei, die Einbrüche aufzuklären. Und den Angriff auf Benni."

„Ist das nicht Aufgabe der Polizei?"

Er nickte. „Wir unterstützen sie bei den Ermittlungen. Das erhöht die Chancen, die Täter zu fassen."

„Gut." Ein harter Zug erschien um Lily Zimmermanns Mund. „Wer immer Benni das angetan hat, gehört in den Knast! Er hätte sterben können!" Wie zur Beruhigung berührte sie den silbernen Anhänger.

„Wir kriegen die", versicherte Tara.

„Ich weiß."

Zweckoptimismus auf beiden Seiten.

„Ich bringe meinem Helden jetzt seine Lieblingswaffeln." Lily klopfte auf die Umhängetasche.

„Seine Eltern sind da", warnte Tara. „Clemens hat miese Laune."

„Ach, wenn Papa Bär brummt, fliegt er raus."

Bei Christopher sprang das Kopfkino an. Die zarte Elfe, die den Muskelberg aus der Tür kegelte. Er traute es ihr zu.

Lily reichte ihm die Hand. „War schön, dich kennenzulernen."

„Ebenso."

Nachdem sie Tara zum Abschied umarmt hatte, marschierte Liliana Zimmermann mit selbstbewussten

Schritten zum Eingang von Haus 2. Die Blicke der männlichen Raucher folgten ihr bis zum Gebäude.

„Wow", entfuhr es ihm.

„Lily ist furchtlos." Bewunderung in Taras Stimme. „Wie geht es weiter? Zurück zur Detektei?"

Er legte den Kopf in den Nacken und betrachtete eine Wolke, die träge über den blauen Himmel zog. Die Ergebnisse von Bennis Befragung mussten sich erst setzen. Irgendetwas hakte, aber im Moment kam er beim besten Willen nicht drauf, was es sein könnte. „Ich würde mir gern den Bunker ansehen. Vor allem von innen." Er seufzte. „Ich hätte nach den Schlüsseln fragen sollen."

„Kein Problem." Tara holte einen Schlüsselbund aus der Hosentasche.

„Woher ...?", hob er verblüfft an. „Moment. Du spielst nicht in der Band." Benni hatte von *Jungs* gesprochen. „Gehörst du zur Schauspieltruppe?"

„Ich bin eine Art Groupie."

„Ausweichende Antwort. Faszinierend."

„Oje. Ich habe die Neugier von Sherlock Holmes geweckt."

„Stimmt. Ossi", wiederholte er amüsiert den Spitznamen, den Benni Wagner Tara gegeben hatte.

Sie zog ein astreines Schweppes-Gesicht. „Was muss ich tun, um dir eine spontane Amnesie zu verpassen?"

„Mit mir zum Bunker fahren."

„Du hast keine Lust, dich mit Andi durch die Personenüberprüfungen zu wühlen, oder?"

„Korrekt."

KAPITEL 4

Die Palmerstraße lag in der Nähe des Marienkrankenhauses. Einmal über die Kreuzung, an der Bürgerweide, Landwehr, Burgstraße und Sievekingsallee aufeinandertreffen, in die Carl-Petersen-Straße und links ab. Während er in der ruhigen Seitenstraße nach einem Parkplatz suchte, hielt er gleichzeitig nach dem Hochbunker Ausschau. Die erste Aufgabe erfüllte er erfolgreich, die zweite nicht. Dabei sollte das massige Stahlbetonmonster kaum zu übersehen sein. Das Rätsel löste sich, als er Tara zu einem asphaltierten Weg folgte, der zwischen zwei Wohnhäusern hindurchführte. Die rötlich braunen Mauern der Klinkerbauten wirkten wie Leitplanken, die den Blick unweigerlich auf das Relikt aus Kriegszeiten lenkten, das sich im Innenhof versteckte. Von der Einfahrt aus war wenig mehr als der Sockel des Bunkers und die Eingangstür zu erkennen. Den Rest verdeckte die ausladende Krone eines Baumes. Schilder wiesen darauf hin, dass es sich bei dem Weg um einen Privatweg handelte. Durchfahrt nur für Berechtigte. Die Unberechtigten hatten sich davon nicht abhalten lassen. Er fotografierte die Einfahrt mit seinem Smartphone. Danach gingen sie weiter. Der Weg mündete in einen unerwartet weitläufigen Hof. Links lag ein Parkplatz, auf dem ein einzelner Pkw stand. Dahinter blühende Büsche, Bäume und entfernt die roten Schrägdächer von Wohnhäusern. Ein Idyll!

Rechts wurde es hässlich. Wenige Meter vom Bunker entfernt gab es eine Reihe schäbiger Garagen. Jenseits des massiven Ungetüms kauerte ein niedriger Gebäuderiegel. Ein schmuddeliger weißgrauer Legoblock, der eher wie ein Bürogebäude als wie ein Wohnhaus aussah. Er legte den Kopf in den Nacken. Der Bunker ragte majestätisch in den blauen Aprilhimmel. Die weiß gestrichene Fassade leuchtete im Sonnenschein. Auf der Vorderseite gab es keine Fenster. Lediglich eine Vielzahl runder aus dem Stahlbeton ragender Öffnungen. Vermutlich Lüftungsrohre. Von unten ähnelten sie wohlgeordneten Pickeln. Die vergitterte Eingangstür lag gut einen Meter zurückgesetzt. In der oberen linken Ecke der Türnische hing eine robuste Lampe. Daneben eine Überwachungskamera. Graffiti flankierten zu beiden Seiten die Nische. Schwarze Strichmännchen auf ockerfarbenem Grund, die auf Oboen-ähnlichen Instrumenten spielten oder in Tanzbewegungen erstarrt schienen. Putzig. Er knipste mehr Fotos.

„Drehen wir eine Runde."

Auch an der linken Seite des Bunkers gab es keine Fenster und weder Kameras noch Außenbeleuchtung. Auf der ebenfalls fensterlosen Rückseite befand sich der Notausgang. Drei breite Metallstufen führten hoch zu der vergitterten Tür. Schräg über der Tür eine Kamera. Ein Stück entfernt hatte jemand sein Auto direkt unter einem Schild abgestellt, auf dem gut sichtbar ein Abschleppwagen prangte. Obwohl es ausreichend legale Parkmöglichkeiten gab. Großstadtrebell.

Er hielt alles bildlich fest und wandte sich danach dem Gebäuderiegel zu. Hinter den Fenstern standen Blumentöpfe. Dazwischen Wasserkocher, Gießkannen,

Aktenordner. Eindeutig ein Bürogebäude. Nachts konnte man hier wohl relativ unbehelligt herumschleichen.

Die Feuerleiter befand sich an der rechten, den Garagen zugewandten Seite des Bunkers. Umgeben von einem halbrunden, metallenen Schutzkäfig, führte sie vom Flachdach steil nach unten und endete gut zweieinhalb Meter über dem Asphalt. Es bedurfte entweder einer Leiter oder der Hilfe eines Komplizen, um sie zu erreichen. Ein grauer Wagen, der quer vor einer der Garagen stand, brachte ihn auf eine dritte Idee. Die Motorhaube besaß die richtige Höhe. Dennoch blieb es unmöglich, sperriges Diebesgut durch den engen Schutzkäfig zu transportieren.

„Mist", stieß Tara unvermittelt hervor. Sie starrte die Feuerleiter hoch, die Hände in die Hüften gestemmt.

„Ja?", hakte er nach.

„Im Bunker gilt strenges Rauchverbot. Die Mieter aus den oberen Stockwerken benutzen das Dach, wenn sie keinen Bock haben, ihren Hintern nach unten zu bewegen. Das Türschloss verriegelt automatisch. Deshalb liegt da immer ein Tau, das man über die Klinken hängen kann."

„Lass mich raten: Die Tür steht regelmäßig offen?"

„Genau. Sieht von unten ja keiner."

Das menschliche Element killte selbst das ausgeklügeltste Sicherheitssystem.

„Auf diesem Weg gelangt man mit Glück also in den Bunker", sinnierte er. „Falls man auf die Idee kommt, die Feuerleiter hochzuklettern. Trotzdem bleiben die Kameras."

„Die auf dem Dach ist seit Monaten defekt."

Sieh an. Die nächste Lücke. Die Leute von der Gebäudeversicherung würden sich freuen. „Wissen die Borcherts darüber Bescheid?"

„Klar. Haben wir längst gemeldet. Passiert aber nichts. Kostet halt, alle Objekte in Schuss zu halten."

Er kratzte sich nachdenklich am Kopf. „Rauf aufs Dach, Beute holen, das Zeug abseilen und über die Feuerleiter wieder runter."

Tara runzelte skeptisch die Stirn.

Er spiegelte ihre Reaktion. „Lass uns reingehen."

Im Eingangsbereich empfing sie trister grauer Stahlbeton. Zwei Gänge führten tiefer in den Bunker. Einer geradeaus, der andere nach links. Es gab jeweils eine Treppe in die oberen Stockwerke und eine in den Keller. Rechts von ihnen befand sich eine Tür mit der Aufschrift *Müllraum.*

„Der wird aus Sicherheitsgründen abgeschlossen." Tara konnte offenbar Gedanken lesen. „Damit keine Externen ihren Müll dort entsorgen. Die Mieter besitzen alle einen Schlüssel."

Interessante Info. Er drückte probeweise die Klinke hinunter. Ja, die Tür war zu.

Tara schmunzelte. „Kontrolletti."

Christopher zuckte die Achseln. „Berufskrankheit."

An einer Wand hing ein Schwarzes Brett. Instrumente standen zum Verkauf, Beteiligungen an Räumen wurden gesucht, jemand bot seine Gesangskünste an. Dazwischen eine Einladung zum gemeinsamen Grillen auf dem Vorplatz. Er deutete auf den Zettel.

„Wie gut kennen sich die Mieter untereinander?"

„Kommt darauf an, wie kommunikativ die Leute sind. Bei den Grillfesten und Glühweinpartys tauchen meist die üblichen Verdächtigen auf. Der Rest macht sein eigenes Ding. Ist reiner Zufall, wenn man hier jemandem begegnet."

In den anderen Bunkern würde es ähnlich sein. Kein Wunder, dass niemand die Einbrüche bemerkt hatte.

„Wie viele Mieter kennst du? Persönlich oder vom Sehen?"

„Neben unserer Truppe? Vielleicht fünfzehn." Ein Aha-Moment flackerte in Taras Gesicht auf. Sie seufzte. „Ich sollte mir die Überwachungsvideos angucken, oder?"

Er legte ihr mitfühlend die Hand auf die Schulter. „Ein Opfer für die gute Sache."

Sie stiegen die blanken Betonstufen hoch. Leuchtröhren unter der Decke verbreiteten ein fahles Licht, das selbst den schönsten Teint in käsiges Gelb verwandelte. Im ersten Stock blieb Tara stehen. Ein Schatten legte sich auf ihre Züge.

„Hier ist es passiert." Sie deutete auf eine Ansammlung dunkler Flecken am Boden.

Sofort lief ein Film vor seinem inneren Auge ab: Benni, der die Treppe herunterkam, abgelenkt von der Nachricht an Lily. Benni am Boden, blutend, den Tritten des Angreifers hilflos ausgeliefert. Abgesehen von einigen Verfärbungen deutete nichts darauf hin, welch furchtbare Minuten er durchlebt haben musste.

„Hat die Polizei irgendwelche brauchbaren Hinweise gefunden? Fingerabdrücke, Haare, Fußspuren? Einen verlorenen Perso?"

„Nein."

„Schade.“

„Soweit ich weiß, gab es bei keinem der Einbrüche einen verräterischen Daumenabdruck neben dem Türschloss.“

„Jeder Dieb mit ein bisschen Grips zieht Handschuhe an.“ Die ohne Grips lernten diese Lektion auf die harte Tour.

Er sah sich um. Gleiche Aufteilung wie im Erdgeschoss. Statt des Müllraums gab es hier ein WC. Er fotografierte alles. Ging danach durch die Gänge. Absolute Stille. Keine der grauen Sicherheitstüren verriet, was sich hinter ihr befand. Im WC roch es nach Reinigungsmittel. Die einzige Kabine war blitzsauber. Unter dem Waschbecken stand ein niedriger Schrank mit Papierhandtüchern und Toilettenpapier. Irgendwo surrte leise eine Lüftung. Ein gutes Versteck, um jemandem aufzulauern.

Sie stiegen die Treppen hoch bis in den sechsten Stock. Die Muskeln in seinen Beinen nahmen die Anstrengung kommentarlos hin. Eine Metalltreppe führte weiter hinauf zum Dach. Durch einen Spalt zwischen Tür und Rahmen fiel Tageslicht.

„Das meinte ich.“ Tara betrachtete missmutig das Tau, das zwischen den Klinken gespannt war, damit die Tür nicht ins Schloss fiel. „Bis das erste Kind vom Dach fällt. Verdammte Idioten!“

Draußen war niemand zu sehen. Über dem Türrahmen die obligatorische Überwachungskamera. Ein loses Kabel baumelte seitlich aus dem Gehäuse. Die Feuerleiter befand sich rechts. Er trat an den Rand des Daches und blickte hinunter. Für einen Moment wurde ihm schwindelig. Das wäre ein verdammt langer Fall!

Er hielt sich am metallenen Schutzkäfig fest, beugte sich erneut vor. Der graue Asphalt schien ihn zu locken. Furcht kribbelte durch seine Adern, begleitet von einer morbiden Faszination für die Tiefe. Kein Geländer, kein Zaun schützte vor dem Abgrund. Ein achtloser Schritt wäre tödlich. Ebenso ein absichtlicher. Er trat zurück.

„Gruselig, oder?" Tara wartete in gebührendem Abstand.

Er fotografierte die Feuerleiter und die defekte Kamera. Ließ den Blick schweifen. Die Aussicht war grandios. Bei dieser klaren Luft konnte man weit über die Dächer sehen. Er schloss die Augen. Genoss die warme Sonne auf dem Gesicht. Den Wind, der ihm das Haar zerzauste. „Ich würde gern mit Bennis Bandkollegen sprechen. Vielleicht ist einem von ihnen etwas aufgefallen. An dem Abend oder an den Tagen zuvor."

„Soll ich versuchen, für morgen ein Treffen zu arrangieren?"

„Das wäre klasse."

„Lily wird dabei sein wollen. Sie könnte ihre Leute gleich mitbringen. Falls es zeitlich passt."

„Gute Idee."

Bevor sie sich an den Abstieg machten, entfernte Tara das Tau von den Klinken und steckte es ein. „Morgen hänge ich Zettel aus."

Auf dem Weg nach unten wuchs in ihm ein Gefühl der Beklemmung. Das Fehlen jeglicher Fenster, die abgestandene Luft, die gleichförmigen grauen Flure, all das vermengte sich zu einem latenten Unwohlsein.

„Überwachst auch du die Bunker?", fragte er, um sich abzulenken.

„Manchmal."

„Nachts?"

Hinter ihm ertönte ein amüsiertes Schnaufen. „Fürchtest du um meine Sicherheit?"

„Na ja …"

„Wie ritterlich."

Er blickte im Gehen über die Schulter.

Taras Lächeln milderte den Spott in ihrer Stimme. „Keine Sorge, ich arbeite meist tagsüber. Ich koordiniere zusammen mit Rainer die Einsätze und begleite ihn zu Kundenterminen. Manchmal helfe ich bei der Veranstaltungssicherung. Messen, Konzerte, Firmenfeiern. Bunkerschichten schiebe ich nur, wenn bei uns Urlaubszeit angesagt ist."

„Verstehe."

„Ich mag die Nachteinsätze nicht. Man fährt von einem Objekt zum nächsten, kontrolliert das Gelände, überprüft die Türen, läuft durch leere Flure. Total monoton und trotzdem stressig. Weil immer irgendwas sein kann. Betrunkene, Randalierer, Sprayer. Kollegen wurden angepöbelt, bedroht, tätlich angegriffen."

„Klingt übel."

„Zwei Kollegen nehmen zum Schutz ihre Hunde mit auf Tour. Das sich abgerichtete Wachhunde, richtig scharfe Viecher."

„Tragt ihr Waffen?" Der Gedanke war beunruhigend.

„Selten. Also, ich nie."

„Gut." Er konnte sich Tara beim besten Willen nicht mit einer Pistole in der Hand vorstellen.

„Die Kollegen vom Personenschutz besitzen alle einen Waffenschein. Vielleicht mache ich irgendwann auch einen. Keine Ahnung. Die Arbeit ist interessant."

Ein Innehalten. „Waffen machen mir Angst. Der Gedanke, eine in der Wohnung zu haben oder während eines Einsatzes zu tragen …"

„Waffen wollen benutzt werden. Lass bloß die Finger davon!" Er hatte erlebt, welche Verheerung eine Kugel anrichten konnte. Manchmal träumte er davon.

Sie erreichten das Erdgeschoss. Ihr Versuch, den Keller zu betreten, scheiterte an einer verschlossenen Stahltür mit der Aufschrift *Privat.* Den Mietern wurde dafür kein Schlüssel ausgehändigt. Taras Firma besaß einen für die Rundgänge. „Ich hol den Schlüssel am Montag aus der Firma", sagte sie. „Damit wir deine Theorie der geheimen Zugänge überprüfen können."

Als sie in den Innenhof hinaustraten, piepte ihr Smartphone. Der Empfang funktionierte offensichtlich wieder.

„Dorina hat angerufen", verkündete sie nach einem Blick auf das Display. Während sie Frau Borchert zurückrief, machte er Fotos vom Parkplatz, den Garagen und dem Gebäuderiegel. Allmählich löste sich seine Anspannung. Der klaustrophobische Bunker und das Waffenthema hatten unschöne Erinnerungen geweckt.

„Wenn wir wollen, können wir die Festplatten mit den Überwachungsaufnahmen abholen", teilte Tara ihm kurz darauf mit. „*Lärmraum* haben ihr Büro in einem Bunker in der Eiffestraße, das ist in der Nähe. Dort fand übrigens der erste Einbruch statt."

Er hob die Augenbrauen. „Premiere im Hauptquartier. Peinlich."

„Deshalb ist Linus so angepieselt. Die Diebe haben Equipment im Wert von fünftausend Euro quasi unter seiner Nase rausgetragen."

„Keine gute PR.“

„Besonders für meine Firma. Wenn sich herumspricht, dass *RC Security* nicht in der Lage ist, seine Kunden zu schützen, kann Rainer den Laden dichtmachen.“

„Dazu wird es nicht kommen.“

Tara musterte ihn zweifelnd. „Kleinen Optimisten eingebaut?“

„Geliefert ab Werk“, gab er verschmitzt zurück.

Sie seufzte. „Als hätte Rainer nicht genug Ärger mit der Umfirmierung gehabt. Was ihn das an Geld gekostet hat!“

„Warum war es überhaupt nötig?“

„Es gibt eine Firma für IT-Sicherheit, die ebenfalls ProSec heißt. Sie wurde früher gegründet, ist größer und arbeitet unter anderem für die Regierung. Im vergangenen Jahr hat sich eine Anwaltskanzlei bei Rainer gemeldet und ihm eine Namensänderung nahegelegt. Um einen teuren Rechtsstreit zu vermeiden, hat er zugestimmt.“

Christopher schüttelte den Kopf. „Das ist echt Mist!“

Während er den Volvo aus dem Gewirr der Seitenstraßen steuerte, blickte Tara schweigend aus dem Beifahrerfenster. Hinter ihrer Stirn rotierten nahezu sichtbar die Zahnrädchen. Sie war hübsch, wenn sie nachdachte. Der konzentrierte Blick aus grünen Augen, die gekräuselte Stirn, die schlanken Finger, die mit einer honigblonden Haarsträhne spielten. Man könnte meinen, eine höhere Macht wolle ihn in Versuchung führen. Vergebliche Liebesmüh. Romy war die einzige Frau, die er an seiner Seite brauchte. Mit ihr konnte es keine andere aufnehmen. Romy war klug, liebevoll, mitfühlend und wunderschön. Sie besaß einen großartigen Sinn für Humor, eine beeindruckende innere Stärke und – von berechtigten Ausnahmen abgesehen – eine hohe Toleranz für seine spontanen Nachteinsätze und ungeplanten Überstunden. Sie brachte Ordnung in sein Chaos. Und wenn Romy ihn aus diesen dunkelbraunen Augen ansah und mit ihrem leichten italienischen Akzent sprach, war bei ihm sowieso alles vorbei.

„Kann ich behilflich sein?", fragte er die grübelnde Tara an einer roten Ampel.

Sie wandte den Kopf. „Ich komme nicht darüber hinweg, wie sich Clemens vorhin benommen hat. Diese Vehemenz, mit der er dich loswerden wollte. Dabei sollte er für jede Hilfe dankbar sein. Und Bianca ... Du konntest ihre Reaktion nicht sehen, als Benni das Symbol gezeichnet hat. Ich dachte, ihr fallen die Augen aus dem Kopf. Als du gesagt hast, es könnte möglicherweise in einer Datenbank der Polizei auftauchen, wirkte sie regelrecht erschrocken."

Das war es gewesen! Diese seltsame Schwingung, die er nicht hatte einordnen können. Aber warum? Er stellte die Frage laut.

„Weil der Täter dadurch gefunden werden könnte?", mutmaßte Tara. „Weil eine Gerichtsverhandlung ihren Sohn in Gefahr bringen würde?"

Er nickte. Schüttelte den Kopf. Nein. Das war eine andere Art von Angst. „Und wenn Frau Wagner das Symbol kennt? Oder den Täter?"

„Was? Woher denn?"

„Keine Ahnung." Die Ampel sprang auf Grün. Er gab Gas, schaltete hoch in den zweiten Gang. „Steckt Benni möglicherweise in Schwierigkeiten? Könnte der Täter ihn gezielt angegriffen haben?"

„Benni dreht keine krummen Dinger, und er kennt garantiert keine zwielichtigen Typen. Außerdem passt ein gezielter Angriff nicht zu der Einbruchsserie."

„Stimmt."

Stille.

„Wir sollten ihn noch einmal besuchen, wenn er allein ist", schlug Tara vor. „Ohne dass seine Eltern dazwischenquatschen können."

„Exakt mein Gedanke."

Er bog in die vierspurige Eiffestraße ein. Bald tauchte auf der rechten Seite ein rostroter Hochbunker auf. Direkt hinter einer Tankstelle gelegen. Er hielt am Straßenrand. Was sofort ins Auge sprang, waren die Fenster. Fünf an der Zahl, senkrecht über der Eingangstür angeordnet, keines vergittert. Die gehörten zum Treppenhaus. Zahlreiche Werbeflächen bedeckten die Fassade. Im oberen Drittel klebte ein breiter Metallsteg am Gebäude.

Während Tara die Festplatten aus dem Büro von *Lärmraum* holte, kundschaftete er das Gelände aus. Rechts vom Bunker befand sich ein Parkplatz. Daneben die Tanke. Links gelangte man über einen weiteren Parkplatz zu einer Weinhandlung und einem Supermarkt. An der Rückseite des Bunkers entdeckte er eine Feuerleiter, die, wie in der Palmerstraße, hoch über dem Boden endete. Der breite Metallsteg verlief rund um das Gebäude. Er machte einige Fotos und ging zurück zur Straße.

Auf einer niedrigen Mauer, die das Gelände der Tanke vom Gehweg trennte, saß ein verlebtes Pärchen unbestimmbaren Alters. Die Frau rauchte eine Selbstgedrehte, der Mann schlürfte Dosenbier. Aus einem verranzten Rucksack zu seinen Füßen ragten dunkle Flaschenhälse. Es wirkte, als würden die beiden viel Zeit auf der Mauer verbringen. Mögliche Zeugen? Die Frau bemerkte sein Interesse. Sie musterte ihn feindselig, stieß ihren Gefährten an. Der reckte herausfordernd das Kinn vor, die Augen zu Schlitzen verengt. In Jeans und T-Shirt hätte Christopher vielleicht eine Chance auf ein Gespräch gehabt. So hielten sie ihn wahrscheinlich für einen hochnäsigen Schlipsträger. Er lehnte sich gegen die Beifahrertür des Volvos und sortierte seine Eindrücke. Eine Durchgangsstraße, von früh bis spät Kundenverkehr in den Geschäften und bei der Tanke, Überwachungskameras überall. Sein Blick wanderte über die rostrote Fassade des Bunkers, die Fenster, die schwere Eingangstür. Wie kam man da ungesehen rein und wieder raus? Bevor er seinen inneren Straftäter konsultieren konnte, kehrte Tara zurück. Über der Schulter trug sie eine Umhängetasche.

„Das sind die Sicherheitskopien", erklärte sie. „Auf die müssen wir gut aufpassen."

„In der Detektei gibt es einen Safe. Dort können wir die Festplatten wegschließen, wenn wir sie nicht benutzen." Damit waren sie physisch sicher, allerdings nicht vor einem unbeabsichtigten Löschen geschützt. Am besten wäre es, den Inhalt abermals zu kopieren. Er öffnete die Beifahrertür für Tara. „Dorina hat uns erlaubt, den Keller im Bunker zu durchsuchen." Sie streifte die Umhängetasche ab. „Ich dachte, ich frage lieber." Während sie einstieg, vermeldete sein Smartphone trillernd den Eingang einer Textnachricht. Sobald er auf dem Fahrersitz saß, las er sie. Die Nachricht stammte von Gerrit Rust.

Wohnung weg. 2 Jobabsagen. Scheißtag!

„Mist", entfuhr es ihm.
Verdammter Dreck, schimpfte er in Gedanken weiter.
„Schlechte Nachrichten?", erkundigte sich Tara.
„Ach ..." Er stieß frustriert die Luft aus. „Mein Kumpel Gerrit ist auf Arbeits- und Wohnungssuche. Läuft alles nicht."
Gerrit und er hatten sich im vergangenen Dezember kennengelernt. Bei einem Fall, der als scheinbarer Erpressungsversuch einer untreuen Ehefrau begann und mit zwei Toten endete. Ein Bauunternehmer hatte im großen Stil Steuern hinterzogen und war bei der Beseitigung der Beweise wortwörtlich über Leichen gegangen. Tatkräftig unterstützt von seinem Neffen. Gerrits Cousine Nina war eines der Opfer gewesen. Ein neunzehnjähriges Mädchen, das seinen Wunsch nach einer besseren Zukunft mit dem Leben bezahlte. Obwohl Gerrit ihm bei den Nachforschungen gehörig auf die Nerven gegangen war, hatten sie sich angefreundet. Im Januar waren sie gemeinsam nach Stuttgart gefahren, um Ninas Grab zu besuchen. Seitdem hielten sie engen Kontakt. Gerry war ein Stehaufmännchen. Ein Kämpfer. Der tapfer versuchte, sich von dem Dreck, den ihm das Leben am laufenden Band servierte, nicht unterkriegen zu lassen. Doch die Tiefschläge prasselten unaufhörlich auf ihn ein. Wenn es schlecht lief, musste er

bald zurück ins Gefängnis. Weil er eine junge Frau mit einer Schreckschusspistole bedroht hatte, um an Informationen über Nina zu gelangen.

Christopher tippte eine Antwort:

Feierabendbier?

Das Smartphone trillerte, als er den Zündschlüssel ins Schloss steckte.

19 Uhr unter den Palmen? Vorher Psychorunde.

Psychorunde. Anti-Aggressions-Training. Gerry hasste die Gruppensitzungen. Er schickte einen erhobenen Daumen zurück.

„Lass uns zur Detektei fahren", sagte er an Tara gewandt. „Je eher die Aufnahmen gesichtet werden, desto besser."

Während er den Volvo zurück nach St. Georg lenkte, telefonierte Tara zuerst mit Mirko, einem von Bennis Bandkollegen. Der wollte gleich die anderen Mitglieder kontaktieren, um für morgen Nachmittag ein Treffen im Proberaum zu organisieren. Danach rief sie Lily an, die von der Idee begeistert war. Innerhalb kürzester Zeit gingen auf Taras Handy zahlreiche Textnachrichten ein. Nach einer Runde Nachrichten-Pingpong nickte sie zufrieden.

„Morgen um 15:45 Uhr sind alle da."

Das berührte ihn. Der Zusammenhalt unter Freunden.

„Benni kann sich glücklich schätzen."

„Wir können uns alle glücklich schätzen. Diese Art von Familie findet man selten." Tara schwieg eine Weile. Ruckelte an ihrem Gurt herum. Irgendetwas lag ihr auf der Seele.

„Spuck's aus", schob er sie flapsig an.

„Ist dein Freund Gerrit Rust? Der Cousin von Nina Armin?"

Er warf ihr einen Seitenblick zu. Gut kombiniert.

„Ich habe die Berichterstattung in den Medien verfolgt", erklärte Tara. „Daran kam man ja nicht vorbei. Ein ermordetes Mädchen kurz vor Weihnachten, wenn das Leben fluffig, warm und voller Liebe sein sollte. Außerdem wusste ich, dass du in dem Fall ermittelt hast."

„Stimmt." Er verspürte kein Verlangen, darüber zu reden. Geistig wieder an dem See im Öjendorfer Park zu stehen und auf die dünne Eisschicht zu starren, unter der Ninas Leiche lag.

Kriminalkommissar Felix von Evert war es gelungen, seinen Namen und den der Detektei Kleemeyer vor den Medien geheim zu halten. Gerry war hingegen voll in den Mahlstrom geraten. Die Reporter hatten sich wie Geier auf ihn gestürzt. Ihm aufgelauert, ihn mit Telefonanrufen bombardiert, in seiner Vergangenheit herumgewühlt. Die Zeitungsberichte hatten ihn den Job gekostet und die Freundschaft mit seinem besten Kumpel.

„Wie geht es Gerrit?", hakte Tara nach.

„Schlecht. Er ist arbeitslos und wohnt in einer verramschten WG mit zwei dauerbekifften Totalversagern."

Sag's, wie es ist.

„Das tut mir leid."

„Sorry. Mich nervt die Situation tierisch. Es geht nicht voran."

Sie näherten sich dem Steindamm. Bald darauf bog er rechts in die Rostocker Straße ein. Natürlich gab es keinen freien Parkplatz. Nach einer Runde um den Block wurde er in einer Nebenstraße fündig.

Tara löste ihren Gurt. „Vielleicht kann ich helfen. Stanne, einer aus Lilys Truppe, hat sich im Februar von seiner Freundin getrennt. Jetzt wohnt er allein in einer Dreizimmerbude und schiebt den Blues. Stanne ist ein lieber, geselliger Typ. Ein Mitbewohner würde ihm bestimmt guttun."

Euphorie rauschte durch Christophers Adern. „Echt jetzt? Das wäre großartig!"

„Bloß eine Idee! Keine Ahnung, was er davon hält."

„Kannst du es herausfinden? Großes Bitte mit Kirsche obendrauf!"

Sie lachte. „Ich rufe ihn gleich an."

Während sie zur Detektei gingen, lauschte er gespannt, wie Tara diesen Stanne fragte, was er davon hielt, seine öde, freudlose Wohnung in eine peppige Zweier-WG zu verwandeln. Sie kenne jemanden, der dringend eine Bleibe suche. Geteilte Miete, geteilte Lebensmittelkosten, Gesellschaft; alles besser, als allein Trübsal zu blasen. Nach ihrer Miene zu urteilen, fiel die Antwort nicht komplett negativ aus. Er schickte ein Stoßgebet gen Himmel.

Kurz darauf senkte Tara das Handy. „Für wie lange wäre das?"

Das Leuchten in ihren Augen gab ihm Hoffnung.

„Vorerst drei oder vier Monate."

Es hing alles vom Ausgang der Gerichtsverhandlung ab.

„Drei oder vier Monate", gab Tara weiter. „Perfekt zum Ausprobieren." Sie hörte zu. Lächelte. „Klingt gut. Bis morgen."

„Und?", fragte er aufgeregt, sobald sie aufgelegt hatte.

„Stanne ist grundsätzlich interessiert. Gerrit soll morgen um fünfzehn Uhr zum Bunker kommen. Dann können sich die beiden ausgiebig beschnuppern, bevor du deine Fragerunde startest."

Er grinste. „Ich werde dich jetzt umarmen", warnte er sie.

Und tat genau das.

KAPITEL 5

„Da hat jemand aber ausnehmend gute Laune", begrüßte ihn Martin in der Detektei. „Ist der Fall gelöst und wir können Feierabend machen?"

„Nö. Allerdings kam von Benni Wagner ein interessanter Hinweis."

„Bestens! Brainstorming in fünf Minuten."

Sobald diverse Toilettengänge absolviert und Tee- und Kaffeebecher gefüllt waren, versammelten sie sich um den Tisch im Besprechungsraum. Martin, Andi und er selbst auf der einen, Rainer Conrad und Tara auf der anderen Seite.

Er berichtete vom Besuch im Krankenhaus.

„Alles sehr merkwürdig", fasste er seine Eindrücke zusammen. „Clemens Wagner will partout nicht, dass wir ermitteln. Bianca Wagner bekommt Angst bei der Vorstellung, ein obskures Symbol könnte die Polizei zum Täter führen. Und Benni verschweigt eventuell Details seiner Begegnung mit dem Angreifer."

„In der Tat merkwürdig." Martin betrachtete die Zeichnung der Eidechse. „Ich werde im Internet danach suchen. Vielleicht steht das Glück auf unserer Seite." Er senkte den Zettel. „Haben wir es mit einem Fall zu tun oder mit zwei separaten Fällen?"

„Zwei Fälle", erwiderte Christopher selbstbewusst. „Der Angriff auf Benni erscheint mir gezielt."

„Ich bin geneigt, dir zuzustimmen. Was meint der Rest?"

Andi und Rainer Conrad nickten. Tara zögerte. Nickte dann ebenfalls.

Sein Chef trommelte einen kurzen Rhythmus auf der Tischplatte. „Das ändert nichts an unseren Ermittlungen. Wir sichten die Überwachungsaufnahmen und durchleuchten die Mitarbeiter von *RC Security*, *Lärmraum* und den externen Dienstleistern. Jeder Verdächtige wird vermerkt. Gleichgültig, ob die Person in den einen oder den anderen Fall verwickelt sein könnte. Über die Kostenabrechnung unterhalten wir uns, sobald feststeht, womit wir es tatsächlich zu tun haben."

„Ich sollte die Aufnahmen von unserem Bunker übernehmen", schlug Tara vor. „Ich kenne einige der Mieter."

„Sehr gute Idee."

Sie sah zu Rainer Conrad. „Die Kamera auf dem Dach ist immer noch defekt. Außerdem stand die Tür wieder offen."

„Wunderbar", knurrte ihr Chef. „Wie soll ...?" Sein Handy klingelte. Nach einem kurzen Blick lehnte er den Anruf ab.

Martin runzelte die Stirn. „Ich dachte, *RC Security* ist für die Kameraüberwachung zuständig."

„Linus wollte sich selbst darum kümmern. Jetzt spart der Knauser am falschen Ende."

„Riskantes Spiel."

„Tja, der feine Herr ..." Das Handy bimmelte erneut. Rainer Conrad brachte es genervt zum Schweigen. Gleich darauf piepste es zweimal. „Ich werde meine Leute anweisen, alle Bunker unter die Lupe zu nehmen und jeden Sicherheitsmangel zu dokumentieren. Die Liste haue ich Linus um die Ohren."

Dieses reizvolle Bild vor Augen, lösten sie die Runde auf. Rainer Conrad packte zwei der Festplatten ein und fuhr zurück in die Firma. Tara blieb und durfte es sich im Besprechungsraum gemütlich machen. Andi zauberte von irgendwo einen ausgemusterten Laptop her, den er an den Beamer anschloss. Heimkino de luxe. Anschließend servierte er Tara Tee, Kekse und Schokolade. Sie trug die Aufmerksamkeit mit Fassung. Christopher biss sich auf die Unterlippe, um keinen flapsigen Kommentar abzugeben.

Während Martin an seinem Schreibtisch ebenfalls Überwachungsaufnahmen sichtete, teilten Andi und Christopher die zu überprüfenden Personen unter sich auf. In den folgenden Stunden durchstöberten sie soziale Medien und Netzwerke, Job- und Dating-Portale, Blogs und private Websites. Auf der Suche nach Verbindungen zwischen den einzelnen Mitarbeitern. Nach Hinweisen auf Süchte, teure Hobbys, einen übertrieben luxuriösen Lebensstil, eine neu entdeckte Leidenschaft für die Musik. Sie forschten nach negativen Kommentaren über Chefs oder Kollegen. Nach den Unachtsamkeiten, zu denen sich Menschen hinreißen ließen, wenn ihnen das Ego davonlief. Ein gedankenloser Satz oder ein verräterisches Foto konnte genügen, um einen Straftäter zu überführen.

Am Ende des Tages lag die Ausbeute bei null. Sein Schädel dröhnte. Die Augen brannten. In seinem Magen gluckerte zu viel Kaffee. Er strich den letzten Namen von seiner Liste und sah auf die Uhr. Kurz vor sechs. Er stützte die Ellenbogen auf. Vergrub das Gesicht in den Händen. Schemenhafte Buchstaben tanzten über die Innenseiten seiner Augenlider. Das Feierabendbier unter den Palmen lockte ihn mit jeder Minute stärker. Vorher sollte er allerdings etwas essen. Das Käsebrötchen am frühen Nachmittag und die Handvoll Salzstangen zwischendurch waren längst verdaut.

Eine Berührung an der Schulter ließ ihn aufblicken. Er blinzelte einige Male. Seine Sicht war total matschig.

Tara musterte ihn mitleidsvoll. „Kein Glück?"

„Nüscht. Bei dir?"

Sie legte wortlos ein Blatt Papier auf die Tastatur des Laptops. Es war der körnige Ausdruck eines Fotos. Genauer, das Standbild einer Überwachungsaufnahme. Zwei Personen, von schräg oben gefilmt. Eine mollige brünette Frau um die vierzig und ein Mann in dunkler Kleidung, der einen Karton vor der Brust trug. Kräftig gebaut, den Kopf gesenkt, das Gesicht unter einer dunklen Schirmmütze verborgen. „Die Frau heißt Ines Sundmann. Sie ist Malerin und hat sich im vierten Stock ein Atelier eingerichtet. Den Mann kenne ich nicht." Tara legte ein zweites Blatt daneben. Ebenfalls ein Standbild. Diesmal zwei Männer. Einer Anfang zwanzig, blond und schlank. Der andere kräftig gebaut, dunkle Kleidung, dunkle Schirmmütze, Karton vor der Brust.

Christophers Herzschlag legte an Geschwindigkeit zu.

„Der Blonde ist Pascal", erklärte Tara. „Einer aus Bennis Band."

Ausgerechnet.

Er nahm den zweiten Ausdruck in die Hand. „Der Mann entspricht Bennis Beschreibung des Angreifers."

„Genau."

„Könnte trotzdem ein Mieter sein."

„Der den Bunker zweimal zusammen mit verschiedenen Mietern betritt und offensichtlich keine Kameras mag?"

„Zufall?" Er gab sich bewusst skeptisch. Wollte keine voreiligen Schlüsse ziehen.

„Oder er hat sich reingeschlichen", gab Tara zurück. „Um den Bunker vor der Tat auszuspionieren."

Andi und Martin erhoben sich von ihren Schreibtischen und traten näher.

„Wie alt sind die Aufnahmen?", erkundigte sich sein Chef.

„Die mit Ines zehn Tage", erwiderte Tara. „Die mit Pascal sieben Tage."

„Der junge Mann wird ihn direkt zum Proberaum geführt haben", mutmaßte Andi. „Am Abend der Tat konnten unser Schläger und sein Komplize entspannt auf Warteposition gehen."

Zum Beispiel in der Toilette im ersten Stock.

Christopher kratzte sich an der Stirn. „Um die Verbindung zwischen Pascal und Benni zu finden, muss das Duo den Bunker ausgiebig beobachtet haben." Das bedeutete viel Vorbereitungszeit. Keine Eile, die Botschaft zu überbringen. Falls es eine Botschaft gewesen war. Er musste dringend mit Benni Wagner sprechen!

In Taras grünen Augen blitzte es auf. „Ines und Pascal haben das Gesicht des Täters gesehen! Vielleicht können sie ihn gut genug beschreiben, um ein Phantombild zu erstellen. Oder ihn in einer der Polizeidatenbanken zu finden." Sie hielt inne. „Schweben die beiden in Gefahr? Als mögliche Zeugen?"

Besorgte Blicke wurden getauscht.

„Ruf Pascal an", brach er das Schweigen. „Frag ihn, ob er sich an den Mann erinnert. Ob er vor dem Überfall auf Benni irgendwelche merkwürdigen Typen in der Nähe des Bunkers bemerkt hat."

„Was ist mit Ines?"

„Kennst du ihre Telefonnummer?"

„Nein. Die Borcherts werden ihre Kontaktdaten haben."

Bei Pascal sprang lediglich die Mailbox an. Tara hinterließ eine Nachricht und schickte zur Sicherheit eine Nachricht hinterher. Dorina Borchert rückte nach Hinweisen auf den Datenschutz widerwillig mit Ines Sundmanns Telefonnummer heraus. Martin rief die Frau von seinem Apparat aus an. Als er zurückkehrte, verriet seine Miene, dass es Neuigkeiten gab.

„Frau Sundmann erinnert sich an die Begegnung. Der Mann stand auf dem Vorplatz, den Karton vor der Brust, und hat mit einer Hand umständlich nach seinem Schlüssel gesucht. Höflich, wie sie ist, hat sie ihm die Tür aufgehalten. Sein Gesicht kann sie leider nicht beschreiben. Er trug eine Sonnenbrille und einen Vollbart."

Christopher richtete sich auf. „Hat er irgendetwas zu ihr gesagt?"

„Ein freundliches ‚Dankeschön'."

„Akzentfrei?"

„Ja."

„Schade." Ein Akzent hätte bei der Einordnung des Täters helfen können.

„Frau Sundmann meldet sich bei der Polizei. Sie macht sich Vorwürfe, einen Fremden in den Bunker

gelassen zu haben. Durch sein entspanntes Auftreten
ist sie nicht auf die Idee gekommen, er könne kein Mieter sein."

„Dreistigkeit siegt." Das kannte er von früheren Überwachungseinsätzen. Solange man erfolgreich suggerierte, an einen bestimmten Ort zu gehören, ließen einem die Leute erstaunlich viel durchgehen. „Der Typ hat die Sonnenbrille im Bunker nicht abgenommen?"

„Nein."

„Was ist mit dem Eidechsensymbol?"

„Ist ihr nicht aufgefallen."

Er stieß langsam die Luft aus. In seinem Kopf vermischten sich nützliche Informationen mit unnötigem Ballast zu einem einzigen Brei. Er brauchte dringend eine Pause.

„Schluss für heute", verkündete Martin, dessen feine Antennen die stumme Botschaft offenbar aufgefangen hatten. „Es war für alle ein anstrengender Tag. Topher, du kümmerst dich zusammen mit Tara um die Befragung von Bennis Kumpels, richtig?"

„Wir treffen sie morgen Nachmittag im Bunker. Zusammen mit Lilys Schauspieltruppe."

„Sehr gut. Erzählt ihnen vorerst nicht, dass es sich wohl um zwei Fälle handelt. Da ist zu viel unklar. Ich sichte weiter die Überwachungsaufnahmen und suche nach diesem mysteriösen Symbol. Ist bei der Überprüfung der Mitarbeiter irgendwas Brauchbares herausgekommen?"

Andi und Christopher schüttelten synchron den Kopf.

Martin seufzte. „Ich befrage die Borcherts noch einmal zu dem Thema. Außerdem werde ich sie um eine detaillierte Liste der gestohlenen Gegenstände bitten. Damit können wir die Leihhäuser abklappern."

Tara hob erstaunt die Augenbrauen. „Denkst du, die Einbrecher haben die Beute verpfändet? Das wäre echt dämlich."

„Du wirst nicht glauben, wie hirnverbrannt manche Leute sind. Vor zwei Jahren hatten wir einen Fall, bei dem ein Dieb seine Beute bei einem Pfandleiher auf dem Kiez abgeladen hat. Drei Straßen von seiner Wohnung entfernt. Dummheit gepaart mit Faulheit."

Wie schön es wäre, wenn sich jeder Täter derart leicht überführen ließe! Christopher holte sein Smartphone hervor und fotografierte die Überwachungsaufnahmen mit dem unbekannten Mann. Um sie bei Bedarf parat zu haben. Bevor alle ihrer Wege gingen, vereinbarten Tara und er, sich ebenfalls um fünfzehn Uhr beim Bunker zu treffen. Gerrit und Stanne kamen bestimmt bestens allein klar, aber sie wollten beide Mäuschen spielen.

KAPITEL 6

Eine Fähre glitt lautlos durch das trübe Elbwasser. Auf dem Oberdeck Touristen, die Handys im Anschlag für Selfies und Gruppenfotos. In der Ferne bugsierten zwei Schlepper einen Containerriesen in ein Hafenbecken. Am Himmel kreischten die Möwen mit den Sägen bei Blohm+Voss um die Wette. Kaskaden von Goldregen vor einem schwarzen Schiffsrumpf.

Hamburg, meine Perle ...

Christopher beugte sich leicht über die Absperrung, die Besucher des hoch gelegenen Antoniparks vor einem Sturz in die Tiefe bewahren sollte. Unten rauschte ein steter Verkehrsstrom über den viel befahrenen St. Pauli Fischmarkt. Er wandte sich um und schlenderte zu einem wellenförmig angelegten Rasenstück. Der *Fliegende Teppich* war Teil des Kunstprojekts *Park Fiction*, das Anwohnern und Touristen einen kreativ gestalteten Ort zur Erholung bieten sollte.

In der vordersten Mulde des Teppichs schlief ein Obdachloser. Kein seltenes Bild im Park. Christopher setzte sich in gebührendem Abstand auf einen der Wellenkämme und stellte seinen Rucksack ab. Zu seiner Rechten lag auf einer runden Raseninsel ein Pärchen unter Palmen, die einen Hauch von Karibik verbreiten sollten. Die hanseatische Variante. In Plastik. Hinter ihm spielten Jugendliche Basketball auf einem eigens dafür angelegten Spielfeld. Eine leichte Brise wehte. Sie trug den Geruch von Weite und Abenteuer heran. Er schloss die müden Augen. Genoss die schwindende Wärme der abendlichen Sonne auf dem Gesicht. Mit jedem Atemzug wich die Anspannung aus seinem Körper. Ließen die Kopfschmerzen nach. Der Hunger blieb. Zerrte an seinem Magen. Machte ihn leicht zittrig. Er holte zwei Flaschen Bier aus dem Rucksack und stellte sie vor sich ins Gras. Legte ein Feuerzeug daneben. Kurz darauf ertönte hinter ihm ein gellender Pfiff. Er öffnete die Flaschen mit dem Feuerzeug und hielt eine hoch, ohne sich umzusehen. Schritte näherten sich. Das Bier wurde ihm aus der Hand genommen. Im nächsten Moment plumpste Gerrit neben ihm zu Boden. Gekleidet in schlabbrige Bluejeans, braunweiße Sneaker und einen schwarzen Hoodie, der zwei Nummern zu groß erschien. Sie nickten sich zu und stießen an. Nahmen jeder einen Schluck Bier. Die herbe Flüssigkeit rann herrlich erfrischend durch ihre Kehlen. Gerrit seufzte zufrieden, legte sich rücklings auf den grasbewachsenen Wellenkamm und starrte in den Himmel. Christopher beobachtete derweil das Treiben im Park. Ohne Eile, ein Gespräch zu beginnen.

„Einige dieser Typen sind so was von kaputt", brach Gerrit das Schweigen. „Die brüsten sich damit, wie viele Menschen sie ins Krankenhaus geprügelt haben. Wie viele Vorstrafen sie haben. Alles dreht sich um Überlegenheit und Macht. Reden bedeutet Schwäche, Zuschlagen Stärke. Die spülen ihr Leben im Klo runter und merken es nicht." Er stützte sich auf einen Ellenbogen. „Heute war ich kurz davor, einem der Vollpfosten eins aufs Maul zu hauen. Schöner Erfolg für ein Anti-Aggressions-Training!"

Christopher zuckte die Achseln. „Betrachte es als Herausforderung. Wenn du das Training beendest, ohne auszurasten, bist du eindeutig fit für die Zivilgesellschaft."

Gerrit schnaufte amüsiert. „Den merke ich mir."

Sie stießen erneut an. Tranken.

„Das Training wird dir vor Gericht helfen. Wenn der Richter sieht, dass du dich bemühst, drückt er hoffentlich ein Auge zu."

„Ich mach das nicht nur, weil ich keinen Bock auf Knast habe."

„Ich weiß."

„Mich nervt diese ständige Wut." Gerrit setzte sich auf. „Ich hab kein Problem damit, wieder in den Bau zu gehen. Die Nummer mit der Schreckschusspistole war Mist. Dafür stehe ich grade. Es wäre allerdings der totale Hohn, wenn ich vor Ninas Mörder im Gefängnis landen würde. Wie beschissen wäre das denn?!"

Er klang erschöpft. Seine Züge, sein ganzer Körper spiegelten es wider. Das Gesicht schmal, die Wangen eingefallen, die Augenringe eine permanente Installation. Seit dem Winter war Gerrit noch drahtiger geworden. Er trieb viel Sport. Ging joggen und nutzte den kostenlosen Fitnessraum einer Sozialeinrichtung. Hielt sich fern von den arbeitslosen Hirnis in seiner WG, die ihn dazu verführten, sich die Sorgen wegzukiffen. Seit dem Streit mit David mied er die Billardhalle. Mied den Kontakt zu seinen früheren Kumpels, die alle nicht vorankamen im Leben. Stattdessen lief er. Jeden Tag. Es brauchte kein Psychologiestudium, um den Zusammenhang zu verstehen.

„Aaron Reinhard wird für den Mord an Nina ins Gefängnis gehen." Daran bestand für Christopher kein Zweifel. „Und Richard Neudorf bekommt die Zelle direkt daneben."

Der Prozess sollte im Sommer beginnen. Sobald alle Untersuchungen abgeschlossen waren. Ihm graute vor dem Medienzirkus. Vor den Anwälten der Angeklagten, die sämtliche Register ziehen würden, um möglichst milde Urteile für ihre Klienten zu erwirken.

„Vielleicht landen wir ja im selben Knast. Das wäre der Brüller." Gerrit nahm einen Schluck Bier, verzog das Gesicht. „Das Zeug steigt mir heute direkt in den Schädel."

Auch Christopher spürte den Alkohol. Weil eine ordentliche Grundlage fehlte. Aber dafür gab es Abhilfe. Er holte eine Papiertüte aus dem Rucksack. Darin lagen ein Laugenbrötchen und ein separat verpacktes Baguettebrötchen, belegt mit Salat, Tomate, Käse und Hühnchen. Er nahm das Laugenbrötchen und reichte die Tüte weiter. „Der Bäcker lässt grüßen."

In Gerrits dunklen Augen leuchtete es auf. „Du, mein Freund, bist der Held des Tages!" Er packte das Brötchen aus und biss herzhaft hinein. Während er kaute, brummte er zufrieden vor sich hin.

Christopher machte sich über das Laugenbrötchen her. Selbst dieses dröge Teil schmeckte in seinem ausgehungerten Zustand traumhaft.

„Bist du auf Diät?", erkundigte sich Gerrit mit vollem Mund. „Ich komme mir total verfressen vor."

„Ich bin mit Romy zum Abendessen verabredet. Das hier füllt bloß die Lücke."

„Glückspilz. Wie geht es ihr? Alles in Ordnung?"

„Alles bestens." Soweit er das beurteilen konnte. Durch seine absurden Arbeitszeiten hatten sie sich diese Woche kaum gesehen. Er vermisste sie. Vermisste ihre Stimme. Ihr Lachen. Ihre Berührungen. Ihren Duft.

„Grüß sie von mir."

„Mach ich. Passen die Hosen?"

„Wie angegossen."

Romy hatte in den vergangenen Wochen einen Großteil von Gerrits Klamotten enger gemacht und ihn mit gebrauchter Kleidung aus der *Zweiten Hand* versorgt, dem Secondhandlanden, in dem sie arbeitete. Die beiden mochten sich. Gerrit machte es den Menschen leicht, ihn zu mögen. Wenn sein Temperament nicht gerade in sämtliche Himmelsrichtungen explodierte.

„Gestern bin ich Jill über den Weg gelaufen", erzählte Gerrit, nachdem er das Baguettebrötchen verputzt hatte.

Jill Kepler. Davids Ehefrau.

„Das war sicher ein erhebender Moment."

„Sie hat die Straßenseite gewechselt. Vielleicht dachte sie, ich würde ihre Tochter aus der Karre rauben und für zweihundert Euro verkaufen."

Zweihundert Euro. Die magische Zahl. Der Preis für eine Freundschaft.

„Oder sie schämt sich", gab Christopher zurück.

„Die schämt sich garantiert nicht." Gerrit leckte sich einen Rest Dressing vom Daumen. „Ich kann sie sogar verstehen. David ist arbeitslos, Nicky wächst wie Unkraut, Miete, Strom und Essen müssen bezahlt werden. Dann steht plötzlich ein Zeitungsfuzzi vor der Tür und bietet ihr Kohle für ein paar harmlose Informationen. Jill konnte mich noch nie leiden. Warum sollte sie sich um meine Gefühle scheren?" Er fuhr sich durch das kurze dunkelblonde Haar. „Aber dass David sie in Schutz nimmt ..."

„Er musste zwischen seiner Ehefrau und seinem besten Freund wählen. Wie hättest du an seiner Stelle entschieden?"

Schweigen. Gefolgt von einem Seufzen. „Keine Ahnung."

Dieses Gespräch führten sie seit Wochen in unterschiedlichen Versionen. Ohne befriedigendes Ergebnis.

„Hast du morgen Nachmittag schon was vor?", wechselte Christopher das Thema.

„Ich wollte Bewerbungen schreiben, aber einer meiner idiotischen Mitbewohner hat den Computer geschrottet. Wenn er den nicht wieder zum Laufen bekommt, mache ich es Sonntag im Internetcafé. Warum fragst du?"

„Kurzversion: Ich arbeite an einem neuen Fall und treffe morgen ein paar Leute, von denen einer eventuell daran interessiert ist, eine WG zu gründen. Wenn du Lust hast, kannst du mitkommen und ihn kennenlernen. Vielleicht ergibt sich was."

Ein Lächeln breitete sich auf Gerrits Gesicht aus. Er hob die Bierflasche. „Ich wiederhole meinen Satz von vorhin: Du, mein Freund, bist der Held des Tages!"

Während sie in Ruhe austranken, erzählte er von Tara und ihrem Telefonat mit Stanne. Über den Fall – oder treffender, die Fälle – sprach er nicht. Schließlich verließen sie den Park und schlenderten zur Reeperbahn. An der S-Bahn-Station verabschiedeten sie sich mit einer Umarmung.

„Um fünfzehn Uhr in der Palmerstraße 9, am Tor zum Hinterhof", wiederholte Gerrit die Details ihrer Verabredung. Dann ging er zügig die Treppe zur S-Bahn hinunter.

Christopher blickte seinem Freund nach. Hoffentlich gab es keine weitere Enttäuschung für Gerrit. Allmählich reichte es.

***

Als Christopher gegen halb neun seine Wohnung betrat, stieg ihm sofort der intensive Geruch von Gewürzen in die Nase. Zimt, Kardamom, Kreuzkümmel, Nelken, ein Hauch von Muskatnuss. Garam Masala. Eine der Zutaten für indisches Gemüsecurry. Gott, war er hungrig!

Aus der Küche drang Musik. Fröhlicher Irish Folk, der zum Tanzen einlud. Er stellte den Rucksack ab und schlüpfte aus Jacke und Schuhen. Auf Zehenspitzen schlich er durch den schmalen Flur. Romy stand am Herd, mit dem Rücken zur halb offenen Küchentür, und rührte in einem Topf. Ihr kurzärmliges blaues Kleid schmiegte sich an ihren wohlgeformten Körper. Das dunkelbraune Haar hatte sie zu einem Pferdeschwanz gebunden. Ihre Füße steckten in schwarzen Wollsocken. Der rechte Fuß wippte im Takt der Musik.

Christopher spielte kurz mit dem Gedanken, sich anzupirschen und seine Freundin – Überraschung – von hinten zu umarmen. Was in jedem Liebesstreifen hochromantisch gewesen wäre. Bei Romy musste er vorsichtig sein mit solch impulsiven Gesten der Zuneigung.

Seit ihrer gemeinsamen Reise nach Italien hatte sie sich verändert. Das Weihnachtsfest mit ihrer Familie

92

war wundervoll gewesen. Erfüllt von Liebe und Wärme. Ihre Eltern sprachen immer noch sehr gut Deutsch. Marcello, Romys fünf Jahre jüngerer Bruder, hatte ihn mit einem wilden Mischmasch aus Deutsch und Italienisch bombardiert. Es war viel gelacht worden. Trotzdem hatte über allem eine spürbare Anspannung gelegen. Eine Besorgnis, die er in den Blicken der Familie lesen konnte, wenn sie sich unbeobachtet fühlte. Die er teilte. An den Nachmittagen war Romy mit ihm durch die festlich geschmückten Straßen von Genua gewandert. Zu den Orten ihrer Jugend, mit denen sie schöne Erinnerungen verband. Am letzten Tag hatte Romy ihm aus der Ferne den Park gezeigt. Den Ort, an dem sie von einem unbekannten Mann vergewaltigt worden war. Danach hatte sie lange geweint. Er hatte versucht, ihr mit einer Umarmung Halt zu geben. Und sich hilflos gefühlt. Manchmal kam die Erinnerung daran in ihm hoch. Dann wurde ihm schlecht vor Hass. Er musste es aushalten. Und er behielt es für sich. Romy sollte sich ganz auf ihre Therapie konzentrieren. Ohne Ablenkung. Die Auseinandersetzung mit der Vergangenheit tat ihr unglaublich gut. Gleichgültig, wie schmerzhaft und erschöpfend die Gespräche waren.

Im März hatten sie zum ersten Mal miteinander geschlafen. Es war Romys Entscheidung gewesen. Sie besaß eine enorme Stärke. Doch es gab auch schlechte Tage, an denen sie keine Berührungen ertrug. Besonders keine überfallartigen Liebesbekundungen. Deshalb verwarf er die Idee, schob die Küchentür weiter auf und lehnte sich lässig gegen den Rahmen.

„Hallo, Frau Meisterköchin.“

Romy wandte sich um und schenkte ihm ein strahlendes Lächeln. „Hallo, Herr Privatdetektiv."

Für einige Momente schien die Zeit stillzustehen. Das Universum hielt gemeinsam mit ihm den Atem an. Allein Romy besaß diese Gabe. Als er sich wieder bewegen konnte, trat er näher. Schloss sie in die Arme und küsste sie. Heißes Kribbeln explodierte in seinem Bauch; schoss ihm bis in die Haarspitzen, die Fingerspitzen, die Fußspitzen. Romy erwiderte den Kuss. Strich ihm über den Rücken. Er spürte ihre Brüste an seinem Oberkörper. Hob sie hoch. Trug sie zu dem Kohleofen an der rechten Wand und setzte sie behutsam ab. Schlanke Finger griffen in sein Haar. Zogen prickelnde Spuren auf seinem linken Oberarm. Als er keuchend Luft holte, schob Romy ihn sanft zurück. Ihre Wangen waren gerötet. Ihre dunklen Augen glänzten.

„Das Essen brennt an", hauchte sie.

„Wie romantisch", brachte er mühsam hervor.

Sie strich ihm tröstend über die Wange. Küsste ihn viel zu kurz. Er trat widerwillig beiseite, und Romy glitt elegant vom Ofen. Begleitet von den beschwingten Klängen der Irish-Folk-Band, schwebte sie zurück zum Herd. Während sie die Kochplatte auf eine niedrigere Stufe stellte, ergriff sie mit der anderen Hand den Kochlöffel und rührt zügig im Topf. Multitasking. Bewundernswert. Er versuchte immer noch, zu Verstand zu kommen.

Schließlich probierte Romy das Essen und nickte zufrieden.

„Fertig."

Sein Magen knurrte hörbar Beifall.

„Da hat jemand Hunger."

„Für dein Curry könnte ich straffällig werden." Er umarmte sie von hinten – ganz ohne Überraschung -, neigte den Kopf und küsste ihre linke Ohrmuschel.

„Ich liebe dich", verkündete er.

„Das ist mir aufgefallen", gab sie keck zurück.

Zur Strafe biss er sie sanft in den Hals. „Ich ziehe mich schnell um."

Im Schlafzimmer schlüpfte er in eine knielange Trainingshose und ein frisches T-Shirt. Keine Socken. Bei dem Intermezzo eben war ihm ordentlich warm geworden.

Romy hatte inzwischen zwei tiefe Teller mit dampfendem Gemüsecurry gefüllt. Während er die Musik ausschaltete, stellte sie die Teller auf ein Tablett. Sie legte Löffel, Servietten und zwei Topflappen dazu und trug alles ins Wohnzimmer. Er folgte ihr mit einer Karaffe Wasser und zwei Gläsern. Der Couchtisch diente wie gewohnt als Esstisch. Sie setzten sich aufs Sofa, nahmen jeder einen Topflappen in die linke Hand und stellten ihren Teller darauf. Danach rutschte jeder in eine Sofaecke. Vorsichtig probierte Christopher vom Gemüsecurry. Es schmeckte traumhaft. Er häufte mehr Essen auf den Löffel, blies einige Male darüber und schob es sich in den Mund. Himmlisch!

Romy beobachtete ihn fasziniert. „Ich kenne niemanden, der mit so viel Genuss isst wie du."

„Das schmeckt großartig! Du solltest in Henrys Restaurant anfangen."

„Das *Cinque Terre* wird kaum indische Gerichte auf die Speisekarte setzen."

„Für dich macht Henry bestimmt eine Ausnahme."

Romy lächelte geschmeichelt. Sie setzte sich quer aufs Sofa und stützte die Füße gegen seinen rechten Oberschenkel. „Socken aus", bat sie knapp.

Er klemmte sich den Löffel zwischen die Zähne, zog ihr mit der freien Hand die schwarzen Kuschelsocken aus und ließ sie auf den Teppich fallen. Romy wackelte fröhlich mit den Zehen. Er schnappte sich den rechten großen Zeh und hielt ihn fest. Als sie protestierte, ließ er los und gab ihrem Fuß einen leichten Klaps. Romy revanchierte sich mit einem Stupser gegen seinen Oberschenkel. Eine Weile aßen sie schweigend. Wohlige Zufriedenheit breitete sich in ihm aus. Seine Augenlider wurden schwer. Schweinchen satt, Schweinchen müde.

„Wie geht es Gerrit?", unterbrach Romy die entspannte Ruhe.

„Nicht gut. Die Gesamtsituation frustriert ihn. Der Streit mit David, die Job- und Wohnungssuche, die Ungewissheit. Er behauptet, es mache ihm nichts aus, wieder ins Gefängnis zu gehen, aber das glaube ich ihm nicht. An seiner Stelle würde ich keine Nacht ruhig schlafen." Gerrys Augenringe ließen es vermuten.

Sie seufzte. „Ich wünschte, ich könnte mit den Fingern schnippen, und alles wäre in Ordnung."

„Ich auch." Er strich tröstend über ihre nackten Füße. „Eventuell löst sich morgen das Problem mit der Wohnung."

„Oh." Romy richtete sich auf. „Wie das?"

„Erinnerst du dich an Tara Oswald?"

Sie überlegte. Schüttelte den Kopf.

Er aß den letzten Löffel Gemüsecurry und stellte den leeren Teller auf dem Tablett ab. Nachdem er einen

Schluck Wasser genommen hatte, erzählte er von Taras Einsatz für die Detektei im vergangenen Dezember und ihrem heutigen Wiedersehen. Auf den ungewöhnlichen Hintergrund des neuen Auftrags ging er nicht ein. Es genügte, wenn Romy von den Einbrüchen und dem Überfall auf Benni erfuhr, um den Bogen zu Stanne zu schlagen.

„Wir treffen uns morgen Nachmittag im Bunker. Während ich die Band und die Schauspieltruppe mit Fragen löchere, können Gerry und Stanne in Ruhe reden. Wäre großartig, wenn es passen würde." Ihm kam ein Gedanke. „Vielleicht besuche ich vorher Benni Wagner. Oder hinterher. Das Marienkrankenhaus liegt auf dem Weg."

Ein strenger Zug erschien um Romys Mundwinkel. Irgendetwas missfiel ihr.

„Was ist los?", fragte er verwundert.

„Du hast es vergessen", erwiderte sie vorwurfsvoll.

Er starrte sie an. Was vergessen? In seinem Kopf blätterte ein kleines Männchen hektisch in einem Kalender. Ratlos. Planlos. Romys Blick wurde mit jeder Sekunde, die verstrich, finsterer.

„Unsere Verabredung mit Katha und Sandro", half sie ihm angesäuert auf die Sprünge. „Die wir zwei Mal verschieben mussten, weil du gearbeitet hast."

Das kleine Männchen schlug sich vor die Stirn.

Morgen um achtzehn Uhr: Klönrunde und Abendessen bei Romys bester Freundin und deren Lebensgefährten in Eppendorf. Verdammt! Allmählich wurde sein Gedächtnisschwund verdächtig. Dabei mochte er Katharina. Ihr feiner Sinn für Humor und ihre ruhige, besonnene Art gefielen ihm. Sandro war ein Dampfplauderer ohne Bremspedal. Antonio Banderas auf Speed.

„Ich verschiebe das Treffen kein drittes Mal!" Romy stellte ihren leeren Teller eine Spur zu hart auf dem Tablett ab.

„Nicht nötig", versicherte er. „Ich werde pünktlich sein."

„Gut." Sie zog die Knie an und verschränkte die Arme vor der Brust. Dort, wo ihre Füße seinen Oberschenkel gewärmt hatten, wurde es kühl. „Du hast ungewöhnliche Arbeitszeiten. Das gehört zu deinem Job. Aber du musst gelegentlich an dein Privatleben denken. An *unser* Privatleben. Ich kann Katha und Sandro allein besuchen, aber ich möchte dich sehr gern dabeihaben. Um den beiden zu zeigen, wie glücklich du mich machst." Ihre bedrückte Miene zeugte vom Gegenteil. „Wenn du jedes Wochenende unterwegs bist, haben wir kaum Zeit füreinander. Das finde ich schade."

Er hätte erwidern können, dass Romy selbst an jedem zweiten Samstag im Monat arbeitete. Doch das war eine vertragliche Vereinbarung. Sie fuhr nicht spontan nach Kiel, um einen Kreditkartenbetrüger auszuspionieren.

„Du fehlst mir." Tränen glänzten in Romys dunklen Augen. „Manchmal denke ich, dein Job ist dir wichtiger als ich. Als wir."

„Das stimmt nicht!" Beklommenheit überkam ihn. Dicht gefolgt von Angst.

„Es fühlt sich aber so an."

„Ich kriege das besser in den Griff. Versprochen!" Er rutschte näher an sie heran. Nahm ihre Hände. „Tut mir leid. Ich bin ein Chaot."

Romy musterte ihn ernst. „Stimmt. Aber du bist *mein* Chaot."

„Solange du mich haben möchtest!"

Nun lächelte sie wieder ihr strahlendes Lächeln.

Er küsste sie und hielt sie ganz fest.

KAPITEL 7

Samstagmorgen war die schönste Zeit der Woche. Wenn ein tiefer Friede das Haus erfüllte und kein Wasserrauschen, kein Türenklappen, keine Stimmen aus den anderen Wohnungen die behagliche Stille störten. Der schönste Ort war sein Bett, mit Romy an seiner Seite. Er betrachtete schläfrig ihr zartes Gesicht. Ihre Augen bewegten sich hinter den Lidern. Ihre Lippen waren leicht geöffnet. Ihr Atem ging ruhig und gleichmäßig. Wollte er dieses Glück aufs Spiel setzen?

Vor dem Fenster zwitscherte ein Vogel. Schwaches Tageslicht mogelte sich an den Rändern der Jalousie vorbei. Der Radiowecker auf dem Nachttisch zeigte kurz vor acht. Zu früh, um schon aufzustehen. Er sank zurück ins Kissen. Legte unter der Bettdecke behutsam den Arm über Romys nackten Bauch und schloss die Augen. Dachte zurück an den vergangenen Abend. Nicht an die vergessene Verabredung, sondern an das, was anschließend geschehen war. In diesem Zimmer. Wie lange er sich gewünscht hatte, ihr auf diese Weise nah sein zu können.

Als er zum zweiten Mal aufwachte, lag er allein im Bett. Inzwischen war es Viertel vor zehn. Er streckte sich und blickte mit träger Zufriedenheit an die Decke. Ausschlafen war ein Luxus, den er sich viel zu selten gönnte. Nachdem er eine Weile die Risse und Unebenheiten in der weißen Farbe studiert hatte, stand er auf. Er schlüpfte in seine Trainingshose und öffnete das

Fenster. Kühle Frühlingsluft strömte herein. Sonne und ein strahlend blauer Himmel. Es versprach ein weiterer herrlicher Tag zu werden. Auf der Suche nach Romy tappte er barfuß aus dem Schlafzimmer. Im Flur roch es noch immer nach indischem Gemüsecurry. In der Küche blubberte die Kaffeemaschine und verströmte einen herrlichen Duft. Auf der Anrichte neben dem Herd lag eine prall gefüllte Brötchentüte. Sein Magen grummelte in freudiger Erwartung. Vorher wäre allerdings eine Dusche schön.

Er fand Romy im Wohnzimmer. Sie stand am Fenster, einen Becher in der Hand, und blickte hinunter auf die Straße. Lokales Frühstücksfernsehen. Sie trug sein St.-Pauli-Shirt und eine seiner Boxershorts. Beides war ihr viel zu groß. Dazu die schwarzen Kuschelsocken. War er bekloppt, weil er das sexy fand?

„Guten Morgen", krächzte er. Seine Stimmbänder mussten erst warm werden.

Romy wandte den Kopf und lächelte ihn an. Es gab keinen besseren Start in den Tag. „Guten Morgen, Schlafmütze." Sie reichte ihm den Becher. Er befeuchtete seine Kehle mit einem Schluck Kräutertee.

„Danke für den Brötchenservice."

„Nächstes Mal bist du dran."

„Einverstanden." Er gab ihr den Becher zurück. Dann trat er hinter sie, legte seine Hände auf ihre Schultern und stützte das Kinn auf ihr schönes Haupt. Gemeinsam verfolgten sie das gemütliche Treiben zwei Stockwerke tiefer. Noch waren kaum Passanten unterwegs. Zwei angegraute Männer standen vor dem *Goldenen Handschuh* – der Kneipe, die niemals schloss – und rauchten. Ihr Frühstück nahmen sie in flüssiger Form zu sich. Hopfen und Malz ...

Neben dem Tattoostudio schräg gegenüber saß ein dunkelhaariger Mann zusammengesunken in einem Autoscooter. Ein seltsamer Schlafplatz. Gerade als sich Christopher fragte, ob es dem Mann gut ging, hob er den Kopf. Er blickte sich um, gähnte, verschränkte die Arme vor der Brust und schlief weiter. Kein Anruf bei 112.

Der blaue Autoscooter war vor einigen Nächten aufgetaucht. Wie und warum er seinen Weg vom Hamburger Dom zum Hamburger Berg gefunden hatte, ob rechtmäßig erworben oder gestohlen, blieb ein Rätsel. Weder der Besitzer des Tattoostudios noch die Angestellten vom *Hotel Hamburg-New York* gegenüber oder dem Sexkino weiter die Straße runter hatten die Anlieferung beobachtet. Selbst sein Nachbar Murat, der den Kiosk im Erdgeschoss betrieb, konnte nicht weiterhelfen. Murat erfuhr gewöhnlich alles, was sich auf dem Hamburger Berg abspielte.

„Ich habe vorhin den Boiler angestellt." Romy nippte am Tee. „Das Wasser sollte heiß sein."

Zärtlich küsste er ihren Hals. „Du bist meine Lieblingshellseherin."

Sie kicherte. „Kennst du noch andere?"

Statt einer Antwort nahm er ihr den Becher aus der Hand, stellte ihn auf der Fensterbank ab und zog sie mit sich ins Badezimmer. In der engen Duschkabine spülten sie sich den Schweiß des vergangenen Abends von der Haut. Es war eine sehr alberne Angelegenheit.

Nach einem ausgiebigen Frühstück rief er Tara an und erzählte ihr von seinem geplanten Solobesuch bei

Benni. Um sie nicht vor vollendete Tatsachen zu stellen. Es genügte, wenn er eine Frau in seinem Leben verärgerte. Tara hielt ein Vieraugengespräch für eine gute Idee. Allerdings riet sie ihm, den Besuch vorher anzukündigen. Um ein Wiedersehen mit den Eltern zu vermeiden. Er dankte ihr, beendete das Telefonat und schrieb Benni eine Textnachricht. Die Antwort kam, als er gerade einen Einkaufszettel zusammenstellte. Die Wagners mussten heute beide arbeiten. Lily wollte nach dem Treffen im Bunker vorbeikommen. Er sortierte im Kopf die Termine. Den Einkauf konnte er nicht verschieben. Sonst fiel das Frühstück morgen äußerst karg aus. Romy allein loszuschicken, fand er unverschämt. Sie war nicht seine Haushälterin. Am Ende vereinbarte er mit Benni vierzehn Uhr. Damit blieb eine Dreiviertelstunde für das Gespräch, bevor er zum Bunker musste. Ein straffer Zeitplan. Doch er wollte auf keinen Fall die abendliche Verabredung mit Katha und Sandro gefährden.

Romy begleitete ihn zum Supermarkt. Sie benötigte keine Gedankenstütze, um ihre eigenen Einkäufe zu erledigen. Nachdem jeder einen Anteil bezahlt hatte, verstaute er seine Vorräte in einem Rucksack. Romy füllte zwei Leinenbeutel. Nicht zum ersten Mal kam ihm der Gedanke, wie viel schöner es wäre, einen gemeinsamen Kühlschrank zu haben. In einer gemeinsamen Wohnung. Keine doppelte Haushaltsführung, kein Pendeln, mehr Zeit füreinander. Es fühlte sich richtig an. Konsequent. Es fehlte lediglich der geeignete Moment, um das Thema anzusprechen. Doch wenn er ehrlich war, gab es ständig geeignete Momente. Herr Diecks musste bloß die Zähne auseinanderkriegen.

„Alles in Ordnung?" Romy musterte ihn etwas besorgt.

„Ja." Er schulterte den prall gefüllten Rucksack. „Der Fall beschäftigt mich."

„Falls du externe Gehirnzellen brauchst ..."

„Wende ich mich vertrauensvoll an die klügste Frau der Welt."

„Charmeur."

„Wer sagt, dass ich dich meine?"

„Ey!" Romy boxte spielerisch gegen seine Brust. „Dir koche ich nie wieder Gemüsecurry!"

Unter den amüsierten Blicken der Kassiererin zwängte sie zwei Apfelsaftflaschen in einen der Leinenbeutel. Bevor sie auf die Idee kam, die schweren Einkäufe selbst zu schleppen, nahm er einen Beutel in die linke und den anderen in die rechte Hand. Ein menschlicher Packesel.

„Ich bin durchaus in der Lage, meinen Saft selbst zu tragen", verkündete Romy im Tonfall einer verzogenen Prinzessin.

Er grinste. „Verflixte gute Erziehung."

Sie verließen den Supermarkt, gingen ein Stück die Reeperbahn entlang und bogen links in die Hein-Hoyer-Straße ein. Zur Mittagszeit war St. Pauli endgültig zum Leben erwacht. Der Sonnenschein lockte Einheimische und Touristen gleichermaßen ins Freie. Die Tische vor den Restaurants und Cafés waren restlos besetzt. Gesprächsfetzen erfüllten die Luft.

Schließlich erreichten sie die Clemens-Schultz-Straße. Wenig später gingen sie durch den Torweg, der zu Romys Wohnhaus führte. Christopher stieg die kurze Treppe zu ihrer Haustür hoch und stellte die beiden

Leinenbeutel auf der obersten Stufe ab. Romy holte ihr Schlüsselbund aus der Jackentasche.

„Kommst du nachher direkt zu Katha und Sandro?"

Er nickte. „Achtzehn Uhr, keine Minute später."

Sie nahm seine Hand. „Wegen gestern Abend …"

„Du hast recht", unterbrach er sie. „Ich arbeite zu viel."

„Die vergangenen Monate waren für uns beide anstrengend. Ständig ging es um mich und die Therapie. Ich habe dir viel zugemutet." Romy schwieg einige Sekunden. „Ohne dich hätte ich das nie geschafft. Ich fühle mich undankbar, wenn ich an dir herumnörgle."

„Du bist nicht undankbar. Wenn dich etwas belastet, möchte ich es wissen. Besonders, wenn ich der Grund dafür bin." Er gab ihr einen Kuss. „Du bist mir wichtiger als alles andere auf dieser Welt."

Romys dunkle Augen begannen zu glänzen. Sie stellte sich auf die Zehenspitzen und schlang die Arme um seinen Hals. Er hielt sie fest. Hob sie ein Stückchen hoch. Der blöde Rucksack störte.

„Ich liebe dich", flüsterte sie dicht an seinem Ohr.

„Lass uns zusammenziehen", sprudelte es aus ihm heraus.

Romy entfuhr ein leises Keuchen. Er setzte sie behutsam ab. Trat einen halben Schritt zurück. Mehr Platz bot der schmale Treppenansatz nicht. Sie blickte ihn aus großen Augen an, den Mund leicht geöffnet. Sprachlos. Fassungslos?

„Nicht sofort", setzte er nach. Die Furcht vor Zurückweisung verlieh seiner Stimme einen merkwürdigen Klang. „Grundsätzlich. Irgendwann. Vielleicht dieses

Jahr. Wenn du möchtest. Wir würden uns häufiger sehen, Geld sparen und ..."

„Ja", beendete Romy seinen Redeschwall.

Ihm blieb fast das Herz stehen vor Aufregung. „Ja?",
wiederholte er verblüfft.

„Ja."

„Das war zu leicht!", protestierte er. „Ich mache mir
fast in die Hose, und du sagst einfach ..."

Ein Strahlen breitete sich auf Romys Zügen aus. „Ja."

Er fand keine Worte für sein Glück. Also ließ er einen
langen Kuss für sich sprechen.

KAPITEL 8

Die Euphorie über Romys Zustimmung legte einen Weichzeichner über die Welt. Innerlich tänzelte Christopher über den Bürgersteig. Wie in einem dieser kitschigen indischen Bollywood-Streifen. Er lächelte die entgegenkommenden Passanten an. Die meisten erwiderten sein Lächeln. Ein älterer Herr beäugte ihn misstrauisch. Dachte wahrscheinlich, er sei auf Droge. In gewisser Weise traf es zu. Er schwebte die Stufen zu seiner Wohnung hoch. Verstaute pfeifend die verderblichen Einkäufe im Kühlschrank und stellte die Bierflaschen in den Kohleofen. Den benutzte er nur in den kalten Monaten zum Heizen. Ansonsten diente der Ofen als Vorratsschrank.

Christopher blieb eine Viertelstunde, bevor er sich auf den Weg zum Krankenhaus machen musste. Erfüllt von rastloser Energie wanderte er durch die Räume. Suchte im Schlafzimmer frische Bettwäsche heraus und legte sie für später aufs Bett. Wechselte im Bad die Handtücher. Im Wohnzimmer verlor er sich in Überlegungen, welche Möbel er aussortieren und welche er behalten wollte. Was albern war. Zuerst mussten sie eine bezahlbare Wohnung finden. Das würde schwierig werden. Immer mehr Hamburger mit guten Gehältern entdeckten St. Pauli für sich. Fanden den Schmuddel und das leicht Anrüchige plötzlich chic. Und mit dem Geld kamen die Ansprüche. Einbauküche, Luxusbad, saniert, isoliert, klimatisiert. Die Vermieter rea-

gierten. Peppten die Wohnungen auf und trieben die
Mieten in die Höhe. Eine besorgniserregende Entwicklung, die er auch von anderen Stadtteilen kannte. Den
teuren Mietwohnungen folgten teure Eigentumswoh-
nungen, denen unweigerlich teure Geschäfte folgten.
Anschließend wurde der Rest aufgehübscht und glatt-
gebügelt. Schmuddel, besonders menschlicher, war
nur chic, solange er nicht zu schmuddelig wurde. Am
Ende verschwand der raue Charme, das Bunte und das
Unordentliche. Was blieb, waren Gucci-Handtäsch-
chen und Green Chai Latte mit fettarmer Hafermilch.
Trotzdem wollte er auf St. Pauli bleiben. Er konnte sich
nicht vorstellen, irgendwo anders zu leben. Seinen ge-
liebten Kiez zu verlassen.
Apropos Kiez verlassen ...
Gerry.
Krankenhaus, Bunker, Zeitplan!
Er blickte auf die Armbanduhr. Jetzt aber los!

Mit verkrampften Kiefermuskeln und reichlich
Stresspuls erreichte er das Marienkrankenhaus zehn
Minuten nach der vereinbarten Zeit. Es musste einen
kosmischen Zusammenhang geben zwischen Zeitman-
gel und dem inflationären Auftauchen von Baustellen
und roten Ampeln. Er stellte den Volvo auf dem Besu-
cherparkplatz ab, stieg aus und hielt inne. Zu spät zu
kommen war unangenehm. Schlecht gelaunt zu spät zu
kommen, ging gar nicht. Er blickte hoch zum wolken-
losen Himmel und brachte seine Gedanken mit einigen
kontrollierten Atemzügen in eine entspannte Lo-
tusstellung.

Neben dem Eingang von Haus 2 verwandelte die übliche Gruppe von Rauchern die frische Frühlingsluft in Smog. Der Empfangstresen war unbesetzt. Im Wartebereich saß dasselbe ältere Paar auf derselben Bank. Wie versteinert. Keine Spur vom schwarzhaarigen Jungen. Christopher fuhr in einem der Fahrstühle in den dritten Stock und hastete den leeren Flur entlang. Zu sehr in Eile, um sich wieder von der trüben Krankenhausatmosphäre herunterziehen zu lassen. Er klopfte an Benni Wagners Zimmertür, hörte ein gedämpftes „Ja?" und drückte die Klinke hinunter.

Miefige Wärme und eine grelle Deckenbeleuchtung begrüßten ihn. Das erste Bett war erneut verlassen, die dünne Decke unordentlich zurückgeschlagen. Fast konnte man an der Existenz des Zimmergenossen zweifeln. Benni saß leicht zurückgelehnt im Bett, einen E-Book-Reader in der rechten Hand, den linken Arm in der Schlinge. Leuchtendes Weiß auf schwarzem T-Shirt. Auf einem Beistelltisch stand ein bunter Blumenstrauß. In der Mitte steckte ein rotes Plastikherz, auf dem in weißer Schnörkelschrift „Gute Besserung" prangte.

Christopher öffnete den Reißverschluss seiner Jacke und trat näher. „Tut mir leid, ich bin zu spät."

„Macht nichts. Ich habe jede Menge Zeit." Benni legte den Reader beiseite. Sein linkes Augenlid war etwas abgeschwollen. Das Veilchen unter dem rechten Auge wirkte weniger aggressiv, die Wangen weniger eingefallen.

„Du siehst besser aus."

„Ich fühle mich auch besser. Heute in Zivil?"

Christopher sah demonstrativ an sich hinab. Dunkelgraue Sneaker, schwarze Jeans, dunkelblaues T-Shirt, dazu die graue Kapuzenjacke aus weichem Stoff. „Ja. Den Anzug trage ich nur, um skeptische Klienten zu beeindrucken."

Ein angedeutetes Lächeln. „Da musst du bei meinen Eltern andere Geschütze auffahren."

„Dein Vater kann mich nicht besonders gut leiden, oder?"

„Clemens kann niemanden besonders gut leiden." Benni schob sich fahrig eine silbergraue Haarsträhne hinter das Ohr. Wie, um von seinen harschen Worten abzulenken.

„War dein Vater schon immer so ein … extremer Typ?"

„Clemens hat die Dinge gern im Griff."

Eine Welt voller Konflikte, komprimiert in einem Satz. Er lehnte sich gegen die Fensterbank. Wartete ab. Manchmal brachte Schweigen ein Gespräch voran.

Benni fuhr sich mit der Zungenspitze über die verschorfte Oberlippe. „Mein Vater betrachtet das Leben als ständigen Wettbewerb. Wer nicht auf dem obersten Treppchen steht, ist ein Verlierer. Vor einem Jahr hat er sich als Personal Trainer selbstständig gemacht. Natürlich mit dem Ziel, der beste Trainer der Stadt zu werden."

„Ehrgeizig."

„Nette Umschreibung." Benni studierte seine Fingernägel. Der schwarze Lack war aufgefrischt und makellos. Bestimmt Lilys Werk. „Seit der Sache im Bunker ist Clemens ständig wütend", fuhr er fort. „Auf den Täter, die Polizei, meine Mutter. Seinen Schwächling von Sohn, der sich zusammenschlagen ließ."

Verärgerung stieg in Christopher hoch. „Hat dein Vater das gesagt?"

„Das braucht er nicht." Eine kurze Pause entstand. „Clemens benimmt sich, als hätte man *ihm* eine furchtbare Ungerechtigkeit angetan. Als wäre *sein* Leben komplett aus den Fugen geraten. Und nicht *meins*." Bennis Nasenflügel zuckten. Sein Kinn bebte leicht. Gleich würde er in Tränen ausbrechen.

„Hübsche Blumen", lenkte Christopher ab und deutete auf den Strauß.

Benni blinzelte einige Male, wohl um sich zu sammeln. „Die wurden vorhin geliefert. Keine Ahnung, von wem die sind."

„War keine Karte dabei?"

„Nein. Ist vielleicht verloren gegangen. Der Bote kam, während ich schlief. Wegen der Ohrstöpsel habe ich ihn nicht gehört."

„Und dein Mitbewohner?"

„Hat Besuch von seinen Großeltern und ist seit Stunden irgendwo unterwegs."

Christopher starrte die Blumen an. Die Grußbotschaft. *Gute Besserung.* Beklemmung breitete sich in seiner Magengegend aus. Was, wenn es sich um eine anonyme Nachricht der Täter handelte? Eine subtile, zynische Warnung, die Benni nicht verstand? Oder die nicht für ihn bestimmt war?

„Sind wahrscheinlich von meinen Kommilitonen", mutmaßte Benni unbedarft.

„Bestimmt", erwiderte Christopher bemüht neutral. Seinen Verdacht, der angebliche Blumenbote könnte der Schläger gewesen sein, der sich ins Zimmer des schlafenden Benni geschlichen hatte, behielt er für sich. Wenn er sich irrte, würde es dem armen Jungen unnötig Angst einjagen und zu früh zu viele Fragen aufwerfen. „Du hast gesagt, dein Vater sei seit dem Überfall auf dich ständig wütend", wechselte er das Thema. „Auch auf deine Mutter. Gibt es einen Grund dafür?"

Benni deutete ein einseitiges Achselzucken an. „Das musst du ihn fragen."

„Nicht ohne Leibwächter." Der Scherz verpuffte wirkungslos. „Wohnst du noch zu Hause?", fuhr Christopher fort.

„Nein. Da bin ich längst weg. Ich wohne in einer Studenten-WG. Wenn alles klappt, ziehen Lily und ich bald zusammen."

„Cool." Er hätte gern von Romys und seinen Plänen erzählt. Sein Glück geteilt. „Lily ist eine beeindruckende Person", sagte er stattdessen.

Bennis Miene hellte sich auf. „Lily ist unglaublich! Sie ist immer für mich da. Ohne sie ..." Er suchte vergeblich nach den passenden Worten.

Christopher schmunzelte. „Meine Freundin macht mich auch sprachlos." Er holte einen Stuhl heran und setzte sich. „Es gibt Neuigkeiten, die ich gern mit dir besprechen würde."

Benni wirkte schlagartig angespannt. „Das ging aber schnell."

„Ja. Wir ermitteln mit Hochdruck." Er zog sein Smartphone aus der Innentasche der Jacke und rief das Foto von Ines Sundmann und dem Verdächtigen auf. Benni sog scharf die Luft durch die Nase ein. Damit erübrigte sich die Frage, ob er den Mann erkannte.

„Vor dem Angriff auf dich hat der Täter den Bunker mindestens zweimal betreten. Vermutlich, um sich mit den Örtlichkeiten vertraut zu machen. Leider gibt es bisher keine brauchbare Aufnahme von seinem Gesicht. Konnte die Polizei etwas mit dem Symbol anfangen?"

„Keine Ahnung."

„Hat deine Mutter die Information weitergeben?"

„Warum sollte sie das nicht tun?"

„Deine Mutter hat ziemlich merkwürdig reagiert, als du von dem Symbol erzählt hast. Nervös. Ängstlich. Als wäre es ihr lieber, du hättest es verschwiegen." Christopher vermied den Blick zu den Blumen. Zu der Warnung, die vielleicht keine war.

„Sie macht sich Sorgen um mich. Falls der Mann verhaftet wird, könnte er versuchen, sich an mir zu rächen."

„Versuchen deine Eltern deshalb, die Ermittlungen zu blockieren?"

„Nee, Blödsinn!"

„Wäre es dir lieber, wenn der Täter ungestraft davonkäme?"

Ein harter Zug erschien um Bennis Mund. Er passte nicht zu seinen sanften Gesichtszügen. „Sobald die Polizei die Bande erwischt, verhaften sie auch den Täter. Wenn er für die Einbrüche verurteilt wird, reicht mir das. Dann bin ich eben ein Feigling", fügte er trotzig hinzu.

Vielleicht änderte er seine Meinung, wenn er erfuhr, dass der Täter wahrscheinlich in keiner Verbindung zu den Einbrechern stand. Dass es sich um einen gezielten Angriff auf ihn handeln könnte, für den es bislang kein erkennbares Motiv gab. Nein. Es wäre ein Fehler, diese Vermutung verfrüht auszusprechen. In Christopher keimte ein Verdacht, den die vergangenen Minuten kräftig genährt hatten. Er sah auf die Uhr. Viertel vor drei.

„Ich lass dich jetzt in Ruhe. Tut mir leid, falls dich meine Fragen aufgeregt haben."

„Ist in Ordnung."

Er erhob sich. Hielt inne. „Du bist kein Feigling."

„Erzähl das mal meinem Vater", erwiderte Benni resigniert.

„Dein Vater war nicht dabei." Er brachte den Stuhl zurück zum Tisch. „Ich fände es gut, wenn dieses Gespräch möglichst zwischen uns bliebe. Lily kannst du natürlich einweihen."

„Meine Eltern flippen eh aus, wenn sie erfahren, dass du ohne ihr Wissen hier warst."

„Ruf mich an, falls dir irgendwas einfällt. Oder wenn du reden möchtest."

„Mach ich."

Christopher wandte sich zum Gehen, hielt dann aber nochmals inne. „Wo arbeiten deine Eltern eigentlich?"

Benni runzelte die Stirn. „Warum ist das wichtig?"

„Für die Akte. Keine Sorge, wir arbeiten diskret. Es wird sie niemand an ihrer Arbeitsstelle belästigen."

Höchstens beschatten.

Das Misstrauen wich aus Bennis Blick. Er nannte die Adresse der Apotheke, in der seine Mutter arbeitete, und die Namen von zwei der fünf Sportstudios, in denen sein Vater Trainingsstunden gab. Christopher notierte alles in der Memo-Funktion des Smartphones. Danach verabschiedete er sich. Auf dem Weg zum Ausgang ging ihm die Blumenlieferung nicht mehr aus dem Kopf. War der Mann, der Benni angegriffen hatte, tatsächlich ganz dreist ins Zimmer seines Opfers marschiert, um eine Botschaft zu überbringen? Mit was für Leuten hatten sie es hier zu tun? Vor dem Gebäude blieb Christopher bei den Rauchern stehen und blickte sich unauffällig um. Auf der Suche nach möglichen Beobachtern. Er konnte niemanden entdecken. Was nicht bedeutete, dass niemand da war.

Tief in Gedanken versunken, fuhr er zum Bunker.

KAPITEL 9

Auf die Minute pünktlich kam er in der Palmerstraße an. Er stellte den Volvo in der erstbesten Parklücke ab und ging den Rest des Weges zu Fuß. Gerrit wartete neben der Einfahrt zum Bunker. Er trug dieselbe Kleidung wie am Tag zuvor: schlabbrige Bluejeans, braunweiße Sneaker, schwarzer Hoodie. Seine Miene und Körperhaltung strahlten Anspannung aus.

„Du brauchst dringend einen All-inclusive-Urlaub am Strand", begrüßte Christopher ihn. „Essen bis zum Umfallen und jede Menge Sonne."

„Bin ich sofort dabei."

Sie umarmten sich kurz.

„Bereit?" Die Frage war scherzhaft gemeint.

Gerrit blies geräuschvoll die Luft aus. „Keine Ahnung." Er zog die Schultern hoch. Verschwand fast in dem übergroßen Hoodie.

Christopher gab seinem Kumpel einen aufmunternden Knuff gegen den Oberarm. „Das funktioniert bestimmt. Ich habe ein *gutes* Gefühl."

„Berühmte letzte Worte."

Er lachte. „Wird schon."

Endlich lächelte auch Gerrit. Nebeneinander gingen sie den Weg entlang, der zwischen den Wohnhäusern hindurch in den Innenhof führte. Auf halber Strecke blieb Gerrit stehen und ließ beeindruckt den Blick über die Fassade des Bunkers wandern. „Fettes Teil."

Wie aufs Stichwort wurde die Eingangstür geöffnet. Tara trat ins Freie, gekleidet in eine dunkelrote Hose und ein weißes, mit dunkelroten Blumenmotiven bedrucktes Oberteil. Beides saß äußerst formschön. Gerrit stieß einen leisen Pfiff aus. Bevor Christopher darauf reagieren konnte, kam Tara ihnen mit einem strahlenden Lächeln entgegen.

„Hallo, ihr beiden." Sie reichte Gerrit die Hand. „Ich bin Tara." Trotz der flachen schwarzen Schuhe überragte sie ihn um einige Zentimeter.

„Gerrit Rust. Gerry. Hi."

„Schön, dich kennenzulernen."

„Finde ich auch."

Zog da eine gesunde Röte auf Gerrits blasse Wangen?

Christopher streckte aus Spaß ebenfalls förmlich die Hand aus. Tara stieß ein amüsiertes „Pft" aus und umarmte ihn.

„Wie war das Gespräch mit Benni?"

„Aufschlussreich." Den Rest wollte er unter vier Augen besprechen. Ob er dabei auch die Blumenlieferung erwähnen würde, wusste er noch nicht.

„Pascal hat sich gestern spät bei mir gemeldet", wechselte Tara gleich das Thema. „Er ist völlig fertig. Er gibt sich die Schuld, dass Benni zusammengeschlagen wurde."

„Blödsinn. Das konnte er nicht ahnen."

„Habe ich versucht, ihm klarzumachen. Er wollte am liebsten gar nicht mehr kommen. Falls die anderen sauer auf ihn werden, wenn sie es erfahren."

„Berechtigte Befürchtung?"

„Quatsch. Wir halten zusammen." Tara sah zu Gerrit. „Stanne wartet oben. Er ist sehr gespannt."

Gerrits Lächeln wirkte unsicher. „Ich auch."

Gemeinsam gingen sie zum Bunker. Tara schloss auf und führte sie hoch in den dritten Stock. Rechts am Treppenansatz befand sich, wie im ersten Stock, eine Tür mit der Aufschrift *WC.* Sie nahmen den Gang, der geradeaus verlief. Schließlich blieb Tara vor einer Sicherheitstür stehen. Auf einem schwarzen Plastikschild stand in roter Blockschrift *THE LOST* und darunter *IMPRO-CHAOS.*

Der Proberaum überraschte Christopher. Er hatte ein klammes, schummriges Loch erwartet, in dem man vor Musikinstrumenten und technischem Equipment kaum einen Fuß auf den blanken Betonboden bekam. *Dieser* Raum maß an die fünfundzwanzig Quadratmeter, war rechteckig geschnitten, angenehm temperiert und wurde von Deckenstrahlern gleichmäßig ausgeleuchtet. In den vier Ecken hingen auf halber Höhe Minilautsprecher. Den Boden bedeckte hellbraunes Laminat im Parkettstil. Links standen zwei klobige, mit Spanngurten an der Wand fixierte Instrumentenkoffer, ein Keyboard, Trommeln und Becken und zwei Ständer, an denen dünne Metallstangen, Kuhglocken und Triangeln hingen. Daneben Notenständer und Hocker. Ein Geigenkoffer lag auf einer Metallkiste mit Rollen. Die rechte Seite des Raums dominierte ein dunkles Sideboard, darauf eine Stereoanlage, flankiert von CD-Stapeln. Die Wand dahinter schmückten zwei Poster. Eins zeigte einen jungen Mann mit silbergrauen Haaren und nacktem Oberkörper. Seine Arme zierten Tattoosleeves im Tribalstil. Quer über die Brust war in schwarzen Lettern das Wort LORD tätowiert. Das hatte garantiert ordentlich wehgetan. Auf dem zweiten Poster war derselbe Mann abgebildet, gemeinsam mit vier anderen. Alle trugen dunkle Kleidung und düstere Mienen. Die der Tür gegenüberliegende Wand wurde komplett von schwarzem Stoff verdeckt. Darauf prangte in silbernen Buchstaben:

WE GIVE OUR HEARTS TO THE LORD OF THE LOST

Dramatisch.

Er las die letzten vier Wörter erneut. Las sie ein drittes Mal. Schmunzelte. Das Rätsel um Lilys Anhänger und Bennis Tätowierung war gelöst.

„Irgendjemand fehlt hier", sagte Tara neben ihm.

Es stimmte. Keine Spur von Stanne.

„Wo könnte dieser Jemand bloß stecken?", fragte Tara lauter und merkwürdig gekünstelt. Im nächsten Moment wurde der schwarze Stoff vor ihnen ruckartig in der Mitte auseinandergezogen. Ein blonder Junge von sechs oder sieben Jahren sprang mit einem lauten „Buh!" aus seinem Versteck hervor. Er stürmte auf sie zu und schlang die Arme um Tara. „Überraschung!", krähte er. Seine dunkelbraunen Augen strahlten vor Freude.

„Die ist dir gelungen." Tara strich ihm lächelnd über das kurze Haar. „Finn, das sind meine Freunde Topher und Gerrit."

Der Junge musterte sie neugierig. „Hallo."

Gerrit erwiderte die Begrüßung. Christopher starrte das Kind an. Innerhalb weniger Minuten durchzuckte ihn die nächste Erkenntnis. Diese zog ihm den metaphorischen Boden unter den Füßen weg. Noch ehe er seine Sprachlosigkeit überwunden hatte, trat ein Mann in dunkler Kleidung hinter dem Vorhang hervor. Mitte zwanzig, groß, kräftig gebaut, gestutzter rostroter Vollbart, kinnlanges rostrotes Haupthaar. Dazwischen eine dunkle Brille mit ovalen Gläsern.

„Finn hat darauf bestanden", erklärte der Neuankömmling mit warmer Stimme.

„Und du hast natürlich mitgemacht", gab Tara amüsiert zurück.

„Ich kann Kindern nichts abschlagen." Sein Blick fiel auf Christopher. „Hey, ein Rotschopf! Ich bin Stanne."

„Topher."

Sie gaben sich die Hand.

„Wir sollten einen Klub gründen", setzte sein Gegenüber nach.

„Die Liga der Rothaarigen", rutschte es Christopher heraus. Ihm war selten jemand so sympathisch gewesen.

Stanne verzog anerkennend das Gesicht. „Der Mann kennt seine Krimiklassiker." Er musterte Gerrit freundlich aus braunen Augen. „Du bist also mein neuer Mitbewohner."

Gerrit lächelte nervös. „Äh, ja, wäre schön. Gerrit Rust."

Die beiden gaben sich die Hand. Stanne blickte in die Runde. „Ich habe mir gedacht, wir quatschen kurz wegen Benni, und danach zeige ich Gerrit die Wohnung. Ist nur zehn Minuten Fußweg von hier."

Der Vorschlag fand bei allen Anklang.

Tara beugte sich zu ihrem Sohn herab. „Schatz, zeig unseren Gästen, wo sie es sich bequem machen können."

Finn flitzte los. Er zog erst die linke und danach die rechte Seite des Vorhangs vollständig auf. Mit ausgebreiteten Armen und einem lauten „Tada!" präsentierte er stolz einen weiteren Bereich. Rechts bot eine Sitzecke mit blau-rot gemusterten Sofas ausreichend Platz für zehn bis zwölf Personen. An der Rückwand standen ein Kühlschrank und zwei Holzregale, die mit Kisten, Kartons und Geschirr gefüllt waren. Davor ein Tischfußball. Links gab es eine Spielecke mit Schrank, Trampolin, Kindertisch und zwei Stühlen. Auf dem Tisch lagen zwischen einem Haufen Legosteine die Anfänge eines Raumschiffs. Den Boden bedeckte ein Spielteppich mit Straßenmuster.

„Schöner Raum", bemerkte Christopher.

Stanne nickte. „Die Miete ist ordentlich, aber durch zehn geteilt geht es gut."

Finn hüpfte derweil fröhlich auf dem Trampolin herum. Während Tara, Stanne und Christopher in der Sitzecke Platz nahmen, blieb Gerrit unschlüssig stehen.

„Ihr wollt sicher ungestört reden."

Das stimmte. Allerdings erschien es ihnen unhöflich, ihn wegzuschicken. Tara blickte zu ihrem Sohn.

„Finn, möchtest du Gerrit dein Raumschiff zeigen? Er kann dir bestimmt beim Zusammenbauen helfen."

„Okay." Finn sprang vom Trampolin. „Mama, darf ich Apfelschorle?"

„Ein halbes Glas. Mit Mineralwasser aufgefüllt. Er soll nicht so viel von dem Zuckerzeug trinken", erklärte Tara leiser.

Ihr Sohn hielt vor dem Kühlschrank inne. „Möchtest du auch Apfelschorle?", fragte er Gerrit höflich.

„Sehr gern, danke", gab der ebenso höflich zurück.

Christopher schmunzelte. „Gute Manieren."

„Manchmal", erwiderte Tara. „Darf ich euch etwas anbieten?"

Nachdem sich alle mit Mineralwasser oder Apfelschorle versorgt hatten, begann das Gespräch über den Angriff auf Benni. Stanne waren in den vergangenen Wochen keine verdächtigen Personen im Bunker oder auf dem Gelände aufgefallen. Das Eidechsensymbol sagte ihm nichts.

„Wenn ich den in die Finger bekomme!" Stanne studierte missmutig die Aufnahmen des unbekannten Täters. „Stell dir vor, Finn wäre dabei gewesen. Da krieg ich direkt einen Blutrausch!"

Tara blickte zu ihrem Sohn, der konzentriert Legosteine zusammensteckte. Ihr Gesichtsausdruck sprach Bände.

Bald darauf verabschiedeten sich Stanne und Gerrit zur Wohnungsbesichtigung. Während Finn am Raumschiff weiterbaute, erzählte Christopher von dem Besuch bei Benni. Und seinem Verdacht, dass Frau Wagner irgendwie in die Sache verstrickt war. Die Blumen verschwieg er. Es wären zu viele Mutmaßungen auf einmal.

„Ich kann nicht glauben, dass Bianca etwas mit diesen Leuten zu tun hat!" Tara fuhr mit dem rechten Daumen unruhig über den Rand ihres Glases. „Sie ist eine anständige Frau. Warum sollte sie sich mit diesen Typen einlassen?"

„Das müssen wir herausfinden."

„Ich kann das nicht glauben", wiederholte Tara. Sie nahm einen Schluck Mineralwasser. Sammelte ihre

Gedanken. „Was ist mit Clemens? Denkst du, er ist involviert?"

„Es würde sein Verhalten erklären."

„Das ist verrückt!"

„Ich könnte mich irren." Sein Bauchgefühl behauptete allerdings das Gegenteil.

„Und jetzt? Konfrontierst du Bianca und Clemens mit deinem Verdacht?"

„Nein. Ohne konkrete Beweise mache ich mich nur lächerlich." Er nippte an seiner Apfelschorle. „Ich werde Martin vorschlagen, die beiden einige Tage zu überwachen. Bevor wir mit Anschuldigungen losstürmen."

„Was ist mit Benni?"

„Soweit ich es beurteilen kann, hat er keine Ahnung, was los ist."

„Wir sollten es ihm sagen. Vielleicht kann er uns helfen."

„Wie würdest du reagieren, wenn jemand behauptete, deine Mutter hätte sich mit Kriminellen eingelassen?"

„Ich würde denjenigen auslachen." Tara hielt inne. Ein Ausdruck des Verstehens glitt über ihre Züge. „Und es meiner Mutter erzählen."

„Eben."

Sie schwieg einige Momente. „Ich verstehe, warum du es Benni verheimlichen möchtest. Aber ich fühle mich mies dabei."

„Deshalb wäre es am besten, wenn du dich ab heute um den anderen Fall kümmern würdest. Niemand kann dich zwingen, die Eltern eines Freundes auszuspionieren."

„Ich käme mir schäbig dabei vor." Tara seufzte. „Was für ein Mist!"

„Mama, bist du traurig?", meldete sich prompt ein besorgter Finn.

„Nein, Schatz, es ist alles in Ordnung."

Die Antwort überzeugte ihren Sohn offensichtlich nicht. Er kam angelaufen, kletterte aufs Sofa und kuschelte sich an seine Mutter. Tara legte liebevoll den Arm um ihn. Eine Vielzahl von Fragen lag Christopher auf der Zunge. Bevor er eine stellen konnte, wurde die Tür des Proberaums geöffnet. Vier junge Männer traten ein. Unterschiedlich groß, unterschiedlich gebaut, unterschiedliche Haarfarben und Haarlängen. Was sie einte, waren die schwarzen T-Shirts mit dem silbernen *The-Lost*-Schriftzug auf der Brust. Finn rutschte vom Sofa, um die Neuankömmlinge zu begrüßen. Mit jedem tauschte er eine High Five. Tara und Christopher erhoben sich ebenfalls. Bennis Bandkollegen umarmten Tara nacheinander und stellten sich danach Christopher vor. Mirko, Kontrabass, hochgewachsen, tätowierte Arme, raspelkurze schwarze Haare. Daniel, Percussion, mittelgroß, muskulös, schulterlange dunkelbraune Haare. Jan, Geige, drahtig, kurze silbergrau gefärbte Haare, Brille, Ziegenbärtchen. Und der schlanke blonde Klavierspieler Pascal.

„Die anderen wissen Bescheid", verkündete dieser schuldbewusst. „Dass ich es verbockt habe."

„Mach dir keinen Kopf." Mirko gab ihm einen freundschaftlichen Klaps gegen die Brust. „Das hätte jedem von uns passieren können."

Der Rest der Band nickte zustimmend. Damit war das Thema abgehakt. Es wurden Getränke geholt, von irgendwoher tauchten Tüten mit Brotstangen und Salzbrezeln auf, die Ersten setzten sich. Dazwischen wuselte Finn mit dem halb fertigen Lego-Raumschiff herum und heimste Lob für seine Baukünste ein. Schließlich gab sich Lily die Ehre, gekleidet in ein ähnlich verwegenes Gothic-Outfit wie am Tag zuvor. Heute mit einem ledernen Nietenhalsband. Ihr folgten die übrigen Mitglieder von *Impro-Chaos*, Sabrina und Malte. Beide Mitte zwanzig und dunkelhaarig; Sabrina schlank, Malte ein bisschen mollig. Christopher notierte alle Namen auf einem Block, um den Überblick zu behalten. Es war seltsam, mit Anfang dreißig der Älteste im Raum zu sein. Gewöhnlich senkte er den Altersdurchschnitt, anstatt ihn zu erhöhen. Nachdem Tara ihren Sohn mit einigen Salzbrezeln zurück an den Kindertisch geschickt hatte, begann die Fragerunde. Alle Aussagen spiegelten Stannes Bericht wider. Niemandem fielen verdächtige Personen oder Ereignisse ein. Alle waren empört über den feigen Angriff auf Benni und die mangelhaften Sicherheitsvorkehrungen im Bunker. Ein überraschender Beitrag kam von Mirko: Er erkannte das Eidechsensymbol.

„Das ist das Logo von *Lizard Style*, einem belgischen Indie-Modelabel. Die sind in der Hip-Hop-Szene beliebt."

Verblüfftes Schweigen erfüllte den Proberaum.

„Woher weißt du das denn?", fragte Jan, die Geige.

Mirko verzog das Gesicht. „Meine Schwester hört den Schrott. *Lizard Style* kombinieren stinknormale Kleidung mit Stoffen und Aufnähern im Eidechsenlook. Voll fancy stuff." Den *fancy stuff* stellte er spöttisch in Gänsefüßchen. „Sauteurer Kram. Eine von Michelles Hosen hat zweihundert Euro gekostet. Bloß weil da eine fette Eidechse auf den ...", er sah zu Finn, „Hintern gedruckt ist", beendete er den Satz jugendfrei.

Jan pfiff leise durch die Zähne. „Zweihundert Tacken? Woher hat Michelle die Kohle?"

„Die Papa-Bank."

„Die hätte ich auch gern."

„Wird die Mode ausschließlich in Belgien verkauft?", hakte Christopher nach.

„Keine Ahnung. Michelle bestellt die Klamotten im Internet." Mirkos Blick wurde hoffnungsvoll. „Hilft das weiter?"

„Im Augenblick nicht. Vielleicht ergibt sich später eine konkrete Verbindung. Zumindest haben wir einen Punkt auf der Liste abgehakt."

Während Lily von den anderen mit aufmunternden Worten bedacht wurde, notierte er die spärlichen Informationen. Um ihn herum erging sich die Runde in Mutmaßungen über den Täter und mögliche Komplizen.

„Ich hänge schnell die Zettel mit den Warnhinweisen auf", meldete sich Tara. „Topher, hilfst du mir?"

Offenbar hatte sie Gesprächsbedarf.

„Klar." Er steckte Block und Stift ein und erhob sich.

Tara nahm ihre Umhängetasche und gab Finn Bescheid, damit er sich keine Sorgen machte.

Schweigend stiegen sie die Treppenstufen zum Dach hoch. Wieder stand die schwere Sicherheitstür offen, diesmal durch einen massiven Stein blockiert. Tara schnaufte verärgert. Sie holte zwei mit roter Blockschrift beschriebene Zettel und eine Rolle Tesafilm aus der Umhängetasche. Den ersten Zettel klebte sie an die Innenseite der Tür.

TÜR ZU!!!
ES SIND KINDER IM BUNKER!!!

„Ich hoffe, das bringt was."
Er folgte ihr hinaus aufs Dach, in den Sonnenschein.
„Jetzt weiß ich, warum du dich so darüber aufregst."
Tara schmunzelte. „Finn hat dich überrascht."
„Ja. Also, sein Alter ..."
„Viele Leute denken, er sei mein Neffe. Oder mein Bruder." Während Tara sprach, befestigte sie den zweiten Zettel an der Außenseite der Tür. „Aber mein Sohn? Uiuiui! Da geht direkt die Assi-Hartz-IV-Empfänger-Schublade auf."
„Und wie ...? Ich meine ..." Er hielt inne. Kam sich taktlos und aufdringlich vor.
„Du kannst gern fragen." Sie schob die Tesafilmrolle zurück in die Umhängetasche. „Finn ist das Ergebnis eines Urlaubsflirts. Mit sechzehn bin ich mit einer betreuten Mädchengruppe nach Dänemark gefahren, in eine dieser Feriensiedlungen am Meer. Zwei Häuser weiter hatte sich ein Ehepaar aus Berlin mit seinem siebzehnjährigen Sohn eingemietet. Nach ein paar Tagen wurde der Strand ziemlich langweilig und Dennis ziemlich interessant."
„Ups."
Die Bemerkung entlockte ihr ein Schmunzeln. „Finn wurde kurz nach meinem siebzehnten Geburtstag geboren. Dennis' Eltern wollten, dass ich abtreibe. Oder das Kind zur Adoption freigebe. Ein dummer Fehler

sollte nicht das Leben ihres Sohnes ruinieren." Eine Bö zerzauste ihr goldblondes Haar. Sie verschränkte die bloßen Arme vor der Brust. „Meine Mutter stand zum Glück hinter mir. Sie ist selbst jung schwanger geworden und hat mich allein großgezogen. Natürlich war sie nicht begeistert, als ihre Tochter in ihre Fußstapfen trat. Sie hat mich trotzdem unterstützt. Ohne ihre Hilfe hätte ich die ersten Jahre nie überstanden. Sie ist die beste Oma, die sich ein Kind wünschen kann."

„Und Dennis?"

„Der wollte lieber mit seinen Kumpels in Berlin Videospiele zocken, statt in Hamburg Windeln zu wechseln. Nach Finns Geburt hat er uns ein einziges Mal besucht. Danach ließ sein Interesse abrupt nach."

„Habt ihr noch Kontakt?"

„Wir kommunizieren über die Behörden. Manchmal schickt er Postkarten. Zu Weihnachten oder wenn er meint, es sei Finns Geburtstag. Dennis' Eltern haben ihren Enkel noch nie gesehen. Kein Interesse."

„Krass."

Tara zuckte die Achseln. „Zumindest bezahlt Dennis Unterhalt. Das ist keine Selbstverständlichkeit."

„Wie kommt Finn damit klar?"

„Früher hat er viel nach seinem Vater gefragt. Meist nachdem er bei Freunden zu Besuch war, die beide Elternteile haben. Inzwischen geht es." Zorn blitzte in Taras grünen Augen auf. „Es zerreißt mir jedes Mal fast das Herz, ihn so traurig zu sehen. Deshalb landen die Postkarten inzwischen sofort im Müll. Keine Lebenszeichen von seinem Vater verletzen ihn weniger als diese banalen Zweizeiler."

Christopher schüttelte fassungslos den Kopf. Ihm fehlte jedes Verständnis für einen Vater, der sein Kind auf diese Weise im Stich ließ. „An Liebe und Rückhalt mangelt es Finn jedenfalls nicht", sagte er schließlich. „Ich habe den Eindruck, jeder da unten würde sich ein Bein für ihn ausreißen."

Die dunkle Wolke über Taras Kopf verschwand. „Für Finn ist der Proberaum ein Paradies. Er ist von kreativen Menschen umgeben, kann Instrumente erlernen, Theater spielen, sich ausprobieren. Er hat männliche Vorbilder, an denen er sich orientiert. Allein könnte ich ihm das nie bieten."

„Klingt großartig."

„Ohne diese wunderbare Truppe wäre ich aufgeschmissen." Tara straffte sich. „Deshalb möchte ich dabei helfen, Bennis Angreifer zu finden. Selbst wenn ich Benni Dinge verschweigen muss."

„Bist du sicher?"

„Ich kenne die Wagners seit der fünften Klasse. Es wäre dämlich, mein Insiderwissen nicht zu nutzen."

„Stimmt. Allerdings solltest du die Eltern nicht beschatten. Das Risiko, dass sie dich entdecken, ist zu groß."

„Und bei dir ist es geringer?"

„Nein. Aber ich verschwinde von der Bildfläche, sobald der Fall gelöst ist. Es ist egal, ob seine Eltern mich hassen. Du wirst weiter mit Benni befreundet sein."

„Na gut." Tara blinzelte gegen die Sonne an. „Pass auf, dass Clemens dir keine reinhaut. So angespannt, wie der ist, traue ich ihm das zu."

„Keine Sorge, ich bin ein schneller Läufer." Er holte sein Smartphone aus der Hosentasche. „Ich möchte kurz mit Martin telefonieren. Hört ihr mich, wenn ich an die Tür klopfe?"

„Rechts neben dem Türrahmen befindet sich eine Klingel. Die hat Mirko mit einer roten Glühbirne verbunden. Falls wir den Ton nicht hören, sehen wir das Blinken."

„Gute Idee."

„Im Proberaum wird es manchmal ziemlich laut. Wenn jemand beim Toilettengang den Schlüssel vergisst, klopft der sich die Fingerknöchel wund." Mit der Schuhspitze stupste Tara den Stein an, der die Tür blockierte. „Schieb den nachher bitte beiseite."

„Klar."

Sobald sie gegangen war, trat er weiter aufs Dach hinaus. Genoss den Blick in die Ferne. Das Gefühl von Weite und Freiheit. Bis eine kühle Bö unter seine Kapuzenjacke fuhr. Er ließ sich im Schneidersitz nieder, mit dem Rücken zur wärmenden Sonne, und startete den Internetbrowser des Smartphones. Er fand die Homepage von *Lizard Style.* Es gab ein einziges Geschäft in Antwerpen, in dem Kleidung und Accessoires „live" verkauft wurden. Ansonsten setzte das junge Modelabel auf den Onlinehandel. Im Katalog entdeckte er neben überteuerten Firlefanz-Klamotten eine schwarze Sweatjacke, die Bennis Beschreibung von der Jacke des Täters entsprach. Das war interessant, brachte die Ermittlungen allerdings keinen Schritt voran. Der Täter musste kein Belgier sein, um an die Kleidung zu kommen.

Er gab *Clemens Wagner, Hamburg, Personal Trainer* in die Suchmaschine ein. Zahlreiche Treffer erschienen, unter anderem die Homepage von Bennis Vater.

Dort konnte man die Adressen der Fitnessstudios, in denen Herr Wagner abwechselnd arbeitete, sowie eine Auflistung seiner Kurse und verfügbarer Termine für Einzelstunden finden. Der Mann arbeitete an sechs bis sieben Tagen in der Woche. Reine Selbstausbeutung.

Wie war das mit dem Glashaus?, kam prompt die Retourkutsche von seinem Gehirn.

Jaja, hast ja recht.

Er schloss den Browser und wählte Martins Büronummer. Nach dem dritten Klingeln ging sein Chef ran.

„Hältst du es zu Hause nicht aus?", flachste Christopher.

„Für diesen Blödsinn brauche ich Ruhe."

„Sichtest du die Überwachungsaufnahmen?"

„Bis mir entweder der Kopf platzt oder die Augen. Eins von beidem wird demnächst passieren. Wie kommst du voran?"

„Das Eidechsensymbol gehört zu einem belgischen Modelabel. Und das Gespräch mit Benni hat mich endgültig überzeugt, dass Bianca Wagner mehr über den Täter weiß, als sie zugibt."

Er fasste die Ergebnisse des Tages zusammen. „Bei den Blumen mag ich mich irren", schloss er. „Aber mein Bauchgefühl sagt mir, dass es sich nicht um einen netten Gruß von Bennis Kommilitonen handelt."

„Ich weiß nicht", erwiderte Martin. „Die Karte könnte tatsächlich verloren gegangen sein. Da offenbar niemand den Boten gesehen hat, können wir dem leider nicht nachgehen."

„Ich werde Benni bei Gelegenheit ganz unschuldig fragen, ob er herausbekommen hat, von wem sie stammen."

„Mach das. Eine Überwachung der Eltern erscheint mir nach deinem Bericht jedenfalls angebracht." Martin seufzte. „Das sind keine gute Entwicklung, doch wir müssen alle Spuren verfolgen. Gleichgültig, wohin sie führen."

Christopher legte sich rücklings aufs Dach. So ein schöner blauer Himmel. Sein Magen knurrte. Seit dem Frühstück war die Zeit rasch verflogen. „Ich würde gern Bianca Wagner übernehmen."

„Das war mir klar."

„Reiner Selbstschutz. Falls Clemens Wagner mich entdeckt, könnte er handgreiflich werden. Frau Wagner schätze ich als weniger rabiat ein."

„Es wäre fein, wenn du zur Abwechslung einen Fall ohne Krankenhausaufenthalt überstehen würdest."

„Ich tue stets mein Bestes, um körperliche Schäden zu vermeiden."

„Mit wechselndem Erfolg."

„Vielen Dank."

„Ich setze Andi auf Clemens Wagner an. Wir beschatten die Eltern zunächst für drei Tage, einschließlich Nachtschichten. Sollten Fragen zu Familienangelegenheiten auftauchen, ziehen wir Tara zurate. Ansonsten kann sie bei der Auswertung der Überwachungsaufnahmen und Überprüfung von Personalien helfen."

„Klingt gut. Ich hänge mich ab Montagmorgen an Frau Wagner. Herr Wagner gibt sonntags Einführungskurse in einem Fitnessstudio in Barmbek. Falls Andi sich langweilt, kann er morgen starten. Und nebenbei seinen Astralbody stählen."

Martin lachte. „Das schlage ich ihm vor. Da du am Montag anderweitig beschäftigt bist, übernehme ich die Abschlussbesprechung mit unserem Schrebergartenpärchen."

Die Haberlings. In Gedanken schlug er sich vor die Stirn. Den Termin hatte er vollkommen vergessen. „Ja, danke. Mein Bericht und die Zeitaufstellung sind in der Akte abgespeichert. Auf dem allgemeinen Laufwerk."

„Drucke ich mir gleich aus."

Christopher verkniff sich eine Stichelei zum Thema „papierloses Büro". „Falls du Fragen oder Anmerkungen hast, ruf an."

„Wird schon passen. Machst du für heute Feierabend? Oder kann ich dich für eine spannende Filmvorführung im Büro begeistern?"

Einen schwachen Moment lang wollte er zusagen. Bis er sich an den vergangenen Abend erinnerte. An Romys Tränen. Die Angst, sie zu verlieren.

„Romy und ich sind mit Freunden verabredet. Wenn ich das schon wieder absage, wird sie zu Recht stinksauer auf mich sein."

„Das wollen wir vermeiden", gab Martin zurück, ohne einen Hauch von Vorwurf oder Enttäuschung. „Hab ein schönes Wochenende."

„Du auch." Er legte auf und erhob sich. Erfolgreich Nein gesagt. Trotzdem pikte das schlechte Gewissen. Das ärgerte ihn. Er schob den Stein beiseite, der die Tür blockierte, und ließ sie hinter sich ins Schloss fallen. Nach dem strahlenden Sonnenschein draußen mussten sich seine Augen an das sterile Licht im Bunker gewöhnen. Und die Nase an den muffigen Geruch von Beton und abgestandener Luft. Beim Proberaum drückte er dreimal auf die Klingel. Jan, die Geige, öffnete. Inzwischen schallte Musik aus den Minilautsprechern; ein

Klangbrett aus schweren Gitarren, Schlagzeug und Bass. Die tiefe Stimme des Sängers schien direkt aus der Unterwelt zu kommen. Heavy Metal war definitiv nicht sein Ding. Zu sperrig und aggressiv. Mit dieser Meinung befand er sich hier allerdings auf einsamem Posten. Tara stand vor der Stereoanlage und blätterte in einem CD-Booklet. Dabei wippte sie versonnen im Takt des Liedes. Einige Schritte entfernt tanzte Lily mit geschlossenen Augen in anmutiger Langsamkeit zu den rauen Tönen. Finn hüpfte fern der Lautsprecher vergnügt auf dem Trampolin. Irgendwann waren Gerrit und Stanne zurückgekommen. Sie saßen zwischen den anderen auf einem der Sofas und unterhielten sich angeregt. Ein gutes Zeichen. Er ging zu Tara.

„Die beiden sind sich offenbar einig."

Sie sah erst ihn an und danach zur Sitzecke. „Ja, da haben sich zwei gefunden."

„Gut. Gerrit braucht dringend ein Erfolgserlebnis." Ihm kam ein Gedanke. „Kennt Stanne seine Vorgeschichte?"

„Nein. Gerrit soll selbst entscheiden, wem er sich anvertraut."

Am liebsten hätte er Tara umarmt. „Danke für deine Hilfe", sagte er stattdessen. „Das bedeutet mir viel."

„Ach." Sie zuckte verlegen die Achseln. „Hast du deinen Chef erreicht?"

„Ja. Martin ist einverstanden, dass du uns bei Bennis Fall unterstützt."

„Klasse."

Die Musik erreichte ihren lärmenden Höhepunkt. Sein Blick fiel auf das CD-Booklet in Taras Hand. Die Vorderseite zeigte denselben jungen Mann mit den Tattoos und silbernen Haaren, der auf den beiden Postern abgebildet war.

„Ist das die Band, die Benni und seine Kumpel covern?"

„Ja."

„Echt?" Wie kam jemand auf die Idee, diese Musik mit klassischen Instrumenten nachzuspielen?

Tara musterte ihn verschmitzt. „Zu rabiat für dich?"

„Ich dachte, Dark Rock wäre ..." Düster. Depressiv. Trübsinn in Noten. „Anders", erwiderte er diplomatisch.

„Oh, die können wunderbar melancholisch sein. Getragenes Cello, schwermütige Texte, das volle Programm."

Er lauschte dem ausklingenden Song. „Ich hätte nie vermutet, dass du so was hörst."

„Weil ich stets unbeschwert und gut gelaunt wirkte?"

„Genau."

„Das liegt an der Musik."

Eine verwirrende Antwort.

Tara legte das Booklet beiseite. „Ich bin vierundzwanzig, voll berufstätig und alleinerziehende Mutter eines siebenjährigen Wirbelwinds. An manchen Tagen könnte ich Türen eintreten oder nonstop heulen. Dann ist es unglaublich befreiend, jemanden zu haben, der für mich schreit. Der all diese dunklen Gefühle in die Welt hinausbrüllt. Das ist wie eine Grundreinigung der Seele." Tiefe Zuneigung spiegelte sich in ihren Augen wider. „Ohne die Musik wäre ich längst verrückt geworden."

Ihre Offenheit beeindruckte ihn. Ihre Fähigkeit, all diese Empfindungen in wenigen Sätzen zu vermitteln. So plastisch, dass in seinem Kopf das Kino ansprang.

„Entschuldige." Tara interpretierte sein Schweigen wohl als Unbehagen. „Zu viel emotionales Gefasel."

„Nein, gar nicht", versicherte er.

Romy empfand ähnlich stark für ihre Lieblingsbands. Eine von ihnen bezeichnete sie sogar als Lebensretter. Jemand, der Romys Vergangenheit nicht kannte, mochte diese Auszeichnung albern finden. In Christopher löste sie Dankbarkeit aus. Und eine leise Furcht vor dem, was hätte passieren können.

„Wollen wir uns zu den anderen setzen?"

Taras Frage erinnerte ihn an seinen straffen Zeitplan. Er sah auf die Uhr. Kurz nach fünf! Wenn er länger blieb, quatschte er sich garantiert fest. Ihm gefiel die gesellige Atmosphäre, und Gerrit und Stanne hatten gewiss einiges zu erzählen. „Ich muss um sechs in Eppendorf sein. Sonst erwürgt mich meine Freundin."

Tara zog ihr Smartphone aus der Hosentasche, um ebenfalls die Zeit zu prüfen. „Könnte knapp werden."

„Zwanzig Minuten Fahrzeit. Bei normaler Verkehrslage."

„Falls du eine normale Verkehrslage triffst, grüß sie von mir."

„Guter Punkt. Ich bin weg."

Er sah zur Sitzecke, fing Gerrits Blick auf und hob fragend die Augenbrauen. Gerrit reckte den rechten Daumen in die Höhe. Christopher hob ebenfalls den Daumen. Danach spreizte er Daumen und kleinen Finger ab und führte die Hand zum rechten Ohr. Das Zeichen für „Ich rufe dich an". Gerrit nickte und deutete zum Abschied einen Zwei-Finger-Salut an.

***

Christopher ließ sich auf den Fahrersitz des Volvos fallen. Mittlerweile war ihm schlecht vor Hunger. Im Handschuhfach lagen einige Müsliriegel und eine kleine Wasserflasche. Er nahm einen der Riegel. Die Flasche steckte er in das Staufach an der Fahrertür. Nachdem er sich angeschnallt hatte, öffnete er die Verpackung des Müsliriegels und biss in die klebrige Masse. Zuckerschock. Er kaute eilig, schluckte, spülte mit dem stillen Wasser nach. Den restlichen Riegel zwischen den Zähnen eingeklemmt, startete er den Motor.

Wie von Tara vorhergesehen, machte die normale Verkehrslage entspannt Wochenende. Dafür traf er auf ihren zuverlässigen Bruder, den stockenden Verkehr. Er umkurvte die Blechlawine auf Schleichwegen. Um zehn vor sechs bog er in Katha und Sandros Straße ein und fand direkt vor ihrem Wohnhaus einen freien Parkplatz. Kein Wunder, wenn gefühlt halb Hamburg im Auto saß. Gerade als er den Wagen verriegelte, bog ein Stück entfernt Romy um eine Straßenecke. Ihre Augen weiteten sich vor Verblüffung.

„Dieser Blick ist eine Unverschämtheit", gab er sich gespielt empört. „Man könnte meinen, ich wäre nie pünktlich!"

Romy blieb vor ihm stehen, stellte sich leicht auf die Zehenspitzen und küsste ihn. „Ich bin stolz auf dich."

„Das will ich meinen." Er nahm ihre Hand. „Los, ich bin am Verhungern!"

Mit dem Essen dauerte es allerdings noch eine Weile. Während Sandro in gewohnter Manier den gestenreichen Alleinunterhalter gab, bereiteten sie in der Küche gemeinsam eine Auswahl warmer und kalter Tapas zu. Christopher war zu sehr mit den Ereignissen des Tages beschäftigt, um sich über das Dauergeplapper aufzuregen. Im Gegenteil. Er genoss es, Gemüse zu schnippeln und gelegentlich ein Wort oder einen Laut zur Unterhaltung beizutragen. Dabei konnte er hervorragend nachdenken. Über die Wagners, Tara und Gerrit. Über Masken und Fassaden. Falsche Einschätzungen. Die Wendungen des Lebens.

Als sie endlich am Esstisch saßen, zwischen sich eine Armada von Schüsseln und Untertassen, hätte er ein halbes Schwein auf Toast verputzen können. Er bediente sich reichlich an den Tapas und dem ofenwarmen Ciabatta. Aioli und unterschiedliche Salsas verliehen dem Brot einen zusätzlichen Kick. Beim entspannten Geplauder fühlte er sich zunehmend wohler. Im Nachhinein tat es ihm leid, das Treffen zweimal abgesagt zu haben.

Gegen ein Uhr lösten sie die gemütliche Runde auf. Während er den Volvo über die freien Straßen zu seiner Wohnung lenkte, schlummerte Romy selig auf dem Beifahrersitz.

KAPITEL 10

Am Sonntag ließen sie es langsam angehen. Bei einem ausgedehnten Frühstück erzählte er Romy von Gerrits erfolgreichem Zusammentreffen mit Stanne.

„Wie schön!" Sie biss in ihr Marmeladenbrötchen und wippte vergnügt auf dem Sofa auf und ab. „Hach, ich freu mich für ihn!"

„Ich auch." Er nahm einen Schluck Kaffee. „Für Gerrit wird sich einiges ändern. Weg von Mümmelmannsberg, weg von seinen Kumpels. Kein leichter Schritt. Selbst wenn es eine positive Veränderung ist."

Romy wischte sich nachdenklich einen Brötchenkrümel aus dem Mundwinkel. „Hoffentlich bleibt ihm das Gefängnis erspart. Er hat genug durchgestanden. Ich wünschte, die würden ihn endlich in Ruhe lassen!"

„Das wird schon." Er drückte ihre Hand. Sie verschränkte die schlanken, warmen Finger in seine.

Bei einem zweiten Becher Kaffee erzählte er von Tara. Von der frühen Schwangerschaft, Finns abwesendem Vater und der großartigen Unterstützung, die sie durch ihre Mutter und Freunde erfuhr. Eine Weile sprachen sie über die Situation von alleinerziehenden Eltern in Deutschland. Über die schwierige Entscheidung, Kinder in diese Welt zu setzen. Sollte man? Durfte man? Angesichts von Überbevölkerung, Umweltproblemen, sozialer Kälte, Technologiewahn? Irgendwann dämmerte ihm, dass es bei ihren Überlegungen längst nicht mehr um „die anderen" ging. Sie sprachen über eigenen

Nachwuchs. Verklausuliert, zwischen den Zeilen, doch sie taten es. Ein Chaos von Empfindungen verwirbelte seine Gedanken. Ein Baby. Vater sein. Plötzlich wurde es real. Herausgerissen aus dem *Was wäre, wenn*. Das emotionale Durcheinander musste ihm anzusehen sein. Romy stellte ihren Teebecher ab. Sie musterte ihn ernst. „Ich möchte. Nicht sofort. Nachdem wir eine Weile zusammengewohnt haben. Wenn wir uns sicher sind."

Freude und Angst zogen ihn in gegensätzliche Richtungen. Er wollte antworten. Nicken. Blinzeln. Nichts gelang.

Auf der Fensterbank klingelte sein Smartphone.

Er erhob sich wie ferngesteuert vom Sofa. Ging auf wackeligen Beinen die wenigen Schritte. Gerrit rief an. Er nahm das Gespräch entgegen.

„Hi, Gerry."

„Ich brauche einen Job", drang es aus dem Lautsprecher. „Je eher, desto besser!"

Christopher sammelte mühsam seine verstreuten Gehirnzellen ein. „Also funktioniert es definitiv mit der WG?"

„Sobald die schriftliche Erlaubnis des Vermieters vorliegt. Sollte kein Problem sein. Nach dem Auszug von Stannes Freundin ist die Wohnung zu teuer für eine Person, und ich kann die Untermiete auf jeden Fall zahlen."

„Super. Glückwunsch!"

„Ich kann es kaum erwarten, den Vertrag zu unterschreiben!" Dem Satz folgte ein erleichtertes Lachen. „Endlich!"

„Ja, es wurde Zeit. Weiß Stanne Bescheid?“

„Ich hab ihm erzählt, was Phase ist. Das anstehende Gerichtsverfahren, die Arbeitssuche, all der andere Mist.“ Gerrit atmete vernehmlich aus. „Ich hatte echt Schiss. Stanne kennt mich nicht. Der geht ein enormes Risiko ein. Aber er möchte es trotzdem ausprobieren. Cooler Typ!“

„Mit deiner Ehrlichkeit bist du auch ein Risiko eingegangen.“ Romy winkte und warf ihm danach eine Kusshand zu. „Lieben Gruß von Romy. Sie freut sich sehr für dich.“

„Gruß zurück.“

„Gruß zurück“, gab er die Nachricht prompt weiter und erntete ein Lächeln. „Wie war das mit dem Job?“ Gerrits Einleitung implizierte ein Anliegen.

„Du hast doch früher für ein Umzugsunternehmen gearbeitet ...“

Die Antwort überraschte ihn. Heute war offenbar einer dieser Tage. „Oh, äh, ja.“ Er hielt kurz inne. „Bist du sicher? Das ist ein echter Knochenjob.“

Keine ideale Tätigkeit für jemanden von Gerrits Gewichtsklasse.

„Ist mir egal“, kam es dynamisch zurück. „Ich habe keinen Bock mehr aufs Arbeitsamt. Ich möchte meine eigene Kohle verdienen. Außerdem schulde ich deinem Boss immer noch Geld.“

Für die Suche nach Nina.

„Mach dir deshalb keine Gedanken. Martin kennt deine Situation.“

„Seine Schulden zu bezahlen ist Ehrensache. Falls ich nicht in den Knast gehe, suche ich mir in Ruhe was anderes. Bestimmt gibt es irgendwann eine freie Stelle für einen Trockenbaumonteur.“

Hoffentlich bei einem anständigen Chef. Der sich keine lächerliche Begründung aus den Fingern sog, um Gerrit in der Probezeit vor die Tür zu setzen. Natürlich lag es *nicht* an der reißerischen Berichterstattung in den Medien oder seiner Vorstrafe. Schwache Konjunktur, leere Auftragsbücher, bla, bla, bla.

Friedrich Scholz *war* ein anständiger Chef. Anständig launisch.

„Friedrich sucht ständig Leute. Du solltest allerdings ein dickes Fell mitbringen. Der Mann fährt gelegentlich aus der Haut.“ Was bei Gerrits Temperament problematisch werden konnte. „Kommst du damit klar?“, hakte er nach.

Kurzes Schweigen. „Behandelt er seine Mitarbeiter fair?“

„Absolut. Raue Schale, weicher Kern.“

Erneute Stille. „Kannst du mir die Telefonnummer geben?“

„Klar.“ Er nannte sie aus dem Gedächtnis. „Sag Friedrich, dass wir befreundet sind. Falls er Fragen hat, kann er mich anrufen.“

„Danke!“

„Viel Glück.“

Sie verabschiedeten sich.

„Gerry möchte für Friedrich arbeiten?“, fragte Romy erstaunt.

„Ja.“ Er legte das Smartphone auf die Fensterbank. „Stannes Zusage hat ihm einen Motivationsschub gegeben.“

„Vorher sollte er einige Kilos zulegen. Sonst bricht er beim ersten Kühlschrank zusammen."

„Wir schicken ihn regelmäßig ins *Cinque Terre*. Da kann er sich an den italienischen Köstlichkeiten rund futtern."

„Und wir kommen mit! Ich vermisse Henry und Jasmin."

„Ich auch." Seitdem er nicht mehr kellnerte, fehlte ihm der enge Kontakt zu seinem Ex-Stiefvater und seiner Halbschwester. Leider konnte er sich nicht amöbenartig teilen. Die Arbeit für die Detektei ging vor. „Nächste Woche", entschied er spontan.

„Versprochen?"

„Versprochen." Er setzte sich zu Romy aufs Sofa.

Sie musterte ihn verschmitzt. „Hast du dich von dem Babyschreck erholt?"

Seine Wangen wurden warm. Er kratzte sich an der Nase, obwohl sie nicht juckte. „Tut mir leid. Ich wollte keinesfalls den Eindruck erwecken, dagegen zu sein."

Sie nahm lächelnd seine Hand. „Es gibt keinen Grund, irgendwas zu überstürzen. Wir suchen uns eine Wohnung, die groß genug wäre für drei. Der Rest findet sich."

Am Nachmittag unternahmen sie eine Fahrradtour zum Eichbaumsee, im Südosten Hamburgs. An einer geschützten Stelle legten sie die Räder ins Gras und breiteten eine Wolldecke aus. Auf die Unterarme gestützt, die Beine lang ausgestreckt, blickte er schläfrig über das Wasser. Die stille Oberfläche glitzerte in der Sonne. Enten paddelten gemächlich vorbei. Vögel zwitscherten in den Bäumen. Irgendwo bellte ein Hund.

Romy lag neben ihm, die Augen hinter der Sonnenbrille geschlossen. Auf dem Bauch balancierte sie eine Vorratsdose mit Apfelscheiben und halbierten Radieschen. Gelegentlich griff sie hinein und schob sich einen der frischen Snacks in den Mund. Sie trug ein sommerlich-maritimes Outfit: knielange dunkelblaue Shorts, blau-weiß gestreiftes Top mit Spaghettiträgern, weiße Sneaker mit weißen Söckchen. Die blaue Strickjacke gegen den Fahrtwind diente ihr als Kopfkissen. Früher hätte sie sich in der Kleidung unwohl gefühlt. Schutzlos den Blicken und Gedanken anderer ausgeliefert. Inzwischen überlegte sie, im Sommer ins Freibad zu gehen. Er plante insgeheim ein verlängertes Wochenende an der Nord- oder Ostsee. Romantische Abendspaziergänge am Strand, Schwimmen im Meer, Eis in der Sonne ...

Das Klingeln seines Smartphones störte das Idyll.

Er legte den Kopf in den Nacken und seufzte. Wo war ein Hammer, wenn man ihn brauchte? Trotzdem holte er das bimmelnde Ding aus seinem Rucksack. Hin- und hergerissen zwischen Neugier und Verstimmung über die Störung.

„Das ist Andi", verkündete er nach einem Blick auf das Display. Ob er den Anruf entgegennahm, hing allein von Romys Reaktion ab.

„Geh ruhig ran", murmelte sie schläfrig.

„Das Einzige, woran ich heute arbeiten werde, ist mein Teint!" Es war ihm wichtig, das klarzustellen.

Romy gluckste. „Geh ran."

Er berührte das grüne Hörersymbol. „Moin, Andi."

„Hallo. Ich möchte gar nicht lange stören." Sein Kollege hielt inne. Wartete offenbar auf die Erlaubnis, weiterzusprechen.

„Was gibt's?"

„Bei Clemens Wagner ist eindeutig was im Busch."

Christophers Herzschlag legte einen Takt zu. „Aha?"

„Er hat vorhin im Fitnessstudio einem jungen Paar eine Einführungsstunde an den Geräten gegeben und dabei ständig auf sein Handy geschielt. Als erwarte er einen wichtigen Anruf. Schließlich kam eine Textnachricht, deren Inhalt ihn sichtlich aus dem Konzept gebracht hat. Hinterher konnte der Mann minutenlang keinen zusammenhängenden Satz formulieren."

„Heftige Reaktion."

„Das Pärchen war recht irritiert über sein Verhalten."

„Klingt, als wärst du Wagner ziemlich nah gekommen."

„Zum Wohle der Detektei habe ich meine Sportsachen entstaubt."

„Ein großes Opfer."

„Höre ich Spott in deiner Stimme?"

„Niemals."

„Gut. Es wird nämlich noch interessanter."

Romy reichte ihm ein Stück Apfel. Er steckte es sich in den Mund und kaute. Fruchtig und leicht herb. Lecker. „Andi", unterbrach er die dramatische Kunstpause. „Meine Freizeit verrinnt gnadenlos."

„Verzeihung. Nach der Einführungsstunde hat Herr Wagner das Fitnessstudio verlassen und sich zum Telefonieren in eine Seitenstraße verzogen. Ein hochemotionales Gespräch. Wütende Gesten, verzerrte Mimik, das volle Programm. Nach dem Auflegen hat er sein

Handy gegen eine Hauswand geworfen. Da flogen die Einzelteile. Martin konnte es vom Wagen aus filmen. Ein hübsches Heimvideo.“

„Jemand setzt Clemens Wagner massiv unter Druck“, dachte Christopher laut nach. „Wir müssen an ihm dranbleiben. Im besten Fall führt er uns direkt zu den Verantwortlichen. Wo ist er jetzt?“

„Zu Hause. Nach dem Wutanfall hat er das zerstörte Handy eingesammelt und seine Sporttasche aus dem Studio geholt. Martin bleibt über Nacht auf Wachposten. Falls sich Wagner zu später Stunde davonschleicht.“

„Ich hänge mich morgen früh an Bianca Wagner dran. Bin gespannt, was sie zu bieten hat.“

„Ich wittere ein ganz großes Ding. Da macht der Job richtig Spaß!“

„Manchmal wird mir deine Begeisterung für das Elend anderer Menschen unheimlich.“

„Du nimmst das zu persönlich“, erwiderte Andi amüsiert. „Das Elend anderer Menschen zahlt unsere Rechnungen.“

Martin hatte es einmal ähnlich formuliert. Wer nicht damit klarkam, sollte sich einen anderen Beruf suchen.

„Mag sein. Wir sehen uns morgen.“

„Genieß den restlichen Sonntag.“

„Du auch.“ Er beendete das Gespräch und steckte das Smartphone zurück in den Rucksack. Eine Weile blickte er nachdenklich über den See. Erleichterung mischte sich mit Melancholie. Es freute ihn, richtigzuliegen. Gleichzeitig tat es ihm leid. Besonders für Benni Wagner.

„Alles in Ordnung?" Romy musterte ihn besorgt über den Rand der Sonnenbrille hinweg.

„Alles bestens." Er schnappte sich ein halbes Radieschen aus der Vorratsdose und legte sich neben sie auf die Wolldecke. Beim Kauen entfaltete sich die prickelnde Schärfe in seinem Mund. „Zurück zum Wochenende." Er schloss die Augen gegen die warmen Strahlen der Sonne. Vögel zwitscherten. Ein laues Lüftchen wehte. Herrlich.

KAPITEL 11

Am Montagmorgen zeigte sich der April von seiner wankelmütigen Seite. Die Temperatur war über Nacht um gut fünfzehn Grad gefallen. Regen prasselte gegen die Windschutzscheibe des Volvos. Die Scheibenwischer arbeiteten auf Hochtouren, während der Verkehr im Zeitlupentempo dahinkroch. So bestand keinerlei Gefahr, Bianca Wagners grünen Renault aus den Augen zu verlieren. Am Abend zuvor hatte Christopher im Internet die Öffnungszeiten der Apotheke herausgesucht und sich Straßen- und Satellitenaufnahmen der Umgebung angesehen. Er wusste bereits, wo er unauffällig parken konnte. Heute war er in aller Frühe nach Barmbek-Süd gefahren, um Martin von einer ereignislosen Nachtschicht zu erlösen.

Die Wagners wohnten in der Bachstraße, wenige Gehminuten vom Shopping-Center Hamburger Meile entfernt. Praktisch für Einkäufe und dennoch ruhig gelegen. Während er darauf wartete, dass Frau Wagner das Haus verließ, blieb Zeit fürs Frühstück. Schwarzbrot mit Käse und dazu Kaffee aus der Thermosflasche. Ein Frühstück mit Romy wäre ihm lieber gewesen, aber diesmal hatte jeder im eigenen Bett geschlafen. Wenn er allein war, gelang es ihm mühelos, sich leise zu bewegen. Sobald er achtsam sein wollte, um Romy nicht zu wecken, mutierte er zum Tollpatsch. In der gemeinsamen Wohnung brauchten sie definitiv ein bequemes Sofa, auf dem er nach Sonderschichten pennen konnte.

Oder sie stellten ein zusätzliches Bett ins geplante Kinderzimmer. Vorfreude erfüllte ihn. Kinderzimmer ...

Aus dem Regen wurde Graupel. Die Rücklichter des Wagens vor ihm flammten grellrot auf. Christopher bremste ebenfalls und schaltete gelassen in einen niedrigeren Gang.

Kurz vor acht bog er zwei Fahrzeuge hinter dem grünen Renault in die Alsterdorfer Straße ein. Bald kam auf der linken Straßenseite die Apotheke in Sicht. Sie befand sich im Erdgeschoss eines roten Backsteinbaus, direkt an einer Kreuzung gelegen. Weiß umrahmte Panoramafenster mit Blick auf die Alsterdorfer Straße und die abzweigende Wilhelm-Metzger-Straße. Über den Fenstern der weiße Schriftzug *Apotheke.* Neben dem Eingang hing das klassische Schild mit dem roten *A.* Es war eine dieser gemütlich wirkenden Nachbarschaftsapotheken, die Tradition und Zuverlässigkeit ausstrahlten. Man erwartete, beim Eintreten von einem grauhaarigen Mann im weißen Kittel begrüßt zu werden. Oder von einer Frau mit strenger Miene und ebenso strenger Frisur. Auf jeden Fall wurde man sofort bedient, und jedes zweite Medikament musste bestellt werden.
Vor ihm bog Frau Wagner links in die Wilhelm-Metzger-Straße ab, vermutlich auf Parkplatzsuche. Entlang der Alsterdorfer Straße parkten die Autos dicht an dicht. Christopher schwenkte rechts in eine schmale Straße ein, die ein Stück parallel zur Alsterdorfer Straße verlief, bevor sie zurück in die Durchgangsstraße mündete. Auf der rechten Seite ein Wohnblock mit Geschäftszeile, die von einer Durchfahrt unter-

brochen wurde. Links lagen Parkbuchten quer zur Fahrbahn, dahinter ein von hohen Bäumen gesäumter Fuß- und Radweg. Jenseits davon rollte der Verkehr vorbei. Ein idealer Sichtschutz. Er stellte den Volvo in einer der Buchten ab und konnte nun direkt zur Apotheke sehen. Ohne die Scheibenwischer zu benötigen. Die ausladende Krone eines Baumes bot Schutz vor den Wetterkapriolen. Wenig später tauchte Bianca Wagner auf, zum Teil verdeckt von einem grünen Regenschirm. Unter ihrem hellen Mantel lugte der Saum eines schwarzen Rocks hervor. Dazu schwarze Halbschuhe. Kalte Knie und nasse Füße, kein guter Start in den Tag. Nachdem Frau Wagner in der Apotheke verschwunden war, wartete er eine halbe Stunde. Um sicherzugehen, dass sie nicht noch einmal herauskam, weil sie etwas im Wagen vergessen hatte. Schließlich nahm er einen kompakten Regenschirm aus dem Handschuhfach. Den Rucksack mit dem Überwachungsequipment schob er unter den Beifahrersitz. Damit kein Langfinger auf dumme Gedanken kam. Er klappte die Kapuze seiner dunkelblauen gefütterten Regenjacke hoch und stieg aus. Der Wind trieb Regen und Graupel vor sich her. Eine fiese Bö riss ihm beinah den aufgespannten Schirm aus der Hand. Bei der nächsten Ampel überquerte er die Straße und huschte an der Apotheke vorbei, den Schirm als Sichtschutz gegen das Panoramafenster ausgerichtet. Die Jacke und die Goretex-Stiefel hielten die Nässe erfolgreich ab. Im Gegensatz zu seiner Jeans, die bald bis über die Knie durchweicht war. Zügig ging er die zweispurige Wilhelm-Metzger-Straße entlang. Suchte den grünen Renault. Der Wagen stand auf der linken Straßenseite, mit der Motorhaube zur

Alsterdorfer Straße. Was nahelegte, dass Frau Wagner später in dieser Richtung davonfahren wollte. Allerdings gab es dafür keine Garantie. Er würde sich einen anderen Parkplatz suchen, um die Apotheke und den Renault gleichzeitig im Auge behalten zu können. Auf dem Rückweg vermeldete sein Smartphone eine Textnachricht. Sie stammte von Andi, der die Überwachung in der Bachstraße übernommen hatte. Clemens Wagner war auf dem Weg zum Fitnessstudio. In seinem eigenen Wagen. Christopher schickte ihm einen erhobenen Daumen. Zurück beim Volvo schüttelte er im Schutz der Baumkrone den Regenschirm aus und legte ihn zusammengefaltet in den Fußraum vor dem Beifahrersitz. Die tropfende Regenjacke hängte er über das Kopfteil. Seine nasse Jeans musste am Körper trocknen. Eine der Zumutungen des Detektivdaseins.

In den folgenden Stunden betrat eine passable Anzahl von Kunden die Apotheke. Neben Bianca Wagner beobachtete er zwei weitere Frauen hinter dem Tresen. Eine rundliche Brünette um die fünfzig und eine hochgewachsene Blondine Mitte zwanzig, deren selbstbewusste Haltung deutlich machte, dass sie die Chefin war. Ihm kam Taras Bemerkung über Frau Wagners berufliche Schwierigkeiten in den Sinn. Von einer leitenden Position mit Personalverantwortung zur einfachen Mitarbeiterin degradiert. Ein Schlag für das Selbstwertgefühl.

Um elf Uhr meldete sich seine Blase. Mit Nachdruck. Im Staufach an der Beifahrertür steckte stets eine leere Wasserflasche für Toilettennotfälle. Angesichts des regen Betriebs auf dem kombinierten Fuß- und Radweg, der direkt vor der Motorhaube verlief, nahm er von dieser Möglichkeit Abstand. Stattdessen verließ er im schönsten winterlichen Schneegestöber den Wagen. Mit Schirm und Kapuze fühlte er sich ausreichend getarnt. Die Durchfahrt in der Geschäftszeile führte in den begrünten Innenhof des Wohnblocks. Im Schutz eines Baumes erleichterte er sich. Nachdem er sich vergewissert hatte, dass Bianca Wagner unverändert hinter dem Tresen der Apotheke stand, fuhr er einmal um den Block. Auf der Suche nach einem neuen Parkplatz fand er eine Lücke an der Alsterdorfer Straße. Exponierter als zuvor, dafür mit freier Sicht in die Wilhelm-Metzger-Straße.

Zwei Stunden später ließ der Mix aus Regen, Schnee und Graupel endlich nach. Die Sonne kam hervor. Ebenso Bianca Wagner. Eiligen Schrittes bog sie in die Wilhelm-Metzger-Straße ein. Kurz darauf rollte der grüne Renault Richtung Alsterdorfer Straße. An der Kreuzung blinkte Frau Wagner rechts. Christopher wendete und folgte ihr in sicherem Abstand. Wohin würde der Ausflug führen? Nach Eppendorf? Zum Stadtpark? Zur Außenalster? Die Antwort lautete: Nein. Am Braamkamp bog Bianca Wagner rechts in die Borsteler Chaussee ein. An der nächsten großen Kreuzung fuhr sie links in die Papenreye und schließlich auf den Parkplatz eines SelfStorage-Lagerhauses. Interessant. Er hielt einige Meter vor der Einfahrt am Straßenrand. Frau Wagner trug nun eine dunkle Mütze und Sonnenbrille. Mit gesenktem Kopf eilte sie über den Parkplatz. Nach einem Blick über die Schulter verschwand sie in dem dreistöckigen, lang gestreckten Gebäude. Willkommen im Krimi der Woche. Mit dem Smartphone fotografierte er den Renault und den grauen Klotz mit dem verglasten Erdgeschoss und der überdimensionierten Werbetafel. An Fahnenmasten wehten riesige Banner mit dem Namen der Firma, die mehrere dieser Lagerhäuser in Hamburg betrieb. Minuten später trat Frau Wagner durch die Automatiktür ins Freie. Zwei prall gefüllte Plastiktüten in jeder Hand. Er filmte, wie sie die Tüten im Kofferraum ihres Wagens verstaute. Während sie einstieg, rutschte Christopher tiefer in den Fahrersitz. Der Renault rollte auf die Ausfahrt zu. Schwenkte rechts in die Papenreye ein. Er ließ ein weiteres Fahrzeug passieren, bevor er folgte. Am Ende der Straße bog Frau Wagner links ab, in die Kollaustraße. Wenn ihn sein inneres Navi nicht täuschte, würde sie demnächst abermals links abbiegen, um die Alsterdorfer Straße zu erreichen.

Bianca Wagner bog rechts ab.

Bald darauf fand er sich in einem Gewirr von Seitenstraßen und Sackgassen wieder. Hier konnte er sich nicht hinter anderen Fahrzeugen verstecken. Notgedrungen vergrößerte er den Abstand zum Renault. Schließlich bog Frau Wagner in eine der Sackgassen ein. Er folgte im Schritttempo. Suchte vorsichtshalber nach Parkmöglichkeiten. Vor ihm leuchteten die Bremslichter des Renault auf. Bianca Wagner hielt in zweiter Reihe auf der Fahrbahn. Christopher schwenkte kurzerhand rechts auf den Vorplatz eines Wohngebäudes ein. Er fotografierte, wie Frau Wagner die Plastiktüten aus dem Kofferraum holte und zu einem Altkleidercontainer ging. Zwei der vier Tüten passten problemlos durch die Sicherheitsschleuse. Bei

der dritten Tüte blockierte die Metallklappe, die ein unerlaubtes Herausnehmen der Spenden verhindern
sollte. Offenbar war der Container bereits gut gefüllt.
Bianca Wagner zerrte die Tüte wieder heraus, legte sie
an anderer Stelle in die Schleuse und knallte die Metallklappe zu. Rabiat, doch von Erfolg gekrönt. Die letzte
Tüte ließ sie neben dem Container stehen. Ohne auf die
Umgebung zu achten, eilte sie zurück zum Renault.

Während Frau Wagner am Ende der Sackgasse wendete, quälte er sich mit der Entscheidung, ob er ihr folgen oder bleiben sollte. Er entschied sich für Letzteres.
Selbst auf die Gefahr hin, ein anderes Ereignis zu verpassen. Bei all der Geheimnistuerei musste der Inhalt
der Tüten eine besondere Bedeutung haben. Kehrte er
später hierher zurück, konnte die vierte Tüte verschwunden sein. Also ging er auf Tauchstation. Tief
über den Beifahrersitz gebeugt, ließ er den Renault vorbeiziehen. Nach einigen Sekunden hob er den Kopf.
Der Wagen war verschwunden. Es würde sich zeigen,
ob er gerade einen Fehler gemacht hatte. Er lenkte den
Volvo zurück auf die Straße; hielt auf Höhe des Kleidercontainers. Keine Beobachter zu sehen. Also stieg er aus
und untersuchte wie selbstverständlich die vierte Tüte.
Darin befand sich Kleidung. Überraschung. Die Sicherheitsschleuse des Containers stand einen Spalt offen.
Er zog probeweise am Griff. Die Mechanik blockierte.
Etwas hielt von innen dagegen. Als er mehr Kraft anwendete, öffnete sich die Klappe ein Stück. Die dritte
Tüte steckte halb in der Schleuse fest. Er befreite sie
und holte sie aus dem Container. Diesmal waren es
Schuhe. Bevor ihm ein keifender Anwohner dazwischenfunken konnte, schnappte er sich auch die vierte

Tüte. Mit seiner Beute auf dem Beifahrersitz suchte er einen anderen Parkplatz. Eine Querstraße weiter hielt er am Straßenrand und leerte die beiden Tüten nacheinander aus. Blusen, Röcke, Shirts und Damenschuhe purzelten heraus. Alles in sehr gutem Zustand. An der Kleidung hingen sogar noch die Preisschilder. Auch an den Sohlen der Schuhe klebten Preise. Seltsam. Handelte es sich um Fehlkäufe? Die fünf Paar Schuhe hatten Größe 37, die Kleidung S oder M. Das sollte Bianca Wagner passen. Die Preise rangierten zwischen zwanzig Euro für die günstigste Bluse und fünfzig Euro für die teuersten Schuhe. Im Einzelnen keine Unsummen. Doch er schätzte den kompletten Inhalt dieser Tüten und der beiden im Container auf rund achthundert Euro. Davon bezahlten manche Menschen zwei Monatsmieten. Er kratzte sich ratlos am Kopf. Wozu das SelfStorage-Lagerhaus? Fehlte Frau Wagner lediglich ausreichender Stauraum im Keller oder auf dem Dachboden? Oder handelte es sich am Ende um Diebesgut? Wollte sie auf diesem Wege belastende Beweise entsorgen? Das passte so gar nicht zu der blassen, zerbrechlich wirkenden Frau, die er im Krankenhaus kennengelernt hatte. Allerdings erlebte er bei diesem Job häufig Überraschungen. Er fotografierte Kleidung und Schuhe und verstaute alles in den Tüten. Nachdenklich fuhr er zurück zur Alsterdorfer Straße. Er fand eine freie Parkbucht schräg gegenüber der Apotheke. Jenseits der Panoramascheiben bediente Bianca Wagner eine Kundin.

In seiner Fantasie tickte eine Zeitbombe.

In der Realität knurrte sein Magen.

Er holte die Vorratsdose mit den belegten Broten aus dem Rucksack. Bevor er aß, rief er Andi auf dem Handy an. Es meldete sich lediglich die Mailbox. Er legte auf und biss herzhaft in ein Käsebrot. Während er kaute, klingelte sein Smartphone. Es war nicht Andi, der zurückrief, sondern Martin. Er schluckte den Bissen herunter, um den Mund freizubekommen.

„Moin, Chef. Ausgeschlafen?"

„Fünf Stunden reichen dem Profi. Wie läuft die Überwachung?"

„Ist spannend. Bianca Wagner hat in ihrer Mittagspause tütenweise nagelneue Kleidung und Schuhe in einem Altkleidercontainer entsorgt."

„Aha. Magst du deinen Bericht näher ausführen?"

„Mit Vergnügen." Während er von der mittäglichen Rundreise erzählte, goss er Kaffee aus der Thermosflasche in den dazugehörigen Deckel. Zwischen zwei Sätzen nippte er an dem heißen Getränk. Danach platzierte er den Deckel auf dem Armaturenbrett. „Keine Ahnung, ob Frau Wagners Aktion mit dem Angriff auf ihren Sohn zu tun hat. Wäre allerdings ein verflixter Zufall, wenn sie ausgerechnet jetzt ausmisten würde."

„Äußerst merkwürdig", stimmte Martin zu. Ein unterdrücktes Gähnen folgte. So viel zu fünf Stunden Schlaf reichen.

„Hast du was von Andi gehört? Auf dem Handy erreiche ich ihn nicht."

„Der belauert Clemens Wagner. Das Fitnessstudio ist groß, da fällt es kaum auf, wenn er einige Stunden an den Geräten sitzt."

„Das gibt Muskelkater."

„Andi verlangt einen Bonus wegen unzumutbarer Härte. Ich habe ihm empfohlen, über eine Mitgliedschaft nachzudenken. Das heutige Highlight war ein scharfer Austausch zwischen Herrn Wagner und dem Studioleiter. Offenbar hat sich das Pärchen von gestern über Wagner beschwert. Unaufmerksamer Trainer, schlampige Einführung et cetera."

„Kein Stimmungsaufheller."

Ein zustimmendes Grunzen erklang. „Für morgen müssen wir uns was ausdenken. Wagner gibt Trainingsstunden im *BodyCore*-Studio, einer dieser Muckibuden für Bodybuilder. Wenn Andi dort auftaucht, platzt seine Tarnung."

Der Name des Studios klang vertraut. „Das ist der Laden im Steindamm, oder?" Quasi in der Nachbarschaft der Detektei.

„Richtig. *BodyCore* ist eine fesche Wortkombination aus *Bodybuilding* und *Hardcore*. Zitat aus dem Internet: ‚Das Kult-Studio für Bodybuilder mit und ohne Wettkampfambitionen'."

„Äh, ja, da würde unser Andi in der Tat auffallen." Er grinste. „Du könntest ..."

„Wenn du an deinem Job hängst, wirst du diesen Satz nicht beenden", drohte Martin. „*Ich* darf mich gleich mit *deinen* Klienten herumschlagen. Außerdem benötige ich meine Kräfte für die allseits beliebte Nachtschicht. Oder möchtest du später den Schlaf der Wagners überwachen?"

„Nein danke."

„Habe ich mir gedacht."

„Also morgen bloß Außenobservierung bei Herrn Wagner?"

„Ich kenne leider keine Bodybuilder. Obwohl ...“ Martin hielt inne. „Ein Kollege hat sein Büro auf St. Pauli. Der setzt bei Ermittlungen gern örtliche Talente ein.“

Christopher lachte auf. „Noch einer.“

„Im Gegensatz zu dir, mein bescheidener Freund, sind das grobe Jungs mit einschlägiger Milieuerfahrung. Entsprechend muskelbepackt kommen die daher. Vielleicht kann der Kollege uns kurzfristig jemanden organisieren, der morgen eine Probestunde bei *BodyCore* absolviert.“

„Für irgendwas muss dieses obskure Networking ja gut sein, das du seit Jahren in Kneipen und Bars betreibst.“

„Du meinst den konstruktiven Austausch zwischen Wettbewerbern.“

„Über fünf bis acht Bier, is’ klar.“

„Dabei knüpft man die besten Geschäftsbeziehungen. Ich geb Bescheid, ob es mit der Verstärkung funktioniert. Behalte du derweil die holde Gattin im Auge. Die Dame führt uns auf interessante Wege.“

„Klar.“ Ihm kam ein Gedanke. „Wer bezahlt uns eigentlich für den Ermittlungsspaß bei den Wagners? Mit den Diebstählen in den Bunkern hat das eindeutig nichts zu tun. Unsere Auftraggeber werden sich bedanken, wenn wir ihnen fremde Kosten in Rechnung stellen.“ Linus Borcherts Reaktion hatte er deutlich vor Augen.

„Das klären wir“, gab Martin zurück. „Ich habe für Mittwoch einen Termin mit Rainer und den Borcherts vereinbart. Um siebzehn Uhr im Büro von *Lärmraum*. Andi und dich brauche ich nicht dabei.“

„Die geballte Chefriege", scherzte Christopher. „Herr Borchert wird beeindruckt sein."

„Wenn der Mann sich besonders ernst genommen fühlt, hebt es hoffentlich seine Laune. Vorher setzen wir uns in der Detektei zusammen und werten die Überwachungsergebnisse aus."

„Was ist mit Tara? Sie sollte wissen, was wir besprechen."

Martins Antwort kam verzögert. „Wir haben es mit höchst sensiblen Informationen zu tun. Vielleicht liegen Straftaten vor. Es wäre äußerst unglücklich, wenn Tara Details an die Wagners weitergeben würde."

„Das würde sie nie ..."

„Ihre enge Freundschaft mit Benni Wagner könnte sie in einen Zwiespalt bringen. Es darf nicht passieren, dass sie mehr sagt oder andeutet als beabsichtigt."

„Irgendwann müssen wir die Wagners mit unseren Ermittlungen konfrontieren. Tara kennt die Familie sehr gut, sie wäre die ideale Vermittlerin."

Martin seufzte. „Manchmal ist deine Hartnäckigkeit anstrengend."

„Aber effektiv", konterte er gut gelaunt.

„Fein. Ich lade Tara ein. Auf deine Verantwortung."

„Die übernehme ich gern. Wann soll ich Mittwoch in die Detektei kommen?"

„Vierzehn dreißig sollte reichen."

„Alles klar. Ich melde mich, falls es Neuigkeiten gibt. Und grüß die Haberlings von mir."

„Mit Vergnügen." Sein Chef legte ohne Abschied auf.

Christopher vermerkte die Besprechung im Kalender des Smartphones. Danach schrieb er Andi eine Nachricht, dass sich der vorherige Anruf erledigt hatte.

Sobald sie abgeschickt war, widmete er sich endlich dem Käsebrot.

Die nächsten Stunden verstrichen ereignislos. Um achtzehn Uhr machte Bianca Wagner Feierabend. Sie fuhr direkt nach Hause, ohne Umwege über Lagerhäuser oder Altkleidercontainer. Christopher suchte einen Parkplatz in gebührendem Abstand zur Wagner'schen Wohnung und wartete auf Andi, der ihn später ablösen würde. Allmählich füllten sich die übrigen freien Parklücken mit Fahrzeugen. Gelegentlich kamen Passanten vorbei, von denen viele Einkaufstüten trugen. Auf der anderen Straßenseite näherte sich eine schlanke dunkelhaarige Frau Ende zwanzig. Sie trug Schirmmütze und Sonnenbrille und telefonierte angeregt auf dem Handy. Vor ihrem Oberkörper hing ein Säugling in einer Babytrage. Die Frau stoppte neben Bianca Wagners grünem Renault, klemmte etwas hinter den rechten Scheibenwischer und ging danach zügig weiter. Es geschah so beiläufig, dass Christopher erst begriff, was er beobachtete hatte, als sich die Frau fast auf Höhe des Volvos befand. Zu spät, um das Smartphone für ein Foto oder eine Videoaufnahme zu benutzen. Er zwang sich, die Fremde nicht direkt anzusehen. Aus den Augenwinkeln verfolgte er, wie sie vorbeieilte, und richtete rasch den Innenspiegel neu aus. Die Frau bog links in eine Querstraße ein. Er suchte die Umgebung ab, entdeckte keine auffälligen Personen und stieg aus. Als er die Straßenecke erreichte, war die Fremde verschwunden. Verblüfft hielt er inne. Sie hatte definitiv nicht genug Zeit gehabt, um die nächste Kreuzung zu erreichen. Mit dem Säugling würde sie kaum gerannt sein. War sie in ein bereitstehendes Fahrzeug gestiegen? Oder in ein Gebäude gegangen? Links lag das Gelände einer Schule, rechts befand sich ein Ballettzentrum. Dahinter Wohnhäuser und Geschäfte. Zahlreiche Möglichkeiten, sich zu verbergen.

Christopher wartete eine Weile, doch die Dunkelhaarige tauchte nicht wieder auf. Unverrichteter Dinge machte er kehrt und ging zu Bianca Wagners Renault. Hinter dem Scheibenwischer klemmte ein weißes Kärtchen. Darauf prangte gut sichtbar eine schwarze Eidechse über einem umgedrehten „V". Ein Schauer überlief ihn. Es war dasselbe Logo, das sich auf der Sweatjacke von Benni Wagners Angreifer befunden hatte. Nach den Blumen im Krankenhaus der nächste Gruß des Täters. Was ging hier bloß vor sich? Kurz überlegte Christopher, das Kärtchen stecken zu lassen, entschied sich jedoch dagegen. Diese böse Überraschung wollte er den Wagners ersparen. Um mögliche Fingerabdrücke zu erhalten, zog er den Fund mit spitzen Fingern hinter dem Scheibenwischer hervor und setzte sich wieder in seinen Wagen. In der Mittelkonsole des Volvos bewahrte er stets Einweghandschuhe und wiederverschließbare Plastiktüten auf. Er schob das Kärtchen in eine der Tüten und legte es ins Handschuhfach. Danach rief er Martin an und informierte ihn über den Vorfall.

„Allmählich wird es gruselig", erwiderte sein Chef. „Bist du sicher, dass die Frau dich nicht bemerkt hat?"

„Unwahrscheinlich. Die war zu sehr mit ihrer Schauspieleinlage beschäftigt." Es ärgerte ihn, dass er kein Foto oder Video von der Frau hatte.

„Bewahre die Karte auf, falls wir sie später an die Polizei übergeben müssen."

„Ist sicher verstaut."

„Gut. Ich esse jetzt fein zu Abend und löse Andi um zweiundzwanzig Uhr für die Nachtschicht ab. Bin gespannt, ob sich heute noch was tut."

„Ich auch."

Sie beendeten das Gespräch, und Christopher schaltete zurück in den Wartemodus. Eine halbe Stunde später meldete Andi per Textnachricht seine baldige Ankunft. Er folgte in Clemens Wagners Fahrwasser. Sobald Wagners schwarzer Jeep in die Bachstraße einbog, machte sich Christopher in entgegengesetzter Richtung auf den Heimweg.

Der Verkehr hielt sich in Grenzen. Er sollte gegen zwanzig Uhr im Hamburger Berg eintreffen. Pünktlich zu Romys Feierabend. An einer roten Ampel schickte er ihr eine Textnachricht: *Abendessen bei mir?*

Gleich darauf rief sie an. Das tat sie gewöhnlich, wenn es nicht passte.

„Hallo, schönste Frau der Welt", meldete er sich. „Hast du andere Pläne geschmiedet?"

„Astrid kommt gleich vorbei." Romy klang erschöpft von der Aussicht. „Männeralarm."

„Welch Überraschung."

Astrid war ein konstant überspanntes Nervenbündel, das sie in der Kampfsportschule seines alten Schulfeindes Mark Brenner kennengelernt hatten. Ihr genetisch eingemeißeltes Beuteschema hieß „Hohlbratze". Auch mit Mitte dreißig, nach zahlreichen gescheiterten Beziehungen, kam sie nicht davon los. Ständig gab es

Drama. Er hatte ihr einmal im Scherz geraten, anstatt des Selbstverteidigungskurses lieber den Karatekurs zu belegen. Um die Vollpfosten hinterher wieder loszuwerden. Astrid teilte seinen Sinn für Humor leider nur bedingt.

„Eifersucht oder Fremdgehen?", hakte er nach.

„Eifersucht. Von ihm. Auf Mark."

Schallendes Gelächter platzte aus Christopher heraus. Ausgerechnet Mark! Das war zu köstlich! Nachdem er sich etwas beruhigt hatte, kam vorwurfsvolles Seufzen aus der Leitung.

„Entschuldigung", erwiderte er eine Spur zu heiter. Vor ihm sprang die Ampel auf Grün um. Er wischte sich eine Lachträne aus dem Augenwinkel und fuhr an.

„Wie kommt der Idiot darauf?", knüpfte Romy nahtlos an ihre letzte Bemerkung an. „Mark hat Frau und Kind. Der ist treu bis in den Tod."

Das stimmte. Der Mann liebte seine Familie über alles. Im Gegensatz zu rothaarigen Privatdetektiven, die er sadistisch triezte.

„Manche Typen ticken grundsätzlich falsch. Die wittern überall Konkurrenz. Astrid wird bestimmt ausführlich berichten, was vorgefallen ist", schob er spöttelnd hinterher.

Das nächste Seufzen. „Zumindest bringt sie Schokolade und Kekse mit."

„Keine Eiscreme in der Kilopackung?"

„Haha. Sehen wir uns morgen Abend?"

„Weiß ich noch nicht. Ich versuche, rechtzeitig Feierabend zu machen."

„Meldest du dich, wenn du es abschätzen kannst?"

„Natürlich."

„Schlaf nachher gut." Romys Stimme klang warm und weich. Eine akustische Umarmung.

„Ich liebe dich."

„Ich liebe dich mehr."

Vier Worte, die ihm die Welt bedeuteten. Er legte auf und folgte dem Verkehrsstrom gen Heimat. Ein freier Abend. Faulenzen vor dem Fernseher. Nachdem er den ganzen Tag auf dem Hintern gesessen hatte? Nö! Sein unausgelasteter Körper brauchte Bewegung. Der Himmel sah gut aus. Keine dunklen Wolken in Sicht. Perfekt zum Joggen. Er stellte den Volvo im Hamburger Berg ab und brachte den Rucksack, die versiegelte Eidechsenkarte und Bianca Wagners Tüten in seine Wohnung. Kurz darauf trat er in Trainingskleidung und Laufschuhen wieder vor die Haustür.

Er wählte seine Lieblingsstrecke: rechts in die Simon-von-Utrecht-Straße, über die Kreuzung am Millerntorplatz und rein nach Planten un Blomen. Die weitläufige Parkanlage erstreckte sich fast bis zur Außenalster. Auf teils geraden, teils gewundenen Wegen überholte er Spaziergänger und wich Hunden, Radfahrern, Inlineskatern und anderen Joggern aus. Nach den sonnigen Tagen blühte es an vielen Ecken in den schönsten Farben. Bäume, Büsche und Wiesen zeigten sich in knackigem Grün. Es roch nach Frühling. Mit jedem Meter lockerten sich seine verspannten Muskeln. Jedes Einatmen wirbelte den Staub in seinen Gehirnzellen auf, jedes Ausatmen pustete ihn heraus. Am Ende des ausgiebigen Laufs dehnte er an einer freien Bank die Muskeln in Beinen und Rücken. Gerade als er zum Abschluss die Schultern kreisen ließ, begann sein Smartphone in der Hosentasche wie verrückt zu piepen. Ein Feuerwerk an

Nachrichten traf ein. Entweder herrschte Großalarm oder Jacobi schickte die nächste Runde Urlaubsbilder. Sein bester Freund weilte seit zwei Wochen auf Grand Cayman, der größten Insel der Cayman Islands. Die erste Fernreise mit seiner Freundin Kim. Christopher hatte eine Suchmaschine bemühen müssen, um herauszufinden, wo diese Inselgruppe lag, die immer wieder in einem Atemzug mit dubiosen Bankkonten und kriminellen Machenschaften genannt wurde. In der Karibik, südlich von Kuba. Er kontrollierte das Smartphone. Jup, Cobi hatte ihn mit Bildern bombardiert. Neidfotos, wie sein Kumpel sie schelmisch nannte. Und die waren wirklich schön. Strand, Sonne, kristallklares Wasser. Kim im Bikini, ein Surfbrett unter dem Arm, die schwarzen Haare zum Zopf gebunden. Eine glatte Zehn auf der Sexy-Skala. Der blonde Cobi im Taucheranzug, mit Sauerstoffflasche auf dem Rücken. Kim und Cobi an einem Tisch in einer Strandbar, braun gebrannt, in die Kamera lächelnd, Cocktails mit Papierschirmchen in der Hand. Zuletzt eine Textnachricht:

Wetter geil, Wind geil, Wellen geil, wir bleiben hier!

Schmunzelnd beamte er ein einziges Wort zurück in die Karibik:

Ekelhaft

Cobis Antwort folgte prompt: Eine Reihe grinsender Smileys und

Kim ist der Hammer!!!

Diese Beziehung würde den Urlaub definitiv überleben.

Erfüllt von erschöpfter Zufriedenheit machte er sich auf den Heimweg. Nach einer schnellen Dusche wärmte er die Reste eines indischen Gemüsecurrys auf. Während der Herd seine Arbeit tat, überspielte er im Wohnzimmer die Fotos von Bianca Wagners Entsorgungsaktion auf seinen Laptop. Es schadete nie, Sicherheitskopien zu haben. Die versiegelte Plastiktüte mit der Eidechsenkarte hatte er im Volvo gelassen. Die wollte er mit ins Büro nehmen. Christopher betrachtete nachdenklich die beiden Plastiktüten mit der Kleidung und den Schuhen, die neben dem Sofa standen.
Welch ein seltsamer Tag.

KAPITEL 12

Am Dienstagmorgen wiederholte sich das Szenario vom Vortag. Christoper löste in der Bachstraße seinen übermüdeten Chef ab, der nach einer weiteren ereignislosen Nachtschicht dringend Schlaf brauchte. Zwischen herzhaftem Gähnen teilte Martin ihm mit, dass die Besprechung mit dem Ehepaar Haberling am Vortag gut gelaufen war. Sie hatten gegen ihre zerstörungswütige Nachbarin offiziell Strafanzeige und Strafantrag gestellt. Der zuständige Polizeibeamte würde sich demnächst telefonisch mit Christopher in Verbindung setzen. Hoffentlich konnte das Verfahren gegen eine Geldbuße oder Sozialstunden eingestellt werden. Es genügte ihm, dieses Jahr in *einem* Prozess den Zeugen geben zu müssen.

Eine Stunde später traf Andi ein und bezog beim Einkaufszentrum Position. Sobald Bianca Wagner zur Arbeit fuhr, wurde Christopher abermals zu ihrem Schatten. Andi übernahm den Beobachtungsposten schräg gegenüber der Wagner'schen Wohnung. Er würde Clemens Wagner später zum *BodyCore*-Studio folgen. Die Wahrscheinlichkeit, dass der Mann das Auto nahm, war hoch. Mit den öffentlichen Verkehrsmitteln dauerte die Fahrt doppelt so lang. Andi beschränkte sich heute auf die Außenobservierung. Martins Kontakt auf St. Pauli war es tatsächlich gelungen, eines seiner örtlichen Talente zu aktivieren. Einen Koberer namens Denno, der die meisten Abende und Nächte damit verbrachte, Kiezbesucher zu einem Abstecher in „seinen" Stripclub zu animieren. In seiner Freizeit erledigte er nicht näher definierte Jobs, die offensichtlich ein ordentliches Maß an Muskeln erforderten. Denno wollte sich die Observierung im Studio mit einem Kumpel teilen, der ebenfalls Gewichte stemmte. Auf die Weise deckten sie fünf bis sechs Stunden ab. Hoffentlich betrieben die beiden ihre Spionagetätigkeit diskret.

Christopher wählte die Seitenstraße mit der Geschäftszeile als Beobachtungspunkt. In der Apotheke fehlte heute die rundliche Brünette. Bianca Wagner war allein mit der Blondine. Während sie eine Regalfläche neu bestückte, mischte sich ihre Chefin ein. Es ging anscheinend um die Anordnung der ausgestellten Medikamente. Die Frauen zickten sich ausgiebig an. Erst durch das Eintreten einer Kundin wurde der gestenreiche Wortwechsel unterbrochen. Während ihre Chefin die ältere Dame bediente, stand Bianca Wagner reglos vor dem Regal, mit dem Rücken zum Geschehen. Verbarg sie ihre Wut? Ihre Tränen? Schließlich brachte sie die Medikamente in eine neue Reihenfolge. Ihre Chefin quittierte es mit einem Nicken. Die Siegerin bei diesem Kräftemessen.

Gegen halb elf meldete Andi per Textnachricht seine Ankunft beim *BodyCore*-Studio. Clemens Wagner hatte den Jeep genommen. Eine Viertelstunde später folgte ein Foto eines langhaarigen blonden Hünen mit Sporttasche, der die Eingangstür des Fitnessstudios öffnete. Darunter stand: *The Denno has landed.*

Christopher verschluckte sich vor Lachen an seinem Kaffee. Er schaffte es knapp, den halb vollen Becher der

Thermosflasche auf dem Armaturenbrett abzustellen, bevor ihn ein Hustenanfall schüttelte. Nachdem er sich die bittere Flüssigkeit aus der Luftröhre gekeucht hatte, schickte er einen breit grinsenden Smiley zurück.

In der Mittagspause fuhr Bianca Wagner abermals zum SelfStorage-Lagerhaus in der Papenreye. Diesmal holte sie einen Reisekoffer aus dem Gebäude, den sie mit beiden Händen am Griff über den Parkplatz zog. In seinem Kopf schrillte eine Alarmglocke. Der Weckruf für eine Schlussfolgerung, ein Aha-Moment. Leider nicht laut genug, um den endgültigen Gedanken zu formen. Er besann sich auf seine Aufgabe und fotografierte, wie die mit Mütze und Sonnenbrille getarnte Bianca Wagner ihre sperrige Last in den Kofferraum des Renaults hievte. Das nächste Etappenziel lag in einer Wohnstraße, abseits der Kollaustraße. Dort hielt sie parallel zu einer Reihe von Containern für Glas oder Altpapier. Es gab keine freien Parkplätze in unmittelbarer Nähe. Also zog er sich die Kapuze seiner Jacke ins Gesicht und fuhr am Renault vorbei. Jenseits der Container befand sich auf der linken Straßenseite eine freie Parkbucht. Allerdings quer zur Fahrbahn. Kein idealer Beobachtungsposten. Andere Fahrzeuge würden die Sicht auf die Container erschweren. Aus Mangel an Alternativen nutzte er sie trotzdem. Mit dem Camcorder in der Hand zwängte er sich zwischen Fahrer- und Beifahrersitz hindurch auf die Rückbank. Bei seiner Größe eine akrobatische Leistung. Halb liegend, halb kauernd hob er den Camcorder ans linke Seitenfenster. Er startete die Aufnahme und justierte das bewegliche Display, um zu sehen, was er filmte. Ja, sah gut aus. Bianca

Wagner trug gerade zwei flache, längliche Kartons zu einem Behälter für Elektroschrott, der am Ende der Containerreihe stand. Sie beförderte sie hinein und holte danach drei quadratische Kartons aus dem Kofferraum des Renault. Er betätigte den Zoom. Es handelte sich um Haushaltsgeräte. Die Verpackungen wirkten neu. Ungeöffnet.

Kaufrausch oder Diebstahl, durchzuckte es ihn. Die erste Möglichkeit kostete auf Dauer sehr viel Geld. Die zweite konnte im Gefängnis enden. Hatte Bianca Wagner Schulden bei zwielichtigen Leuten gemacht? War jemand ihren Diebeszügen auf die Spur gekommen? Der Angriff auf Benni konnte eine Warnung gewesen sein. Ein Erpressungsversuch. Und Clemens Wagner steckte anscheinend mittendrin in der Misere. Kein Wunder, dass Eiszeit zwischen den Eltern herrschte.

Während Christopher die verschiedenen Möglichkeiten in Erwägung zog, zwängte Bianca Wagner den letzten Karton durch den Einwurf des Containers. Welche Werte dort im Nirwana landeten! Schließlich eilte sie zurück zum Renault. Sie schloss den Kofferraumdeckel und hielt inne, die Arme vor der Brust verschränkt. Ihre Schultern begannen zu zucken. Sie verbarg das Gesicht in den Händen. Obwohl er sich schämte, sie in dieser emotionalen Situation heimlich zu filmen, machte er weitere Aufnahmen. Nach einer Weile stieg Bianca Wagner in den Wagen. Er schaltete den Camcorder aus und kletterte zurück auf den Fahrersitz. Diesmal folgte er ihr sofort. Tüten mit Kleidung und Schuhen mitzunehmen, war eine Sache. Elektrogeräte aus einem Container zu holen, eine andere. Er beobachtete gelegentlich Männer, die kopfüber in die Metallbehälter tauchten. Auf der Suche nach verwertbarem Schrott. Jedes Mal fragte er sich, was passierte, wenn einer von denen stecken blieb. Ob die Feuerwehr regelmäßig Anrufe bekam, weil irgendein Idiot im Einwurf festklemmte? Auf diese Weise in die Schlagzeilen zu geraten, wäre – vorsichtig formuliert – ungünstig für die Ermittlungen.

Zurück bei der Apotheke parkte Frau Wagner wieder in der Wilhelm-Metzger-Straße. Er suchte sich einen Beobachtungsposten an der Alsterdorfer Straße. Tief beeindruckt von dem eben Erlebten. Der Versuch, seine Gedanken zu ordnen, wurde vom drängenden Ruf der Natur sabotiert. Er stieg aus, ging die Geschäftszeile entlang zur Durchfahrt und in den Innenhof. Der Baum von gestern leistete abermals gute Dienste als Freilichttoilette. Auf dem Rückweg fielen vereinzelte Hagelkörner auf den Gehweg. Aus einem strahlend blauen Himmel. Nur einen Moment später prasselte ein Hagelschauer auf ihn nieder. Er spurtete los. Suchte Zuflucht im Volvo. Weiße Körner trommelten auf Windschutzscheibe und Karosserie. Derweil strahlte die Sonne über der Stadt. Der Sinn hinter diesem Hamburger Wetterkonzept entzog sich ihm seit Jahrzehnten. Während er sich die schmelzenden Körnchen aus den Haaren pflückte, klingelte sein Smartphone. Friedrich Scholz rief an. Sein ehemaliger Chef vom Umzugsunternehmen. Es konnte nur um ein Thema gehen. Angespannt nahm er das Gespräch entgegen.

„Moin, Herr Scholz." Er presste sich das Smartphone ans Ohr, um das geräuschvolle Wüten der Natur auszusperren. „Was verschafft mir die Ehre?"

„Spielst du neuerdings Arbeitsamt?", kam Friedrich gewohnt unverblümt zur Sache. Tonfall freundlich-rau.

„Ich nehme an, Gerrit Rust hat sich bei dir gemeldet?"

„Hab mir den Jungen vorhin angeguckt. Macht einen ordentlichen Eindruck. Für ein Fliegengewicht."

„Äußerlichkeiten. Gerry ist zäh." In jeder Beziehung.

„Irgendwelche Charaktermacken? Einzelgänger oder Mimosen kann ich nicht brauchen. Umzüge sind Teamsport."

„Keine Sorge, er ist sehr umgänglich."

Solange die anderen sich ordentlich benehmen.

Den Spruch behielt er lieber für sich.

Ein undefinierbares Brummen drang aus dem Lautsprecher.

„Gerry ist hoch motiviert, Friedrich. Der *will* arbeiten."

Die Versuchung drängte ihn, mehr zu sagen. Zu erklären, warum sein Freund diesen Job dringend brauchte. Aber dann musste er von Nina erzählen. Von der Vorstrafe. Dem Gerichtsverfahren. Das war nicht seine Aufgabe. Tara hatte es treffend formuliert:

Gerrit soll selbst entscheiden, wem er sich anvertraut.

Und Gerry hatte Friedrich Scholz gegenüber offensichtlich geschwiegen. Das war sein gutes Recht. Eine Vorstrafe musste bei Bewerbungen nur angegeben werden, wenn sie in direktem Zusammenhang mit der Eignung für eine bestimmte Position stand. Selbst das Verfahren ging niemanden etwas an. Zu diesem Zeitpunkt lag kein Urteil gegen Gerry vor. Im Idealfall wurde er freigesprochen und konnte seinem Job ohne Unterbrechung nachgehen.

„Gerrit hat ein gutes Herz. Er braucht jemanden, der ihm die Chance gibt, sich zu beweisen."

„Na jut", erwiderte Friedrich Scholz nach kurzem Schweigen. „Ich schicke deinen Freund in die Probezeit. Wenn er sich ordentlich anstellt, sehen wir weiter."

Christopher ballte triumphierend die freie Hand zur Faust. „Danke, Friedrich! Das bedeutet mir viel!"

„Nu werd nich' rührselig. Das kann ich nich' ab."

Manche Dinge änderten sich nie. „Trotzdem. Danke!"

„Falls der Junge eine Niete ist, zieh ich dir die Ohren lang."

„Is' recht. Erzähl Gerry bitte nichts von unserem Gespräch."

„Meinst du, deinem Freund geht nich' auf, dat du mich bequatscht hast?"

„Wir müssen es ja nicht an die große Glocke hängen."

„Na, meinetwegen."

„Danke. Grüß Annelie von mir."

„Mach ich. Und du kommst demnächst uff 'nen Käffchen vorbei."

„Sehr gern."

„Bis denn." Die Leitung wurde unterbrochen.

Er sackte im Fahrersitz zurück, gefühlt eine Tonne leichter. Endlich! Beschwingt trommelte er einen Rhythmus auf dem Lenkrad. Wie dicht gute und schlechte Erlebnisse manchmal beieinanderlagen. Am liebsten wäre er ausgestiegen und ein Stück gelaufen. Aber das Risiko, entdeckt zu werden, erschien ihm zu groß. Um die Gute-Laune-Energie sinnvoll zu nutzen, tauschte er Statusmeldungen mit Andi und Martin aus. Die Überwachung von Clemens Wagner durch die St.-

Pauli-Talente lief problemlos. Andi lag in der Nähe des Fitnessstudios auf der Lauer. Rainer Conrad und Tara wühlten sich durch die Überwachungsaufnahmen. Am Vormittag hatte Herr Conrad dem Bunker in der Palmerstraße einen Besuch abgestattet. Im Keller gab es keine Türen, durch die man das Bauwerk heimlich betreten oder verlassen konnte. Gleiches galt für verborgene Zugänge oder Tunnel. Linus Borchert hatte telefonisch bestätigt, dass auf den Bauplänen der betroffenen Bunker keine Verbindungen zu angrenzenden Gebäuden oder der Kanalisation verzeichnet waren. Natürlich würden sie das jeweils vor Ort überprüfen. Realistisch betrachtet, blieben die üblichen Zugangsmöglichkeiten. Und eine äußerst gewitzte Diebesbande.

Der Nachmittag glitt in den Abend hinüber. Gegen neunzehn Uhr verließ die blonde Frau die Apotheke. Bianca Wagner verriegelte die Tür hinter ihrer Chefin und drehte das altmodische Türschild auf „Geschlossen". Anschließend beschäftigte sie sich damit, die Auslagen in den Schaufenstern neu anzuordnen, Süßigkeitenständer aufzufüllen, Tüten mit Halsbonbons zurechtzuzupfen und Informationsbroschüren von einer Seite des Tresens auf die andere zu räumen. Jacobi würde ihr Verhalten unter *Showsitzen* einordnen. Die Bemühung, so zu tun, als ob man was tut. Sein Kumpel unterteilte *Showsitzer* in mehrere Kategorien. Kategorie 1: Chronisch unterbeschäftigte oder faule Kollegen, die ständig im Internet surften oder Schwätzchen am Telefon hielten, kurz vor Feierabend in emsige Betriebsamkeit verfielen, um ihre Daseinsberechtigung zu erbringen, und deshalb einen Hauch von „Überstunden" machten. Am nächsten Tag verlängerten sie zum Ausgleich die Mittagspause. In dem Irrglauben, niemand bemerke ihr Treiben.

Kategorie 2: Kollegen mit familiären Problemen, die nach Feierabend lieber in der Firma blieben, anstatt sich dem schiefen Haussegen zu stellen. Kategorie 3: Kollegen, die aus Angst um ihren Job unnötige Überstunden schoben, um ihre Unentbehrlichkeit zu beweisen. Leider war niemand unentbehrlich. Spezialkategorie 4 vereinte die armen Teufel, deren Lebensumstände Kategorie 2 und 3 erfüllten. Falls Bianca Wagner die Apothekerinnenversion des Showsitzens betrieb, gehörte sie den Indizien nach in die vierte Kategorie. Oder sie wartete. Auf einen Anruf. Einen Besucher.

Solche Unwägbarkeiten machten seinen Job spannend. Er wusste nie, ob Stunden gähnender Langeweile folgten oder aufregende Entwicklungen. Um halb acht schrieb er Romy, dass es mit einem gemeinsamen Abendessen nichts würde. Sie schickte einen theatralisch weinenden Smiley zurück. Gefolgt von einem Grinsegesicht und einem Herz. Das half gegen sein schlechtes Gewissen. Die Sehnsucht blieb. Zehn Minuten später verschwand Bianca Wagner kurz hinter dem Tresen. Bei ihrer Rückkehr trug sie Mantel und Handtasche und hielt sich ein Handy ans Ohr. Wen auch immer sie zu erreichen versuchte, der- oder diejenige meldete sich nicht. Sie legte auf. Schrieb eine Textnachricht. Wartete. Als keine prompte Antwort erfolgte, holte sie einen Zettel aus ihrer Handtasche. Sie las ihn und wählte erneut. Kein Glück unter dieser Nummer. Sichtlich ungehalten stopfte Bianca Wagner den Zettel zurück in die Handtasche. Danach löschte sie das Licht, verließ die Apotheke und schloss ab. Den Blick auf das

Handy gerichtet, bog sie in die Wilhelm-Metzger-Straße ein. Bald näherte sich der grüne Renault der Kreuzung. Der rechte Blinker leuchtete auf. Erlosch. Wurde durch den linken Blinker ersetzt. Ein spontaner Umweg?

Bianca Wagner fuhr ein Stück auf der Alsterdorfer Straße und bog dann rechts ab. An einer roten Ampel schickte er eine Statusmeldung an Andi und Martin:

Unterwegs, Ziel unbekannt, melde mich.

Die Antwort war jeweils ein erhobener Daumen.
Weiter ging es. Nach Osten und auf die Steilshooper Allee. An einer Kreuzung links ab und hinein in die Großwohnsiedlung, an die viele Hamburger dachten, wenn sie Steilshoop hörten oder lasen. Hohe Arbeitslosenquote, viele Hartz-IV-Empfänger, hoher Ausländeranteil. Wer hier wohnte, bekam automatisch einen Stempel aufgedrückt. Ob verdient oder nicht.
Er folgte Bianca Wagner auf dem ruhigen, von Bäumen gesäumten Gropiusring, einen schwarzen Dacia als Sichtschutz zwischen ihren Fahrzeugen. Links und rechts zogen die Häuserblocks vorbei. Hohe Plattenbauten, die all den Charme versprühten, den Beton aufzubringen vermochte. Helle Balkone und Fensterrahmen bildeten einen netten Kontrast zu den bräunlichen oder rötlichen Fassaden. Die Hauseingänge lagen meist nach innen versetzt. Gelegentlich führten Durchgänge in die begrünten Innenhöfe. Überall wuchsen üppige Büsche und Sträucher. Kaum Spuren von Graffiti, keine zugemüllten Ecken. Optisch gab es eindeutig

schlimmere Gegenden in Hamburg. Wen wollte Bianca Wagner hier besuchen? Was würde gleich geschehen? Gab es endlich einen konkreten Hinweis, was, zum Teufel, vor sich ging? Sein gedanklicher Freiflug wurde jäh unterbrochen, als der Dacia abrupt eine Vollbremsung hinlegte. Christopher trat das Bremspedal bis zum Bodenblech durch. Dabei würgte er den Motor ab. Der Volvo kam Zentimeter von der Stoßstange seines Vordermanns entfernt zum Stehen. Sein Herzschlag raste. Adrenalin prickelte in seinen Adern. *Vollpfosten, dämlicher!* Ein aggressives Quäken ertönte. Eine Hupe. Vor dem Dacia ragte das Heck eines grauen Wagens in die Straße. Die Autos standen hier schräg zur Fahrbahn. Der Fahrer musste beim Ausparken den näher kommenden Dacia übersehen haben. *Blindfisch. Blöder Vogel. Maulwurf!* Seine grauen Zellen produzierten eine Flut an Kindergartenbeleidigungen. Weiter vorn schwenkte der grüne Renault rechts in eine Parkbucht ein. Großartig! Er lockerte die verkrampften Finger ums Lenkrad. Ruhe bewahren. Zuerst dieses Autoknäuel auflösen. Hinter ihm war die Fahrbahn frei. Er startete den Volvo neu und setzte zurück. Der Fahrer des Dacia legte ebenfalls den Rückwärtsgang ein. Frau Wagner ging derweil auf den Wohnblock zu. Sie verschwand in einem Hauseingang oder einer Durchfahrt. Der graue Wagen kroch im Schneckentempo rückwärts aus der Parkbucht. Das würde dauern. Aussteigen und zu Fuß weitergehen war keine Option. Viel zu riskant. Christopher schob die Verärgerung beiseite. Er wechselte auf den Beifahrersitz, senkte das Fenster und holte die Kamera aus dem Rucksack. Den Zoom bis zum Anschlag ausgereizt, richtete er sie auf die Stelle, an der er Bianca Wagner zuletzt gesehen hatte. Das Bild auf dem Display verwackelte bei der geringsten Bewegung. Er stützte den rechten Ellenbogen auf den Fensterrahmen. Unbequem, aber besser. Die Probefotos waren trotzdem grobkörnig und etwas unscharf. Unvermittelt erschien Bianca Wagner auf der Bildfläche. Er knipste Fotos, bis sie den Renault erreichte. Im Gegensatz zu anderen Leuten parkte Bennis Mutter souverän rückwärts aus und fuhr davon. Er senkte die Kamera. Ende Observierung.

Eine gefühlte Ewigkeit später hatte sich der Fahrer des grauen Wagens endlich aus der Parkbucht gequält und rauschte mit Bleifuß davon. Dicht gefolgt vom Dacia. Christopher hielt sich an die Geschwindigkeitsbegrenzung. Es war sinnlos, auf die Jagd nach dem Renault zu gehen. Zu viel Zeit war verstrichen. Er schätzte ab, an welcher Stelle Frau Wagner zuvor gehalten hatte, und stoppte. Rechts befand sich ein Hauseingang. Nach seinen Fotos zu urteilen, war es der richtige. Mit der Kamera in der Hand stieg er aus. Auf den Schildern am Klingelbrett standen lediglich Nachnamen. Keiner stach hervor. Die Eingangstür war geschlossen. Schade. Er hätte gern die Briefkästen in Augenschein genommen. So fotografierte er nur das Klingelbrett. Zurück im Volvo informierte er Martin über den Misserfolg. Ohne den Beinahezusammenstoß zu erwähnen.

„Das passiert", erwiderte sein Chef locker. „Morgen früh geht der Tanz von vorn los. Mach Feierabend, und ärgere dich nicht. Du hast hervorragende Arbeit geleistet."

„Na ja." Lob machte ihn grundsätzlich verlegen. Zweifelhaftes Lob umso mehr. „Alles für die Nachtschicht vorbereitet?"

„Kaffee gekocht, Brote geschmiert, Snacks eingepackt und zwei neue Hörbücher heruntergeladen."

„Telefonbuch und Gelbe Seiten?"

„Krimis, Topher, Krimis. Um endlich Spannung in mein ödes Dasein zu bringen."

Er schmunzelte. Ein klassischer Kleemeyer. „Viel Spaß mit Mord und Totschlag."

Um Viertel vor neun war er am Hamburger Berg. Müde, hungrig und ohne einen Funken Lust aufs Kochen. Trotz der für den Kiez frühen Stunde tummelte sich einiges an Touristen und Einheimischen in der Straße. Beim Tattoostudio posierten fünf junge Männer in pinkfarbenen T-Shirts gut gelaunt in, auf und neben dem ausrangierten Autoscooter. Ihr ebenso junger Fotograf trug ein pinkfarbenes Tutu und farblich passende Hasenohren. Mal wieder ein Junggesellenabschied. Vor dem *Goldenen Handschuh* lauschte eine Gruppe Touristen den Erzählungen eines grauhaarigen Mannes in Jeansjacke. Fiete Hennes wohnte über dem *Blauen Peter*, einer Kneipe am anderen Ende der Straße. Er war ein Urgestein des Hamburger Bergs. Mit rauem Charme und einem schier unerschöpflichen Fundus an Insiderwissen leitete er regelmäßig Kiezführungen für das St. Pauli Office.

Christopher bog in die ruhigere Seilerstraße ab und erspähte einen freien Parkplatz. Schräg gegenüber gab es ein italienisches Restaurant. Pasta. Ein Berg Spaghetti mit Riesengarnelen in Tomatensoße. Bruschetta als Vorspeise ...

Er ergatterte den letzten freien Tisch. Während er dem Kellner die Bestellung aufgab, entschuldigte er sich in Gedanken bei Henry für die Untreue. Demnächst würden Romy und er ordnungsgemäß im *Cinque Terre* dinieren.

KAPITEL 13

Der Mittwoch begann mit heftigen Böen und einem Fahrzeugwechsel nahe der Bachstraße. Martin hatte bereits gestern Andis schwarzen VW Golf für die Nachtschicht übernommen und ihm dafür den blauen Audi überlassen. Nun tauschte Christopher seinen dunkelgrauen Volvo gegen den VW. Am Ende dieser Rotation fuhr jeder von ihnen eine andere Automarke in einer anderen Farbe. Dadurch sollte sich das Risiko einer Entdeckung verringern. Der Audi wäre ihm lieber gewesen. Mehr Ellenbogenfreiheit. Außerdem besaß Andi eine Vorliebe für Lufterfrischer. Der penetrante Fichtennadelgeruch hinterließ den Geschmack von Klostein auf der Zunge. Wie auch immer dieses sensorische Zusammenspiel funktionierte. Er hatte das baumelnde Bäumchen gleich vom Innenspiegel ins Handschuhfach verbannt und Fahrer- und Beifahrerfenster geöffnet. Während eine frische Brise seine Nase umwehte, behielt er die Bachstraße 29 im Blick. Die Wagner'sche Wohnung lag im ersten Stock des vierstöckigen Klinkerbaus, rechts vom Treppenhaus. In der Küche brannte Licht. Jemand bewegte sich hinter der Scheibengardine. Er hob sein kompaktes Fernglas. Bianca Wagner räumte Geschirr in einen Hängeschrank. Sie wirkte aufgewühlt. Ließ fast einen Teller fallen.

Clemens Wagner trat ans Fenster. Die Arme vor der Brust verschränkt, starrte er hinaus. Kein Muskel bewegte sich in seinem versteinerten Gesicht.

Wie hatte es Benni im Krankenhaus formuliert?

Als wäre sein *Leben komplett aus den Fugen geraten. Und nicht* meins.

Clemens Wagners Leben *war* aus den Fugen geraten. Und das seiner Frau. Christopher wollte endlich die Zusammenhänge verstehen. Je länger die Ermittlungen dauerten, desto rätselhafter wurde der Fall. Gestern Abend war Bianca Wagner um zwanzig vor neun zu Hause eingetroffen. Eine Stunde nach ihrem Ehemann und unter Andis wachsamem Blick. Sollte sie unterwegs einen weiteren Stopp eingelegt haben, musste es schnell gegangen sein. Clemens Wagner war unterdessen nicht untätig gewesen. Er hatte von Andi beobachtet in einem Supermarkt in der Hamburger Meile Lebensmitteleinkäufe erledigt. Anschließend war Wagner zu einer Postfiliale in der Nähe gegangen. Neben dem Eingang befand sich eine Packstation. Aus einem der Schließfächer hatte er ein schmales Päckchen geholt. Besagtes Päckchen lag nun im Handschuhfach des Jeeps. Offenbar wollte der Mann es nicht in der Wohnung haben.

Es wurde höchste Zeit, mit den Wagners zu sprechen. Ihnen Hilfe anzubieten. Der Angriff auf Benni zeigte deutlich die Gefährlichkeit der Lage. Allerdings wusste er beim besten Willen nicht, wie eine solche Unterhaltung ablaufen sollte. Welche Auswirkungen sie haben würde. Im schlimmsten Fall zerstörten die Ermittlungen der Detektei eine Familie. *Nein*, wehrte er die aufwallenden Schuldgefühle ab. *Was sich hier abspielt, hat lange vor unseren Ermittlungen begonnen. Vielleicht können wir das Schlimmste verhindern.*

Die Eingangstür von Nummer 29 wurde geöffnet. Bianca Wagner trat ins Freie. Ungewöhnlich früh. Sie würde die Apotheke gut eine Stunde vor der Öffnungszeit erreichen. Falls dort ihr Ziel war. Er folgte ihr in Andis Golf nach Norden. Diesmal gab es keine Überraschungen. Frau Wagner fuhr direkt zur Arbeit. Während er Käsebrot und Kaffee frühstückte, fegte sie den Boden der Apotheke. Anschließend polierte sie den Tresen auf Hochglanz und staubte die Regale ab. Dabei hielt sie mehrmals inne, um sich die Augenwinkel mit einem Taschentuch abzutupfen. Es brauchte kein Fernglas, um ihren Gemütszustand zu erkennen. Gegen halb neun traf die brünette Kollegin ein. Bianca Wagner schaltete nahtlos von verzagt auf fröhlich um. Selbst der hochnäsigen Chefin schenkte sie ein Lächeln. Die Fassade wollte gewahrt werden.

In der Mittagspause zog es Frau Wagner erneut nach Steilshoop. Sie fuhr früh los, wofür er ihr dankbar war. Zur Besprechung um halb drei wollte er unbedingt pünktlich sein.

Es ging zu derselben Adresse wie gestern. Diesmal sabotierte kein ausparkender Blindfisch seine Beobachtungsversuche. Stattdessen scheiterten sie an der Bepflanzung vor dem Wohnblock. Üppiges Blätterwerk versperrte die Sicht auf den Hauseingang. Unmöglich, zu erkennen, welche Klingel Bianca Wagner drückte. Ein findiger Fernsehdetektiv würde Fingerabdrücke von sämtlichen Klingelknöpfen nehmen und irgendwie einen Gegenstand ergaunern, den sie berührt hatte. Um in einem dramatischen Showdown die vernichtenden Beweise zu präsentieren. Er sah sich selbst mit Puderdöschen und Klebeband vor dem Klingelbrett knien. Neugierig beäugt von einem zufällig vorbeikommenden Kind. Oder dem selbst ernannten Nachbarschaftswächter samt Kampfhund an der Leine. Das amüsante Gedankenspiel wurde von Bianca Wagner unterbrochen, die hinter dem Dickicht hervortrat. Ihre Miene verriet Frustration. Die Person, die sie so dringend sprechen wollte, entzog sich ihr anscheinend hartnäckig. Beim Renault blieb sie stehen und wählte eine Nummer auf ihrem Handy. Während sie wartete, sah sie hoch zu einem der oberen Stockwerke. Niemand meldete sich. Sie legte auf. Überlegte. Anstatt in den Renault zu steigen, wandte sie sich abrupt um und überquerte die Straße. Nach einigen Metern verschwand sie links hinter einer Ansammlung von Bäumen und Büschen. Er hob das Fernglas. Eine vor Gesundheit strotzende Blätterwand sprang ihm entgegen. Allmählich nervte dieses Übermaß an Natur. Jemand sollte eine Landschaftsgärtnerei einbestellen. Oder Roswitha Kuhnert. Die alte Dame freute sich bestimmt über eine Gelegenheit, ihre Laubsäge einzusetzen.

Die Sekunden verstrichen. Ihn erfasste eine vage Unruhe. Auf dem Smartphone rief er eine Karte der Umgebung auf. Ein Strich zweigte links vom Gropiusring ab. Genau dort, wo Bianca Wagner verschwunden war. Es war ein Fußweg, der hinter den Wohnblöcken bis zum anderen Ende der Siedlung führte. Mist! Hektisch stopfte er das Fernglas in den Rucksack und stieg samt Überwachungsequipment aus. Momente später stand er am Eingang zum Weg. Niemand zu sehen. Er folgte dem Verlauf um eine Linkskurve. In der Ferne, fast außer Sicht, bewegte sich eine hell gekleidete Gestalt. Er schloss den Bauchgurt des Rucksacks und rannte los.

Getrieben von der Sorge, Bianca Wagner aus den Augen zu verlieren, und der Befürchtung, von ihr entdeckt zu werden. Sobald er ein gutes Stück aufgeschlossen hatte, drosselte er das Tempo. Ein Windstoß zerzauste ihm das Haar. Der nächste, stärkere, schob ihn vorwärts. Selbst die Natur schien ihn zur Eile zu drängen. Entlang des Wegs neigten sich die Wipfel der Bäume wie riesige Pendel von einer Seite zur anderen. Stürmische Zeiten kündigten in Hamburg meist einen drastischen Wetterwechsel an. Das konnte man philosophisch betrachten. Er stülpte sich die Kapuze seiner schwarzen Funktionsjacke über den Kopf. Dankbar für einen plausiblen Grund, sein Gesicht zu verbergen. Die Umgebungskarte zeigte rechts ein Schulgelände. Dahinter lagen zwei Kleingartenvereine. Links ragten die Wohnblöcke der Siedlung auf. Zahlreiche Wege kreuzten. Ausreichend Möglichkeiten, vom Subjekt seines Interesses endgültig abgehängt zu werden.

Tolle Nummer, Diecks, schalt er sich stumm. *Zwei Patzer in zwei Tagen.*

Er behielt das Smartphone in der Hand. Falls Bianca Wagner zufällig über die Schulter blickte, würde sie einen Mann sehen, der scheinbar konzentriert eine Nachricht las.

Sie blickte nicht zurück. Energischen Schrittes marschierte sie an einem Sportplatz vorbei, auf dem eine Gruppe Jungen lärmend Fußball spielte, und ging links in den Edwin-Scharff-Ring. Nach einigen Metern überquerte sie die Straße. Christopher blieb auf seiner Seite. Eine weise Entscheidung, denn Frau Wagner steuerte auf einen Hauseingang zu. Die einzig brauchbare Deckung bot eine von Büschen und niedrigen Bäumen flankierte Durchfahrt, dem Eingang schräg gegenüber. Eine Poleposition für gestochen scharfe Bilder, doch gefährlich nah am Geschehen. Er huschte trotzdem hinein. Auf der anderen Straßenseite drückte Bianca Wagner mehrfach eine Klingel. Niemand öffnete. Sie sah auf die Uhr. Und beschloss, zu warten. Während sie auf und ab tigerte, schweifte ihr Blick rastlos über die Umgebung. Auch in seine Richtung. Er widerstand dem Impuls, sich sofort zurückzuziehen. Die Bewegung könnte ihre Aufmerksamkeit erregen. Erst als sie die nächste Wende vollführte, trat er tiefer in die Deckung.

Zwanzig Minuten verstrichen. Jede einzelne erhöhte für ihn das Risiko, gesehen zu werden. Vorbeifahrende Autos stellten kein Problem dar. Die Anwohner und Passanten bereiteten ihm Sorge. Ein älterer Herr schlurfte dicht an seinem Versteck vorbei. Zum Glück galt die Aufmerksamkeit des Mannes einem altersschwachen Beagle, der mitleiderregend an Herrchens Seite humpelte. Bianca Wagner hatte derweil im Hauseingang Zuflucht vor den stürmischen Böen gesucht. Sie trat von einem Fuß auf den anderen und sah ständig auf die Uhr. Ihre Nervosität übertrug sich, weil auch ihm ein Termin im Nacken saß. Auf einmal stand sie still. Sie hatte etwas oder jemanden entdeckt, in der Richtung des Verbindungsweges. Nach einem Moment des Zögerns ging sie los. Vorsichtig wagte er sich vor. Die Büsche und der ausladende Baum rechts von der Durchfahrt boten einen guten Sichtschutz. Eine grauhaarige Frau näherte sich. Schmächtig, Mitte bis Ende siebzig. Sie stützte sich auf einen Rollator, in dieser typischen gebeugten Haltung, die von falscher Benutzung zeugte. An den Handgriffen der vierrädrigen Gehhilfe baumelte jeweils ein gefüllter Leinenbeutel. Er aktivierte die Kamera des Smartphones und filmte, wie Bianca Wagner die betagte Dame ansprach. Ihre Worte verloren sich im Wind. Ihre Gesten vermittelten Dringlichkeit. Mimik und Gestik der älteren Frau vermittelten Unwillen. Sie schüttelte den Kopf. Winkte ab. Wollte weitergehen. Bianca Wagner verstellte ihr den Weg. Redete auf sie ein. Und wurde brüsk beiseitegeschoben.

„Lassen Sie mich in Ruhe, oder ich rufe die Polizei!", schallte es durch die Straße.

Frau Wagner wirkte den Tränen nah. Schließlich wandte sie sich ab und eilte davon. Zurück zum Verbindungsweg. Sollte er ihr folgen? Oder diese neue Fährte untersuchen? Die Entscheidung lag auf der Hand. Die Fährte besaß Priorität. Frau Wagner war inzwischen fast außer Sicht. Er steckte das Smartphone ein und überquerte die Straße. Die alte Dame bemerkte ihn nicht. Mit gesenktem Kopf trotzte sie Schritt für Schritt den Wetterkapriolen. Die gefüllten Leinenbeutel schlugen rhythmisch gegen das Gestell des Rollators. Im Korb der Gehhilfe lagen eine Handtasche und ein dritter Leinenbeutel. Selbst für eine rüstige Rentnerin wäre es viel Gewicht. Rüstig wirkte die Frau nicht. Ihr runzliges Gesicht war gerötet vor Anstrengung. Unter einem dunklen Rock lugten dünne Waden in Stützstrümpfen hervor. Der zierliche Körper verschwand in einer bunt bedruckten Regenjacke. Ohne die schweren Einkäufe hätte sie wohl längst in Mary-Poppins-Manier abgehoben.

„Entschuldigung", sprach er sie an.

Trübe blaue Augen musterten ihn verblüfft. „Oh, junger Mann, ich habe Sie gar nicht gesehen." Ihre Stimme klang dünn. Ausgeprägte Altersflecken bedeckten ihre Pergamenthaut. In beiden Ohren steckten Knopfhörgeräte. Er revidierte seine Alterseinschätzung auf Mitte achtzig.

„Ich wollte Sie nicht erschrecken." Er zog sich die Kapuze vom Kopf, um möglichst harmlos zu wirken. „Hat Sie die Frau belästigt? Sie erschien sehr aufdringlich."

Die alte Dame verzog das dezent geschminkte Gesicht. „Eine dreiste Person. Behauptet, eine gute Bekannte meines Enkels zu sein. Aber Sven hat sie nie erwähnt. Und der Junge erzählt mir alles."

„Merkwürdig. Was wollte sie von Ihnen?"

„Angeblich muss sie dringend meinen Enkel sprechen. In einer privaten Angelegenheit. Ob ich wüsste, wie sie ihn erreichen kann. Ich habe ihr gesagt, der Junge ist im Urlaub. Da wollte sie frech wissen, wo er hingefahren ist. Ob ich eine Telefonnummer oder Adresse hätte. Vielleicht in meiner Wohnung. In meiner Wohnung! Ich kenne diese Tricks. Man liest ständig in der Zeitung darüber. Kriminelle, die Lügengeschichten erzählen, um alten Menschen die Ersparnisse zu stehlen. Nicht mit mir!" Ihre hellroten Lippen zogen sich zusammen. Gleichzeitig rümpfte sie die Nase. Das Ergebnis war ein zerknittertes Zitronengesicht. „Ich habe gedroht, die Polizei zu rufen. Das hat gewirkt. Ein Beweis für ihre schlechten Absichten."

„Sehr unangenehm."

„Ach, ich habe viel erlebt. Telefonverkäufer, die einem Versicherungen andrehen wollen. Diese schrecklichen Drückerkolonnen, die früher von Tür zu Tür gegangen sind, um naiven Menschen Zeitungsabonnements aufzuschwatzen. Vor zwei Jahren wurde bei mir eingebrochen. Alles durchwühlt, furchtbar!" Sie wirkte eine Spur zu begeistert für furchtbar. „Mein Sohn wollte, dass ich in ein Seniorenheim ziehe. Eine Wohnung im Erdgeschoss findet er zu unsicher. Plötzlich meldet er sich. Wohnt in derselben Stadt und kümmert sich nie um seine Mutter. Eine Schande! Zum Glück muss Herbert das nicht mehr miterleben." Sie öffnete die Handtasche, wohl auf der Suche nach dem Hausschlüssel. „Seit die Püppy an Krebs gestorben ist, lebe ich allein. Püppy war meine Hündin. Ein Rauhaardackel, eine Seele von Tier. Mittlerweile bin ich zu alt für einen neuen Hund. Ich mag auch nicht mehr, diese ständigen Abschiede."

„Das glaube ich." Wie würde sein Ex-Stiefvater Henry es formulieren? *Die Frau hat Sabbelwasser getrunken.* Was bei Familienfeiern und im Supermarkt zur Qual werden konnte, versorgte ihn heute mit einem Strom von Informationen. Es galt lediglich, das Wichtige vom Ballast zu trennen. Wie die Goldsuche im Wilden Westen. Ausreichend Wasser aufs Sieb gießen, und irgendwann glitzert zwischen Sand und Erde ein wertvolles Klümpchen.

„Jedenfalls wollte mich mein Sohn ins Seniorenheim abschieben", plapperte die alte Dame weiter. „Weil mir die Gesellschaft guttun würde und es dort sicherer ist. Seniorenheim? Rentnerknast! Bingo und Liederabende, pah. ‚Niemals!', habe ich ihm gesagt. Meine Wohnung verlasse ich nur mit den Füßen voran!" Sie hob triumphierend ein Schlüsselbund, an dem eine gelbe Puschelmaus baumelte.

„Soll ich Ihnen helfen?“ Er deutete auf die Leinenbeutel. „Die sind doch viel zu schwer für Sie.“

„Oh, danke. Sie haben sehr gute Manieren, junger Mann. Wie der Sven. Er kümmert sich rührend um mich. Hilft mir im Haushalt, erledigt die Einkäufe, ich kann ja nicht mehr wie früher, seit dem Schlaganfall vor zehn Jahren ist alles schwieriger geworden.“

„Trotzdem sind Sie noch fix unterwegs.“

Sie lächelte geschmeichelt. „Wat mutt, dat mutt. Bis der Junge zurückkommt, kaufe ich allein ein. Die Nachbarn brauche ich nicht zu fragen, da hilft keiner. Haben alle ihr eigenes Leben. Und mein Sohn, ach, unzuverlässig. Aber den Urlaub hat sich Sven verdient. Seitdem er arbeitslos ist, steht er ständig unter Druck. Ich weiß nicht, warum er keine neue Stelle findet. Er ist ein kluger Junge. Fleißig und technisch begabt.“

Christopher witterte ein Goldklümpchen. „Was hat er denn gearbeitet?“

„Kurierfahrer war er. Hat Medikamente an Apotheken ausgeliefert. Davor war er als Fernfahrer für eine Spedition tätig. Das lag ihm nicht. Der Stress, die schlechte Bezahlung. Er möchte lieber mit Computern arbeiten. Diese Sachen im Internet. Ich verstehe ja nichts davon.“

„Aha“, gab er vage zurück. Vor seinem inneren Auge hüpfte das Wort *Apotheke* auf und ab.

Die alte Dame sah auf die elegante Uhr an ihrem linken Handgelenk. „Oh, so spät! Der Pflegedienst kommt gleich. Die haben nie Zeit, immer schnell, schnell. Jeden Tag jemand anderes, dem man alles erklären muss, schlimm.“ Sie schloss die Haustür auf. Er ging an ihr vorbei und fixierte die Tür innen an einem Haltebügel.

Danach bot er ihr den Arm an. Sie hakte sich entzückt unter. Er half ihr die beiden Stufen hoch und hievte danach den sperrigen Rollator ins Haus.

„Vielen Dank, junger Mann. Den Rest schaffe ich allein."

„Sind Sie sicher?"

„Die paar Meter." Sie griff in einen der Leinenbeutel und reichte ihm eine Tafel Vollmilchschokolade. „Für Ihre Hilfe."

„Das ist nicht nötig."

„Ich bestehe darauf."

„Danke." Er nahm die Schokolade entgegen. Eine Belohnung für dreistes Aushorchen, vom ahnungslosen Opfer persönlich übergeben. Er sollte sich schämen. „Ich wünsche Ihnen einen schönen Tag. Und Ihrem Enkel einen erholsamen Urlaub. Zu dieser Jahreszeit ist er bestimmt in den sonnigen Süden geflogen."

„Nein, das braucht Sven nicht." Sie umfasste die Griffe der Gehhilfe. „Er ist spontan ans Meer gefahren. Ins Blaue hinein, wie man sagt. Er hat diesen umgebauten VW-Bus, den er als Wohnmobil benutzt. Ein dolles Ding!"

„Nord- oder Ostsee?"

„An die Nordsee. Da ist es am schönsten."

„Eine ausgezeichnete Wahl."

„Das liegt in der Familie. Früher bin ich mit meinem Herbert viel an der See gewesen." Ihr Blick glitt in die räumliche und zeitliche Ferne. „Na ja", gab sie sich einen Ruck. „Vielleicht denkt der Junge bei Gelegenheit an seine Oma und meldet sich."

„Bestimmt. Ich wünsche Ihnen alles Gute. Passen Sie auf sich auf." Die alte Dame lächelte. „Sie ebenfalls, junger Mann."

Er löste die Eingangstür von der Arretierung. Sobald sie hinter ihm ins Schloss gefallen war, fotografierte er das Klingelbrett. Beim zweiten Nachnamen von unten klingelte ein imaginäres Glöckchen: Laurentzen. Während er zum Verbindungsweg zurückging, holte er die Kamera aus dem Rucksack und suchte das Foto vom Klingelbrett im Gropiusring heraus. Auf dem dritten Klingelknopf von oben stand ebenfalls Laurentzen. Diesen Ermittlungserfolg feierte er mit einem Stück Schokolade.

Sven Laurentzen, der Superenkel. Der überraschend in den Urlaub gefahren war, ohne das Ziel zu verraten. Und sich seitdem nicht mehr meldete. Er brach das nächste Stück von der Tafel ab und ließ es genüsslich im Mund schmelzen. Auf diese Weise gestärkt, aktivierte er die Diktafon-Funktion des Smartphones. Diese praktische App zum Aufzeichnen von Sprachnotizen leistete ihm beste Dienste. Ohne Punkt und Komma quasselte er Oma Laurentzens Erzählung nach. Bevor ihm eines der Goldklümpchen abhandenkam.

Gegen zwanzig vor zwei schwenkte er gegenüber der Apotheke in die Straße mit der Geschäftszeile ein. Bianca Wagner bediente eben einen älteren Herrn, der einen Stapel an Medikamenten benötigte. Sie hielt mechanisch Packung für Packung vor den Kassenscanner. Christopher nutzte die verbliebene Zeit, um sich auf die Besprechung in der Detektei vorzubereiten. Er machte

Notizen zu den gesammelten Informationen und sichtete die Überwachungsfotos. Zuletzt spielte er auf dem Camcorder das Video von Frau Wagners Entsorgungsaktion bei den Containern ab. Das winzige Display raubte der Szene die Dramatik.

Der arme Benni fällt aus allen Wolken.

Er legte den Camcorder beiseite.

Wie würde ich reagieren, wenn mir jemand eine solche Geschichte über meine Eltern auftischt?

Die Antwort war leicht: mit schallendem Gelächter. Selbst als seine Erzeuger noch harmonisch unter einem Dach wohnten, wäre ein derartiges Verhalten völlig abwegig gewesen. Seltsame Aktivitäten jeglicher Art lagen außerhalb der Norm. Was würden *die anderen* denken?! Und Henry? Sein Ex-Stiefvater scherte sich einen feuchten Kehricht um die Meinung *der anderen*. Für ihn zählten die Menschen, die er liebte. Henry würde nie, nie, nie etwas tun, was seiner Familie schadet.

Jedenfalls nicht absichtlich. Doch was, wenn ihn unkontrollierbare Umstände dazu zwingen würden?

Ein flaues Gefühl kroch von seinem Magen hoch bis in die Brust. Er startete den Wagen und reihte sich in den Verkehr auf der Alsterdorfer Straße ein. Erst nach einer Weile verschwand die Beklommenheit.

KAPITEL 14

Zehn Minuten vor der vereinbarten Zeit stellte er den Golf in der Rostocker Straße ab. Schräg gegenüber der Detektei und vier Fahrzeuge vor Martins Audi. Der dunkelgraue Volvo stand ein Stück entfernt auf der anderen Straßenseite. Er stieg aus, schulterte den Rucksack und drehte eine Runde um seinen eigenen Wagen. Keine frischen Kratzer oder Dellen, im Innenraum alles sauber. Wie schnell man vom Autoverweigerer zum besorgten Besitzer werden konnte. In seiner Jackentasche bimmelte das Smartphone. Die Herren waren wohl ungeduldig. Doch nicht Martin oder Andi rief an, sondern Gerrit. In Erwartung guter Nachrichten nahm er das Gespräch entgegen.

„Hey, Gerry. Was gibt's?"

„Ich hab den Job!", schallte es an sein Ohr. „Ich kann am ersten Mai anfangen."

„Herzlichen Glückwunsch! Du hast echt einen Lauf!"

„Verrückt, oder?" Gerry klang atemlos vor Begeisterung. „Ewigkeiten passiert entweder nichts oder Scheiß, und auf einmal funktioniert alles!"

„Durchhaltevermögen zahlt sich aus."

„Gute Freunde zahlen sich aus."

„Ach." Er rieb sich verlegen den Nacken. „Ich habe bloß eine Telefonnummer weitergegeben."

„Is' klar."

Man konnte Gerry definitiv nichts vormachen.

„Hat sich Stannes Vermieter gemeldet?", lenkte er ab.

„Wir haben die telefonische Zusage. Der Brief mit dem Vertrag ist in der Post. Das sollten wir feiern."

„Spätestens am Wochenende." Er gab dem Volvo einen Klaps auf die Motorhaube und schlenderte zur Detektei. In der Leitung herrschte auf einmal Stille. „Hallo?"

„Ich bin da", kam es wesentlich nüchterner zurück.

Der Stimmungswechsel beunruhigte ihn. „Alles in Ordnung?"

„Ja. Nein. Keine Ahnung." Schweigen. „Ich hab Schiss, dass die Kiste vor die Wand fährt. Dass jemand mit den Fingern schnippt, und ich im Knast aufwache."

„Ich weiß."

„Wenn ich einen strengen Richter erwische ..."

„Es gibt mildernde Umstände. Außerdem ziehst du bald in eine neue WG, mit einem ordentlichen Mitbewohner. Du hast einen Job gefunden und gehst brav zur Psychorunde. Das spricht alles für dich." Er erreichte das Wohnhaus, in dem die *Detektei Kleemeyer* lag. „Es wäre bescheuert, jemanden, der sein Leben gerade auf die Kette kriegt, wieder ins Gefängnis zu stecken."

„Weil ich hinterher der nächste Al Capone sein könnte?"

Der Vergleich besaß Witz. „Es gibt genügend Straftäter, die sich auf Kosten des Steuerzahlers vom Kleinkriminellen zum Schwerverbrecher mausern." Er klingelte. Zu bequem, um den Schlüsselbund aus der Hosentasche zu holen. „Abgesehen davon, sind die deutschen Gefängnisse chronisch überfüllt." Diese Behauptung konnte er auf Anhieb zwar in keiner Weise belegen, aber egal. Aufmunterung brauchte keine belastbaren Fakten. „Warum sollte ein Gericht heiß begehrte VIP-Tickets an kleine Leuchten wie dich vergeben?"

Gerry schnaufte. „In dem Fall bin ich gern der Loser."

„Siehste." Der Summer ertönte. Er drückte die Haustür auf. „Obwohl du dich nach einigen Monaten unter Friedrichs Knute durchaus über einen strengen Richter freuen könntest."

Diesmal lachte sein Freund. „Bestimmt nicht!"

„Das sagst du jetzt." Er nahm die Treppe in Angriff, immer zwei Stufen auf einmal. „Ich muss weiter. Hab gleich eine Besprechung."

„Alles klar. Die Feier am Wochenende steht?"

„Unbedingt." Im zweiten Stock wurde die Eingangstür der Detektei geöffnet. Eine ernst dreinblickende Tara hob zur Begrüßung die Hand. Er erwiderte die Geste. „Wir telefonieren uns zusammen."

„Klasse. Und danke für den Pep Talk. Du solltest Cheerleader werden."

„Pompons stehen mir nicht."

„Aber eines dieser rosa Miniröckchen ..."

„Und Tschüss." Er legte auf, quittierte eine Frechheit mit einer anderen.

Tara blinzelte verblüfft.

„Gerry kann das ab", erklärte er. Damit sie nicht auf die Idee kam, er würde Klienten auf diese Weise behandeln.

Ihre Miene hellte sich auf. „Wie geht es ihm?"

„Bestens. Er hat endlich einen Job gefunden."

„Großartig! Das freut mich für ihn."

Das Funkeln in ihren grünen Augen hätte er zu gern näher ergründet. Leider drängte sich Martin verbal dazwischen.

„Keine Trödelei, Kinder", rief sein Chef aus dem Hintergrund. „Wir haben ein knackiges Programm vor uns." Danach verschwand er im Badezimmer der ehemaligen Wohnung.

„Husch, husch." Christopher winkte Cindy zu, die hinter dem Empfangstresen ihre Ablagekünste verfeinerte. Bevor er den Spruch vom toten Baum wiederholen konnte, funkelte sie ihn böse an. Er hielt die Klappe und folgte Tara ins Besprechungszimmer.

Dort lieferte sich Andi gerade ein Kräftemessen mit der lieben Technik. Laptop und Beamer verweigerten hartnäckig die Zusammenarbeit. Leise fluchend zog er Stecker aus Buchsen, blies über Kontakte und tippte ratlos auf der Tastatur des Computers herum. Verzweifelt verpasste er den Geräten einen Neustart. Taras Anwesenheit, der Wunsch, vor der umschwärmten jungen Frau kompetent zu wirken, verstärkte sichtlich seine Nervosität. Dabei galt *ihre* Aufmerksamkeit allein Speis und Trank. Beides stand in Form von Salzstangen, Keksen, Wasser, Tee und Kaffee auf dem Tisch bereit. Tara schenkte sich eine Tasse Kräutertee ein und nahm gleich vier Butterkekse dazu.

„Ich habe das Mittagessen ausfallen lassen", erklärte sie die ungesunde Kalorienzufuhr. An die Fensterbank gelehnt, knabberte sie genüsslich den Rand eines Kekses ab. Einmal rundherum. Das musste ein Frauending sein. Romy aß Kekse auf dieselbe Weise. Er selbst folgte dem Prinzip „Stopf rein!".

„Läuft", verkündete Andi erleichtert das positive Ergebnis der Neustarts. An der Wand gegenüber dem Beamer erschien die Raute des Hamburger Sportvereins. Der blau, weiß und schwarze Hintergrund bewies, dass

HSV- und St.-Pauli-Anhänger durchaus zur harmonischen Koexistenz fähig waren. Von sporadischen Kabbeleien abgesehen. Andi hatte es nicht lustig gefunden, als ihn nach einem Toilettengang der Totenkopf des FC St. Pauli auf seinem Bildschirm begrüßte. Selbst schuld, wer vergaß, den Computer zu sperren.

Apropos Toilettengang ...

Wie aufs Stichwort rauschte Martin in den Raum. In einer Hand Stift und Block, in der anderen einen leeren Becher. „Erfolgserlebnis?", fragte er mit Blick zur Raute.

Andi nickte. Er drückte eine Taste auf dem Bedienungsfeld neben der Tür und senkte so die Jalousien. Im schwindenden Licht gewannen die Farben der Projektion an Intensität. Martin schenkte sich derweil reichlich Kaffee ein. Die Ringe unter seinen Augen passten zu der schwarzen Flüssigkeit. Christopher beschloss, sich – falls nötig – für den nächsten Nachteinsatz zu melden. Sein Chef wurde allmählich zu alt für den Kram. Er bediente sich ebenfalls beim Kaffee und kredenzte Andi einen Kräutertee. Für die Nerven. Sein Kollege nahm die Tasse leicht irritiert entgegen; im Blick eine Ahnung, dass er auf die Schippe genommen wurde. Ohne zu begreifen, wie und warum.

Schließlich nahmen sie am Besprechungstisch Platz. Tara und Christopher auf der Fensterseite, Martin und Andi gegenüber.

„Auf geht's", begann sein Chef. „Topher und Andi konnten reichlich Material über die Wagners sammeln. Tara und Rainer waren beim Sichten der Überwachungsvideos erfolgreich. Ich habe mir hingegen nutzlos die Nächte um die Ohren geschlagen."

„Und deine Hörbuchsammlung erweitert", scherzte Christopher.

„Ein bescheidener Trost." Sein Chef nippte am Kaffee. „Lasst uns mit den Einbrüchen anfangen."

Andi schob den Laptop zu Tara. „Die Dame."

Sie lächelte. „Danke." Mit einem Klick stellte sie eine Internetverbindung her und rief danach die Website eines Cloud-Dienstes auf. „Die fertig geschnittenen Videos sind auf einem externen Server gespeichert. Ich schicke euch später eine Einladung per E-Mail. Ihr braucht keine Registrierung, um die Aufnahmen anzusehen."

„Sehr praktisch", lobte Andi. „Dann muss niemand USB-Sticks oder Festplatten von A nach B tragen. Darüber sollten wir auch nachdenken."

Martin hob verblüfft die Augenbrauen. Christopher verkniff sich ein Grinsen. Wie schnell die Furcht vor Hackerangriffen und Sicherheitslücken verschwinden konnte.

Taras Finger flitzten über die Tastatur. Eine Liste von Ordnern erschien. Sie öffnete den „Fall Borchert". Zwei Videos wurden angezeigt: *Mieter_Besucher* und *RC_Lärmraum.*

Sie spielte das erste Video ab. Es folgte eine Reihe von Personen beim Betreten und Verlassen von Bunkern. Aus unterschiedlichen Kamerawinkeln und zu unterschiedlichen Tages- und Nachtzeiten gefilmt. Ein Mann und eine Frau mühten sich mit Umzugskartons ab. Allerdings brachten sie die Kartons *in* das Gebäude. Zwei junge Männer schleppten zu später Stunde Regalbretter und Schrankteile ins Freie.

„Sieht harmlos aus", kommentierte Christopher.

Tara nickte. „Die Aktion fand direkt nach dem zweiten Einbruch statt. Deshalb haben wir sie hinzugefügt."

Bei der nächsten Person wurde es interessant. Nach der Statur zu urteilen, handelte es sich um eine Frau, die in rascher Schnittfolge alle vier Bunker betrat und jeweils fünfzehn bis zwanzig Minuten später wieder verließ. Die Haare verbarg sie unter einer tief sitzenden Schirmmütze. Die Augenpartie verdeckte eine Sonnenbrille. Sie kam stets abends, trug unauffällige Kleidung und vermied den Blick zu den Kameras.

„Eine unserer Hauptverdächtigen", verkündete Tara. „Ihre Besuche stimmen mit den bekannten und geschätzten Daten der Einbrüche überein. Sie arbeitet weder für *RC Security* noch für *Lärmraum*."

Christopher angelte sich einen Doppelkeks. „Sie könnte zu einem externen Dienstleister gehören."

„Das finden wir heraus. Wir befragen außerdem die Mieter. Vielleicht erkennt sie jemand."

„Gute Idee." Er biss in den Keks. Viel zu süß. Er aß ihn trotzdem und schickte zum Ausgleich herben Kaffee hinterher.

Tara wählte das Video *RC_Lärmraum* aus. „Kommen wir zu weiteren Teilnehmern bei *Deutschland sucht den Einbrecher*."

Die humorigen Worte passten nicht zu ihrer ernsten Miene. Der Grund dafür wurde rasch deutlich. Der Beamer projizierte einen mittelalten Mann in dunkler Uniform an die Wand, der einen Bunker betrat. Zeitstempel und Lichtverhältnisse verrieten die nächtliche Stunde. Das Video sprang eine halbe Stunde vor. Derselbe Mann verließ das Gebäude. Mit einer Tüte in der

Hand. Ein anderer Bunker, derselbe Mann, nachts. Eintritt ohne Tüte, Verlassen mit Tüte.

Tara drückte auf Pause. „Das ist Bertie. Bertram Markgraf. Er arbeitet seit sieben Jahren für *RC Security*. Seine Ex-Frau ist Krankenschwester. Früher hat er den Schichtplan möglichst ihren Arbeitszeiten angepasst. Das war ein wildes Durcheinander von Tag-, Spät- und Nachtdiensten.“

„Anstrengend“, murmelte Andi in seine Teetasse.

„Vor zwei Jahren hat seine Frau die Scheidung eingereicht. Seitdem arbeitet Bertie quasi nonstop im Spät- oder Nachtdienst. Häufig an Wochenenden und Feiertagen. Zu Urlauben muss Rainer ihn zwingen.“

„Sind Kinder involviert?“, erkundigte sich Christopher.

„Eine elfjährige Tochter. Bertie sieht die Kleine jedes dritte Wochenende.“

Das klang nicht nach einer einvernehmlichen Trennung. Scheidung, vermutlich entfremdete Tochter, Unterhaltszahlungen, Fokus auf die Arbeit. Da wehte eine knallrote Flagge.

„Anscheinend besitzt dein Kollege ein mitnehmendes Wesen“, kommentierte Martin die eingefrorene Szene.

„Die Tüten sind Rainer aufgefallen. Sonst wäre Bertie wohl nie auf der Liste der Verdächtigen gelandet. Die Daten der Aufnahmen passen nicht zu den Einbrüchen.“

„Aber?“, soufflierte Martin.

Tara ließ das Video wortlos weiterlaufen. Bertram Markgraf betrat und verließ alle vier Bunker. Jeweils zu den konkreten und geschätzten Zeiten der Diebstähle. Sie drückte erneut auf Pause. Nachdenkliches Schweigen erfüllte den Raum. Christopher widerstand der Versuchung, mit dem Fingernagel störende Keksmasse aus einem Zahnzwischenraum zu puhlen.

„Vor zwei Wochen hat Rainer bei Bertie eine Fahne gerochen“, brach Tara die Stille. „Zu Schichtbeginn. Er hat es nicht kommentiert, sondern wollte abwarten, ob es ein einmaliger Ausrutscher bleibt. Bertie hat schwierige Zeiten hinter sich, und, na ja, jeder darf sich einen Patzer leisten.“ Sie zögerte. Ihr war anzusehen, dass mehr kommen würde. „Vergangene Woche wurde Bertie von einem Kollegen aufgezogen, weil er neuerdings häufig auf die Toilette geht. Ob er heimlich zur Frau mutiert wäre. Bertie hat ungewöhnlich schroff reagiert. Was es den Kollegen angehe. Ob er ihm nachspioniere. Der wurde richtig aggressiv.“

„Ein Indiz für heimlichen Alkoholkonsum“, sprach Christopher aus, was wohl alle dachten. „Oder es gibt eine medizinische Ursache, die dem Mann peinlich ist.“

Martin hob auf seine bedächtige Weise die Achseln. „Die Scheidung könnte der Auslöser für den Griff zur Flasche gewesen sein. Oder das Problem bestand vorher schon und war einer der Gründe für die Trennung. Tara, kannst du uns mehr darüber erzählen?“

Sie schüttelte den Kopf. „Bertie ist das typische maulfaule Nordlicht. Wir wussten alle, dass es in seiner Ehe kriselt, aber er hat nie Details erwähnt. Bei Feiern ist er meist einer der Fröhlichsten, aber er übertreibt es nie.“

Martin brummte nachdenklich. „Viele funktionierende Alkoholiker sind Meister darin, ihre Sucht zu kaschieren. Sie können Jahre, sogar Jahrzehnte ohne größere Ausfälle arbeiten. Schwierig wird es, wenn sie negative Erlebnisse verkraften müssen. Zum Beispiel

Krankheits- oder Todesfälle nahestehender Personen, Stress im Job, Beziehungsprobleme. Markgrafs familiäre Situation passt ins Schema. Durch die zusätzliche Belastung steigt sein Alkoholkonsum. Er kann den Pegel nicht mehr kontrollieren, und das wackelige Gerüst bricht in sich zusammen. Vielleicht Verstrebung für Verstrebung, vielleicht in einem verheerenden Rutsch." Martin hielt inne. „Ein anderer Grund für die heftige Reaktion dem Kollegen gegenüber wäre natürlich möglich." Diplomatisch gesprochen, doch in zweifelndem Tonfall.

Tara musterte ihren in der Bewegung erstarrten Kollegen. „Ich kann mir das nicht vorstellen."

„Alkoholprobleme können zu finanziellen Problemen führen", gab Andi zu Bedenken. „Das wäre ein Motiv für die Einbrüche. Selbst wenn dein Kollege nicht daran beteiligt ist, erscheint sein Verhalten verdächtig. Ich befürchte, ihr werdet Herrn Markgraf mit den Aufnahmen konfrontieren müssen."

Tara schüttelte betrübt den Kopf. „Bertie ist ausgebildeter Personenschützer. Er besitzt einen Waffenschein. Falls er tatsächlich im Dienst trinkt ... " Die möglichen Konsequenzen setzten ihr sichtlich zu. Sie ließ das Video weiterlaufen. Es folgten zwei Aufnahmen eines Mannes in heller Funktionskleidung. Über einer Schulter trug er eine Art Laptoptasche, in der Hand einen Werkzeugkasten.

„Joachim Lakenmacher", erklärte Tara, merklich um Professionalität bemüht. „Einer der Hauselektriker. Seine Anwesenheit passt zu den Daten zweier Einbrüche. Wir werden die Borcherts bitten, uns die Arbeitsaufträge zu bestätigen."

Nun kam eine dunkelhaarige Frau in Freizeitkleidung an die Reihe. Sie öffnete eine Bunkertür und schob einen dieser professionellen Putzwagen hindurch, die in Hotels benutzt wurden. Statt der Putzmittel lagen darauf Stapel verpackten Toilettenpapiers. Christophers Nacken begann zu kribbeln.

Ein anderes Objekt, dieselbe Frau. Diesmal rollte sie eine hohe Mülltonne aus dem Bunker. Sie hielt kurz inne, bugsierte ihre Last anscheinend eine Stufe hinunter. Die Aufnahme wiederholte sich aus einem seitlichen Kamerawinkel. Es war eine Stufe, und die Frau gab sich viel Mühe, behutsam zu sein. Nächste Sequenz. Die Dunkelhaarige zog im Rückwärtsgang eine Mülltonne ins Freie. Dabei benutzte sie beide Hände. Ihre Miene wirkte angestrengt. Kamerawechsel. Sie verschwand samt Mülltonne um eine Gebäudeecke.

Das Kribbeln rauschte vom Nacken durch seinen ganzen Körper.

Da war er! Der Aha-Moment, den Bianca Wagner beim SelfStorage-Lagerhaus zum Keimen gebracht hatte. Durch den Koffer, in dem sie heimlich elektrische Geräte transportierte.

„Wohin bringt sie die Tonne?", fragte er aufgeregt.

Tara stoppte die Aufnahme. „Jedenfalls nicht zur Straße."

„Um welche Art von Müll handelte es sich?"

„Heller Deckel, Altpapier und benutzte Papierhandtücher aus den WCs."

„Die Tonne wirkt zu schwer für Papierabfall", bemerkte Andi.

Martins Augen weiteten sich, als auch ihn die Erkenntnis traf. Er bleckte die Zähne. „Dreist!"

Christopher grinste. „Genial! Sie lagern das Diebesgut in den Bunkern und lassen es später unter den Augen der Öffentlichkeit verschwinden. Wer soll da einen Zusammenhang zu den Einbrüchen herstellen?"

Seinem Chef mangelte es eindeutig an Begeisterung für den Einfallsreichtum krimineller Subjekte. „Wer ist die Frau?"

„Katinka Linnova", gab Tara zurück. „Sie arbeitet seit zwei Jahren als Reinigungskraft für *Lärmraum*."

Diese Neuigkeit würde Linus Borcherts Mundwinkel schlagartig gen Süden ziehen lassen.

„Wo stehen die Mülltonnen?", erkundigte sich Andi. „Haben alle Mieter Zugang oder bloß das Reinigungspersonal?"

„In der Palmerstraße gibt es im Erdgeschoss einen separaten Raum. In den anderen Bunkern wird es ähnlich sein. Das überprüfen wir."

Christopher hob seine Kaffeetasse, trank jedoch nicht. „Ganz schön riskant, dort Diebesgut zu verstecken. Wenn die Papiertonne nicht ausreichend gefüllt ist, könnte es einer der Mieter entdecken."

„Wir müssen herausfinden, an welchen Wochentagen der Müll bei den Bunkern abgeholt wird." Martin biss in einen Butterkeks. „Vielleicht ergibt sich daraus ein Zeitplan für vergangene und vor allem zukünftige Einbrüche", fügte er kauend hinzu. „Die Borcherts sollten die Informationen haben."

„Eine dumme Frage ..." Tara blickte in die Runde. „Die Diebe benötigen drei Schlüssel, um an ihre Beute zu gelangen. Außentüren und Panzerriegel erklären sich, wenn tatsächlich Bertie und diese Linnova beteiligt sind. Aber die Schlüssel für die Türen der vermieteten

Räume bleiben bei den Mietern. Wie überwinden sie die letzte Hürde? Mit Haarnadel und Büroklammer?"

Andi schmunzelte über die Formulierung. „Das wäre sehr *oldschool*, aber grundsätzlich liegst du wohl goldrichtig. Folgendes Szenario ist möglich", holte er in gewohnter Manier aus. „Frau Linnova nimmt im Büro von *Lärmraum* heimlich Abdrücke der für die Panzerriegel benötigten Schlüssel. Sie lässt bei einem zwielichtigen Schlüsseldienst Kopien anfertigen. Es sollte kein Problem sein, in Hamburg ein entsprechendes Geschäft zu finden. Herr Markgraf steuert Informationen über lohnende Ziele bei. Zum Beispiel durch seine Kenntnis der Anmeldungen für Instrumenten- oder Equipment-Transporte. Über Schlüssel für die Außentüren verfügen beide. Wenn sich einer mit dem Knacken von Profilzylindern auskennt, sind sie im Geschäft. Ansonsten braucht es einen dritten Partner. Zum Beispiel diese unbekannte Frau. Was treibt die eine Viertelstunde lang in den Bunkern? Öffnet sie zur Vorbereitung die Schlösser der Raumtüren? Das birgt ein gewisses Risiko, falls ein Mieter ausgerechnet an dem Abend in den Raum möchte. Allerdings vergessen wir alle mal das Abschließen. Die wenigsten werden sofort einen Einbruchsversuch vermuten. Und die Diebe können spontan umdisponieren."

„Klingt logisch", stimmte Tara zu.

„Anleitungen zum Schlösserknacken findet man im Internet", ergänzte Andi. „Einschließlich detaillierter Schulungsvideos, wie es ohne Schäden an den Profilzylindern zu bewerkstelligen ist. Lockpicking nennt sich das. Manche Leute betreiben es richtig als Hobby. Da werden Workshops angeboten, und es finden jährliche Meisterschaften statt."

„Alles vollkommen legal." Martin rieb sich das Kinn. „Also könnten wir es mit einem Dreigestirn zu tun haben. Die Unbekannte knackt die Schlösser der Raumtüren, Herr Markgraf sammelt nachts die Beute ein, und Frau Linnova übernimmt den Abtransport."

Tara verzog das Gesicht. „Falls Bertie erwischt wird, kann er behaupten, den Einbruch gerade erst entdeckt zu haben. Wer verdächtigt schon einen Sicherheitsbeamten?"

Christopher lehnte sich im Stuhl zurück. „Mir wäre das Risiko zu groß. Selbst wenn die pro Bruch Zeug im Wert von einigen Tausend Euro einkassieren, bleibt am Ende für den Einzelnen wenig übrig. Die müssen sehr verzweifelt oder blauäugig sein, um das langfristig durchziehen zu wollen."

Martin zuckte die Achseln. „Wir werden die Motive hoffentlich bald erfahren." Er seufzte. „Es ist kein Freudenfest, aber wir können den Borcherts ein vorläufiges Ermittlungsergebnis präsentieren. Lasst uns ein Päuschen einlegen. Bevor wir zu den Wagners kommen."

Während Andi ein Fenster auf Kipp stellte, um frische Luft in den Raum zu lassen, wurde Martin von Cindy zu einem Telefonat gerufen. Christopher stand auf und streckte sich. Es knackte an den üblichen Stellen. Die Quittung für den Bewegungsmangel der vergangenen Tage. Sein Körper verlangte nach Sport. Morgen Abend fand der Selbstverteidigungskurs bei seinem alten Schulfeind Mark Brenner statt. Die Stunde wollte er ungern versäumen. Das Training machte Spaß und gab ihm mehr Sicherheit in den heiklen Momenten seines Jobs. Außerdem würde Romy dabei sein. Es war stets ein Vergnügen, wenn sie den muskelbepackten Mark gekonnt auf die Matte beförderte.

Er nahm sich von den Salzstangen und ging kauend nach nebenan ins Büro. Dort kreiste Martin beim Telefonieren gemächlich um einen frei stehenden Gummibaum. Wie ein zweibeiniger, leicht rundlicher Trabant um einen höchst seltsam geformten Planeten. Headsets waren eine praktische Erfindung. Ebenso Laptops. Christopher holte seinen vom Schreibtisch und wanderte zurück ins Besprechungszimmer. Dort tauschte er Andis Computer gegen sein Gerät aus. Der Beamer warf die St.-Pauli-Fahne an die Wand. Gewöhnlich hob der Totenkopf seine Stimmung. Heute wirkte er morbide.

Andi beäugte skeptisch die Projektion. „Logo est omen?"

„Hör bloß auf!", gab Christopher ungewollt heftig zurück. Einen Punkt für kreativen Sprachgebrauch, zehn Minuspunkte für mangelndes Taktgefühl. Sein Kollege setzte sich mit beleidigter Schnute.

„Womit soll Andi aufhören?", fragte Tara von der Tür aus.

„Schlechte Fußballwitze", war die erste Antwort, die ihm einfiel. Um weiteren Fragen auszuweichen, holte er den Camcorder aus dem Rucksack und verband ihn mit dem Laptop. Die Geräte schüttelten sich brav die elektronischen Händchen. Er legte zusätzlich die Speicherkarte aus der Kamera und das Smartphone samt Kabel bereit. Bevor Runde zwei der Besprechung startete, füllte er seine Kaffeetasse auf. Sein persönliches

Tageslimit an Koffein hatte er längst überschritten. Warum aufhören?

Martin beendete das Telefonat und kam zurück. „Neukunde droht mit Auftrag, später mehr." Er sah auf die Uhr. „Ich sollte gegen halb fünf aufbrechen, um pünktlich bei den Borcherts einzutreffen."

Blieb rund eine Stunde für den Bericht über die Wagners.

Sein Chef setzte sich und legte demonstrativ die Hände auf den Waschbärbauch. Christopher nahm ebenfalls Platz und schob die Speicherkarte in den Schlitz am Laptop.

„Wir haben in den vergangenen Tagen und Nächten Bennis Eltern observiert", sagte er zu Tara. „Dabei hat sich der Verdacht erhärtet, dass sie in den Angriff auf ihren Sohn verstrickt sein könnten. Besonders Frau Wagner hat sich höchst seltsam benommen. Vieles deutet darauf hin, dass sie an kriminellen Machenschaften beteiligt ist. Ob Herr Wagner von Anfang an eingeweiht war, wissen wir nicht. Er ist definitiv involviert. Allerdings wirkt es bei beiden, als würde jemand Druck auf sie ausüben. Um sie dazu zu bringen, gewisse Dinge zu tun. Und Benni ist offenbar eines der Druckmittel."

Tara blinzelte verblüfft. „Was? Das ist ..." Sie sammelte sich. „Nach deinem Besuch bei Benni haben wir darüber gesprochen, aber das waren Mutmaßungen. Spinnerte Theorien."

„Die sich leider bewahrheitet haben."

Sie lachte auf. „Das ist absurd! Bianca und Clemens sind anständige Leute. Die besitzen keinen Funken kriminelle Energie. Und gleichgültig, wie es zwischen ihnen aussieht, sie lieben Benni über alles. Sie würden niemals zulassen, dass ihm etwas zustößt!"

Jedenfalls nicht absichtlich, wiederholte er stumm seine Gedanken über Henry. *Doch was, wenn unkontrollierbare Umstände sie dazu zwingen würden?*

„Was für kriminelle Machenschaften sollen das denn sein?", hakte Tara nach. „Diebstahl? Betrug? Industriespionage?" Der letzte Punkt sollte wohl die Lächerlichkeit der Anschuldigung unterstreichen. „Habt ihr konkrete Beweise?"

„Bisher nicht", gestand er. Bevor sie antworten konnte, fuhr er rasch fort: „Wir haben das hier."

Er rief die Überwachungsfotos auf, die er am Montag von Bianca Wagner geknipst hatte. Von ihrem Ausflug zum SelfStorage-Lagerhaus. Den Plastiktüten. Der Entsorgungsaktion beim Altkleidercontainer. „Zwei der Tüten stehen bei mir im Wohnzimmer. Darin befinden sich Damenkleidung und -schuhe im Wert von mehreren Hundert Euro. Alles Neuware. Teilweise hängen noch die Preisschilder dran."

Tara betrachtete verwirrt die Bilder der Blusen, Röcke und Shirts, die sich auf dem Beifahrersitz des Volvos türmten.

„Fällt dir irgendeine plausible Erklärung für Frau Wagners Verhalten ein?", fragte er, obwohl die Antwort klar war.

„Nein. Keine Ahnung. Das ist ..." Sie verfiel in Schweigen.

Er setzte die Bilderschau fort. Es folgte der zweite Ausflug zum Lagerhaus. Danach wechselte er zum Camcorder. Zeigte das Video, in dem Bianca Wagner die Geräte im Container entsorgte. Als Frau Wagner zu weinen begann, sog Tara hörbar die Luft ein.

Zuletzt verband er das Smartphone mit dem Laptop.

„Sagt dir der Name Sven Laurentzen etwas?"

Sie schüttelte den Kopf.

„Hat Benni ihn nie erwähnt? Oder seine Eltern?"

„Nein. Wer soll das sein?"

„Eine hervorragende Frage. Frau Wagner ist verzweifelt auf der Suche nach ihm. Gestern und heute hat sie
sich vergeblich bemüht, ihn in seiner Wohnung anzutreffen. Telefonisch konnte sie ihn auch nicht erreichen. In ihrer Ratlosigkeit hat sie sogar Kontakt zu seiner Großmutter aufgenommen."

Andi und Martin musterten ihn verblüfft. Für beide
waren die Informationen neu.

„Diese Aufnahme habe ich vorhin gemacht." Er zeigte
das Video von Bianca Wagners Begegnung mit der alten Dame im Edwin-Scharff-Ring. Frau Laurentzens
wütendes *,Lassen Sie mich in Ruhe, oder ich rufe die
Polizei!'* war für das Mikro des Telefons zu leise gewesen. Die Worte hallten ihm trotzdem in den Ohren wider. „Ich konnte mit der Großmutter sprechen. Ihr Enkel ist spontan in den Urlaub gefahren. Ohne das Ziel
zu verraten. Seitdem hat er sich nicht mehr bei ihr gemeldet, obwohl sich die beiden offenbar sehr nahestehen. Von seiner Bekanntschaft mit Frau Wagner weiß
die Großmutter nichts. Unter anderen Umständen
würde ich eine Affäre vermuten." Er legte eine Kunstpause ein, um die Wirkung des nächsten Satzes zu verstärken. „Sven Laurentzen hat in der Vergangenheit
übrigens Medikamente an Apotheken ausgeliefert."

Martin stieß einen erstaunten Laut aus. „Der Fall wird zusehends mysteriöser."

„Oder klarer", konterte Andi. In seinem Blick glitzerte eine Eingebung, die sich Christopher entzog.

„Wie meinst du das?", hakte er nach.

„Eine Sekunde." Andi tauschte die Laptops und suchte auf seinem Computer ein Video heraus. Es war die Aufzeichnung von Clemens Wagners Telefonat beim Fitnessstudio. Sein Wutanfall nach dem Auflegen war beeindruckend. Wenn der Mann in Rage geriet, war es besser, weit weg zu sein.

„Das war am Sonntag." Andi öffnete einen Ordner mit Fotodateien. „Wenn mich nicht alles täuscht, sehen wir hier, worum es bei dem Telefonat ging." Er zeigte die Bilder von der Packstation in der Nähe der Hamburger Meile. Clemens Wagner holte das mysteriöse Päckchen aus dem Schließfach. Steckte es in eine Einkaufstüte. Legte es ins Handschuhfach seines Wagens. Andi blickte in die Runde. „Könnten sich in dem Päckchen Medikamente befinden? Oder Drogen? Die dieser Laurentzen liefert?"

„Drogen?", stieß Tara hervor. „Bist du verrückt?!"

„Also, äh ..." Ihre harsche Reaktion brachte den armen Andi völlig aus dem Konzept. „Die Schlussfolgerung ... ich meine ..."

„Was für Drogen?" Tara beugte sich vor, Feuer im Blick und Eis in der Stimme. „Kokain? Heroin? Crack?"

„Sachte." Martin hob beschwichtigend die Hände. „Es liegt im Bereich des Möglichen. Allerdings fehlen uns Beweise, deshalb rate ich zur Vorsicht."

„Clemens und Bianca sollen Drogen verkaufen? Das ist kompletter Schwachsinn!" Tara stand abrupt auf und stürmte aus dem Raum. Dabei gab sie der Tür so viel Schwung, dass diese im weiten Bogen gegen den Stopper knallte und am Magneten arretierte. Christopher wollte ihr folgen. Um sie zu beruhigen und alles besser zu erklären. Martin hielt ihn zurück.

„Gib ihr ein paar Minuten."

Widerwillig blieb er sitzen. Zumindest kamen keine Geräusche von der Eingangstür. Tara hatte die Detektei anscheinend nicht verlassen, sondern ventilierte ihren Ärger irgendwo im Büro. Mist!

Betretenes Schweigen senkte sich über den Besprechungstisch. Andi starrte geknickt in seine Teetasse. Schließlich nahm er einen Schluck. Das Klirren, als er die Tasse zurück auf die Untertasse stellte, klang in der Stille übertrieben laut. Martin aß einen Butterkeks. Nervennahrung. Gute Idee.

Christopher knabberte einige Salzstangen. In seinem Kopf setzten sich die Zahnrädchen in Bewegung. Er konnte Tara nicht helfen. Ihre Empörung war verständlich. Leider änderte sie nichts an der Situation.

„Denkst du, dieser Sven Laurentzen erpresst die Wagners?", wandte er sich an Andi.

Sein Kollege zuckte die Achseln. Sendepause. Die Kränkung schmerzte zu sehr.

„In dem Fall könnte er für den Angriff auf Benni mitverantwortlich sein", füllte Martin die Lücke. „Aber wie hat die Geschichte angefangen?" Es war eine rhetorische Frage. Sein Chef war im Bastelmodus. „Laurentzen und Bianca Wagner lernen sich über die Apotheke kennen", sinnierte er. „Sie beschließen, gemeinsam illegale Geschäfte zu tätigen. In welcher Form und aus welchen Gründen, vernachlässigen wir an dieser Stelle. Irgendwann überwerfen sie sich. Laurentzen wird zu gierig, Frau Wagner bekommt es mit der Angst zu tun, wer weiß. Sie möchte aussteigen. Laurentzen ist dagegen. Die lukrative Einkommensquelle darf keinesfalls versiegen. Um seinem Standpunkt Nachdruck zu verleihen, heuert er Schläger an, die sich Benni vornehmen. Als Frau Wagner nach ihm sucht, taucht er unter. Erpressen kann er die Wagners von fast jedem Ort der Welt aus. Dafür reichen ein Laptop und ein Internetzugang. Klingt das plausibel?"

Ja. Nein. Irgendetwas passte nicht.

Martin fixierte ihn prüfend. „Dein Gesichtsausdruck spricht keine Bände, sondern eine Bibliothek."

Christopher schmunzelte. „Ich halte mich wohl besser von Pokerspielen fern."

„Gute Idee. Jetzt raus mit deinem ‚Ja, aber'."

„In Ordnung. Ja, aber. Frau Wagner machte nicht den Eindruck, als suche sie nach jemandem, der ihr schadet. Besorgt und frustriert, doch nicht wütend. Wenn mich jemand erpresst und die Menschen verletzt, die mir nahestehen, sehe ich rot. Wenn ich weiß, wer die Person ist, wenn ich ihre Telefonnummer kenne, ihre Adresse und sogar die Adresse ihrer *Großmutter*, setze ich alles in Bewegung, um diese Person zu finden. Dann pfeife ich auf Höflichkeit. Und ich breche gewiss nicht in Tränen aus, weil mich eine alte Dame abblitzen lässt."

Sein Chef strich sich nachdenklich übers glatt rasierte Kinn. „Wie hat sich Frau Wagner bei der Suche nach diesem Laurentzen benommen? Details bitte."

Er beschrieb ihre Reaktionen samt Körpersprache und Mimik.

Hinterher nickte Martin. „Einverstanden. Wir entfernen Sven Laurentzen aus der Kategorie der Täter und schieben ihn in die Grauzone. Verdächtig ist der Mann auf jeden Fall." Kurze Pause. „Warum hat Frau Wagner den Gesprächsversuch mit der Großmutter abgebrochen?"

„Die alte Dame hat damit gedroht, die Polizei zu rufen."

„Ein Hinweis auf kriminelle Machenschaften", ertönte es von der offenen Tür. Dort stand Tara. Ihre Augen und Wangen waren gerötet, doch ihre Stimme klang fest. Sie setzte sich wieder. „Tut mir leid." Ihr verlegenes Lächeln galt vor allem Andi. „Normalerweise bin ich keine Dramaqueen."

„Du brauchst dich nicht zu entschuldigen", versicherte sein Kollege. „Es gibt einiges zu verarbeiten."

„Wie viel hast du von unserem Gespräch gehört?", erkundigte sich Christopher.

„Alles ab Biancas Verhalten bei der Suche nach diesem Laurentzen. Ich hab neben der Tür herumgelungert und meine Frusttränen getrocknet. Wie geht es jetzt weiter? Schaltet ihr die Polizei ein?"

Martin trommelte einen Rhythmus auf der Tischplatte. „Unsere Beobachtungen und das vorliegende Foto- und Filmmaterial ergeben ein grobes Bild. Damit könnten wir zur Polizei gehen. Die Wagners sind keine Klienten, wir gäben keine vertraulichen Informationen preis. Allerdings kennen wir weder die Hintergründe noch die Täter. Wir wissen lediglich, dass die Leute gewaltbereit sind. Eine offizielle Ermittlung könnte sie warnen. Im besten Fall, und das meine ich sarkastisch, verschwinden sie spurlos. Dann werden allein die Wagners bestraft. Im schlimmsten Fall rächen sie sich an der Familie. Auf welche Weise überlasse ich eurer Fantasie."

Christopher kam unweigerlich Andis Spruch über den Totenkopf in den Sinn: *Logo est omen.*

„Als die alte Dame mit der Polizei gedroht hat, ist Bianca Wagner geflüchtet", erinnerte er an das Video. „Obwohl sie Sven Laurentzen unbedingt finden will. Die Reaktion sagt alles. Wenn wir voreilig die Behörden einschalten, könnte es zu einer Katastrophe kommen. Ich möchte nicht dafür verantwortlich sein, dass mehr Menschen verletzt werden. Oder Schlimmeres passiert."

Andi räusperte sich. „Das geht uns allen so."

„Wir sprechen zuerst mit Herrn und Frau Wagner", entschied Martin. „Hinterher sehen wir weiter."

„Wir sollten Benni einweihen", schlug Tara vor. „Vielleicht kann er Biancas Verhalten erklären."

Sein Chef schüttelte den Kopf. „Davon rate ich zu diesem Zeitpunkt dringend ab. Falls dein Freund unüberlegt handelt, könnte er die Situation verschlimmern."

„Wie verschlimmern? Meinst du, er marschiert los, um die Täter persönlich zur Strecke zu bringen? In seinem Zustand? Oder er alarmiert die Polizei? Früher oder später erfährt Benni sowieso alles. Müssen bei seinen Eltern erst die Handschellen klicken?"

Christopher legte Tara die Hand auf den Unterarm. Ihre Gesichtszüge entspannten sich. Das Blitzen verschwand aus den grünen Augen.

„Ich verstehe deine Wut", versicherte er. „Wenn es um meinen besten Freund ginge, fände ich es genauso unfair, ihn im Dunkeln tappen zu lassen. Außerdem hätte ich eine Scheißangst, dass diese Leute ihn noch mal verletzen. Deshalb sollten wir mit Bennis Eltern sprechen. Um die Lage besser einschätzen zu können. Anschließend überlegen wir, was wir ihm erzählen." Er sah zu Martin. „Sprechen wir mit beiden gleichzeitig oder einzeln?"

Sein Chef überlegte. „Alles deutet darauf hin, dass die Ursache bei Frau Wagner liegt. Gönnen wir ihr zunächst das Wort. Hinterher können wir uns mit Herrn Wagner auseinandersetzen."

Andi rollte die Augen. „Das wird ein Spaß."

Nach einem Blick auf die Uhr erhob sich Martin. „Ich rufe Frau Wagner an."

„Brauchst du ihre Handynummer?", fragte Tara.

„Ich versuche es direkt in der Apotheke. Ein unbekannter Anrufer auf dem Handy könnte für unnötige Aufregung sorgen." Christopher zog den imaginären Hut. Daran hätte er nicht gedacht. Empathie und Fingerspitzengefühl.

Andi lächelte Tara aufmunternd zu. „Wird schon."

Unglücklich zuckte sie die Achseln.

Christopher stand auf, ging um den Tisch herum und lehnte sich gegen den Türrahmen. Martin setzte das Headset auf. Ihre Blicke trafen sich. Ob seiner ähnlich angespannt war?

„Kleemeyer, guten Tag", sagte sein Chef bald darauf. „Ist Frau Wagner zu sprechen?" Pause. „Ich warte. Vielen Dank."

Am Empfangstresen beobachtete Cindy interessiert das Geschehen. Andi und Tara standen ebenfalls auf.

„Guten Tag, Frau Wagner. Martin Kleemeyer von der Detektei Kleemeyer." Während er sprach, kam Martin zurück. „Sie haben am vergangenen Freitag mit meinem Kollegen Herrn Diecks über den Angriff auf Ihren Sohn gesprochen." Er blieb wenige Schritte vom Besprechungszimmer entfernt stehen. „Richtig, der sympathische junge Mann mit den roten Haaren und den Sommersprossen." Schweigen. „Das richte ich ihm gern aus. Die Situation muss für Ihre Familie äußerst belastend sein. Da können die Emotionen hochkochen." Bennis Mutter entschuldigte sich wohl für das unmögliche Verhalten ihres Gatten. „Herr Diecks hat es bestimmt nicht persönlich genommen." Christopher machte eine wegwerfende Handbewegung. Geschenkt. „Frau Wagner, ich möchte Sie nicht lange von der Arbeit abhalten. Es gibt neue Erkenntnisse im Fall Ihres Sohnes, die Sie interessieren dürften." Martin lauschte der Antwort. „Das erläutere ich gern ausführlich in einem persönlichen Gespräch. Am Telefon ist es etwas unglücklich. Können Sie morgen in die Detektei kommen?" Erneutes Schweigen. „Ich verstehe. Es ist in der Tat äußerst kurzfristig. Denken Sie, Ihr Mann kann einige Minuten für ein Gespräch erübrigen? Ich rufe ihn gern selbst an, Sie brauchen ..." Martin hielt inne. „Natürlich. Wenn Sie die Möglichkeit haben, früher Feierabend zu machen, wäre das sehr gut. Wir richten uns bei der Zeit ganz nach Ihnen." Er sah auf die Uhr. „Ja, das passt. Vielen Dank für Ihre Flexibilität." Nach einigen Höflichkeitsfloskeln legte er auf.

Andi verzog anerkennend das Gesicht. „Ganz schön verschlagen."

Das war eine andere Seite von Martin.

„Frau Wagner trifft gegen achtzehn Uhr ein." Sein Chef streifte das Headset ab und hängte es sich um den

Hals. „Wir müssen umdisponieren. Andi, du übernimmst den Termin mit Rainer und den Borcherts. Topher brauche ich hier. Außerdem könnte sich Herr Borchert auf den Schlips getreten fühlen, wenn ich einen jungen Kollegen schicke."

Jung. Eine subtile Umschreibung für unerfahren.

„Nimm das bitte nicht persönlich, Topher", ergänzte Martin.

„Keine Sorge", versicherte er. „Ist die richtige Entscheidung." Auf eine weitere Begegnung mit der Mimose verzichtete er gern.

Andi wirkte hin- und hergerissen zwischen der Freude darüber, ein wichtiges Kundengespräch führen zu dürfen, und der Enttäuschung, die nächste Episode des Wagner'schen Dramas zu verpassen.

Martin sah zu Tara. „Es wäre schön, wenn du ebenfalls bleiben könntest."

„Selbstverständlich." Sie verschränkte die Arme vor der Brust, als wäre ihr plötzlich kalt. „Ich habe Bammel vor Biancas Reaktion."

„Es wird ein schwieriges Gespräch. Deshalb ist es gut, wenn ihr eine Vertraute zur Seite steht."

Taras Schnaufen klang sarkastisch. „Vertraute ist gut. Ich kann nicht sagen, ob ich enttäuscht bin, wütend, traurig oder besorgt. Was für ein Mist!" Sie hob den Blick zur Decke. Dort stand leider keine Lösung für ihr emotionales Chaos.

Martin informierte Rainer Conrad telefonisch über die kurzfristige Planänderung. Nachdem sie die Autoschlüssel zurückgetauscht hatten, verließ Andi die Detektei. Die Borcherts auf den aktuellen Stand zu bringen, ohne Details über den unerwarteten Nebenschauplatz zu offenbaren, war keine beneidenswerte Aufgabe. Linus Borchert würde ihm garantiert das Leben schwer machen mit piefigen Fragen und sarkastischen Bemerkungen.

Christopher holte seinen Laptop aus dem Besprechungsraum. Bis zur Ankunft von Frau Wagner blieb reichlich Zeit, um das Überwachungsprotokoll zu ergänzen. Dazu war er bei all den Ereignissen noch nicht gekommen. Er setzte sich an seinen Schreibtisch und öffnete die entsprechende Datei. Nachdem er Notizen und Gedanken sortiert hatte, tippte er los. Martin tätigte im Hintergrund einige Anrufe, während Tara parallel die Betreuung für Finn organisierte. Ihr Sohn verbrachte den Nachmittag bei seinem besten Freund Rodney. Eigentlich sollte er um halb sechs abgeholt werden. Nun würde er zum Abendessen bleiben.

„Zum Glück nimmt Finn diese Planänderungen sportlich“, sagte Tara nach dem Auflegen. „Er verwandelt alles in ein Abenteuer.“

Christopher speicherte den Bericht, weil Zwischenspeichern vor Kummer bewahrte, und lehnte sich im Stuhl zurück. „Er ist ein cooles Kerlchen.“

Tara lächelte. „Wenn ich sehe, wie sich manche seiner Mitschüler benehmen, fühle ich mich gesegnet.“

„Kleine Monster?“

Sie rollte die Augen. „Kleine Sozialkrüppel. Einige verblöden vor der Glotze, weil sich niemand um sie kümmern kann oder will. Andere werden wie Flipperkugeln von einem Privatlehrer zum nächsten geschossen. Das sind keine Kinder mehr, sondern Roboter. Kein Wunder, wenn die Macken kriegen.“

„Meine Nichte Sophie wird ähnlich gedrillt“, erwiderte er. „Ballettstunden, Turnen, Klavierunterricht, Englisch in der Kleinstgruppe und ab nächstem Jahr Mal- und Zeichenunterricht. In Französisch!“

„Wie alt ist sie?“

„Gerade vier geworden.“

Taras Gesichtsausdruck glich dem einer verblüfften Eule.

„Ihr Bruder steht auf der Warteliste für einen mehrsprachigen Kindergarten“, fügte Christopher hinzu. „Deutsch, Englisch und Chinesisch.“ Drei Monate alt und bereits auf dem Weg in die Leistungsgesellschaft.

„Bloß *zwei* Fremdsprachen?“, spottete Tara. „Wie verantwortungslos!“

„Der arme Konstantin wird es später schwer haben.“

Elias und Helena hielten dieses Förderprogramm für zwingend notwendig. Sie wollten ihren Nachwuchs möglichst früh auf den harten Konkurrenzkampf in der Schul- und Arbeitswelt vorbereiten.

Christopher fragte sich, was passieren würde, falls seine Nichte und sein Neffe zu durchschnittlich begabten Menschen heranwuchsen. Die vielleicht keine Lust hatten, Karriere zu machen. Oder den hohen Anforderungen nicht standhalten konnten. Seine Eltern würden ihm nie verzeihen, dass er kein erfolgreicher Geschäftsmann geworden war. Aber er war zufrieden. Häufig sogar glücklich. Doch das verstanden sie nicht. In ihrer Welt wurden Zufriedenheit und Glück durch andere Faktoren bedingt als in seiner.

KAPITEL 15

Pünktlich um achtzehn Uhr klingelte es an der Tür der Detektei. Cindy hatte bereits Feierabend gemacht, deshalb drückte Christopher den Summer. Kurz darauf betrat Bianca Wagner die Detektei. Ihr Anblick erschreckte ihn. Das schmale Gesicht bleich, Kinn und Nase spitz, die Wangenknochen deutlich hervortretend. Tiefe Schatten lagen unter den dunkelgrauen Augen, die durch zu viel Make-up noch verstärkt wurden. Das braune Haar hatte sie zu einem strengen Zopf gebunden.

„Guten Abend, Frau Wagner."

„Guten Abend, Herr Diecks." Ihre Stimme war ebenso matt wie der Händedruck.

„Hallo, Bianca." Tara trat vor, gefolgt von Martin.

„Tara?", fragte Frau Wagner verunsichert. „Was machst du denn hier?"

„Sie unterstützt uns bei den Ermittlungen", erklärte Martin.

„Oh." Frau Wagner ergriff zögernd seine dargebotene Hand. Dabei verrutschte der Schulterriemen ihrer schwarzen Ledertasche. Fahrig richtete sie ihn.

„Wie geht es Ihrem Sohn?"

„Besser."

Kein Ausschmücken, keine Höflichkeiten.

„Konnte er das Krankenhaus verlassen?", trieb sein Chef das Gespräch beharrlich voran.

„Ja. Lily kümmert sich um ihn."

„Benni wird sich bestimmt wieder vollständig erholen."

„Ich habe wenig Zeit", erwiderte Bianca Wagner brüsk. „Welche neuen Erkenntnisse wollten Sie mir mitteilen?"

„Darf ich Ihnen zunächst den Mantel abnehmen?"

Ihre linke Hand schnellte hoch. Wo sich die Revers des Mantels trafen, zog sie den hellen Stoff zusammen. „Nein, danke."

Es war die Reaktion einer Kämpferin, die aufgefordert wurde, vor der Schlacht die Rüstung abzulegen.

„Wie Sie mögen." Martin deutete zur offenen Tür des Besprechungszimmers. „Bitte."

Steifbeinig stakste Frau Wagner in den Raum und zu dem Stuhl, der der Tür und somit dem Fluchtweg am nächsten stand. Sie setzte sich, strich Mantel und Rock glatt und verharrte, die Ledertasche auf dem Schoß. Tara wählte einen Stuhl an der Fensterseite. Die Distanz zwischen den Frauen wirkte allumfassend. Martin nahm neben Bianca Wagner Platz. Seine Strategie, um eine lockere Atmosphäre zu schaffen. Die Unterhaltung sollte keinesfalls wie ein Verhör wirken. Leider funktionierte es diesmal nicht. Die Luft schien vor Anspannung zu knistern. Christopher holte seinen Laptop und wählte den Stuhl rechts neben Tara. Trotz ausgiebigen Lüftens roch es im Raum dezent nach asiatischer Reispfanne. Prompt bekam er Hunger.

„Darf ich Ihnen ein Getränk anbieten?", erkundigte sich Martin bei Frau Wagner.

„Nein, danke."

Sein Chef schenkte sich in aller Ruhe Kaffee ein. Christopher unterdrückte den Impuls, es ihm gleichzutun. Stattdessen nahm er stilles Wasser. Seinen grummelnden Magen knebelte er mit einem Butterkeks.

„Danke, dass Sie Zeit für dieses Treffen gefunden haben." Martin nippte am Kaffee. „Trotz der schwierigen Situation."

Angesichts der Ermittlungsergebnisse ein vielschichtiger Satz. Falls er bei Bianca Wagner einen Nerv traf, überspielte sie es geschickt.

„Der Angriff auf Benni war ein Schock. Wir versuchen, zum Alltag zurückzukehren." Sie fixierte den Camcorder und das Smartphone, die in der Mitte des Besprechungstisches lagen.

„Hat sich die Polizei inzwischen gemeldet?", kam Martin einer möglichen Frage zuvor.

„Nein."

„Keine Neuigkeiten zu dem mysteriösen Eidechsenlogo?"

„Wir haben nicht mehr mit der Polizei gesprochen. Wir möchten den Vorfall am liebsten vergessen und ..."

„Sie möchten kein Risiko eingehen."

Frau Wagners Miene wirkte plötzlich wie versteinert. „Was wollen Sie damit sagen?"

Sie sah zu Tara, die angestrengt die Tischplatte betrachtete. Die Atmosphäre verdichtete sich.

„Was ist hier los?" Hinter der Schärfe verbarg sich Furcht.

„Im Zuge der Ermittlungen haben wir Sie und Ihren Ehemann einige Zeit beobachtet", erklärte Martin. „Wir wissen, dass Sie beide in Schwierigkeiten stecken. Der Angriff auf Ihren Sohn war kein Zufall, sondern eine Warnung."

„Ich weiß nicht, wovon Sie sprechen", erwiderte Bianca Wagner gepresst.

Christopher zog die Plastiktüte mit dem Kärtchen aus der Hosentasche und legte sie auf den Tisch. Das Eidechsenlogo hob sich in seiner Schwärze beinahe bedrohlich von der weißen Pappe ab. „Die hat eine unbekannte Frau am Montagabend hinter dem Scheibenwischer Ihres Wagens deponiert."

Bianca Wagners Gesichtszüge zeigten ein Kaleidoskop von Gefühlen. Um ihre Mundwinkel erschienen kränklich-weiße Flecken. Abrupt stand sie auf.

„Bitte!" Martin hob beschwichtigend die Hand. „Wir möchten Ihnen helfen! Sie müssen diese Situation nicht allein bewältigen."

Frau Wagner starrte ihn reglos an. Rang mit sich. Schließlich sank sie zurück auf den Stuhl. Alle Kraft schien aus ihr gewichen. „Sie können uns nicht helfen." Ihr Kinn bebte. Tränen schimmerten in ihren Augen. „Niemand kann ..." Sie schlug die Hände vors Gesicht.

Nach einigen Momenten stand Tara auf. Sie setzte sich neben Bianca Wagner und nahm die weinende Frau in den Arm. Verzweifeltes Schluchzen erklang. Christopher schluckte gegen den Kloß in seinem Hals an. Sollte er etwas tun? Etwas sagen? Eine Geste von Martin rettete ihn aus der Hilflosigkeit. Sie erhoben sich leise und verließen den Raum. Draußen spürte er Erleichterung. Hier konnte er wieder atmen.

„Die erste Hürde ist überwunden", sprach ihm sein Chef aus der Seele. „Jetzt können wir gemeinsam einen Ausweg suchen."

„Hoffentlich gibt es den."

„Wird schon."

Martins Zuversicht gab ihm Hoffnung.

Nach einer Weile wurde die Tür des Besprechungszimmers geöffnet. Tara trat hinaus, Wangen und Augen gerötet. „Bianca hat sich beruhigt." Ihre Stimme klang erschöpft. „Sie möchte mit euch sprechen."

Martin erhob sich von seinem Stuhl. Christopher schluckte den Rest einer Banane hinunter, die er aus dem Obstkorb in der Küche genommen hatte. Dieser Tag schien endlos. Er sehnte sich nach Romy. Nach einem gemütlichen Sofa. Stattdessen hievte er sich aus dem Schreibtischstuhl und folgte den anderen ins Besprechungszimmer.

Bianca Wagner saß mit aufgestützten Ellbogen am Tisch, in den Händen eine Tasse Kaffee. Sie hielt sie wie eine wärmende Quelle des Trostes. Ihr Blick ruhte auf der Karte mit dem Eidechsenlogo. Tara nahm links neben ihr Platz, Martin rechts. Christopher setzte sich gegenüber an die Fensterseite.

„Sie möchten uns etwas erzählen?", fragte Martin sanft.

Bianca Wagner stellte die Tasse ab. Ihre Augen waren gerötet, die Schminke verlaufen. „Ich möchte nicht, Herr Kleemeyer, ich muss. Damit es endlich ein Ende hat."

Tara nahm ihre Hand und erntete ein dankbares Lächeln.

„Es ist meine Schuld", gestand Frau Wagner. „Ich habe meine Familie zum zweiten Mal an den Abgrund gebracht."

Zum zweiten Mal?

Christopher tauschte verwunderte Blicke mit Martin und Tara.

„Mein Vater hat für die Wasserwerke gearbeitet. Ein einfacher Verwaltungsjob ohne Karriereaussichten. Meine Mutter kümmerte sich um mich und meine beiden Schwestern. Unser Alltag war von Geldsorgen geprägt. Am Monatsende blieb der Kühlschrank oft leer, bis endlich Vaters Gehalt überwiesen wurde. Urlaubsreisen waren unmöglich. Jeder Ausflug, jede Geburtstags- oder Weihnachtsfeier stellte eine finanzielle Herausforderung dar. Unsere Kleidung stammte aus zweiter Hand oder von Schlussverkäufen. Sobald Christiane, die Älteste, aus den Sachen herausgewachsen war, wurden sie an Stefanie weitergegeben und schließlich an mich. In der Schule wurde ich ständig gehänselt. Das arme Lumpenmädchen.“ Ihre Mundwinkel zuckten. Die Erinnerung schmerzte sichtlich. „War einmal Geld übrig, ist Mutter shoppen gegangen. Vater hat nie mit ihr geschimpft. Obwohl wir es uns nicht leisten konnten.“ Ein Seitenblick zu Martin. „Meine Mutter war keine glückliche Frau, Herr Kleemeyer. Doch wenn sie in einem neuen Kleid vor dem Spiegel stand, strahlte sie.“

Beklommen malte Christopher sich aus, wie die Geschichte weiterging.

„Während der Ausbildung verdiente ich endlich mein eigenes Geld. Ich konnte selbst entscheiden, welche Kleidung ich trage. Das war befreiend.“

„Hast du damals schon zu viel gekauft?“, fragte Tara leise.

Bianca Wagner strich mit dem Daumen über den Rand der Kaffeetasse. Dabei verwischte sie einen Abdruck ihres hellroten Lippenstifts. „Anfangs, ja. Ich fühlte mich wie im Rausch. Doch der Drang ließ nach. Die Ausbildung machte Spaß, und ich wohnte in einer WG mit zwei großartigen Mädels, die mir Stabilität gaben. Schließlich lernte ich Clemens kennen. Wir zogen zusammen, heirateten, ich wurde schwanger und ...“ Sie stockte. „Es wurde alles zu viel. Benni war ein unkompliziertes Baby, trotzdem fühlte ich mich überfordert. Fremdbestimmt von einem kleinen Wesen, das doch mein Sonnenschein sein sollte.“ Neue Tränen. Bianca Wagner holte ein Taschentuch aus der Manteltasche und tupfte sich die Augenwinkel ab. „Es begann mit Schmuck. Hier eine Halskette, da ein Ring. Keine teuren Dinge. Darum ging es nicht. Wenn ich an der Kasse bezahlte, spürte ich dieses wundervolle Prickeln. Manchmal hielt die Freude über einen Kauf tagelang an. Benni ließ ich oft bei meiner Mutter oder einer Nachbarin. Ich wollte allein sein bei meinen Streifzügen durch die Geschäfte. Unbeobachtet. Clemens warf mir vor, unseren Sohn zu vernachlässigen. Wir stritten viel. Je mehr wir stritten, desto mehr kaufte ich. Und je mehr ich kaufte, desto schneller ließ die Euphorie nach. Stattdessen kamen die Schuldgefühle. Der Selbsthass.“ Bianca Wagner zerknüllte das Taschentuch. „Die Einkäufe versteckte ich vor Clemens. Anfangs konnte ich auch die Ausgaben verstecken. Ich besaß ein eigenes Konto und ein Sparbuch. Als beides leer geräumt war, plünderte ich unser gemeinsames Konto. Die Kreditkartenabrechnungen und Kontoauszüge vernichtete ich. Als Clemens merkte, was vor sich ging, waren wir bereits hoch verschuldet.“

Betroffenes Schweigen.

„Weiß Benni davon?", fragte Tara schließlich.

„Wir haben es ihm nie erzählt. Wir haben es niemandem aus unserem Familien- oder Freundeskreis erzählt. Ich schämte mich zu sehr, und Clemens ..." Ein liebevoller Ausdruck huschte über Frau Wagners Gesicht. „Clemens wollte mich beschützen. Obwohl ich uns fast ruiniert hatte, hielt er zu mir. Die Schulden bei der Sparkasse konnten wir in einen Kredit umwandeln. Ich fand eine Therapeutin, die mir half, mein Leben neu zu ordnen. Über fünfzehn Jahre lang ging alles gut. Fünfzehn Jahre, und trotzdem hatte sich nichts geändert!"

Tara strich ihr tröstend über den Unterarm.

Bianca Wagner atmete hörbar aus. „Vor zwei Jahren kam eine Kollegin bei einem Skiunfall ums Leben. Obwohl wir uns nie nahestanden, hat mich ihr Tod erschüttert. Für die Beerdigung kaufte ich mir ein neues Kleid. Dazu passende Stiefel und einen warmen Mantel. Der Termin lag im Februar, es waren notwendige Anschaffungen." Ein zynisches Lächeln umspielte ihre Lippen. „Wenn man sich selbst belügt, wird der sinnloseste Kauf zu einer notwendigen Anschaffung."

„Und die Abwärtsspirale begann sich erneut zu drehen", ergänzte Christopher. Sofort fand er die Formulierung ungeschickt. Taras tadelnder Blick bestätigte die Einschätzung. Es war die geistige Erschöpfung. Zu viele Informationen wollten verarbeitet, zu viele Verbindungen geknüpft werden.

„Sie bringen es auf den Punkt", erwiderte Bianca Wagner spitz.

„Hat Ihr Mann nichts bemerkt?", setzte er nach. „Es muss Anzeichen gegeben haben. Volle Kleiderschränke, ungewöhnlich viele Paketlieferungen, Kartons im Keller.“

Bei Ihrer Vergangenheit, lag es ihm auf der Zunge. Diesmal konnte er sich rechtzeitig zurückhalten.

„Clemens stand unter Dauerstress. Er wollte sich unbedingt selbstständig machen. Gleichzeitig fürchtete er die Konkurrenz. Die jüngeren Fitnesstrainer, die mehr leisten konnten und besser ausgebildet waren. Er zweifelte an sich. Ging bei jeder Kleinigkeit in die Luft. Wie hätte ich in der Situation …?“ Bianca Wagner schüttelte verzagt den Kopf.

„Die Einkäufe?“, hakte Tara sanft nach.

„Habe ich an Packstationen und Paketshops schicken lassen. Und im *Keller* stehen keine Kartons.“

Betonung auf Keller. Ein Hinweis?

Natürlich! In Gedanken schlug er sich vor die Stirn.

„Weil Sie die Sachen in einem Lagerraum aufbewahren.“

Frau Wagners Augen weiteten sich.

Der nächste Satz fiel ihm schwer. „Ich habe Sie in den vergangenen Tagen observiert.“

Ihr Blick heftete sich auf den Camcorder. Sie zog die richtigen Schlüsse. Beim nächsten Blinzeln rollte eine Träne. „Am Anfang habe ich die Kleidung verschenkt oder gespendet. Aber es wurde zu viel. Ich fürchtete, Aufmerksamkeit zu erregen. Irgendwann ist mir die Anzeige einer Firma aufgefallen, die Lagerräume vermietet.“

Martin räusperte sich. „Wie hängen diese Ereignisse mit Ihrer aktuellen Situation zusammen?“

Schweigen.

„Wir können Ihnen nur helfen, wenn wir die Wahrheit kennen."

Bianca Wagners Züge verhärteten sich. „Geld, Herr Kleemeyer. Ich brauchte Geld!" Die Schärfe wirkte aufgesetzt. Absichtlich provokant. „Mein Girokonto hat einen geringen Überziehungsrahmen. Ratenzahlung bei Bestellungen war keine Dauerlösung. Ein Kredit stand außer Frage. Ich hätte Versicherungen kündigen können, meine Altersvorsorge aufbrauchen, aber so tief wollte ich nicht sinken."

„Also haben Sie sich Geld geliehen", mutmaßte Martin. „Von den Leuten, die Sie bedrohen."

Das deckte sich mit seiner Vermutung während der zweiten Entsorgungsaktion bei den Containern. Kredithaie rückten säumigen Zahlern gern mit rabiaten Methoden zu Leibe.

„Falsch", erwiderte Frau Wagner grimmig. „Ich wurde für medizinische Beratungen bezahlt."

Okay, *die* Antwort kam unerwartet.

Martin teilte Christophers Verblüffung. „Würden Sie uns das genauer erklären?"

Widerwillig kam Bianca Wagner der Bitte nach. „Durch die Arbeit in der Apotheke kenne ich mich mit einer Vielzahl von Medikamenten aus. Ich weiß um Neben- und Wechselwirkungen, Dosierungen, Anwendungsgebiete. Jemand hat mich angesprochen. Anfangs kamen gelegentliche Nachfragen. Schließlich wurde mir eine Zusammenarbeit vorgeschlagen. Gegen angemessene Bezahlung. Zu dem Zeitpunkt spitzte sich meine berufliche Situation zu. Mir drohte die Kündigung. Ich bekam Panikattacken, wenn ich an die unbezahlten Rechnungen dachte."

„Verstehe ich das richtig?“ Martin beugte sich vor. „Jemand spaziert in Ihre Apotheke und bittet Sie um Rat zu einem Medikament. Diese Person kommt wieder. Stellt neue Fragen zu anderen Medikamenten. Ohne Rezepte vorzulegen oder etwas auf eigene Rechnung zu kaufen.“

„Ja.“

„Hat Sie das nicht skeptisch gemacht?“

„Nein.“

„Sie sind nie auf den Gedanken gekommen, dass es einen zwielichtigen Hintergrund geben könnte?“

„Nein.“

Martins Augenbrauen wanderten gen Norden. Es fehlte bloß ein trockenes „Faszinierend“.

In Christophers Kopf rastete ein Zahnrad ein. Euphorie rauschte durch seinen Körper.

„Sven Laurentzen hat Sie kontaktiert“, platzte er heraus. „Sie kannten ihn von seiner Arbeit als Kurierfahrer. Deshalb waren Sie freigiebig mit Informationen.“

In der folgenden Stille fehlte allein das Fallen der Stecknadel.

„Glückwunsch, Herr Diecks“, lobte Frau Wagner passend spitz. „Hervorragend kombiniert.“

Das Triumphgefühl verpuffte. Stattdessen kam er sich schäbig vor.

„Sven hat früher Medikamente an meine Apotheke geliefert. Auf privater Ebene verstanden wir uns gut. Leider war er äußerst unzuverlässig. Weil wir nicht die einzige Apotheke waren, die sich beschwerte, wurde ihm gekündigt. Einige Tage später stand er plötzlich vor mir. Zuerst fürchtete ich, er würde eine Szene machen. Doch er erkundigte sich lediglich nach den Nebenwirkungen eines Antidepressivums. Angeblich für eine Freundin. Als ich fragte, ob die Freundin keinen Beipackzettel hat, meinte er, sie könne nicht lesen. Beim nächsten Mal war es ein Nachbar, der kaum Deutsch sprach und hoch dosierte Schmerzmittel nehmen sollte. Sven kommt aus einem sozial schwachen Stadtteil. Er ist sehr hilfsbereit. Deshalb maß ich dem zunächst keine Bedeutung bei."

„Zunächst", soufflierte Christopher.

„Nach dem fünften Besuch innerhalb von drei Wochen verweigerte ich ihm die Auskunft. Ein Heer von Freunden und Bekannten, die nicht lesen können, kein Deutsch sprechen oder sich wegen einer Krankheit schämen? Und alle sind auf verschreibungspflichtige Medikamente angewiesen? Ich drohte, ihn bei der Polizei zu melden. Also lud er mich auf einen Kaffee ein und erzählte mir von einem Serviceportal, das er im Internet aufgebaut hat. Menschen, die aus persönlichen Gründen den Weg zum Arzt oder in die Apotheke scheuen, können ihn dort um medizinischen Rat bitten."

Fast hätte Christopher gelacht. „Einen Kurierfahrer? Ohne entsprechende Ausbildung? Haben Sie das geglaubt?"

„Natürlich nicht."

„Was passierte danach?"

„Sven gab schließlich zu, auch Medikamente über das Portal anzubieten. Um die Geschäfte anzukurbeln, wollte er es professioneller gestalten. Dabei brauchte er Unterstützung. Nicht jeder Kunde weiß, welches Medikament ihm am besten hilft. Eine falsche Beratung kann gravierende Folgen haben. Sven versprach mir eine gewisse Summe pro Monat, gleichgültig, ob er meine Dienste in Anspruch nehmen würde oder nicht."

„Und Sie ließen sich darauf ein?" Er bemühte sich vergeblich um einen neutralen Tonfall.

„Ich war verzweifelt! Die Geldsorgen erdrückten mich. Gleichzeitig fühlte ich mich gebraucht. Wertgeschätzt."

„Wie konntest du das tun?" Tara befreite ihre Hand aus Bianca Wagners Griff. „Dieser Sven macht kriminelle Geschäfte! Und du hilfst ihm dabei!"

In Frau Wagners Augen blitzte es auf. „Viele seiner Kunden sind gute Menschen! Einige besitzen keine Krankenversicherung. Andere befinden sich illegal in Deutschland. Sie befürchten die Abschiebung, wenn sie oder Familienmitglieder zum Arzt gehen. Manche Kunden schämen sich für ihr Leiden. Sie fürchten um ihr Ansehen, ihre Ehe, ihren Job. Es melden sich psychisch Kranke oder Schmerzpatienten, denen eine höhere Dosierung verweigert wird. Das sind teilweise furchtbare Schicksale!" Sie unterbrach ihren Redefluss, um einen Schluck Kaffee zu trinken. Der musste inzwischen kalt sein. „Manchmal braucht es einen intensiven Austausch von Nachrichten, um herauszufinden, welches Medikament ein Kunde benötigt." Hektik und Nachdruck waren aus ihrer Stimme verschwunden. Der wichtige Teil gesagt. „Einige wollen bloß reden. Weil sie sonst niemanden haben, dem sie sich anvertrauen können. Wir helfen diesen Menschen!"

Meine Güte, ist die Frau naiv.

Er biss sich auf die Zunge.

„Ihre soziale Ader in allen Ehren", erwiderte Martin, „doch Sie verharmlosen den illegalen Handel mit verbotenen oder verschreibungspflichtigen Substanzen. Woher stammen die Mittelchen, die Herr Laurentzen anbietet? Erscheinen die auf magische Weise vor seiner Haustür?"

Frau Wagner presste die Lippen zusammen.

„Wissen Sie, wo man diese Serviceportale gewöhnlich findet? Im Darknet. Kennen Sie das Darknet? Haben Sie eine Ahnung, womit auf diesen Marktplätzen gehandelt wird? Neben Figuren wie Ihrem Sven tummeln sich dort Waffenhändler, Auftragsmörder, Pädophile und andere Übeltäter."

„Ich weiß, was das Darknet ist", feuerte Bianca Wagner gereizt zurück. „Ich bin nicht dumm."

Die Antwort darauf stand Martin ins Gesicht geschrieben. Er schwieg diplomatisch.

„Es hat auch gute Seiten", setzte Frau Wagner nach.

Christopher räusperte sich. „Sicherlich. Allerdings geht es hier nicht um Aktivisten in autoritären Regimen oder Whistleblower, die mit Journalisten kommunizierten. Sondern um kriminelle Machenschaften."

„Wie viel Geld hast du mit den Beratungen verdient?", wollte Tara wissen. „Genug, um die Rechnungen zu bezahlen?"

Bianca Wagner starrte auf ihre Hände.

„Hast du diesem Sven bei der Abwicklung der Bestellungen geholfen?"

Keine Reaktion. Kein Abstreiten. Wow.

„Bezieht Herr Laurentzen die Medikamente von den Leuten, die Sie bedrohen?", erkundigte sich Martin.

Diesmal folgte ein Nicken.

„Warum werden Sie bedroht? Wurden Zahlungen versäumt? Gab es Streit zwischen ihm und den Lieferanten?“

„Wenn ich Ihnen diese Information gebe, schade ich Clemens.“

Martin verzog das Gesicht. „Es steht Ihnen frei, das Gespräch an dieser Stelle zu beenden. Gehen Sie nach Hause. Lassen Sie den Ereignissen ihren Lauf. Am Ende wird allein *Ihre* Familie auf der Verliererseite stehen. Diese Leute können sich jederzeit neue Geschäftspartner suchen. Die verschwinden von der Bildfläche, und Sie, Ihr Ehemann und Ihr Sohn zahlen den Preis.“

Allein ein Zucken um die Augen verriet Bianca Wagners inneren Kampf. Martin legte ihr die Hand auf den Unterarm.

„Es ist unmöglich, die Ereignisse ungeschehen zu machen. Diese Illusion müssen Sie abschütteln. Gleichgültig, welche Entscheidungen Sie heute und in den kommenden Tagen treffen, die Wahrheit wird ans Licht kommen. Es wird Konsequenzen geben. Daran führt kein Weg vorbei. *Ihre* Aufgabe besteht darin, weiteren Schaden von Ihrer Familie abzuwenden. Seien Sie stark. Für Clemens und Benni.“

Frau Wagner schloss die Augen. Nach einigen Momenten legte sie die Hand auf Martins. Schließlich sah sie ihn an.

„Vor einigen Monaten hat Sven Anabolika ins Angebot aufgenommen. Ich war strikt dagegen. Durch Clemens weiß ich, wie gefährlich diese Substanzen sind. Wie leicht sie die Gesundheit und das Leben von Sportlern zerstören können. Sven versprach sich enorme Einkünfte. *Heutzutage möchte jeder ein Sixpack*, war sein Argument. Er hatte recht. Die Bestellungen stiegen sprunghaft an. Es war schon fast erschreckend, wie viel Geld wir auf einmal verdienten. Die Gewinnmargen bei Anabolika sind um ein Vielfaches höher als bei Schmerzmitteln und Psychopharmaka. Irgendwann fingen seine Lieferanten an, ihn unter Druck zu setzen. Er sollte größere Mengen abnehmen. Sie wollten expandieren. Neue Wege finden, um die Kundenzahl zu erhöhen. Außerhalb des Darknets.“

„Oh, Shit“, entfuhr es Christopher. „Die Fitnessstudios!“

„Diese Leute ...“ Bianca Wagner hob eine zitternde Hand an den Mund. Fasste sich. „Diese Leute haben herausgefunden, wer Sven ist. Im Darknet soll alles anonym sein, doch das stimmt nicht. Sie haben ihn beobachtet. Uns beobachtet. Bei Besprechungen in Cafés, beim Versenden von Bestellungen, beim Abholen der Lieferungen von den Packstationen.“ Sie musterte ihn beinah trotzig. „Sie sind nicht der Erste, der mir nachspioniert, Herr Diecks.“

Er fühlte sich beklommen. „Die Lieferanten haben erfahren, dass Ihr Mann Fitnesstrainer ist.“

„Clemens’ Website hat alle Informationen geliefert, die sie benötigen.“

„Sind die Leute mit Herrn Laurentzen in Kontakt getreten oder direkt zu Ihnen gekommen?“

„Vor ein paar Wochen erhielt ich einen Anruf auf dem Handy. Während der Arbeit. Die Stimme klang metallisch, doch es war eindeutig ein Mann. Er hat gedroht, Fotos und andere Informationen an die Polizei zu schicken, wenn ich Clemens nicht dazu bringe, für sie zu arbeiten. Er soll Anabolika in den Fitnessstudios und bei Wettkämpfen verkaufen. Sie wollen ein deutschlandweites Netzwerk aufbauen. Der Mann gab mir achtundvierzig Stunden Bedenkzeit. Am Ende des Telefonats lobte er mein hübsches Kleid."

Tara entfuhr ein erschrockener Laut.

„Konnten Sie die Telefonnummer des Anrufers sehen?", hakte er nach.

„Nein, sie war blockiert. Als ich nach der Arbeit zu meinem Wagen ging, klemmte ein Kärtchen hinter dem Scheibenwischer. Darauf war eine Eidechse gedruckt. Auf der Rückseite stand eine Achtundvierzig. Am nächsten Tag lag eine Karte im Briefkasten. Mit einer Eidechse auf der Vorderseite und einer Vierundzwanzig auf der Rückseite. Clemens hat die Karte gefunden."

Und das Lügenkonstrukt fiel in sich zusammen.

„Jetzt verstehe ich deine Reaktion im Krankenhaus", sagte Tara. „Als Benni von dem mysteriösen Logo erzählt hat."

Bianca Wagner nickte. „Er hat meine schlimmste Befürchtung bestätigt. Dass alles meine Schuld ist."

„Wie hat Clemens auf die Wahrheit reagiert?"

„Er ist ausgeflippt. Ich habe ihn nie zuvor so wütend erlebt. Es war furchtbar. Ein Nachbar hat schließlich geklingelt und gedroht, die Polizei zu rufen." Sie senkte beschämt den Blick. „Der Mann dachte, Clemens schlägt mich."

„Hat er?", fragte Tara sanft.

Bianca Wagners Augen weiteten sich. „Nein! Das würde er nie tun! Der Küchentisch und eine Schranktür sind zu Bruch gegangen. Das war alles."

Na, dann ist ja gut. Christopher behielt den sarkastischen Kommentar für sich. „Was ist anschließend passiert?“, fragte er sachlich.

„Clemens hat sich geweigert, den Drohungen nachzugeben. Für ihn war es undenkbar, mit diesen Leuten zusammenzuarbeiten. Die Frist verstrich und ...“ Sie stockte. „Der Angriff auf Benni war eine Bestrafung. Wir wurden gewarnt, dass es beim nächsten Mal schlimmer ausgeht. Dann wird unser Sohn nicht im Krankenhaus liegen, sondern auf dem ...“ Das letzte Wort blieb ihr in der Kehle stecken. „Was sind das nur für Menschen?!“

Ein schrilles Klingeln ertönte. Es kam aus Bianca Wagners Handtasche. Sie holte ihr Handy heraus. Sah auf das Display.

„Clemens“, hauchte sie. Es war der berühmte letzte Tropfen. Frau Wagner begann unkontrolliert zu schluchzen.

Tara nahm ihr das Handy ab und den Anruf entgegen. „Hier ist Tara. Bianca kann gerade nicht telefonieren.“ Sie lauschte der Antwort. „Nein, es geht ihr nicht gut. Kannst du zur Detektei Kleemeyer kommen? Sofort?“ Pause. „Das erklären wir dir gleich. Ich gebe dir die Adresse.“ Nächste Pause. „Clemens, reg dich ab, und komm her!“

KAPITEL 16

Christopher lehnte an der Anrichte in der Küche und schaufelte gierig die aufgewärmten Reste von Taras Reispfanne in sich hinein. Sie hatte knapp die Hälfte der großzügigen Portion übrig gelassen. Scharfe Gewürze prickelten angenehm auf der Zunge. Während er seinen Hunger stillte, stöberte Martin im Internet nach Artikeln über das Darknet. Was interessant erschien, druckte er aus. Der Papierstapel auf seinem Schreibtisch wuchs stetig. Bianca Wagner erholte sich auf dem Bett im Ruheraum von der Aufregung. Tara leistete ihr Gesellschaft. Christopher spießte ein Stückchen rote Paprika auf. Die Pause tat gut. Neben der dringend benötigten Nahrungszufuhr konnte er seine Gedanken und Gefühle ordnen. Beziehungsweise es versuchen. Bianca Wagners Geschichte machte ihn fassungslos. Er konnte die Zusammenhänge zwischen den Entbehrungen in ihrer Kindheit und Jugend und der Kaufsucht nachvollziehen. Auch der Rückfall überraschte ihn nicht. Jeder und jede Süchtige kämpfte ein Leben lang gegen die inneren Dämonen. Manchmal genügte ein winziger Anlass, um sämtliche Erfolge zunichtezumachen. Was er nicht verstand, war die Kette von Fehlentscheidungen, die sie getroffen hatte. Dieses Netz aus Lügen und Geheimnissen, in dem sie sich mehr und mehr verstrickt hatte. Bis die Fäden sie fast erwürgten. Was brachte eine vernünftig denkende Frau dazu, sich auf kriminelle Machenschaften einzulassen? Hatte sie ernsthaft geglaubt, dadurch ihre Probleme lösen zu können? Ihr Verhalten erinnerte an Spielsüchtige, die ihr Hab und Gut verwetteten. In der verzweifelten Hoffnung auf eine Glückssträhne. Auf den großen Gewinn. Der nie kam. Aus diesem Teufelskreis auszubrechen, erforderte Kraft und Unterstützung. Es tat ihm leid, dass Bianca Wagner es nicht geschafft hatte, um Hilfe zu bitten. Und es machte ihn wütend, dass ihr Mann zu sehr mit sich selbst beschäftigt gewesen war, um die Not seiner Frau zu erkennen. Die hätte er erkennen müssen!

Hätte er? Bei all der Energie, die Bianca Wagner darauf verwendete, um die Wahrheit vor ihm zu verbergen?

Christopher schob die letzten Reiskörner auf die Gabel. Für Außenstehende war es leicht, Urteile über andere Menschen zu fällen. Und im Nachhinein war man sowieso der schlauste Keks in der Dose. Er aß auf und räumte Teller und Gabel in die Spülmaschine.

Die Spur nach Belgien, zu dem Modegeschäft, war eine Sackgasse. Die Bande hatte sich das Eidechsensymbol des Labels zunutze gemacht, um die Wagners wirkungsvoll einzuschüchtern. Vielleicht stammte einer aus der Bande aus Antwerpen. Das wäre eine Erklärung für die Wahl des Logos. Ohne Gesichter oder Namen blieb die Spur zu vage, um sie zu verfolgen. Das mochte sich irgendwann ändern. In seiner Hosentasche trillerte das Smartphone. Der Erkennungston für eine Textnachricht von Romy. Er entsperrte das Display.

Heute war gut. Kommst Du noch vorbei? Ich vermisse Dich.

Der erste Satz beruhigte ihn. Mittwochs stand Romys wöchentliche Therapiestunde auf dem Plan. Die Sitzungen waren selten leicht. Manchmal wollte sie hinterher allein sein, um den Gefühls- und Gedankenwust zu verarbeiten. Manchmal brauchte sie ihn als emotionale Stütze. Das wäre am Ende *dieses* Tages eine Herausforderung.

Bin in der Detektei, tippte er.

Warte auf einen Klienten. Keine Ahnung, wie lange es dauert.

Ein dreifaches Trillern.

Oje. Schwieriger Tag?

Das war milde ausgedrückt.

Desaster-Skala 8 von 10.

Das nächste Trillern.

Ich habe Eiscreme und Schokolade :-)

Er lächelte.

Melde mich, sobald wir fertig sind.

Ein rotes Herz erschien. Er schickte eins zurück.

Es klingelte an der Tür. Lang gezogen und aggressiv.

Er wünschte sich spontan an einen anderen Ort, nach Sibirien oder zur Wurzelbehandlung beim Zahnarzt, wohin auf immer. Martin drückte eben den Summer am Empfangstresen, als Christopher die Küche verließ.

Tara trat mit sorgenvoller Miene aus dem Ruheraum. Frau Wagner zeigte sich nicht.

Kurz darauf walzte Clemens Wagner in die Detektei. Ein schlecht gelaunter Güterzug auf zwei Beinen.

Martin setzte sein charmantestes Lächeln auf. „Guten Abend, Herr Wagner. Danke, dass Sie gekommen sind."

Die Begrüßung wurde ignoriert. Ebenso die dargebotene Hand.

„Wo ist meine Frau?" Clemens Wagner sah sich suchend um. Er entdeckte Tara. Die offene Tür hinter ihr. „Ist sie dort?"

Tara hob mit einer beschwichtigenden Geste die Hand. „Wir sollten uns vorher unterhalten. Es gibt einiges zu erklären."

Clemens Wagner marschierte ungerührt an ihr vorbei und in den Ruheraum. Die Tür wurde geschlossen.

Christopher tauschte besorgte Blicke mit Martin und Tara. Das konnte richtig schiefgehen. Sollten sie eingreifen?

„Lassen wir ihnen einige Minuten", entschied sein Chef.

Sie warteten in angespannter Stille. Kein Laut war zu hören. Kein Geschrei, kein Weinen. Tara schlich zur Tür. Sie lauschte ... und schrak zurück, als diese ruckartig aufgezogen wurde. Clemens Wagner gab sich die

Ehre, das Gesicht puterrot. Er schien auf unheimliche Weise an Körpermasse gewonnen zu haben.

„Ihr verdammten Schnüffler! Wisst ihr, was eure verfluchte Neugier anrichten kann?!" Seine Wut und sein rechter Zeigefinger richteten sich auf Christopher. „Dich hab ich schon im Krankenhaus gefressen, mit deinen penetranten Fragen!"

Herr Wagner kam auf ihn zu. Obwohl alles in Christopher zur Flucht riet, blieb er entschlossen stehen. Keine Angst vor großen Tieren. Vor sehr großen Tieren.

Martin rückte schützend an seine Seite. „Herr Diecks hat lediglich seine Arbeit getan. Wir sind ..."

„Verfluchte Idioten!" Clemens Wagner packte Martin am Kragen. Die andere Hand ballte er zur Faust.

Tara stieß ein entsetztes „Nein!" hervor.

Christopher griff nach dem muskulösen Arm. Und die Welt schaltete in den schnellen Vorlauf. Clemens Wagner stieß Martin von sich und befreite sich mühelos aus der Umklammerung. Christopher wurde gepackt. Eine schwungvolle Drehung holte ihn von den Füßen. Er flog seitlich über einen Schreibtisch, fegte dabei alles aus dem Weg, was nicht festgenagelt war, stieß gegen einen Widerstand, der sofort verschwand, und spürte Luft unter sich. Und Einstein behielt recht, Zeit war relativ. Obwohl er sich im freien Fall befand, lief vor seinem inneren Auge eine ausführliche Vorschau der drohenden Zukunft ab. Wie er ungebremst auf den Rücken prallte. Sich den Kopf anschlug.

Drehen, drehen, drehen!, feuerte sein Gehirn hektisch Befehle ab. Und die Muskeln gehorchten. Er landete hart auf der linken Seite, rollte um die eigene Achse und kam vom Schwung getragen auf die Knie.

Verdattert stützte er sich mit einer Hand ab, um nicht umzufallen. Es hatte tatsächlich funktioniert!

Wütende Worte wogten heran. Tara und Martin machten verbal Origami aus Clemens Wagner. Schön. Bitte ganz klein falten. Er sortierte derweil seine Gedanken und Gliedmaßen. Aktenordner, leere Ablagekörbe und Papiere lagen über den Teppichboden verteilt. Dazwischen ein umgekippter Schreibtischstuhl, unter dem ein HSV-Schal hervorlugte. Andi schob seinen Stuhl immer dicht an die Tischplatte, bevor er das Büro verließ. Ohne den Ordnungssinn seines Kollegen hätte der Sturz böse enden können. Er verdrängte den Gedanken und die beklemmenden Bilder, die er auslöste.

Im Hintergrund verstummte das Wortgefecht.

„Bist du verletzt?“ Tara erschien in seinem Blickfeld. Sie musterte ihn erschrocken. „Du blutest!“

Jetzt schmeckte er es. Spürte den Schmerz in der Unterlippe. Er betastete behutsam die Wunde auf der linken Seite. Er hatte sich heftig gebissen. Wahrscheinlich bei der unsanften Landung. Heldenhaft.

Tara reichte ihm ein Taschentuch. „Ist sauber.“

„Danke.“ Er tupfte vorsichtig das Blut ab.

„Sonst alles in Ordnung?“

Gute Frage. Er führte einen internen Systemcheck durch. Ihm war ein bisschen schwindelig vom Adrenalin. Mehrere Körperbereiche meldeten Unbehagen. Die linke Schulter, der Ellbogen, das Knie. Keine heftigen Schmerzen. Keine Brüche oder Verstauchungen. Soweit er es beurteilen konnte.

„Mir geht es gut.“

„Sicher? Soll ich einen Krankenwagen rufen?“

„Nicht nötig.“

Tara half ihm auf die Beine. Jenseits des Schreibtisches bot sich ein interessantes Tableau. Martin und Clemens Wagner standen sich gegenüber wie die Preisboxer vorm Gongschlag. Sie musterten ihn. Der eine erleichtert, der andere grimmig. Bianca Wagner beobachtete das Geschehen aus sicherer Entfernung. Ihre Miene zeigte pures Entsetzen.

„Geht es dir gut?", fragte Martin heiser.

„Leicht angeschlagen." Sein Puls und Herzschlag beruhigten sich allmählich. „Kein Fall für die Intensivstation."

Der Scherz verpuffte in der angespannten Atmosphäre.

„Gut. Und Sie …", wandte sich Martin an Clemens Wagner, „werden sich augenblicklich bei Herrn Diecks entschuldigen! Sonst rufe ich die Polizei! Dann ist eine Anzeige wegen Körperverletzung Ihre geringste Sorge!"

Sein Gegenüber schnaufte vor Wut. „Ich entschuldige mich für gar nichts! Ihr bringt meine Familie in Gefahr! Wie …?"

„Clemens", unterbrach Bianca Wagner ihren Mann. „Lass gut sein. Herr Kleemeyer und seine Kollegen wollen uns helfen."

„Schöne Hilfe! Wir werden beobachtet, und diese Idioten zitieren dich *hierher!* In eine Privatdetektei! Warum nicht gleich aufs nächste Revier?!"

Verdammter Mist! In Gedanken schlug Christopher sich mit der flachen Hand vor die Stirn. Frau Wagner hatte die Überwachung im Zusammenhang mit Sven Laurentzen erwähnt. Die Eidechsenkarte, die die Fremde am Renault hinterlassen hatte, war ebenfalls ein Hinweis gewesen, dass die Bande die Familie im Auge behielt. Unter diesen Umständen wäre ein anderer Treffpunkt als die Detektei angebracht gewesen.

Das haben wir gründlich vergeigt! Er sah zu Martin. Nach dessen Miene zu urteilen, dachte der Ähnliches.

„Woher wissen Sie von der Überwachung?", fragte sein Chef angespannt.

„Sie schicken regelmäßig Fotos. Von Bianca, Benni, mir. Zuletzt dieses." Clemens Wagner holte ein Smartphone aus der Hosentasche. Nach einigem Tippen zeigte er Martin das Display. Dem entglitten die Gesichtszüge.

„Die Postfiliale bei der Hamburger Meile", beschrieb er die Aufnahme. „Gestern Abend. Das Päckchen haben Sie später ins Handschuhfach Ihres Wagens gelegt. Ich nehme an, darin befanden sich Anabolika?"

Herrn Wagner klappte die Kinnlade herunter. „Woher ...?" Er stockte. Begriff. „Einer von euch ist mir gefolgt? Das glaube ich nicht!" Er wandte sich abrupt ab und ging einige Schritte auf das Besprechungszimmer zu. Mit gesenktem Kopf blieb er stehen, die Hände zu Fäusten geballt. „Wenn meiner Familie etwas passiert, ist es eure Schuld!"

„Von wegen", schoss Christopher zurück. „Die Verantwortung können Sie nicht auf uns abwälzen!"

Clemens Wagner fuhr herum. „Wer hat euch überhaupt den Auftrag erteilt, uns nachzuspionieren? Die Borcherts? Taras Chef? Oder habt ihr aus Langeweile im Leben anderer Menschen herumgestochert?"

„Ihre Frau hat sich im Krankenhaus verdächtig verhalten. Deshalb haben wir die Überwachung beschlossen."

„Sauber. Verdammte Schnüffler!"

„Es reicht." Martin blickte in die Runde. „Die Nerven liegen bei allen blank. Ich schlage vor, wir trennen uns an dieser Stelle und besprechen morgen das weitere Vorgehen."

„Ihr werdet überhaupt nicht vorgehen! Ihr habt genug Schaden angerichtet!"

„Clemens!" Bianca Wagner trat zu ihrem Mann. Nach kurzem Zögern umarmte sie ihn. Schluchzte. Herr Wagner strich seiner Frau tröstend über den Rücken. Ihr zierlicher Körper verschwand fast in den Armen des Bodybuilders. Niemand sagte ein Wort. Allmählich kam Ruhe in das Chaos. Christopher nutzte die Feuerpause für einen Abstecher ins Badezimmer. Sein Körper vibrierte vor Anspannung. Er hasst solche Konfrontationen. Wenn ihn stumpfe Aggression in eine Ecke trieb, aus der er nur herauskam, wenn er selbst aggressiv wurde. Dabei verstand er Clemens Wagner. Der Mann hatte Angst um seine Familie. Das Gefühl kannte er allzu gut. Und mit diesem Gefühl kam die Bereitschaft, Dinge zu tun und auszuhalten, die man nie für möglich gehalten hätte.

Er drehte den Kaltwasserhahn auf und spülte sich den Mund aus. Anschließend betrachtete er die Bisswunde im Spiegel des Badezimmerschränkchens. Weniger schlimm als erwartet. Hinter der Schranktür fand er ein Fläschchen mit verdünnter Jodtinktur. Im Deckel war ein Pinsel befestigt. Er bestrich die Wunde innen und außen mit der braunen Flüssigkeit. Das Zeug brannte höllisch. Als er das Bad verließ, reichte Martin ihm ein in Küchenpapier eingeschlagenes Coolpack. Vorsichtig hielt er es an die lädierte Lippe. Die Kühle tat gut.

„Können Sie uns helfen?“, brach Herr Wagner die Stille. Er hielt seine Frau noch immer schützend im Arm. Ihr Gesicht war rot vom Weinen.

Martin nickte. „Wenn Sie uns lassen.“

„Wie?“

„Wir müssen herausfinden, wer diese Leute sind. Wir brauchen Gesichter, Namen, Telefonnummern, Autokennzeichen, Adressen. Sobald wir ausreichend Informationen gesammelt haben, um eine Verhaftung zu ermöglichen, schalten wir die Polizei ein.“

„Nein! Auf keinen Fall! Wenn Sie das tun, verweigere ich die Zusammenarbeit. Meine Frau und ich werden alles abstreiten.“

„Uns und Ihnen bleibt keine andere Wahl.“

„Diese Leute sind gefährlich! Die haben Benni einen Blumenstrauß ins Krankenhaus gebracht, um uns einzuschüchtern. Einer von denen war in seinem Zimmer. Ich habe ein Foto von meinem schlafenden Sohn mit einem Messer an der Kehle!“ Gänsehaut überzog Christophers Arme. Also hatte er mit seiner Befürchtung richtiggelegen. „Das ist furchtbar“, sagte er leise. Die Worte klangen albern. Viel zu klein.

„,Furchtbar‘ trifft es nicht einmal ansatzweise, Herr Diecks.“ Clemens Wagner ließ seine Frau los. „Vor einigen Wochen habe ich einen Zeitungsartikel über einen Dealer gelesen, der ermordet aufgefunden wurde. In einem Müllcontainer, mit eingeschlagenem Schädel. Der Mann hat regelmäßig Geschäfte im Darknet abgewickelt. Die Polizei vermutet, dass er sich mit seinen Partnern überworfen hat und von ihnen aus dem Weg geräumt wurde. Ich wette, das war dieselbe Bande! Die gehen über Leichen!“

Dazu fiel Christopher nichts ein.

Martin wirkte ebenso baff. „Das eine muss mit dem anderen ...“

„Beweisen Sie mir das Gegenteil!“, blaffte Clemens Wagner.

„Das kann ich nicht. Eines steht jedoch fest: Ohne polizeiliche Unterstützung werden diese Leute straffrei bleiben! Möchten Sie das?“

Clemens Wagner hob zu einer Antwort an, wandte sich dann jedoch abrupt ab. Seine Frau legte ihm besänftigend die Hand auf den Arm. Er umschloss ihre Finger mit seinen. Sah zu Martin. „Bianca geht nicht ins Gefängnis! Das lasse ich nicht zu!“

„Diese Entscheidung liegt bei anderen, Herr Wagner. Ich rate Ihnen dringend, einen Rechtsbeistand zu konsultieren. Ich kann Ihnen die Kontaktdaten einer hervorragenden Anwaltskanzlei geben.“

Frau Wagner nickte. „Das ist eine gute Idee, Clemens.“ Sie strich ihm liebevoll über die Wange. „Ich kann mit den Konsequenzen leben. Gleichgültig, wie sie aussehen.“

„Ich nicht!“

„Wir können so nicht weitermachen.“

Clemens Wagners Kiefer mahlten. Er fixierte Martin. „Erst wenn Sie und Ihre Kollegen ausreichend Beweise gesammelt haben. Bis dahin halten Sie die Polizei aus der Angelegenheit heraus. Meine Familie schwebt in höchster Gefahr. Falls ich Verdacht schöpfe, dass Sie hinter meinem Rücken agieren ...“ Der Rest der Drohung blieb unausgesprochen.

Martin streckte die Hand aus. „Ich gebe Ihnen mein Wort.“

Herr Wagner schlug grimmig ein.

„Ihr müsst es Benni erzählen“, verlangte Tara scharf. „Er hat das Recht, alles zu erfahren.“

Bianca Wagner sah beschämt zu Boden. „Benni wird mich hassen. Ich bin der Grund für … nein … wie soll ich meinem Sohn …?“ Sie schluchzte und flüchtete in den Ruheraum.

Aller Augen richteten sich auf Clemens Wagner. Der schüttelte resigniert den Kopf.

„Ich bin dafür der Falsche.“

„Wie bitte?“ Tara stemmte empört die Hände in die Hüften. „Ist das dein Ernst? Er ist dein Sohn!“

Herr Wagner hielt ihrem frostigen Blick stand. „Glaub mir, wenn sich Benni jemanden aussuchen dürfte, der diese Bombe platzen lässt, wäre ich die letzte Wahl. Er braucht jemanden, dem er sich nahe fühlt. Das bin ich nicht.“

Der letzte Satz musste ihn schmerzen.

Taras Nasenflügel zuckten. „Gut. Ich spreche mit ihm. Persönlich. Ich mache das nicht telefonisch. Topher, ich hätte dich gern dabei.“

„Natürlich.“ Fast hätte er sich auf die geschwollene Unterlippe gebissen.

„Es wäre am besten, wenn Benni die Stadt für einige Tage verlassen würde“, bemerkte Martin. „Ein Erholungsurlaub sollte keinen Verdacht erregen. Sobald er in Sicherheit ist, können wir freier agieren.“

Clemens Wagner wirkte wie von einer enormen Last befreit. „Bitte sorgen Sie dafür.“ Aus dem Ruheraum drang leises Schluchzen. „Entschuldigen Sie mich.“ Er folgte seiner Frau und schloss die Tür.

Martin atmete geräuschvoll aus. „Seid vorsichtig, wenn ihr Benni trefft. Rechnet damit, dass er beobachtet wird. Wenn man euch zusammen sieht, könnte es gefährlich werden."

„Ich denke mir was aus." Tara sah auf die Uhr. „Ich muss Finn abholen. Topher, ich melde mich morgen Vormittag mit einem Vorschlag."

„Okay."

Er begleitete sie zur Tür. Dort hielt Tara inne.

„Heftiger Tag." Sie verschränkte die Arme vor der Brust. „Ich dachte, ich kenne diese Menschen." Ihr Blick glitt zum Ruheraum. „Ich fühle mich wie im falschen Film."

„Verstehe ich. Mir schwirrt der Kopf. Nicht nur von meinem Flug über den Schreibtisch." Trotz Coolpack schmerzte das Lächeln.

„Dafür könnte ich Clemens eine reinhauen! Zum Glück ist dir nicht mehr passiert." Tara trat ins Treppenhaus. „Es mag paranoid wirken, aber gibt es einen Hinterausgang, den ich nehmen kann? Falls vor dem Haus Beobachter lauern."

„Die Tür zum Innenhof sollte offen sein. Hier schließen die Mieter nie ab."

Ein Schmunzeln stahl sich auf ihr Gesicht. „Kenne ich von irgendwoher."

„Auf der gegenüberliegenden Seite des Hofs gibt es einen Durchgang. Der bringt dich zum Mariendom. Von dort kommst du rechts zur Schmilinskystraße und links zur Danziger Straße."

„Alles klar. Wir telefonieren."

„Bis morgen." Er schloss die Tür und hielt das Coolpack zur Abwechslung an die schmerzende linke
Schulter.

Martin musterte ihn besorgt.

„Mir geht es gut", kam er der Frage zuvor.

„Arnikasalbe wirkt Wunder bei Prellungen und Blut-
ergüssen."

„Hab ich zu Hause." Hoffentlich war das Verfallsda-
tum nicht abgelaufen. Seine letzten Blessuren lagen er-
freulich lang zurück. „Romy wird sich freuen."

„Als Freundin eines Privatdetektivs sollte sie Kummer gewöhnt sein."

„Diese Art von Kummer braucht sie nicht."

Die ernste Antwort überraschte Martin sichtlich. Bevor sein Chef antworten konnte, traten die Wagners
aus dem Ruheraum. Clemens Wagner stützte seine mit-
genommene Frau.

„Wir fahren nach Hause."

„Natürlich." Martin reichte ihm eine Visitenkarte.
„Ich melde mich morgen bei Ihnen. Gemeinsam werden wir eine Lösung finden."

Herr Wagner steckte die Karte ein. Sein Blick richtete
sich auf Christopher. „Herr Diecks, es tut mir leid, dass
ich Sie vorhin angegriffen habe. Mein Verhalten Ihnen
gegenüber ist unentschuldbar. Ich hätte nicht auf diese
Weise reagieren dürfen."

Christopher nickte und ergriff die dargebotene Hand.
„Wir geben Ihnen Bescheid, sobald wir mit Benni gesprochen haben."

Frau Wagner reichte ihm ebenfalls die Hand. Sie hielt
einen flachen, kantigen Gegenstand zwischen den
klammen Fingern. Ihr Blick bat um Verschwiegenheit.

Er zog die Hand zurück und vergrub sie samt Geheimnis in der Hosentasche. Wieder beschrieb er den Weg durch den Innenhof zur Domkirche. Die Wagners dankten ihm und gingen. Sobald die Tür ins Schloss gefallen war, atmete er hörbar aus. Was für ein Abend!

„Das hätte richtig ins Auge gehen können." Martin deutete auf das Chaos hinter Andis Schreibtisch.

„Ich schulde Mark mindestens ein Bier." Ohne den Selbstverteidigungskurs und Mark Brenners Drill hätte er sich wohl die eine oder andere Gräte gebrochen. „Zum Glück hat Andi den Laptop mitgenommen", fügte Christopher hinzu.

„Ach, der hätte den Sturz besser überstanden als du." Martin gab ihm einen freundschaftlichen Klaps gegen die unversehrte Schulter. „Ich räume auf. Fahr nach Hause, und lass dich von Romy pflegen."

„Sicher?"

„Verschwinde. Und morgen will ich dich auch nicht sehen. Erledige das Gespräch mit Benni, und ruh dich den Rest des Tages aus."

„Zu Befehl." Christopher überlegte. „Denkst du, die Leute haben Andi bei der Packstation bemerkt?"

„Wenn es so wäre, hätten die Wagners längst einen Drohanruf oder eine böse Textnachricht erhalten."

„Der Fahrzeugtausch heute früh war eine gute Idee."

„Die Mutter und die Porzellankiste", gab Martin trocken zurück. „Ich bringe Andi gleich auf den neuesten Stand. Bin gespannt, wie das Gespräch mit den Borcherts gelaufen ist."

„Ich auch. Übrigens warst du vorhin sehr beeindruckend. Beim Face-off mit Arnies jüngerem Bruder."

„Danke. Ich habe mir vor Angst fast in die Hose gemacht."

Ihr gemeinsames Lachen löste den Rest der Anspannung.

Während Martin die verstreuten Aktenordner und Unterlagen einsammelte, legte Christopher das Coolpack zurück ins Tiefkühlfach. Mit dem Laptop und Camcorder im Rucksack verabschiedete er sich schließlich. Er wählte ebenfalls den Ausgang über den Innenhof. Auf dem Weg zum Volvo zog er sich die Kapuze der Jacke über den Kopf. Aus den Augenwinkeln suchte er die Straße nach Beobachtern ab. Niemand zu sehen. Einerseits fühlte es sich albern an. Andererseits, die Mutter und die Porzellankiste.

Sobald er im Volvo saß, holte er den mysteriösen Gegenstand aus der Hosentasche. Es war mehrfach gefaltetes Papier, in dem sich ein Schlüssel befand. Größe und Form nach zu urteilen, passte er zu einem Vorhängeschloss. Auf der Innenseite des Papiers stand in geschwungener Schrift eine Botschaft:

Sie können alles wegwerfen, behalten oder spenden.
Ich möchte nichts haben.
Helfen Sie mir, Herr Diecks.
Allein schaffe ich das nicht.

Darunter war die Adresse des SelfStorage-Lagerhauses notiert, ein sechsstelliger Zugangscode für das Gebäude und eine vierstellige Raumnummer.

Die Bitte berührte ihn. Bianca Wagner zeigte ihre dunkelste Seite und vertraute ihm, das Richtige zu tun. Doch als er die Worte noch einmal las, verspürte er plötzlich einen Anflug von Verärgerung. Er sollte für sie aufräumen. Sie machte ihn zum Komplizen. Zog ihn hinein in ihre Welt der Lügen und Geheimnisse. Warum richtete sie diese Bitte an ihn und nicht an ihren Ehemann?

Weil sie sich so sehr schämt, beantwortete er sich selbst diese Fragen. *Vor mir schämt sie sich offenbar nicht.*

Er steckte Schlüssel und Zettel ein. Auf St. Pauli gab es wohltätige Vereine und bedürftige Menschen, die sich über Kleiderspenden freuten. Etwas Gutes würde sich mit den Sachen aus dem Lagerraum bestimmt anfangen lassen.

Mittlerweile war es Viertel vor acht. Sollte der Verkehr mitspielen, konnte er in zwanzig Minuten bei Romy sein. Er schrieb ihr eine Nachricht und fuhr los. Beim Hauptbahnhof trillerte das Smartphone.

Bis gleich, ich freue mich! Kannst Du von Murat Fladenbrot mitbringen?

Er antwortete mit einem erhobenen Daumen.

Murat war einer seiner Nachbarn und Inhaber des Kiosks im Erdgeschoss ihres Wohnhauses. Wer um zehn Uhr abends die Milch für den morgendlichen Kaffee kaufen wollte oder die vergessene Tüte Chips für die Party, stand nie vor verschlossener Tür. Murat hatte die Öffnungszeiten an den Rhythmus des Kiezes angepasst. Eine Schar von Verwandten unterstützte ihn tatkräftig hinter der Kasse und beim Einräumen der Regale.

Wenig später erreichte Christopher die Reeperbahn. Der übliche Strom von Trink- und Tanzwütigen glich um diese Uhrzeit eher einem Bächlein. In zwei, drei Stunden würde es anders aussehen. Er setzte den rechten Blinker, bog in den Hamburger Berg ab und stieg auf die Bremse. Auf Höhe des *Elbschlosskellers* blockierte ein Krankenwagen die Fahrbahn. Dahinter stand ein Polizeiwagen. Er widerstand dem Impuls, ins Lenkrad zu beißen. Manchmal ging ihm der ständige Trubel vor seiner Haustür gewaltig auf den Zettel. Hinter ihm gesellte sich ein anderes Auto in die Warteschlange. Rückwärtsgang also ausgeschlossen. Vorwärtsgang ebenfalls. Die Straße war zu eng, um sich am Krankenwagen vorbeizumogeln. Links lockte vor dem *Goldenen Handschuh* ein freier Parkplatz. Eine Rarität, die er ignorierte. Hier liefen zu viele betrunkene Deppen und Freipinkler herum. Er zwang sich zur Geduld und verfolgte das Unterhaltungsprogramm draußen. Vorm *Elbschlosskeller* versuchten zwei Polizeibeamte einer reichlich zerzausten Blondine Handschellen anzulegen. Sie wehrte sich nach Kräften. Ein Stück entfernt standen zwei Sanitäter bei einer dunkelhaarigen Frau, die aus der Nase und einer aufgeplatzten Augenbraue blutete. Eine weitere Unterhaltung, die an diesem Abend aus dem Ruder gelaufen war. Ruben, einer der Türsteher, die für die Sicherheit in den Bars und Kneipen auf dem Hamburger Berg sorgten, drängte stoisch die Gaffer zurück. Mit seinen knapp zwei Metern und den breiten Schultern gab der Niederländer mühelos den Ton an. Hinter Christopher erklang mehrfaches Hupen. Erstaunlicherweise ging es dadurch *nicht* schneller. Endlich verfrachteten die Polizisten die pöbelnde Blondine in den Streifenwagen. Kurz darauf halfen die Sanitäter der Verletzten in den Krankenwagen. Abflug im Konvoi. Er folgte den Fahrzeugen und bog rechts in die Seilerstraße ab. Gegenüber dem italienischen Restaurant winkte eine Parklücke. Er stellte den Volvo ab, schulterte den Rucksack und eilte zurück zum Hamburger Berg. Murat stand vor dem Kiosk, eine Zigarette im Mundwinkel.

„Wieder was los", bemerkte sein Nachbar lakonisch.

„Wird nie langweilig. Hast du Fladenbrot da?"

„Brauchst du zwei?"

„Ja, danke."

Während Murat im Kiosk verschwand, kramte er passendes Münzgeld aus dem Portemonnaie.

Mit den Broten im Rucksack klingelte er wenig später bei Romy. Sie erwartete ihn an der Wohnungstür, in einem schwarzen Hauskleid und dunkelblauen Kuschelsocken.

„Hast du die Zehn auf der Desaster-Skala erreicht?" Ihr Lächeln verblasste. „Was ist mit deiner Lippe passiert?"

Er zog sie wortlos in seine Arme.

Endlich zu Hause.

KAPITEL 17

Donnerstag

Draußen herrschte Winterstimmung. Gelegentlich fegte eine Böe den Vorhang aus Hagelkörnern und Schneeflocken beiseite und erlaubte einen flüchtigen Blick in den Innenhof. Die Erde in den beiden Balkonkästen war von einer weißen Schicht bedeckt. Ein hübscher Kontrast zu den vielfarbigen Stiefmütterchen, die aufrecht den Launen des Aprils trotzten. Im Vogelhäuschen hockte eine Meise. Gelegentlich pickte sie ein Körnchen Futter auf, schüttelte sich Schneeflöckchen vom Gefieder und plusterte sich danach wieder zu einer fluffigen Kugel auf. Er filmte einige Sekunden lang das Naturspektakel und schickte die Aufnahme auf die Cayman Islands. Jacobi sollte wissen, was ihm auf seiner widerlich sonnigen Insel entging.

Romy war vor einer halben Stunde zur Arbeit gegangen. Nach einem gemeinsamen Frühstück, von denen es in Zukunft gern mehr geben durfte. Bei dem schäbigen Wetter freute sie sich besonders über ihren kurzen Arbeitsweg. Raus aus der Haustür, rechts durch den Torweg, über die Straße und rein in die *Zweite Hand*. Dort würde sie den Tag damit verbringen, gebrauchte Kleidung zu verkaufen, und in den freien Minuten ihre eigenen Kreationen zaubern. In einem anderen Leben wäre aus Romy gewiss eine gefragte Modeschöpferin geworden.

Seine übersichtliche Aufgabe bestand heute darin, zu warten. Auf Taras Anruf. Auf Nachricht von Martin. Der Stand-by-Modus machte ihn unruhig. Seine Gedanken pendelten hin und her zwischen Bianca Wagners Geständnis und dem bevorstehenden Gespräch mit ihrem Sohn. Wie würde Benni die Neuigkeiten aufnehmen? Wie würde *er selbst* reagieren, wenn ihm jemand diese Dinge über *seine* Mutter erzählte?

Eben hatte Christopher im Internet nach dem Zeitungsartikel über den toten Drogendealer gesucht, der laut Herrn Wagner von der Bande ermordet worden war. Ohne Erfolg. Eine Verbindung ließ sich vorerst nicht nachweisen.

Vorsichtig nahm er einen Schluck Kaffee. Die Bisswunde an der Unterlippe war außen verschorft und gerötet. Innen stieß seine neugierige Zungenspitze ständig an die empfindliche Schwellung. Romy hatte im Badezimmerschrank eine desinfizierende Tinktur gefunden, die hoffentlich eine Entzündung verhinderte. Auf dem Küchentisch lag die angebrochene Tube Arnikasalbe, mit der sie gelegentliche Blessuren vom Kampfsporttraining versorgte. Oder ihren Liebsten. An seinem linken Oberarm leuchtete ein stattlicher Bluterguss. Direkt unter dem Schultergelenk. Die Verletzung war druckempfindlich, doch sie behinderte ihn nicht. Am Ellenbogen und Knie hatte er Hautabschürfungen. Um die betroffenen Stellen zeigte sich ein bläulicher Schimmer. Alles in allem hätte der Flug über Andis Schreibtisch sehr viel schlimmer ausgehen können.

Romy war stinksauer auf Clemens Wagner. Gestern Abend hatte sie geschimpft wie ein Rohrspatz. Beim Frühstück waren ihr zahlreiche Qualen für den Mann eingefallen, deren Bösartigkeit sie beide zum Lachen brachte. Solange Romy darüber lachen konnte, machte er sich keine allzu großen Sorgen. Er hätte ihr gern ausführlich von dem Gespräch mit Bianca Wagner erzählt. Damit sie verstand, woher Clemens Wagners Wut kam. Doch über manche Details durfte er erst sprechen, wenn ein Fall abgeschlossen war. Gleichgültig, wie sehr sie ihn beschäftigten. Andere konnte er selbst hinterher nicht preisgeben. Oder wollte es nicht. Romy respektierte diese Seite seines Jobs. Ob sie ihr gefiel, war ein anderes Thema. Sein Smartphone klingelte. Ein unbekannter Anrufer.

„Diecks.“

„Guten Morgen, Herr Diecks. Ich hoffe, ich störe nicht.“

Bianca Wagner. Er stellte den Becher auf der Fensterbank ab.

„Guten Morgen, Frau Wagner. Wie geht es Ihnen?“

In der Leitung wurde es still. „Seltsam“, kam schließlich eine Antwort, die ebenso klang. „Wie im Nebel.“

„Konnten Sie letzte Nacht etwas schlafen?“

„Kaum. Clemens und ich haben lange geredet. Es tut mir leid, wie er Sie gestern behandelt hat. Er muss meinetwegen viel ertragen. Trotzdem war sein Verhalten unverzeihlich.“

Wieder sperrte sich alles in ihm dagegen, mit einer verständnisvollen Höflichkeitsfloskel zu antworten. „Rufen Sie mit Ihrem eigenen Handy an?“, fragte er schroff. Im Hinterkopf jammerte seine gute Erziehung über seine schlechten Manieren.

„Ich habe mir das Handy einer Kollegin geliehen. Mir ist klar, dass wir vorsichtig sein müssen.“

„Sie sind bei der Arbeit?“ Die Frau war hart im Nehmen.

„Clemens und ich haben vereinbart, unseren normalen Tagesablauf beizubehalten. Wir wollen keinen Verdacht erregen.“

„Gut.“ Er tippte gegen den Rand des Bechers. Wartete auf die Begründung für den Anruf. Es ging bestimmt um mehr als eine Entschuldigung. „Was kann ich für Sie tun?“, hakte er nach.

Bianca Wagner atmete hörbar aus. „Ich mache mir Sorgen um Sven. Hat seine Großmutter Ihnen mehr erzählt? Wo er ist, ob es ihm gut geht? Bitte verstehen Sie mich nicht falsch, wir sind kein … wir haben nie …“ Pause. „Unsere Beziehung war rein geschäftlicher Natur.“

Er glaubte ihr. Ob Clemens Wagner es ebenfalls tat?

„Ist Sven tatsächlich in den Urlaub gefahren?“ In der Frage schwangen Hoffnung und Zweifel mit.

„Zumindest hat er das seiner Großmutter erzählt. Spontaner Ausflug an die Nordsee.“

„Er ist untergetaucht“, drang es düster aus dem Lautsprecher. „Er hat mich, *uns*, im Stich gelassen.“

„Wann haben Sie ihn zuletzt gesprochen?“

„Vergangenen Freitag. Nach Ihrem Besuch bei Benni. Als es keinen Zweifel mehr gab, wer hinter dem Angriff steckt.“

„Wusste Herr Laurentzen zu dem Zeitpunkt bereits von der Erpressung?“

„Ich habe ihn nach dem ersten Telefonat mit diesem Mann sofort angerufen. Sven war schockiert. Er wollte seinen Kontakt bitten, uns in Ruhe zu lassen. Einen anderen Weg zu finden. Er fühlte sich schuldig, weil er mich in seine Geschäfte hineingezogen hat."

Ziehen und sich ziehen lassen ...

„Offensichtlich hat der Versuch nicht gefruchtet."

„Nein."

„Wie hat Herr Laurentzen am Freitag reagiert?"

„Entsetzt. Über die Brutalität des Angriffs und die Rücksichtslosigkeit seiner Lieferanten. Und er hatte große Angst um seine Großmutter. Als ich ihm versichert habe, dass Clemens und ich mitspielen, beruhigte er sich. Trotzdem ist er verschwunden. Ich verstehe das nicht!"

„Vielleicht hat er die Nerven verloren." Es gab eine andere Möglichkeit, die er nicht laut aussprechen wollte.

„Denken Sie, die Leute haben ihm etwas angetan?", erledigte Frau Wagner es für ihn.

„Aus geschäftlicher Sicht wäre es unklug."

Was im Eifer des Gefechts rein gar nichts bedeutete. Und die Hinweise häuften sich, dass der Bande eine solche Tat durchaus zuzutrauen war.

„Was ist mit Svens Großmutter? Schwebt sie in Gefahr? Sollten wir sie warnen?"

Gute Fragen. Die alte Dame würde Bianca Wagners Geschichte niemals glauben. Ihr Enkel war ihr Engel. Im schlimmsten Fall würde sie die Polizei verständigen. Was zu diesem Zeitpunkt fatal sein konnte.

„Ich werde mich mit Herrn Kleemeyer darüber beraten."

„Was die andere Sache anbelangt", begann Frau Wagner zaghaft.

„Der Lagerraum?"

„Ja."

„Ich kümmere mich darum", kam es ihm reflexartig über die Lippen. Der stets bereite Helfer.

„Danke!" Erleichterung flutete aus der Leitung. „Ich weiß, ich belaste Sie mit meinen Problemen, aber ..." Ihre Stimme zitterte. „Clemens soll das nicht sehen."

„Ich verstehe." Erneut fühlte er sich im Zwiespalt. Einerseits geschmeichelt von Bianca Wagners Vertrauen, andererseits ... ausgenutzt.

„Danke."

„Eine Frage muss ich Ihnen allerdings stellen, und ich brauche eine ehrliche Antwort: Befinden sich in dem Raum Gegenstände, die entwendet oder unrechtmäßig erworben wurden? Ich werde nicht dabei helfen, Beweise für kriminelle Handlungen zu beseitigen!"

„Es ist kein Diebesgut, Herr Diecks. Ich habe für jedes einzelne Stück teuer bezahlt."

Die Formulierung jagte ihm einen Schauer über den Rücken. „Können Sie das belegen?"

„Nein. Die Kontoauszüge und Kreditkartenabrechnung habe ich weggeworfen."

Beides ließ sich bestimmt im Nachhinein anfordern. Ihm kam ein Gedanke. „Können Sie mir ein Foto von Sven Laurentzen schicken?"

„Warum?"

„Für die Akte." Eine schwache Begründung. Doch die Alternativen klangen zu sehr nach Schwarzmalerei: *Für alle Fälle. Für die Fahndung. Für die Vermisstenanzeige.*

„Ich suche Ihnen eins heraus. Dank dieser Leute besitze ich eine Auswahl gestochen scharfer Fotos."

„Schicken Sie es bitte per E-Mail oder über ein sicheres Handy. Paranoia ist bis auf Weiteres unser Freund."

„Ich verstehe. Wann sprechen Sie mit Benni?“

„So bald wie möglich. Vielleicht noch heute.“

Für einige Momente herrschte Stille in der Leitung.

„Sie müssen mich für eine furchtbare Person halten. Eine schlechte Ehefrau und Mutter.“

Er suchte nach einer passenden Antwort. Einer tröstenden Phrase. Alles klang hohl. „Das kann ich nicht beurteilen.“

„Danke für Ihre Ehrlichkeit. Ich bewundere Sie dafür.“ Frau Wagner klang müde. „Ich muss zurück an die Arbeit.“

„Wir bleiben in Kontakt.“

Er beendete das Telefonat. Schnee und Hagel ließen allmählich nach. Die Meise saß aufgeplustert in ihrem Unterschlupf. Gelegentlich pickte sie nach einem Samen. Ein simples Dasein.

Er nahm einen Schluck Kaffee.

Meise müsste man sein.

***

Der nächste Anruf riss ihn aus dem Halbschlaf. Nach dem Gespräch mit Bianca Wagner war die Unruhe in Erschöpfung umgeschlagen. Dieser Fall raubte ihm viel Energie. Er wälzte sich auf dem Sofa herum und tastete nach dem Smartphone. Prompt rutschte es vom Couchtisch und plumpste zu Boden. Grummelnd klaubte er es vom Teppich auf. Auf dem Display stand Taras Name.

„Moin“, krächzte er.

„Moin. Habe ich dich geweckt?“

„Kreative Schaffenspause.“ Er rieb sich über das Gesicht, um die Schläfrigkeit zu vertreiben. Bei der Bewegung schmerzte die linke Schulter leicht.

265

„Das merke ich mir. Ich habe einige Runden telefoniert. Zusammenfassung: Lily konnte Benni zu einem spontanen Besuch bei Stanne überreden. Um den neuen Mitbewohner kennenzulernen.“

„Gerrit wird erfreut sein, als Begründung herhalten zu dürfen.“

„Lilys Idee, nicht meine.“

Defensiver Unterton. Interessant.

„Ich hatte den Proberaum vorgeschlagen“, erklärte Tara. „Neutraler Boden. Außerdem wäre ein Treffen dort unverdächtig gewesen.“

„Lass mich raten, Benni war dagegen.“

„Er weigert sich, den Bunker zu betreten.“

„Kann ich verstehen. Er würde dort vorbeikommen, wo man ihn verprügelt hat.“

„Irgendwann muss er sich seinen Ängsten stellen. Spätestens, wenn die Jungs wieder proben wollen.“

„Befürchtest du, er kriegt die Kurve nicht?“

„Keine Ahnung. Benni ist ... empfindsam. Er braucht die Musik. Besonders jetzt.“

„Er braucht vor allem Zeit. Falls es gar nicht geht, finden die Borcherts bestimmt einen Proberaum in einem anderen Bunker.“

„Alter Optimist.“

„Den Optimisten verbiete ich mir.“

Tara schnaufte amüsiert. „Ich konnte Lily nicht komplett im Dunkeln lassen. Sie weiß von neuen Ermittlungsergebnissen, die Bianca und Clemens betreffen. Benni hat keine Ahnung. Der steckt mitten im Verdrängungsmodus. Am liebsten würde er den ganzen Tag auf der Couch sitzen und niemanden sehen. Lily musste harte Überzeugungsarbeit leisten, um ihn aus der Wohnung zu bekommen."

„Was hast du Stanne erzählt?"

„So viel, dass er versteht, wie wichtig das Treffen ist. Seine Bude ist unsere Bude, solange wir sie brauchen."

„Klasse. Wann treffen wir uns?"

„Um dreizehn Uhr. Stanne ist bei der Arbeit, aber Gerrit wird da sein, um uns aufzumachen."

Guck an. „Wir sollten auf jeden Fall vor den beiden ankommen", gab er in neutralem Ton zurück. Obwohl ihm ein humoriger Spruch auf der Zunge prickelte.

„Halb eins?"

„Klingt gut. Die Adresse?"

„Malzweg 18."

„Alles klar."

„Mich gruselt es bei der Vorstellung, womöglich einen Haufen Krimineller zu Stannes Wohnung zu lotsen", bemerkte Tara.

„Geht mir genauso. Leider fällt mir keine Alternative ein. Abgesehen von einem Telefonat."

„Nein. Ich möchte Benni in die Augen sehen, wenn ich ihm diese furchtbaren Dinge erzähle. Das schulde ich ihm. Seine Eltern schulden es ihm, aber die sind ja zu feige, um Benni die Wahrheit zu sagen."

„Dann bleibt uns nichts anderes übrig." Ein unangenehmer Gedanke klopfte an. „Vielleicht kennen die Typen Stannes Adresse längst."

„Wieso? Woher?"

„Von der Überwachungsaktion beim Bunker."

„Du meinst, die sind jedem von uns bis nach Hause gefolgt? Um Informationen über Bennis Umfeld zu sammeln?"

„Mittlerweile traue ich denen alles zu."

In der Leitung wurde es kurz still. „Jetzt habe ich Angst um Finn."

„Tut mir leid, das wollte ich nicht. Wahrscheinlich werde ich allmählich paranoid."

„Gesunde Paranoia hat noch niemandem geschadet." Der Scherz klang bemüht. „Finn weiß nicht, was genau Benni zugestoßen ist", fügte Tara hinzu. „Ich wollte ihn nicht damit belasten. Er liebt den Proberaum und sollte keine Angst davor haben, den Bunker zu betreten. Im Nachhinein denke ich, es war unvorsichtig, ihn so bald nach dem Angriff wieder mitzunehmen."

„Vielleicht solltest du ihn vom Proberaum fernhalten, bis der Fall gelöst ist." Sollten die Geschäftspartner von Sven Laurentzen auf dumme Gedanken kommen, würde diese Sicherheitsvorkehrung kaum ausreichen. Aber in der Kategorie wollte er – noch – nicht denken. Dann wäre die einzige Maßnahme für alle Beteiligten, sofort die Stadt zu verlassen oder sich unter einem Stein zu verkriechen. Es reichte, dass sie Benni diesen Schritt zumuteten.

„Gute Idee." Taras Vorstellungskraft bewegte sich eindeutig auf helleren Bahnen als seine. „Meine Mutter beklagt sich ständig, nicht genügend Zeit mit ihrem Enkel verbringen zu können. Die wird sich freuen, wenn sie ihn einige Tage intensiv bespaßen darf. Ich muss mir allerdings eine sinnvolle Erklärung für Finn einfallen lassen. Er liebt Oma Moni über alles, trotzdem wird er ungern auf seinen Abenteuerspielplatz verzichten."

Christopher dachte angestrengt nach. „Wasserschaden? Defekte Stromleitung?"

„Stromleitung klingt gut. Ohne Licht, Musik und heiße Schokolade ist der Proberaum *voll doof.*" Die letzten beiden Wörter sprach sie im Tonfall eines enttäuschten Kindes. „Damit sollte sich mindestens eine Woche überbrücken lassen."

„Gib Bescheid, wenn du weitere Ausreden brauchst."

Tara lachte. „Mach ich. Bis nachher."

„Bis nachher."

Er legte auf und starrte einige Sekunden ins Leere. Sollte die Bande tatsächlich Stannes Adresse kennen, würde Bennis Besuch dort keinen Verdacht erregen. Höchstens die Uhrzeit. Aber Stanne konnte Urlaub haben und deshalb zu Hause sein. Alles plausibel. Oder? Er seufzte. Manchmal strengte ihn dieser Hang zum gedanklichen Overkill enorm an.

Von einer der Apps seines Smartphones ließ er sich die Route zum Malzweg anzeigen. Zwanzig Minuten Fahrtzeit. Plus der Fußweg von Romys Wohnung zum Volvo. Blieb eine halbe Stunde, um auf Drehzahl zu kommen. Er schnappte sich den leeren Kaffeebecher vom Couchtisch und schlurfte in die Küche. Auf der Anrichte stand eine Thermoskanne mit dem schwarzen Treibstoff bereit. Er füllte den Becher und nippte vorsichtig an der dampfenden Flüssigkeit. Die Hitze ärgerte seine verletzte Unterlippe. Trotzdem trank er weiter. Den Laptop und den Camcorder würde er mitnehmen. Obwohl er Benni die Überwachungsbilder und das Video gern ersparen wollte. Manche Dinge sollte ein Sohn nicht sehen.

Die Rastlosigkeit trieb ihn zeitig aus der Wohnung. Mit genug Koffein im Blut, um selbst die trägste Gehirnzelle in Schwung zu bringen. Vor der Haustür rutschte er beinah auf den Resten des Hagelschneeschauers aus. Reflexe und gutes Schuhprofil bewahrten ihn vor einem Sturz. Das hätte noch gefehlt! Zusätzliche Blessuren brauchte er definitiv nicht. Nachdem er den verrutschten Rucksack gerichtet hatte, ging er achtsam weiter. Sein linkes Knie quengelte kurz, gab aber bald Ruhe. Mittlerweile war aus der Schnee-und-Hagel-Mischung hohe Luftfeuchtigkeit geworden. Bei der milden Temperatur würden die letzten Eiskörnchen bald getaut sein. Er ging durch den Torweg und überquerte die Clemens-Schultz-Straße. In der *Zweiten Hand* half Romy gerade einer Kundin bei der Auswahl eines Pullovers. Er klopfte ans Schaufenster. Beide Frauen wandten den Kopf. Romys Lächeln ließ einen Schwarm Schmetterlinge in seinem Bauch aufflattern. Ihm war nach einer Umarmung. Einem Kuss. Stattdessen hob er die rechte Hand ans Ohr und spreizte Daumen und kleinen Finger ab. Das universelle Zeichen für „Ich rufe dich an". Sie nickte. Die Kundin guckte neugierig. Er winkte zum Abschied und wandte sich nach rechts. In die entgegengesetzte Richtung zum Volvo. Beim Kaffeetrinken hatte er beschlossen, ein Auto von einem Carsharing-Anbieter zu mieten. Paranoia war in der Tat sein neuer Freund. Er fand den reservierten Smart und entsperrte das Fahrzeug über die App. Kurz darauf fuhr er in die Budapester Straße. Während links auf dem *Heiligengeistfeld* die Fahrgeschäfte des Frühlingsdoms vorbeizogen, brachte er den Motor des weißblauen Rasenmähers auf Touren.

Die Ampeln präsentierten sich freundlicherweise von ihrer grünen Seite. Ohne Staus oder Monsterbaustellen rauschte er dem Ziel entgegen. Beim Berliner Tor bog er in die Klaus-Groth-Straße ab und schließlich in den Malzweg. Dort überholte er Tara, die zu Fuß unterwegs war. Er verkniff sich ein Hupen. Sie trug große Kopfhörer und hätte ihn vermutlich nicht gehört. In der nächsten Seitenstraße parkte er. Als er zurückkam, wartete Tara vor dem Haus mit der Nummer 18. Die Kopfhörer hingen um ihren Hals. Zur Begrüßung umarmten sie sich.

„Wir sind viel zu früh." Tara strich sich angespannt eine goldblonde Ponysträhne aus der Stirn, die sofort zurückfiel.

„In diesem Fall arbeite ich gern mit Zeitpuffer. Wo steht dein Wagen?"

„Ich bin mit der U-Bahn gekommen. War praktischer. Deine Lippe sieht bös aus."

Er zuckte die Achseln. „Ich werde es überleben."

„Das hoffe ich." Tara drückte eine der Klingeln.

Auf dem Namensschild stand Nilsson. Stanne Nilsson. Skandinavischer ging es kaum.

Der Summer ertönte. Christopher öffnete die Haustür und ließ ihr den Vortritt. Gerrit erwartete sie im zweiten Stock. Unzählige weiße Sprenkel bedeckten seine dunkle Schirmmütze, das graue T-Shirt und die Jeans. Im Gesicht und an Armen und Händen klebte ebenfalls Farbe. Selbst die nackten Füße zierten weiße Punkte.

„Ihr seid ja superpünktlich." Er schenkte Tara ein strahlendes Lächeln. Sie strahlte zurück.

„Hübscher Look", scherzte Christopher.

„Danke." Gerrit musterte ihn kritisch. „Hast du eins auf die Schnauze gekriegt?"

„Tiefflug über einen Schreibtisch."

„Unzufriedener Klient?"

„Conan der Barbar."

Tara hustete. Oder war es ein unterdrücktes Lachen? „Erzähl ich später."

„Auf die Story bin ich gespannt. Kommt rein."

Sie streiften die Schuhsohlen an der roten Fußmatte ab, auf der in weißer Schrift *ROTER TEPPICH* prangte, und betraten die Wohnung. Im Flur lagen alte Bettlaken aus. Farbgeruch hing in der Luft. Rechts erlaubte eine halb offene Tür den Blick auf eine dunkelbraune Couchgarnitur samt passendem Sessel. Geradeaus befand sich die Küche. Links gab es drei weitere Türen, von denen die mittlere offen stand. An den Wänden hingen gerahmte Plakate von Theaterstücken. *Mephisto. A Clockwork Orange. Das Dschungelbuch.*

„Behaltet die Schuhe lieber an. Sonst habt ihr gleich Farbe an den Socken."

„Danke für die Warnung." Christopher stellte den Rucksack in eine offenkundig saubere Ecke. Nachdem sie ihre Jacken an die Garderobe gehängt und Tara die Kopfhörer zusammengeklappt in einer Tasche verstaut hatte, führte Gerrit sie zur offenen Tür.

„Da sind wir", verkündete er stolz.

Sie betraten den rund zehn Quadratmeter großen Raum. In der Mitte stand unter einem abgedeckten Lampenschirm eine Aluleiter. Daneben ein Eimer weiße Wandfarbe und eine Schale, in der eine benutzte Tapezierrolle und ein breiter Pinsel lagen. Plastikplanen schützten den dunklen Teppich vor Farbspritzern.

Durch das geöffnete Fenster drang frische Luft ins Zimmer. Die Decke und zwei Wände waren bereits in leuchtendem Weiß gestrichen. Von den anderen Wänden schrie sie ein blaugrüner Mischmaschton an.

„Uh, Augenkrebs", entfuhr es Christopher.

„Petrol", korrigierte Tara.

„Die Farbe gibt es?"

„Leider."

„Stannes Ex", erklärte Gerrit knapp.

Es raschelte unter Christophers Schuhen. Er beäugte betont skeptisch die Plastikplane. „Wären wir in einem Gangsterfilm, würde ich mir Sorgen machen." Da bedeutete eine solche Plane meist, dass jemand auf blutige Weise entsorgt werden sollte.

Niemand reagierte auf den Scherz. Tara betrachtete eine der blaugrünen Wände. Gerrit betrachtete Tara.

„Nach einer Minute kostet es Eintritt", bemerkte sie schelmisch, ohne den Blick vom Petrol zu nehmen.

Gerrits Gesicht färbte sich tomatig. „Ich, äh, sorry."

Es war entzückend.

„Schönes Zimmer", eilte Christopher zu Hilfe.

„Ja", ergriff sein Kumpel dankbar den verbalen Rettungsring. „Ich kann's kaum erwarten, endlich wieder mein eigenes Reich zu haben. Momentan teile ich mir ein Zimmer mit einem phlegmatischen Dauerkiffer. Davor habe ich auf Davids Couch gepennt, und davor, na ja ..." Er kratzte sich verlegen unter der Schirmmütze.

Zweieinhalb Jahre in einer Zelle.

„Brauchst du Hilfe beim Umzug?"

„Nö. Zwei Kartons und eine Reisetasche. Die passen locker in Stannes Auto."

„Mehr nicht?“

„Als feststand, dass ich für eine Weile auf Staatskosten wohnen würde, habe ich die meisten Möbel und die Elektronik verschenkt. War alles billiger Kram, die Einlagerung hätte sich nicht gelohnt. In Davids Keller stehen noch ein Schrank und einige Kartons. Aber *die* Dose möchte ich gerade nicht aufmachen. Lieber kaufe ich mir neues Zeug.“

„Nicht nötig“, gab Tara zurück. „Ich frage Pascal, Mirko und den Rest der Bunkercrew, ob sie aushelfen können. Die Einrichtung für ein Zimmer sollten wir zusammenbekommen.“

Gerrits Augen weiteten sich. „Echt?“

„Klar. In Kellern verstecken sich die besten Dinge. Und Mirko hortet bestimmt irgendwo einen alten Fernseher oder DVD-Player. Der bewahrt alles auf.“

„Cool, danke! Ich kaufe euch die Sachen ab.“

„Quatsch.“

„Ich bestehe drauf.“

„Ist nicht …“

„Ich bestehe drauf“, wiederholte Gerrit. Um das Thema abzuschließen oder eher abzuwürgen, hob er die besprenkelten Hände. „Ich wasch mich schnell. Danach bin ich weg.“

Tara blickte ihm nachdenklich hinterher. Im Flur wurde eine Tür geschlossen. „Geschenke anzunehmen, fällt Gerrit schwer, oder?“

„Er mag es nicht, anderen Leuten einen Gefallen zu schulden.“

„Das sind zwei sehr unterschiedliche Dinge.“

„Viel Spaß beim Versuch, ihm das zu erklären. Die Idee mit den Möbeln ist jedenfalls super.“

„Geldnot macht erfinderisch. Wozu Sachen kaufen, die andere loswerden möchten?“

„Stimmt.“ Er ließ den Blick durchs Zimmer schweifen. „Das ist richtig gut für Gerry.“ Neuer Job, neue Leute, neue Umgebung.

Tara lächelte. „Du magst ihn sehr.“

„Er macht es einem leicht. Findest du nicht?“, startete er einen spontanen Testballon.

Ein verschmitzter Ausdruck glitt über ihr Gesicht. Leider gab sie keine Antwort. Verflixt.

Kurz darauf stand Gerrit in Schuhen, Jacke und Malerjeans im Flur. „Meldet euch, wenn ihr fertig seid. Ich gehe solange auf die Jagd nach einer Matratze. Falls ihr Langeweile bekommt, die Teleskopstange für die Farbrolle liegt im Badezimmer.“

„Das hättest du wohl gern“, gab Christopher trocken zurück.

Tara hob in bester Spock-Manier eine Augenbraue. „Ich setze Teewasser auf.“ Sprach's und verschwand in der Küche.

Die perfekte Gelegenheit für eine kurze Unterhaltung. Er schob den verwunderten Gerrit ins Treppenhaus und zog die Wohnungstür bis auf einen Spalt hinter ihnen zu.

„Du solltest mit David reden. Ihr wart zu lange befreundet. Ohne Verabschiedung aus Mümmelmannsberg zu verschwinden, wäre ...“ Wie sollte er es ausdrücken?

„Feige?“

„Schade. Feige bist du nicht.“

„Manchmal schon.“ Bewusst oder unbewusst glitt Gerrits Blick zur Wohnungstür.

Aha. Da brauchte es eindeutig Starthilfe. „Was hast du zu verlieren?“, fragte Christopher leise.

Sein Freund musterte ihn verdattert. „Ein Typ wie ich? Mit meiner Vergangenheit?“

„Tara kennt deine Vergangenheit.“

„Aus der Zeitung!“

„Und sie mag dich trotzdem. Verrückt, oder?“

Gerrit verarbeitete die Information. „Selbst wenn“, wiegelte er ab. „Sie muss an Finn denken. Was wäre *ich* für ein Vorbild für ihren Sohn?“

Da hatte sich jemand intensiv Gedanken zu dem Thema gemacht.

„Ein gutes. Eben weil dein Leben holprig verläuft und du dich trotzdem nicht unterkriegen lässt.“

„Das werden viele Leute anders sehen.“

„Deren Meinung zählt nicht.“ Christopher deutete mit einem Kopfnicken zur Tür. „*Die* Meinung zählt.“

Gerrit fuhr sich durchs dunkelblonde Haar. „Volles Risiko?“, fragte er zweifelnd.

„Volles Risiko.“

„Oh, Mann.“ Gerrit verzog das Gesicht, als bereite ihm die Entscheidung körperliche Schmerzen. „Wenn das funktioniert und ich wieder in den Knast muss, trete ich dir in den Hintern!“

„Wird nicht passieren.“

„Dein Wort in Gottes Gehörgang!“

Sie umarmten sich zum Abschied.

Während sein Kumpel die Treppenstufen hinunterlief, wiederholte Christopher in Gedanken denselben Satz:

Wird nicht passieren.

Wird nicht passieren.

Wird nicht passieren.

In Situationen wie dieser vermisste er den Glauben an eine höhere Macht. An eine Kraft, die Gerechtigkeit walten ließ und guten Menschen Gutes tat. Ihm blieb allein die Hoffnung. Und Hoffen konnte furchtbar nervenaufreibend sein. Er ging zurück in die Wohnung. Die Bettlaken auf dem Boden störten ihn plötzlich. Er schob sie mit dem Fuß bis vor Gerrits zukünftige Zimmertür. Helles Linoleum erschien. Der Flur wirkte gleich viel freundlicher.

In der geräumigen Küche hatte Tara inzwischen Früchtetee in einer Kanne aufgegossen. Süßliches Himbeeraroma mischte sich unter den Farbgeruch. Die Uhr neben dem Fenster zeigte 12:45. „Wie wollen wir gleich vorgehen?" Sie holte Tassen, Untertassen und ein kleines Keramikgefäß aus einem der Hängeschränke und stellte alles auf ein Tablett. Sie kannte sich hier gut aus.

„Ich übernehme gern die Einleitung, aber das Gespräch solltest du führen. Für Benni wird es schwierig genug, die Wahrheit von einer Freundin zu hören. Falls er Fragen zur Überwachung hat, kann ich einspringen."

„Zeigst du ihm das Video von Bianca?"

„Wenn er darauf besteht. Ich würde es gern vermeiden."

„Mir ist richtig schlecht." Tara zog eine Besteckschublade auf und legte vier Teelöffel zum Geschirr. Aus einem Vorratsschrank holte sie eine angebrochene Packung Kekse.

Zuletzt stellte sie die gläserne Kanne auf das Tablett.

Er übernahm den Service und brachte alles fürs Teekränzchen Nötige ins Wohnzimmer. Auf dem gläsernen Couchtisch stand ein Stövchen. Daneben lag ein Feuerzeug bereit. Er stellte das Tablett ab und entzündete das Teelicht. Tara platzierte die Kanne auf dem Metallgestell.

„Der Teller für die Kekse fehlt."

Sie ging zurück in die Küche.

Je unruhiger Tara wurde, desto mehr entspannte er sich. Sein Blick wanderte durchs Wohnzimmer. Der rechteckige Raum maß gut zwölf Quadratmeter. Zwei Fenster rahmten eine Balkontür ein. In Holzregalen standen CDs, DVDs und Bücher. Zwischen den Regalen hingen Nachdrucke von Gemälden, die selbst ein Kunstlegastheniker wie er Salvador Dalí zuordnen konnte. Schwebende Formen, verlaufende Uhren, grotesk langbeinige Elefanten, die durch eine Wüstenlandschaft staksten. An der Wand hinter dem Sofa prangte eines dieser verwirrenden schwarz-weißen Treppenbilder von Escher, auf denen die Realität aus den Fugen geraten war. Menschen gingen über Kopf, aufwärts, abwärts, seitlich, in einem endlosen Lauf.

Tara kehrte mit dem Teller zurück. Sie ordnete die Kekse in einem perfekten Kreis auf dem Porzellan an und deckte danach den Tisch. Die leere Kekspackung verstaute sie zusammen mit dem Tablett auf einer Ablagefläche unter der Glasplatte.

„Interessante Bilder", bemerkte er.

„Stanne liebt Kunst. Und die Schauspielerei."

„Was macht er beruflich?"

„Er ist Tontechniker am Altonaer Theater."

„Cooler Job." Darüber würde er Stanne beizeiten aus-
fragen.

„Die Plakate im Flur stammen von Produktionen, an
denen er mitgearbeitet hat." Mehrfaches Piepsen ertönte. Tara zog ihr Handy aus der Hosentasche. „Lily
hat geschrieben. Sie sind gleich da."

„Mit dem Wagen oder zu Fuß?"

„Lily fährt."

„Welche Marke?"

„Einen schwarzen Fiat 500. Ich muss auf die Toilette."

Während Tara dem Ruf der Nervosität folgte, trat er
an eines der Fenster. Jenseits des schmalen Balkons
konnte er einen Teil des Malzwegs einsehen. Es gab
zwei Parklücken auf der anderen Straßenseite und
eine dritte weiter rechts die Straße runter. Bald näherte
sich von links ein schwarzes Fahrzeug. Ein Fiat 500. Zu
dem Wagen passte die Bezeichnung *Knutschkugel.* Lily
entschied sich für einen der Plätze, die dem Haus ge-
genüberlagen, und parkte versiert rückwärts ein. Sekunden später rollte ein blaues Auto am Fiat vorbei.
Der Fahrer oder die Fahrerin schwenkte in die dritte
Lücke ein. Aus dieser Entfernung war es unmöglich zu
erkennen, wie viele Personen im Wagen saßen. In Gedanken zählte Christopher bis zwanzig. Niemand stieg
aus. Lily half mittlerweile Benni vom Beifahrersitz. Er
trug den linken Arm noch immer in einer Schlinge.
Während die beiden die Fahrbahn überquerten, kam
Tara zurück.

„Sie sind da", sagte er, ohne das verdächtige Fahrzeug
aus den Augen zu lassen. „Kannst du mir den Rucksack
bringen?"

„Stimmt was nicht?"

„Keine Ahnung."

Die Türklingel schrillte.

„Kommt gleich."

Die Wohnungstür wurde geöffnet. Der Summer gedrückt. Tara kam zurück, reichte ihm den Rucksack und verschwand abermals.

Er holte den Camcorder heraus. In einem der Regale standen mehrere dicke Bücher. Er griff sich einen der Wälzer und stellte ihn auf die Fensterbank. Keine Bewegung beim blauen Wagen. Im Hintergrund begrüßte Tara die Besucher.

„Was machst du denn hier?", erklang Benni Wagners Stimme.

„Hat sich spontan ergeben", kam die ausweichende Antwort.

Christopher schaltete den Camcorder ein und platzierte ihn auf dem Buch. Die Höhe stimmte, der Winkel nicht. Ein schmaleres Buch, hinten unter das Gerät geschoben, schaffte Abhilfe. Der Camcorder kippte nach vorn, und die Straße erschien auf dem Display. Mit der Zoomtaste holte er den Wagen ein gutes Stück heran und startete die Aufnahme. Danach trat er vom Fenster zurück. Bevor ihn ein möglicher Beobachter entdecken konnte. Ferngläser waren nicht ihm allein vorbehalten.

„*Du* bist Stannes neuer Mitbewohner?", fragte Benni Wagner verwundert in seinem Rücken.

Er wandte sich um. Tara, Lily und Benni standen nebeneinander im Wohnzimmer. Lily hatte das weißblonde Haar zu einem Zopf geflochten, der ihr über die linke Schulter hing. Ein schwarzes Gothic-Outfit und dunkle Schminke verstärkten ihre Blässe. Doch hinter der zarten Fassade leuchteten Selbstsicherheit und

Stärke. Benni Wagner leuchtete nicht. Obwohl die äußerlichen Spuren des Angriffs allmählich aus seinem Gesicht verschwanden, wirkte er kränklich. Wo die Haut nicht in dezenten Regenbogenfarben schimmerte, war der Teint käsig. Dunkle Ringe lagen unter verquollenen Augen. Das silbergraue Haar hing strähnig herab. Auf seinem schwarzen Hoodie prangte, teils von der Armschlinge verdeckt, der Name seiner Coverband.

„Äh, nein, mein Freund Gerrit zieht ein", erwiderte Christopher verzögert. „Tara und ich möchten neue Ermittlungsergebnisse mit dir besprechen. Stanne war so freundlich, uns seine Wohnung zur Verfügung zu stellen."

„Ermittlungsergebnisse? Was soll das?" Benni sah Lily vorwurfsvoll an. „Wieso erzählst du mir Blödsinn?"

Seine Freundin errötete schuldbewusst.

„Sei nicht sauer", bat Tara. „Die Umstände sind kompliziert."

Christopher deutete auf die Sofas. „Setzen wir uns."

Benni zögerte. Kein Wunder, nach dieser Täuschung.

Lily berührte ihn sanft am Arm. „Hör es dir bitte an." Widerwillig und sichtlich unter Schmerzen sank Benni auf den Dreisitzer. Lily nahm an seiner Seite Platz. Tara wählte den Zweisitzer schräg rechts von den beiden. Blieb für Christopher der Sessel. Er überprüfte mit gestrecktem Hals das Display des Camcorders. Nichts rührte sich beim blauen Wagen. Falls er verpasst hatte, wie jemand ausgestiegen war, würde es die Aufnahme später zeigen.

„Wozu der Camcorder?", fragte Benni prompt.

„Erklär ich gleich."

Während er es sich im Sessel bequem machte, schenkte Tara den Tee ein. Danach fischte sie die beiden Beutel aus der Kanne und legte sie ins Keramikgefäß. Diese nebensächlichen Tätigkeiten schienen alle zu faszinieren. Lily nahm sich einen Keks, wohl mehr aus Höflichkeit als Appetit, und biss ein winziges Stückchen ab.

„Hattest du einen Unfall?" Sie musterte ihn und deutete dabei auf ihre Unterlippe.

„Ja, äh, nein. Ein blödes Missgeschick." Die Wahrheit würde er bestimmt nicht erzählen. „Ich bin beim Inlineskaten gestürzt", fügte er die erste plausible Erklärung hinzu, die ihm einfiel. Durch die Pause klang sie leider verdächtig nach dem, was sie war: eine Ausrede.

Ich bin auf der Treppe gestolpert. Ich bin gegen eine Tür gelaufen.

Lilys Miene spiegelte ähnliche Gedanken wider.

„Was wollt ihr mir erzählen?" Benni zog die Armschlinge zurecht und richtete sich vorsichtig auf. Bei gebrochenen Rippen gab es kaum eine angenehme Körperhaltung.

„Seit unserem Besuch im Krankenhaus ist einiges geschehen", begann Christopher. „Taras Firma und meine Detektei haben gemeinsam ermittelt, um die Einbrüche in die Bunker aufzuklären. Und den Angriff auf dich."

Benni presste die Lippen aufeinander. Lily nahm seine Hand.

„Die gute Nachricht ist, dass wir sehr wahrscheinlich herausgefunden haben, wer hinter den Einbrüchen steckt. Zwei der möglichen Täter haben wir identifiziert." Die schwammige Formulierung war Absicht. Ohne Geständnisse der Beteiligten wollte er keine Tatsachen schaffen.

„Wer war es?" Der harte Ausdruck in Bennis Augen passte nicht zu seinen weichen Gesichtszügen.

„Offenbar sind drei Personen beteiligt", übernahm Tara. „Eine unbekannte Frau, eine Mitarbeiterin von *Lärmraum* und ..." Sie zögerte. „Einer meiner Kollegen."

Lily entfuhr ein verblüffter Laut.

Benni wurde kalkweiß. „Heißt das, jemand, den du kennst, hat mich ...?"

„Nein. Wir wissen nicht, wer es war."

„Du hast gesagt, es sind zwei Frauen und ein Mann. Ich wurde von einem Mann zusammengeschlagen. Also *muss* es dein Kollege gewesen sein."

„Er war es nicht."

„Warum nicht? Weil er dein Kollege ist?"

„Nein", gab Tara empört zurück. „Hätte er es getan, würde ich das niemals leugnen!"

So ging es nicht. Sie vollführten einen verbalen Eiertanz, und bei jeder Drehung knirschte es lauter.

„Das ist die schlechte Nachricht", wechselte Christopher die Strategie. „Die Einbrüche und der Angriff auf dich stehen in keinem Zusammenhang. Anfangs schien es so, doch inzwischen können wir es eindeutig ausschließen."

Benni runzelte die Stirn. „Das verstehe ich nicht. Es passt alles zusammen. Zwei von denen brechen in den Bunker ein, ich überrasche sie, und Taras Kollege flippt aus. Falscher Zeitpunkt, falscher Ort. Ein dummer Zufall." Unsicherheit zeigte sich in seinem Gesicht. „Es war ein Zufall, oder?" Die Frage klang drängend. Ängstlich.

„Nein. Die Täter haben dir gezielt aufgelauert."

Benni starrte ihn verwirrt an. „Was?"

Lily blieb bewundernswert gefasst. „Wer sollte Benni verletzen wollen?"

Tara atmete tief ein, wie um Mut zu schöpfen. Sie sah ihrem Freund direkt in die Augen. „Es ging nicht um dich, sondern um deine Eltern. Der Angriff war eine Warnung an Bianca und Clemens."

Dröhnende Stille.

Christopher hatte den Ausdruck stets für ein absurdes Wortkonstrukt gehalten. Wie kaltes Feuer oder heißes Eis. Doch es gab sie. Sie füllte jeden Quadratzentimeter des Raumes. Lähmte Muskeln und Gedanken. Wie knüpfte man nach einem solchen Satz an ein Gespräch an?

„Wie meinst du das?" Bennis Stimme klang gepresst. Als umschlössen unsichtbare Hände seine Kehle.

„Bei unserem Besuch im Krankenhaus ist uns das seltsame Verhalten deiner Eltern aufgefallen", erklärte Tara. „Ihr distanzierter Umgang miteinander. Ihr Umgang mit dir. Clemens' Aggressivität Christopher gegenüber."

„Sie sorgen sich um mich." Die Antwort wirkte pflichtschuldig. Der brave Sohn beklagte sich nicht über die eigenen Eltern. „Was hat das mit dem Bunker zu tun?", setzte Benni nach. „Warum sollte jemand sie warnen wollen? Wovor? Was habe *ich* damit zu tun?" In seiner Erregung beugte er sich vor. „Au! Fuck!" Er hielt sich die verletzten Rippen. Eine Weile war allein sein gequältes Atmen zu hören.

Tara nahm einen Schluck Tee. „Erinnerst du dich an Biancas Reaktion, als du von dem Logo an der Kleidung des Täters erzählt hast?"

„Darüber habe ich mit Topher gesprochen." Benni lehnte sich zurück. „Bianca befürchtet, dass der Mann von der Polizei verhaftet wird und sich später dafür an mir rächt. Sie möchte mich beschützen. Was ist falsch daran?"

„Nichts. Wenn es ihr allein um dich ginge."

„Wie meinst du das?"

„Bianca möchte sich selbst schützen. Und deinen Vater."

„Warum? Hör endlich auf mit diesen Anspielungen, und sag mir, was los ist!"

Um Taras Mundwinkel zuckte es. „Deine Eltern stecken in ernsten Schwierigkeiten. Bianca hat sich auf kriminelle Geschäfte eingelassen und Clemens ungewollt hineingezogen. Topher und seine Kollegen möchten helfen. Ich möchte helfen. Allerdings müssen wir zuerst *dich* in Sicherheit bringen. Du wirst als Druckmittel benutzt, um die beiden zu erpressen."

Lily hob fassungslos die Hand vor den Mund.

„Das ist verrückt!" Benni schüttelte den Kopf. „Warum sollte meine Mutter Kontakt zu Kriminellen suchen? Sie ist Apothekerin und keine ... keine ... Auftragsmörderin!"

„Um das zu verstehen, musst du die Hintergründe kennen."

Während der Tee in den Tassen kalt wurde, berichtete Tara von Bianca Wagners Vergangenheit. Von ihrer Überforderung nach Bennis Geburt. Der Kaufsucht und den Schulden, die beinah zur Trennung der Eltern geführt hatten. Jeder neue Satz grub das Entsetzen tiefer in Benni Wagners Gesicht.

„Bianca war lange in Therapie“, kam Tara zum Ende. „Deine Eltern haben Jahre gebraucht, um die Schulden bei der Sparkasse abzubezahlen.“

„Davon haben sie mir nie erzählt“, erwiderte Benni dumpf.

„Sie haben es niemandem erzählt.“

„Warum? Ich hätte vieles besser verstanden. Die Spannungen zwischen den beiden. Die Auseinandersetzungen, wenn es um Neuanschaffungen oder Urlaube ging. Clemens hat alles auf seinen Nutzen hinterfragt. Selbst über ein blödes Comicheft wurde diskutiert. Das war richtig zwanghaft. Und Bianca hat ständig nachgegeben. Die beiden haben sich *nichts* gegönnt.“ Benni hielt inne. „*Ich* durfte mir nichts gönnen. Clemens hat all meine Ausgaben überwacht. Selbst als ich Zeitungen ausgetragen habe, um mein Taschengeld aufzubessern, musste ich über jede Dose Cola Rechenschaft ablegen. Dabei war es *mein* Geld! Was ging den das an? In der Schule wurde ich gemobbt, weil ich die falschen Klamotten trug und keinen Schimmer von Videospielen oder angesagten Bands hatte. Ich konnte nirgendwo mitreden. Irgendwann habe ich angefangen, Sachen heimlich zu kaufen und sie vor meinen Eltern zu verstecken. Immer mit der Angst im Nacken, erwischt zu werden.“ Bennis Mund formte ein erstauntes *O*, als ihn eine Erkenntnis traf. „Ich habe denselben Scheiß gemacht wie meine Mutter. Das ist doch krank!“

Lily strich ihrem Freund zärtlich über die Wange. Danach legte sie den Kopf an seine Schulter.

„Clemens wollte mir sogar den Cellounterricht verbieten", fuhr Benni düster fort. „Die Musikschule war ihm zu teuer, und ein Cello zu kaufen, kam überhaupt nicht infrage. Obwohl gebrauchte Einsteigerinstrumente bloß wenige Hundert Euro kosten. Erst als der Schulleiter anbot, mir ein Leihinstrument zur Verfügung zu stellen, durfte ich zum Unterricht."

„Und Bianca?", fragte Tara leise. „Wie stand sie dazu?"

„Bianca hat auf die sanfte Tour versucht, mir das Cello auszureden. Ich sollte es mit einem anderen Instrument versuchen, das günstiger und leichter zu lernen ist. Blockflöte wäre ihr wahrscheinlich am liebsten gewesen. Oder Triangel." Bennis Augen glänzten. „Im Trösten war sie super. Wenn ich nach einer Abfuhr von Clemens geweint habe, saß sie sofort an meiner Seite. Aber ich brauchte keinen Trost. Ich brauchte jemanden, der sich für mich einsetzt!"

Seine Verbitterung schnürte Christopher die Kehle zu. Beklommen betrachtete er den weißen Schriftzug auf Bennis Hoodie. *The Lost.*

„Endlich weiß ich, warum meine Eltern bei Geldgeschichten solche Freaks sind. Jahrlange Diskussionen und Streit, weil sie sich nicht getraut haben, mir die Wahrheit zu erzählen. Alles beschissen unnötig!"

„Deine Mutter hat sich zu sehr geschämt", erwiderte Tara sanft. „Dein Vater wollte sie vor dem Getratsche anderer Leute schützen."

„Vielen Dank dafür. Vor lauter Beschützen ist unsere Familie den Bach runtergegangen!"

Alle schwiegen. Sie brauchten eine Pause. Tara knabberte an einem Keks. Schenkte sich Himbeertee nach.

Christopher probierte einen Schluck aus seiner Tasse. Kalt schmeckte das Getränk widerlich.

„Ist Biancas Kaufsucht der Grund, warum die beiden in Schwierigkeiten stecken?", brach Lily die Stille.

Tara nickte. Sie nippte an ihrem Tee und berichtete von Bianca Wagners Rückfall, der Begegnung mit Sven Laurentzen, ihrer Zusammenarbeit und wie alles aus dem Ruder gelaufen war. Benni schien sich vor ihren Augen in Stein zu verwandeln. Lily hielt seine Hand und lauschte gebannt der Erzählung.

„Deshalb haben wir uns hier mit euch getroffen", schloss Tara. „Wir brauchten einen sicheren Ort, an dem diese Leute uns nicht beobachten können."

„Ich fühlte mich wie in einem schlechten Film." Lily blickte fassungslos in die Runde. „Wie ...?" Sie suchte nach den passenden Worten und scheiterte.

Benni wirkte der Welt entrückt. Gefangen im Chaos seiner Gedanken und Gefühle.

„Wie geht es jetzt weiter?", fragte Lily.

Christopher beugte sich vor. Er stützte die Ellbogen auf die Knie und verschränkte die kühlen Finger ineinander. „Ihr solltet Hamburg für einige Tage verlassen. Nehmt den Wagen und fahrt irgendwohin. Nicht zu Freunden oder Bekannten. An einen Ort, an dem euch keiner kennt. Am besten direkt nach diesem Treffen."

„Erregt das keinen Verdacht?"

„Nach dem, was Benni zugestoßen ist, sollte ihm niemand eine Auszeit verdenken. Die Bande weiß nicht, dass ihr die Wahrheit kennt. Wenn ihr euch normal verhaltet, sehe ich kein Problem."

„In Ordnung. Ich kann einige Vorlesungen an der Uni ausfallen lassen. Benni ist krankgeschrieben, es ..."

„Meine Mutter ist an allem schuld", unterbrach ihr Freund sie matt. „Ihretwegen lag ich im Krankenhaus. Ihretwegen mussten wir den Auftritt beim Bandwettbewerb absagen. Sie hat alles vermasselt!" Er zog die Hand aus Lilys Griff und bedeckte seine Augen.

Christophers Brust wurde eng. Er tauschte einen Blick mit Tara und erhob sich. „Wir sind in der Küche."

Lily nickte dankbar. Tara stand auf und folgte ihm.

Er schloss die Küchentür und lehnte sich gegen die Anrichte. „Dieser Fall macht mich fertig!"

Die Familie Wagner zerlegte sich vor seinen Augen in sämtliche Einzelteile. Die einzige Möglichkeit, zu helfen, war Schadensbegrenzung. Doch die Schäden wuchsen stetig. Jedes Gespräch offenbarte neue Abgründe.

„Ich könnte schreien vor Wut!" Tara wanderte rastlos auf und ab. „Einiges von dem, was Benni erzählt hat, wusste ich. Aber mir war nie klar, wie sehr er gelitten hat. Wie Clemens ihm das Leben zur Hölle gemacht haben muss. Und Bianca hat tatenlos zugesehen!" Sie blieb stehen. „Ich kapier nicht, warum sie es Benni verschwiegen haben! Fehler sind menschlich. Sucht ist menschlich. Warum haben sie es ihm nicht erklärt? Kinder verstehen eine Menge. Jugendliche erst recht. Die Wahrheit hätte sie zusammengeschweißt. Benni wäre anders aufgewachsen. Glücklicher, freier. Ohne diesen emotionalen Ballast. Bianca wäre vielleicht nicht rückfällig geworden. Selbst wenn, hätte ihre Familie sie unterstützen können. Durch ihr Schweigen stand sie vollkommen allein da. Warum? Ich kapier es nicht!" Taras flammender Blick forderte ihn auf, zu antworten. Ihr zuzustimmen.

Sie hatte recht. Einerseits. Andererseits ...

Sein innerer Diplomat, der stets beide Seiten einer Medaille betrachtete, wollte um Verständnis bitten für Bianca und Clemens Wagner. Ihre Sicht der Dinge schildern. Egal, ob er sie sympathisch fand oder nicht. Allerdings würde Tara ihm das in dieser Stimmung übel nehmen. Keine Antwort war manchmal die beste Antwort.

Nach einigen Momenten des gemeinsamen Schweigens setzte sich Tara an den Küchentisch und stützte den Kopf in die Hände. „Weißt du, was ich am erschreckendsten finde?" Sie sah auf. „Wie sich Biancas Geschichte bei Benni wiederholt hat. Das Mobbing in der Schule. Die geheimen Käufe. Verstehen seine Eltern auch nur ansatzweise, was sie angerichtet haben?"

„Ich glaube nicht. Noch nicht."

Er trat ans Fenster. Von dort konnte er ein gutes Stück der Straße einsehen. Wo zuvor der blaue Wagen gestanden hatte, klaffte jetzt eine Lücke. Automatisch suchte er die Umgebung ab. Nirgendwo ein Auto in dem Farbton. Falls der Fahrer umgeparkt hatte, stand er zu weit entfernt. Einen Beobachter konnte er ebenfalls nicht entdecken. Vielleicht interpretierte er zu viel in die Sache hinein. Der Fahrer oder die Fahrerin konnte angehalten haben, um etwas im Auto zu suchen. Einen Anruf zu tätigen. Oder auf jemanden zu warten. Harmlose Gründe für einen Zwischenstopp.

Er wandte sich zu Tara um.

„Hat dein Chef vom Treffen mit den Borcherts berichtet?" Von Martin und Andi war bisher keine Meldung gekommen.

Seufzend richtete Tara sich auf. „Das war ein Drama! Linus ist völlig ausgetickt. Er wollte Bertie und diese Katinka Linnova sofort verhaften lasse, und den Vertrag mit *RC Security* kündigen. Über ‚Inkompetenz' und ‚mangelhafte Personalpolitik' hat er geschimpft. Dabei darf der sich schön an die eigene Nase fassen!"

„Die Schuld bei anderen zu suchen, ist leicht."

„Es stimmt ja", gab Tara bedrückt zurück. „Weder Rainer noch mir ist aufgefallen, wie schlimm es um Bertie steht. Ich frag mich, ob wir die Signale nicht sehen wollten oder ob er wirklich so geschickt vorgegangen ist."

Er schüttelte den Kopf. „Ich habe nicht den Eindruck, dass du jemand bist, der die Augen vor den Problemen anderer verschließt. Wir alle können keine Gedanken lesen."

„Mag sein. Linus hält die Füße still, bis der Fall gelöst ist. Rainer und Andi begleiten Dorina heute Nachmittag zur Polizei, um Anzeige zu erstatten und das weitere Vorgehen zu besprechen. Andi hat vorgeschlagen, Bertie mit den Ermittlungsergebnissen zu konfrontieren. In der Hoffnung, dass er seine Komplizinnen verrät. Vielleicht überzeugt ihn die Aussicht auf Strafminderung, mit den Behörden zusammenzuarbeiten."

„Er könnte die Frauen warnen. Wer weiß, welche Verbindungen da im Hintergrund laufen."

Tara sah ihn zweifelnd an. „Denkst du, Bertie hat was mit einer von denen?"

„Keine Ahnung. Ich kenne den Mann nicht."

„Willkommen im Klub. Nach dieser Woche sollte ich meine Menschenkenntnis vom TÜV untersuchen lassen.“

Der flapsige Spruch ließ ihn schmunzeln. Damit steckte er Tara an, die für einige Momente die Schwermut ablegte.

„Es wäre eine Erklärung, warum er sich auf diesen Mist eingelassen hat“, gab sie zu. „Ein Paar schöner Augen und ein Paar wohlgeformter, tiefer liegender Dinge ...“

Konnten das Zünglein an der Waage gewesen sein.

„Die Borcherts wissen definitiv nichts von den Wagners?“, wechselte er das Thema.

„Andi hat Linus und Dorina gegenüber kein Wort verloren. Rainer wurde gestern eingeweiht. Er hat versprochen, vorerst zu schweigen. Obwohl er sich dabei äußerst unwohl fühlt.“

„Verständlich. Der Polizei Informationen vorzuenthalten, ist heikel.“ Milde ausgedrückt. Er grub in seinem Gedächtnis nach der gesetzlichen Definition für Strafvereitelung.

Wer absichtlich oder wissentlich verhindert, dass ein anderer wegen einer rechtswidrigen Tat bestraft wird, begeht Strafvereitelung.

So oder ähnlich lautete der erste Absatz des Paragrafen. Es gab Ausnahmen für Angehörige und für Personen, die der eigenen Bestrafung entgehen wollten. Woran Christopher sich deutlich erinnerte, war, dass man sich bereits durch den Versuch strafbar machte. Je nach Schwere des Vergehens konnte es mit einer Geld- oder Freiheitsstrafe geahndet werden. Beklemmung zog ihm die Magenwände zusammen. Es stand außer

Frage, dass sich die Wagners für ihre Taten vor dem Gesetz verantworten mussten. Früher oder später würde die Polizei alles erfahren. Es ging also weniger um das Verhindern als um das Verzögern. *Bla, bla, bla*, unterbrach er seine gedankliche Haarspalterei. *Am Ende landen wir alle hinter Gittern und können Knastpartys feiern.* Er ließ die Schultern kreisen, um die verspannten Muskeln zu lockern.

„Hoffentlich verquatscht sich keiner", bemerkte Tara besorgt.

„Andi weiß, wie er das spielen muss."

Der Satz diente nicht allein zu ihrer Beruhigung. Er wollte sich nicht ausmalen, wie die Geschäftspartner von diesem Sven Laurentzen auf eine Ermittlung der Polizei reagieren würden. Die Einbrüche in die Bunker mussten ein Ende finden. Die Borcherts waren Klienten der Detektei. Es galt, ihre Interessen bestmöglich zu wahren und gleichzeitig das Leben dreier Menschen zu schützen. Eine Gratwanderung.

Zaghaft klopfte es an der Tür. Lily trat ein. Trotz ihrer geröteten Augen wirkte sie gefasst.

„Benni hat einige Fragen an Topher."

Sie gingen zurück ins Wohnzimmer.

Benni Wagner stand beim Camcorder und blickte aus dem Fenster. „Warum filmst du die Straße?", fragte er, ohne sich umzudrehen.

Christopher entschied sich für Ehrlichkeit. Benni war genug belogen worden. „Vorhin ist euch ein Wagen gefolgt. Der Fahrer hat geparkt, ohne auszusteigen. Ich dachte, er gehört vielleicht zur Bande."

„Und?"

„Keine Ahnung. Ich werte die Aufnahme nachher aus."

„Okay." Die Antwort klang emotional abgestumpft. „Müssen meine Eltern ins Gefängnis?" Jetzt wandte Benni sich um. Die schockierenden Offenbarungen hatten deutliche Spuren hinterlassen. Er wirkte wie ein ausgezehrter Geist, der beim geringsten Luftzug verwehen würde.

„Ich kenne mich im Strafrecht zu wenig aus, um diese Frage zu beantworten." Ein Anwalt würde vielleicht auf mildernde Umstände plädieren. „Du solltest dich zumindest darauf vorbereiten."

Benni nickte bedächtig. „Ich bin neunzehn Jahre alt, und meinen Eltern droht der Knast, weil meine Mutter im Darknet mit illegalen Substanzen gehandelt hat und mein Vater für sie zum Dealer geworden ist." Ein zynisches Lächeln umspielte seine Lippen. „Ich sollte ein Buch darüber schreiben. Die Geschichte verkauft sich bestimmt super."

Lily strich ihrem Freund tröstend über den Rücken. „Lass uns einige Tage wegfahren. Damit du zur Ruhe kommen und über alles nachdenken kannst."

„Ich habe keine Lust. Mir tut alles weh. Ich möchte gar nichts, vor allem nicht nachdenken!"

„Das geht auch im Harz. In Braunlage ist es schön. Ich buche uns im Internet ein Hotelzimmer oder eine kleine Ferienwohnung, und wir denken gemeinsam über nichts nach."

Benni seufzte schicksalsergeben. „Meinetwegen."

„Ruf deine Eltern in den nächsten Tagen lieber nicht an", riet Tara. „Auch wenn du es gerne tun würdest. Jeder Kontakt könnte gefährlich sein. Wir wissen nicht, mit welchen Überwachungsmethoden diese Leute arbeiten."

„Bianca und Clemens sind für mich gestorben", erwiderte Benni kalt. „Mit denen werde ich nie wieder sprechen! Sollen die ins Gefängnis wandern, ist mir egal!"

Das sorgte bei Lily und Tara für erschrockenes Schweigen.

Christopher räusperte sich. „Ich kann mir nicht ansatzweise vorstellen, wie du dich fühlst. Deshalb erwarte ich nicht, dass du heute, morgen oder nächste Woche eine Spur von Verständnis für deine Eltern aufbringst. Aber Folgendes solltest du im Hinterkopf behalten: Deine Mutter leidet unter einer Sucht, gegen die sie ihr Leben lang ankämpfen muss. Das erfordert eine innere Stärke, die nicht jeder besitzt. Dein Vater ist unverschuldet in diese Situation hineingeraten. Er hat sich strafbar gemacht, um deine Mutter und dich zu schützen. Er hat alles riskiert, seine Trainerlizenz, seine Selbstständigkeit und seine Freiheit. Wenn die Dinge richtig schlecht laufen, wird er alles verlieren. An den Fehlern der Vergangenheit ändert das nichts. Deine Eltern müssen sich für eine Menge verantworten. Bedenk trotzdem all das, wenn du überlegst, wie du in Zukunft mit ihnen umgehen möchtest."

Benni schwieg trotzig.

Lily nahm seine Hand. „Lass uns gehen."

„Eine letzte Frage." Benni musterte ihn durchdringend. „Seid ihr zu diesem Treffen gekommen, weil es für meine Eltern zu gefährlich ist? Oder sind die beiden zu feige, um mir selbst die Wahrheit zu sagen?"

Christopher schwieg.

Zorn und tiefe Enttäuschung verschleierten Bennis Blick. Er befreite sich aus Lilys Griff und verließ das Wohnzimmer.

„Verhaltet euch wie immer", wandte Christopher sich an Lily. „Haltet nicht nach Beobachtern Ausschau. Falls ihr verdächtige Personen entdeckt, bleibt ruhig und lasst euch nichts anmerken."

„Wir werden es versuchen." Erschöpft legte sie eine Hand an die Stirn. „Was für ein Albtraum!"

Tara nahm sie in den Arm. „Es tut mir unendlich leid!"

„Ich weiß." Lily löste sich. „Danke für eure Hilfe." Sie stellte sich auf die Zehenspitzen, um ihn zu umarmen. Er beugte sich vor und hielt das zarte Wesen behutsam fest.

„Ihr könnt mich jederzeit anrufen oder mir eine Nachricht schreiben", gab er ihr zum Abschied mit auf den Weg. „Wenn ihr Fragen habt oder euch etwas seltsam vorkommt oder ihr auch nur jemanden zum Reden braucht."

Sie nickte gerührt. „Danke."

Kurz darauf schloss Tara die Wohnungstür hinter Lily und Benni. Sie lehnte die Stirn gegen das weiß lackierte Holz und blies die Luft aus. Er legte ihr die Hand auf die Schulter.

„Geht gleich wieder", sagte sie leise.

Er ließ sie allein und kümmerte sich um den Camcorder. Der Speicherchip des Geräts war fast voll. Er stoppte die Aufnahme und stellte die Bücher zurück ins Regal. Unten auf der Straße half Lily ihrem Freund beim Einsteigen. Es dauerte, bis Benni es auf den Beifahrersitz schaffte. Nachdem die beiden davongefahren waren, wartete er eine Weile. Die Fahrbahn blieb leer. Keine motorisierten Verfolger. Zumindest nicht in dieser Straße. Er trat vom Fenster zurück und startete die Überwachungsaufnahme vom blauen Wagen. Nach einigen Sekunden spulte er langsam vor. Während der ganzen Zeit stieg niemand aus noch ein. Keine Passanten kamen vorbei. Schließlich lenkte der oder die Fahrerin den Wagen aus der Parklücke und fuhr davon. Christopher spulte zurück und pausierte die Aufnahme an der Stelle, an der das Heck des Wagens sichtbar wurde. Auf dem kleinen Display erschien das Kennzeichen als verschwommenes Rechteck.

Tara betrat das Wohnzimmer. „Wenn du mir Gerrits Handynummer gibst, sage ich ihm Bescheid, dass wir fertig sind."

Gedankenverloren zog er das Smartphone aus der Hosentasche, rief den Kontakt im Adressbuch auf und reichte es ihr. Danach vergrößerte er das Standbild. Der Wagen war definitiv ein Opel. Allmählich wurden die Buchstaben und Ziffern des Kennzeichens erkennbar. Vorn stand „HH" für Hamburg. Als die Funktion bis zum Maximum ausgereizt war, konnte er mit zusammengekniffenen Augen das vollständige Kennzeichen lesen. Ein Prickeln zog über seinen Rücken und breitete sich warm in seinem ganzen Körper aus.

„Erledigt." Tara reichte ihm das Smartphone. Er steckte es ein und präsentierte stolz seine Entdeckung. Ihre Augen weiteten sich. „Kannst du das irgendwie überprüfen?"

„Martin hat Kontakte bei den Hamburger Zulassungsstellen. Wenn er seinen Charme spielen lässt, kommen wir an die Halterdaten."

Sie runzelte die Stirn. „Denkst du, diese Leute sind so blöd, einen Privatwagen zu benutzen?"

„Manchmal sind es die kleinen Unaufmerksamkeiten, durch die ein Fall gelöst wird. Selbst wenn die Spur im Sand verläuft, gab es heute zumindest ein Erfolgserlebnis." Er schaltete den Camcorder aus und verstaute ihn im Rucksack. Tara legte inzwischen die restlichen Kekse zurück in die Packung.

„Ich helfe dir beim Aufräumen", bot er an.

„Nicht nötig. Ich mache das später."

„Du bleibst?"

„Ich muss meine Gedanken ordnen. Mir geht zu viel im Kopf herum, im Büro wäre ich zu nichts zu gebrauchen." Sie hob die Kanne an, blies das Teelicht im Stövchen aus und setzte sie wieder ab. „Ich werde die hässlichen Wände streichen und dabei sehr laut sehr düstere Musik hören."

„Gerry wird sich über die Hilfe freuen."

„Stupide Tätigkeiten können eine therapeutische Wirkung entfalten."

„Sicher." Er bemühte sich um einen neutralen Tonfall und Gesichtsausdruck. Die plötzliche Röte auf Taras Wangen verriet sein Scheitern. „Ich mache mich auf den Weg", rettete er sie beide aus der Verlegenheit. Im Flur zog er Jacke und Schuhe an und nahm den Rucksack. „Ich melde mich, wenn wir den Halter des Wagens ermittelt haben. Oder sich ein unvorhergesehenes Drama ereignet."

„Bitte nicht. Ich habe echt genug für heute!"

Sie umarmten sich zum Abschied. Im Treppenhaus hob er kurz die Hand und ging danach langsam die Stufen hinunter. Das Gespräch mit Benni beschäftigte ihn.

Am traurigsten war die Erkenntnis, dass dieser Fall kein gutes Ende nehmen würde. In keiner denkbaren Version. *Schadensbegrenzung,* kam es ihm erneut in den Sinn. *Mehr können wir nicht tun.*

Christopher trat aus der Haustür und stutzte. Vor ihm lag ein rechteckiges weißes Kärtchen auf dem Gehweg. Das konnte nicht wahr sein! Er überprüfte möglichst unauffällig die Umgebung. Niemand zu sehen. Also hob er das Kärtchen auf und drehte es um. Auf der Rückseite prangte das Eidechsenlogo. Ein Schauer überlief ihn. Während all seine Aufmerksamkeit auf den verdächtigen Wagen gerichtet gewesen war, hatte ein Mitglied der Bande heimlich die erneute Drohung deponiert. Vielleicht hatte die Karte im Rahmen der Haustür geklemmt oder unter einer der Klingeltasten. Und war durch einen Windstoß oder das Öffnen der Tür heruntergefallen. Lily und Benni war sie offensichtlich nicht aufgefallen. Ein kleiner Trost. Christopher steckte die Karte ein. Diesmal gab es keine Plastiktüte, um Fingerabdrücke zu sichern. Gezwungen langsam ging er weiter. Fühlte sich dabei von verborgenen Augen beobachtet. Die Bande kannte vermutlich Stannes und Bennis Verbindung. Geriet nun auch Gerrit ins Fadenkreuz, weil er bei Stanne einzog? In Christopher zog sich alles zusammen. Er bog in die Seitenstraße ab, in der er vorhin geparkt hatte. Der Smart stand an derselben Stelle. Er stoppte neben dem weiß-blauen Flitzer und blickte sich erneut um. Er konnte keine verdächtigen Personen entdecken. Was nicht bedeutete ...

Er versuchte, die wachsende Paranoia abzuschütteln. Unter diesen Umständen konnte er nicht nach Hause fahren. Wenn die Bande erfuhr, wo er wohnte und wer er war ... In seinem Portemonnaie steckten noch Bianca Wagners Botschaft und der dazugehörige Schlüssel.

Helfen Sie mir, Herr Diecks.

Allein schaffe ich das nicht.

Der Lagerraum war eine gute Alternative. Auf der Fahrt dorthin konnte er überprüfen, ob ihm jemand folgte. Christopher mietete den Smart ein zweites Mal, stellte den Rucksack in den Fußraum des Beifahrersitzes und nahm hinter dem Steuer Platz. Danach wählte er Martins direkte Büronummer.

„Ich habe auf deinen Anruf gewartet", meldete sich sein Chef ohne Begrüßung. „Wie ist das Gespräch mit Benni Wagner gelaufen?"

„Übel. Der Junge ist am Boden zerstört."

„Kann ich mir vorstellen."

„Lily und er fahren für ein paar Tage weg. Damit sind sie hoffentlich aus der Schusslinie."

„Keine gute Formulierung in diesem Zusammenhang."

„'tschuldigung."

„Schon okay."

„Die Bande hat eine weitere Visitenkarte hinterlassen."

„Wundervoll. Wie hat Benni reagiert?"

„Sie lag vor der Haustür. Lily und er haben sie beim Weggehen offenbar übersehen. Sonst wäre der arme Kerl garantiert ausgeflippt."

„Wie steht es um deine Nerven?"

„Die halten durch." Noch. „Du hast doch Verbindungen zu den Hamburger Kfz-Zulassungsstellen", wechselte er das Thema.

„Ja, warum?"

„Ich habe ein Kennzeichen für dich, das dringend überprüft werden sollte." Er berichtete vom blauen Opel und der Videoaufnahme.

„Glückwunsch", gratulierte Martin. „Hervorragend mitgedacht."

„Abwarten. Es könnte die nächste Sackgasse sein."

„Bleiben wir optimistisch. Schick mir das Kennzeichen, ich setze meine zuverlässigste Informantin darauf an."

„Danke. Bianca Wagner hat mich vorhin angerufen. Es ging um diesen Laurentzen." Den Zusatz „unter anderem" behielt er für sich.

Sein Chef seufzte. „Die Frau soll sich um ihre eigenen Probleme kümmern! Warum beschäftigt die sich mit diesem kriminellen Vogel?"

„Sein Verschwinden bereitet ihr Sorgen. Einerseits fürchtet sie um Laurentzens Gesundheit. Andererseits denkt sie, er sei untergetaucht, um seinen eigenen Hintern zu retten."

„Wie ich den Mann einschätze, ist das Zweite der Fall. Sven Laurentzen steht auf meiner Sympathieliste ganz unten. Um den darf sich zu gegebener Zeit die Polizei kümmern."

„Laurentzen könnte etwas zugestoßen sein. Oder jemand."

Das nächste Seufzen. „Du schaffst es, selbst für die miesesten Subjekte Mitgefühl aufzubringen."

„Darüber darfst du dich gern bei Henry beschweren."

Von seinen Eltern stammte dieser Wesenszug bestimmt nicht.

„Lass mal. Der Mann hat zu viel richtig gemacht, um ihm das vorzuwerfen. Ich werde darüber nachdenken, ob wir bei Laurentzen ohne viel Aufwand und Risiko die Fühler ausstrecken können. Uns fehlt noch eine sichere Methode, um mit den Wagners zu kommunizieren. Wenn wir die Bande gemeinsam zur Strecke bringen wollen, müssen wir engen Kontakt halten. Wir müssen anfangen zu agieren, statt zu reagieren. Das funktioniert nicht, wenn uns bei jedem Schritt die Entdeckung droht."

„Sehe ich genauso." Christopher überlegte. „Am besten wäre es, den Wagners heimlich Handys zuzuspielen."

„Exakt mein Gedanke. In dem Zusammenhang spukt mir eine Idee im Kopf herum, wie wir unsere Truppenstärke erhöhen können."

„Ich bin gespannt."

„Dazu morgen mehr. Möchtest du noch die Neuigkeiten im Fall Borchert hören?"

„Hat Tara mir bereits erzählt. Muss eine lustige Runde gewesen sein." Während er sprach, überprüfte Christopher in den Autospiegeln, ob ihn jemand beobachtete. Niemand zu sehen.

„Lautstark", erwiderte Martin. „In Linus Borchert steckt ein klassisches Rumpelstilzchen."

„Eine Mittäterin in der eigenen Firma ist halt peinlich. Es wäre bequemer gewesen, wenn die Übeltäter alle bei *RC Security* säßen. Dann könnte man mit dem Finger in die Richtung zeigen und sich zurücklehnen."

„Mich deucht, du hegst eine gewisse Antipathie gegen den Mann."

„Wie kommst du darauf?"

Martin lachte leise. „Andi konnte die Dinge in ruhigere Bahnen lenken. Um den Gang zur Polizei kommen wir nicht herum, aber er wird sicherstellen, dass die richtigen Sätze fallen.“

„Dir ist bewusst, was uns blühen könnte, wenn die Polizei von unserer Verzögerungstaktik erfährt?“

„Der Schutz von Menschenleben besitzt für mich Priorität“, erwiderte sein Chef nüchtern. „Dafür nehme ich das Risiko einer Anzeige in Kauf. Andi ebenfalls.“

„Augen zu und durch.“ Der Satz klang lässiger, als Christopher sich fühlte.

„Sollte es tatsächlich zu einer Anzeige kommen, kenne ich einen exzellenten Anwalt für Strafrecht.“

„Derselbe, den du den Wagners empfehlen möchtest? Der könnte gleich ein umfassendes Verteidigungspaket schnüren.“

„Kleinen Sarkastiker gefrühstückt?“

Trotz allem musste er schmunzeln. „Wäre zumindest effizient.“

„Sehr witzig. Jetzt mach Feierabend, und genieße den Rest des Tages.“

„Bis morgen.“

„Bis morgen.“

Christopher legte auf. Die Truppenstärke erhöhen. Wenn Martin seinem Hang zu kreativen Lösungen treu blieb, sollte es interessant werden. Er fixierte das Smartphone. Seit Tara es ihm zurückgegeben hatte, kreiste in seinem Hinterkopf eine amüsante Vermutung, die sich jetzt meldete. Er überprüfte zunächst die Anrufliste und danach den Chatverlauf mit Gerrit Rust. Keine ausgehenden Gespräche oder Textnachrichten am heutigen Tag. Tara hatte Gerry mit ihrem eigenen Handy kontaktiert. Und sich auf die Weise seine Nummer besorgt. Ganz schön gewitzt, Frau Oswald.

KAPITEL 18

Für die Strecke zur Papenreye benötigte er bei lockerem Verkehr eine halbe Stunde. Mögliche Verfolger entdeckte er während der Fahrt nicht. Er fuhr auf den leeren Parkplatz des SelfStorage-Lagerhauses und stellte den Smart nah am Gebäude ab. Über den Bordcomputer versetzte er das Auto in den Parkmodus. Damit es sich während seiner Abwesenheit kein anderer schnappen konnte. Den Rucksack nahm er mit. Laptop und Camcorder würde er nicht unbewacht lassen. Von einer vagen Anspannung erfüllt, ging er zum Eingang. Links befand sich eine hüfthohe Vorrichtung mit Tastenfeld. Innerhalb der Bürozeiten benötigte er keinen Zugangscode, um das Gebäude zu betreten. Die Automatiktür glitt geschmeidig zur Seite. Durch die verglaste Front wirkte der Eingangsbereich hell und freundlich. Links befand sich ein ebenfalls verglastes Kundenbüro samt Tresen, Sitzecke und Wasserspender. Eine dunkelhaarige Frau mittleren Alters saß abseits hinter einem Schreibtisch und blickte konzentriert auf einen Computerbildschirm. Eine günstige Gelegenheit, unentdeckt zu bleiben. Er marschierte zielstrebig zum Fahrstuhl.

Im dritten Stock verließ er die Kabine. Vor ihm erstreckte sich ein langer weiß gestrichener Gang, der mit hellem Linoleum ausgelegt war. Zu beiden Seiten gingen blaue Metalltüren ab. Einzeltüren und Doppeltüren, die Rückschlüsse auf die Größe der dahinterliegenden Räume erlaubten. Anstelle von Klinken gab es horizontale Metallschieber. Die meisten durch Vorhängeschlösser gesichert. Ein Feuerlöscher hing an der rechten Wand. Leuchtstoffröhren unter der Decke verbreiteten kühles Licht. Falls es Kameras gab, waren sie geschickt verborgen. Durch die Gleichförmigkeit wirkte der Gang surreal. Wie aus einem dieser Albträume, in denen man an einem fremden Ort von einer unsichtbaren Präsenz verfolgt wurde. Hinter ihm schlossen sich die Türen des Fahrstuhls. Das Geräusch verstärkte seine Beklommenheit. In der folgenden Stille setzte er langsam einen Fuß vor den anderen. Die Raumnummern begannen mit 3001. Bianca Wagners Raum trug die Nummer 3057. Er erreichte eine Kreuzung. Links und rechts verlief jeweils ein langer Gang. Weiße Wände, blaue Türen, rote Feuerlöscher. Seine überbordende Fantasie kramte Szenen aus Filmen und Büchern hervor, in denen Psychopathen ihre Opfer in Lagerräumen wie diesen gefangen hielten und sie Tage, Wochen, Jahre lang unentdeckt quälten. Prompt regte sich eine düstere Erinnerung in den Tiefen seines Gedächtnisses. Er vertrieb sie durch ein unwilliges Kopfschütteln. Wie im Bunker in der Palmerstraße fehlten ihm die Fenster. Der Blick nach draußen. Er ging zügig geradeaus weiter. Der Gang führte schließlich rechts um eine Ecke. Nach etlichen Metern stand er endlich vor dem gesuchten Raum. Am Metallschieber hing ein massives Vorhängeschloss. Er öffnete es mit Bianca Wagners Schlüssel, nahm es heraus und zog den Schieber nach rechts. In seinem Nacken prickelte die Anspannung. Was erwartete ihn hinter dieser Tür? Er zog am Schieber und trat zurück. Die Tür schwang auf. Licht strömte in die Dunkelheit dahinter und ...

Christopher hielt unwillkürlich den Atem an.

Der Lagerraum war fensterlos und klaustrophobisch eng. In der Mitte befand sich eine kaum zwei Meter lange, knapp einen halben Meter breite freie Fläche. An der gegenüberliegenden Wand standen quer zwei mobile Kleiderstangen. Eine niedrige vorn, eine höhere dahinter. An den Stangen hing dicht an dicht Kleidung. Zu beiden Seiten der Tür ragten Metallregale auf, die bis an die Rollen der niedrigen Kleiderstange reichten. Im linken Regal lagerten auf sieben Ebenen Schuhkartons, doppelt gestapelt, die schmale Front jeweils für den Betrachter sichtbar. Im rechten Regal befanden sich unterschiedlich große Plastikkisten, großformatige Kartons, verpackte Elektrogeräte und Stapel von Kleidung. Dazwischen klafften Lücken. Hatten hier die Dinge gelegen, die Bianca Wagner bei den Containern entsorgt hatte? Er entdeckte einen Schalter und betätigte ihn. Unter der Decke leuchtete ein funzeliges Lämpchen auf. Das trübe Licht ließ den Raum schrumpfen. Als würden die Regale dichter zusammenrücken.

Er wollte eintreten, um sich einen besseren Eindruck zu verschaffen, und hielt inne. Falls die Tür aus irgendeinem Grund hinter ihm zufiel, würde er im Raum gefangen sein. Allein. In der Enge. Niemand würde ihn rufen oder klopfen hören. Niemand würde nach ihm suchen. Weil niemand wusste, dass er hier war. Er würde jämmerlich ersticken. Verdursten. Seine Brust krampfte sich zusammen. Hitze durchflutete ihn. Die Ränder seines Sichtfelds verschwammen. Er wich zurück und drehte sich um zum hell erleuchteten Korridor. Hier gab es Platz. Luft. Freiheit. Er legte die Hände auf den Kopf, zog die Ellenbogen zurück und streckte den Rücken durch, um den Brustkorb zu weiten. Zwang sich, einige Male ruhig zu atmen. Bekam Sauerstoff in die Lunge. Allmählich beruhigte sich sein Herzschlag. Er senkte die Arme und streifte die verschwitzten Hände an der Jeans ab. Im Nacken und unter den Achseln hatte sich ebenfalls Schweiß gebildet. Eine astreine Panikattacke. Ihm war bewusst, welchem Erlebnis er die verdankte. Sein erster großer Fall. Die Entführung. Der dunkle Raum. Die Heftigkeit seiner Reaktion brachte ihn aus dem Gleichgewicht. Nach all der Zeit sollte es besser werden. Stattdessen geschah das Gegenteil. Die Erinnerung verfolgte ihn. Mal unterschwellig, dann wieder deutlich präsent. Im Krankenhaus. Im Bunker. Hier. Warum? Was stimmte nicht mit ihm? Musste er wieder auf die Couch? Er verspürte keinerlei Bedürfnis danach.

Später, entschied er. *Wenn ich Zeit habe, mich damit zu beschäftigen.*

Jetzt konnte er diesen Blödsinn nicht gebrauchen!

Noch immer zittrig wandte er sich erneut dem Lagerraum zu. Erst einmal die Gegebenheiten prüfen. An der Innenseite der Sicherheitstür befand sich gut sichtbar ein Schieber. Der bestens funktionierte. Er würde nicht im Raum gefangen sein, falls die Tür zufiel. Außer natürlich, jemand ließ aus Bösartigkeit das Vorhängeschloss einrasten. Fast hätte er gelacht. Wer sollte ihn absichtlich einsperren? Hier war niemand. Die Mitarbeiterin im Büro und er waren anscheinend die einzigen Menschen im Gebäude. Eben das war Teil des Problems. Um seinem Sicherheitsbedürfnis trotzdem gerecht zu werden, zog er das Schloss ab und steckte es zum Schlüssel in die Hosentasche. Danach hob er eine der vorn liegenden Plastikkisten aus dem rechten Regal. Darin befanden sich zahlreiche Handtaschen. Er öffnete die Tür so weit wie möglich und platzierte die Kiste als improvisierten Stopper davor. Eine zweite, ebenfalls mit Handtaschen gefüllte Kiste stellte er in den Türrahmen. Er konzentrierte sämtliche Gedanken auf die bevorstehende Aufgabe und betrat den Raum. Das nervöse Kribbeln im Nacken und an den Handflächen blieb, doch es kündigte sich keine neue Panikattacke an. Er überprüfte den Handyempfang. Ausreichend Netz verfügbar. Zumindest bei geöffneter Tür. *Entspann dich!* Genervt steckte er das Smartphone ein. Fokus auf die Kleiderstangen. An der vorderen Stange hingen Jacken, Röcke, Blusen und kurze Hosen. An der hinteren Mäntel, teils schlichte, teils aufwendig gefertigte Kleider und lange Hosen. Jedes Teil in einen schützenden Plastiküberzug verpackt. Tausende von Euro verstaubten ungenutzt in diesem Raum. Er zählte die Schuhkartons im linken Regal. Zehn Kartons pro Reihe. Zwei Reihen pro Regalbrett. Sieben Regalbretter. Hundertvierzig Paar Schuhe. Wow. Aus Erfahrung wusste er, dass manche Frauen Schuhe kauften wie andere Leute Aufschnitt. Nach dem Motto: Darf es ein bisschen mehr sein? Aber das hier? Er hob mehrere Kartons an, um zu prüfen, ob sie gefüllt waren. Bei allen spürte er das Gewicht des Inhalts. Den letzten öffnete er. Darin lag ein Paar eleganter schwarzer Damenschuhe. Die waren bestimmt teuer gewesen. Er fand kein Preisschild und wollte den Karton gerade zurückstellen, als er stutzte. Die entstandene Lücke endete nicht etwa an der blanken Wand, sondern an einem Schuhkarton.

Was zum ...?

Er holte zwei weitere Pappboxen aus dem Regal. Hinter jeder stand ein Karton. „Das ist ein Witz", entfuhr es ihm. Er stellte die Schuhe zurück und beugte sich seitlich über die niedrige Kleiderstange, um die linke Wand zu untersuchen. Tatsächlich. Hinter dem Regal stand verborgen ein zweites mit denselben Maßen. Beim rechten Regal war es das Gleiche. Vier Regale! Die doppelte Anzahl an Schuhkartons. Die doppelte Anzahl an Plastikkisten, Elektrogeräten und Kleiderstapeln. Ein Schauer lief ihm über den Rücken. Endlich begriff er, welche Mengen, welche Werte Bianca Wagner in diesem Raum hortete. Kein Wunder, dass sie hoch verschuldet war. Eine Apothekerin verdiente nicht annähernd genug Geld, um all das zu bezahlen. Warum hatte sie nicht wenigstens einen Teil der Sachen wieder verkauft? Sie trug weder die Kleidung noch die Schuhe oder benutzte die Handtaschen. Verwendete keines der Elektrogeräte. Mit dem Geld wären neue Einkäufe möglich gewesen. Es hätte die Zusammenarbeit mit Sven Laurentzen unnötig gemacht. Sie vor all dem Elend bewahrt.

Du denkst nicht wie eine Kaufsüchtige, korrigierte er sich. *Eben dazu ist sie nicht in der Lage. In ihrer Welt regieren Zwänge, die dir fremd sind.*

„Das kann nicht alles weggeworfen werden", sagte er laut, weil er in seiner Bestürzung irgendetwas sagen musste. Auch wenn Bianca Wagner überzeugt war, diesen radikalen Schnitt zu brauchen, wäre es aus finanzieller Sicht kompletter Wahnsinn.

Er verließ den Raum, der ihm nicht mehr allein wegen der Enge Beklemmungen bereitete.

Im Korridor genoss er kurz die Helligkeit und Weite, bevor er sich abermals der offenen Tür zuwandte. Wie sollte es weitergehen? Was sollte er mit all den Sachen anstellen? Nach dieser ersten oberflächlichen Sichtung eignete sich lediglich ein geringer Teil als Spende. Obdachlose Frauen hatten keine Verwendung für edle Sommerkleider, feine Blusen, Handtäschchen und Stöckelschuhe. Sie brauchten festes Schuhwerk und dunkle, robuste Kleidung, die dem Alltag auf der Straße standhielt. Sein Bekannter Rudi besuchte regelmäßig das *CaFée mit Herz* in der Seewartenstraße. Sei es, um zu duschen, sich einzukleiden oder wenn er eine warme Mahlzeit und ein paar warme Worte brauchte. Am einfachsten wäre es, eine der Mitarbeiterinnen zu bitten, sich den Raum anzusehen. Sie könnte die brauchbare Kleidung auswählen und vielleicht einige der Elektrogeräte mitnehmen. Falls Mixer, Föhn, Toaster oder Ähnliches im Cafée benötigt wurden. Und der Rest? Er fühlte sich überfordert. Flohmärkte und Internetbörsen. Lagerverkauf. Wortwörtlich. Das eingenommene Geld auf einem Konto sammeln und Bianca Wagner entscheiden lassen, ob sie es spenden oder behalten wollte. Sie würde bald jeden Euro brauchen.

Die Sachen einzeln zu verkaufen, dauert ewig. Wer soll die Zeit finden?

„Darum kümmern wir uns später", teilte er dem Lagerraum mit. Er stellte die Plastikkisten, die als Stopper gedient hatten, zurück ins Regal. Kurz spielte er mit dem Gedanken, Fotos von dem Raum zu machen. Um das Erlebte zumindest optisch teilen zu können. Doch es erschien ihm unangebracht. Invasiv. Er schaltete das Licht aus, schloss die Tür und ließ das Vorhängeschloss einrasten. Durch einen kräftigen Zug prüfte er, ob es tatsächlich geschlossen war. Bianca Wagners Geheimnis würde vorerst gehütet bleiben.

Er ging zurück zum Fahrstuhl. Vorbei an den blauen Türen, hinter denen Menschen Teile ihres Lebens einlagerten. Gegenstände und Erinnerungen. Die überflüssig geworden waren. Störten. Die sie vielleicht vermissten. Oder versteckten. Vor der Welt. Vor sich selbst.

Im Kundenbüro saß die dunkelhaarige Frau am Schreibtisch und telefonierte. Er verließ das Gebäude. Sog vor der Tür die kühle Luft ein. Auf dem Parkplatz wartete der Smart darauf, ihn nach Hause zu bringen. Er sank in den Fahrersitz. Hinter seinen Schläfen pochte leiser Kopfschmerz. Er fühlte sich erschöpft. Hungrig. Nach einem Blick zurück fuhr er los. Schlafen und Essen waren Aufgaben, die er bewältigen konnte. Über die Reihenfolge würde er spontan entscheiden.

***

Als er die Wohnungstür aufschloss, erinnerte er sich kaum an die Heimfahrt. Sein Gehirn hatte auf Autopiloten geschaltet. Wie viele Menschen wohl täglich auf diese Weise durch den Straßenverkehr navigierten? Er zog Jacke und Schuhe aus und brachte den Rucksack ins Wohnzimmer. Laptop und Camcorder legte er auf den Schreibtisch beim Fenster. Seine Büroecke für Recherche und Papierkram. Neben dem Sofa standen immer noch Bianca Wagners Plastiktüten. Ein diffuses

Gefühl der Verärgerung überkam ihn. Er hängte den leeren Rucksack über den Drehstuhl, griff nach den Tüten, marschierte ins Schlafzimmer und verstaute sie bei den Wolldecken und Ersatzkissen im Bettkasten. Danach schenkte er sich in der Küche ein Glas Leitungswasser ein. Das Hungergefühl war verschwunden. Stattdessen verspürte er unglaublichen Durst. Er leerte das Glas und füllte es erneut. Sein Blick verschwamm mittlerweile vor Müdigkeit. Nachdem er das zweite Glas ausgetrunken hatte, ging er ins Schlafzimmer. Dort zog er sich aus, stellte den Wecker des Smartphones auf siebzehn Uhr und aktivierte den „Nicht stören"-Modus. Aus dem Nichts kam ihm eine Idee, was man mit dem Inhalt des Lagerraums anstellen könnte: einen Lieferwagen mieten, alles einladen, am Elbstrand auftürmen, mit Benzin übergießen und im Beisein der Familie anzünden. Bianca Wagner dürfte die brennende Fackel werfen. Quasi als Reinigungsritual. Drama, Pathos, große Geste. Er starrte ins Leere, während seine grauen Zellen den Ablauf träge in Bildern rekapitulierten. Optisch reizvoll. Und totaler Blödsinn. Er legte das Smartphone auf den Nachttisch und sich selbst ins Bett.

Der Schlaf traf ihn wie ein gut gezielter Backstein.

Er erwachte vom schrillen Bimmeln des Weckers. Mit einem unwilligen Laut brachte er das Smartphone zum Schweigen. Knapp anderthalb Stunden Komaschlaf hatten kein bisschen zu seiner Erholung beigetragen. Der Schmerz pochte unverändert hinter den Schläfen, und er fühlte sich leicht desorientiert. In seinem Magen brüllte eine hungrige Bestie nach Nahrung. Er quälte sich aus dem Bett und schwankte, weil sein Kreislauf Kapriolen schlug. Sobald das Schwindelgefühl nachgelassen hatte, überprüfte er das Smartphone. Keine verpassten Anrufe oder Textnachrichten. Er deaktivierte den „Nicht stören"-Modus und schlurfte mit dem Gerät in der Hand ins Badezimmer und anschließend in die Küche. Kein Kaffee. Obwohl es ihn danach verlangte. Die Mengen, die er in letzter Zeit trank, würden auf Dauer seinen Magen killen. Stattdessen gab es ein Glas Leitungswasser. Anschließend bestrich er zwei Scheiben Brot mit Butter und belegte sie noch großzügig mit Käse. Die erste Scheibe aß er im Stehen. Sie schmeckte himmlisch. Als er Brottüte und Co. zurück in den Kühlschrank stellte, entdeckte er im Gemüsefach die angebrochene Tube Arnikasalbe. Das Haltbarkeitsdatum war bereits vor Wochen abgelaufen. Egal. Er rieb den dunkelblauen Fleck an der linken Schulter behutsam mit der Paste ein. Der Schmerz hielt sich in Grenzen. Das linke Knie bekam ebenfalls eine Portion ab. Gegen das unangenehme Piksen im Gelenk. Anziehen wäre die nächste Maßnahme. Im Schlafzimmer streifte er eine lockere schwarze Trainingshose und ein graues T-Shirt über. Barfuß tapste er zurück in die Küche, holte die zweite Scheibe Brot und das Wasserglas und setzte sich im Wohnzimmer aufs Sofa. Einer der dritten Kanäle zeigte eine Dokumentation über einen Zoo in Süddeutschland. Herrlich harmlose Unterhaltung. Nun aß er mit mehr Genuss. Sein Magen vermeldete ausreichend Kapazitäten für Nachschub, doch ein opulentes Essen stand außer Frage. Der Selbstverteidigungskurs begann um neunzehn Uhr. Wenn er vollgefressen zum Training erschien, konnte ein unbeabsichtigter – oder in Mark Brenners Fall beabsichtigter – Schlag in die Magengrube der Stunde einen ganz besonderen Erinnerungswert verleihen.

Um kurz nach sechs verfiel das Smartphone in aufgeregtes Piepsen. Jacobi schickte Fotos von den Caymans. Aufnahmen eines üppigen Frühstücksbüfetts und von weißen Tischen mit weißen Stühlen unter weißen Sonnenschirmen, die auf einer weißen Holzterrasse standen. Im Hintergrund strahlend blauer Himmel und strahlend blaues Wasser. Zuletzt folgte ein Strandvideo, auf dem Kim im Bikini fröhlich kreischend in die Wellen lief. Christopher schickte einen Totenkopf zurück. Die Antwort war ein Tränen lachender Smiley. Dreckskerl.

Er startete den Internetbrowser, um eine seiner Mailboxen zu prüfen. Nicht die Ramschbox für Bestellungen und Newsletter, in der sich regelmäßig Spam sammelte. Sondern die seriöse, für die Korrespondenz mit Ämtern, Versicherungen und der Sparkasse. Dort landeten über eine automatisierte Weiterleitung auch alle Nachrichten, die an seine E-Mail-Adresse bei der Detektei geschickt wurden. Auf diese Weise verpasste er nichts, während er unterwegs war.

Die neuste Nachricht stammte von Bianca Wagner. Er überflog den Text und öffnete die angehängte Datei. Es war ein Foto. Frau Wagner und ein Mann vor einem Café. Sie blickte zu Boden, ihr Begleiter in Richtung Kamera. Sven Laurentzen. Anfang bis Mitte dreißig, Allerweltsstatur, Allerweltsgesicht, kurze hellbraune Haare, Brille. Den Mastermind hinter illegalen Darknet-Geschäften hatte er sich beeindruckender vorgestellt. Er leitete die E-Mail samt Anhang an Martin weiter. Für morgen. Jetzt war Feierabend. Sofort breitete sich behagliche Trägheit in ihm aus. Das Sofa war gemütlich, der Kopfschmerz abgeklungen. Die sonore Stimme aus dem Fernseher lullte ihn ein. Die Augenlider wurden ...

Er schrak aus dem Sekundenschlaf hoch. Die Fernbedienung rutschte von seinem Oberschenkel und fiel zu Boden. Wenn er nicht sofort aufstand, konnte er das Training vergessen. Sein Körper brauchte die Bewegung. Er saß viel zu viel herum. Außerdem freute er sich auf Romy. Auf die gemeinsame Stunde der Qual. Also jagte er seinen inneren Schweinehund zurück in die Hütte. Fernseher aus, runter vom Sofa, Geschirr in die Küche, Socken und Schuhe an die Füße. Umziehen musste er sich nicht. Bei Mark gab es keine weißen Anzüge, wie man sie vom Judo kannte. Lange Hose und T-Shirt genügten. Wer wollte, durfte barfuß trainieren. Er stopfte ein Paar Flipflops, ein Handtuch und eine Literflasche stilles Wasser in den Rucksack. Für den Fußweg streifte er ein Longsleeve und eine Regenjacke über. Vom grauen Himmel rieselte Graupel.

Während der kurzen Strecke zur Lincolnstraße begegnete ihm zur Abwechslung kein Junggesellenabschied. Das unbeständige Wetter ließ die sonst üblichen Besucherströme auf der Reeperbahn zu einem Rinnsal werden. Es trieb die Obdachlosen in die Hauseingänge und unter die Vordächer der Restaurants und Geschäfte. Ein älteres Paar hatte vor einigen Wochen in der Nähe der Sportschule Position bezogen. In Wolldecken und Schlafsäcke gehüllt, umgeben von schmutzigen Koffern und Tüten, harrte es Tag für Tag auf seinem mit Pappe ausgelegten Fleck aus. Heute schützten beschädigte Regenschirme Besitzer und Besitz leidlich gut vor der Nässe. Er kramte das letzte Kleingeld aus dem Portemonnaie und warf es in einen braunen Coffee-to-go-Becher, der unaufdringlich vor dem Paar stand. Der Mann starrte aus trüben blauen Augen ins Leere. Das wettergegerbte Gesicht ein Spiegel der Resignation. Die Frau kippte ihren bunt bedruckten Regenschirm zurück und schenkte ihm ein zahnloses Lächeln. Er lächelte zurück. Während er weiterging, erfüllten ihn Mitgefühl und eine tiefe, allumfassende Dankbarkeit.

In der Sportschule stand Can hinter dem Empfangstresen; einer der Trainer und sechs Jahre jünger als er.

„Moin", grüßte Christopher.

„Voll auf die Zwölf", erwiderte sein Gegenüber trocken und meinte natürlich die lädierte Lippe.

„Halb so schlimm."

„An die Deckung denken." Can hob in bester Boxermanier die Fäuste und deutete Ausweichbewegungen an.

„Das merke ich mir."

Die Herrenumkleide hatte er für sich allein. Kein Wunder, es war zwanzig Minuten vor der Zeit. Wie auch Romy, kamen viele aus der Gruppe direkt von der Arbeit. Verspätungen waren keine Seltenheit. Er schüttelte die tropfende Regenjacke aus und hängte sie zusammen mit dem Longsleeve in einen der Spinde. Die Straßenschuhe schob er samt Socken unter den Spind und schlüpfte in die Flipflops. Mit dem Rucksack über der Schulter ging er zum Trainingsraum. Begleitet vom

Flip und Flop des Schuhwerks. Mark war bereits da und entwirrte in einer Ecke einen Haufen Springseile. Keine Plastikseile mit austauschbaren Gewichten in den Handgriffen oder ähnlichem Schnickschnack, sondern die klassischen Taue, wie man sie aus dem Sportunterricht in der Schule kannte. Die befreiten Seile hängte er über einen Metallhaken, der in sicherer Höhe aus der Wand ragte. Selbst Christopher würde sich daran nicht den Kopf stoßen.

„Heute übermotiviert?", kommentierte Mark, ohne aufzublicken, sein frühes Erscheinen. Er trug eine dunkelblaue Trainingshose und ein schwarzes Muskelshirt, das keine Zweifel an seiner gestählten Fitness aufkommen ließ. Raspelkurzes schwarzes Haar rundete das Bild ab. Parallelen zu Clemens Wagner drängten sich auf. Doch während Bennis Vater wie ein Panzer durch die Landschaft rollte, glich Mark Brenner einem Raubtier auf der Pirsch. Wenn man ihn bemerkte, war es längst zu spät.

Christopher setzte den Rucksack auf einer der schmalen Holzbänke ab, die zwei Wände des mit roten Schaumstoffmatten ausgelegten Raums säumten. Wahrscheinlich rot, weil man darauf das Blut der Schüler nicht sah. Die Matten waren härter, als sie wirkten. Er stellte zwei Fenster auf Kipp. Die Luft war überreif für einen Austausch.

Mark hängte das letzte Seil auf und wandte sich ihm zu.

Drei, zwei, eins, dumme Bemerkung.

„Mensch, Diecks. Dicke Lippe riskiert?"

Er verzog das Gesicht. „Boah, Mark, da fehlte bloß der Karnevalstusch!"

Sein Gegenüber grinste. „Hat deine Liebste dir eins verpasst? Das hätte ich gern gesehen."

Christopher schlüpfte aus den Flipflops. Die Matten fühlten sich kühl an unter den bloßen Füßen. „Wenn du es unbedingt wissen willst, ich wurde von einem wütenden Bodybuilder über einen Tisch geworfen."

„Und?", kam es trocken zurück.

„Sauber abgerollt." Selten hatte er eine kurze Bemerkung so genossen.

Mark hob die Augenbrauen. „Ich bin beeindruckt. Aufgepasst und umgesetzt. Weiß Romy Bescheid? Ich möchte nachher ungern ins Fettnäpfchen treten."

„Echt? Das wäre neu."

Da war sie, die Schärfe, die sich regelmäßig in ihre Unterhaltungen mischte. Mal fing Mark an, mal er selbst. Sie konnten sich nicht helfen. Plötzlich standen sie sich wieder auf dem Schulhof gegenüber. Der breitschultrige Rüpel und der schmale Rotschopf, der ihm gleich schwungvoll zwischen die Beine treten würde.

Marks Augen verengten sich. Die Luft knisterte. Dann änderte sich sein Mienenspiel, und es erschien dieser spezielle Ausdruck, der allein Christopher vorbehalten war. Die treffendste Umschreibung wäre amüsierte Verachtung.

„Eines Tages wird dir jemand richtig eins auf die Schnauze geben."

„Um das zu vermeiden, bin ich hier."

Die Antwort löste ein feines Lächeln aus. Kurve gekriegt.

Mark griff nach einem Springseil und warf es ihm zu. Er fing es lässig auf. Alles andere wäre peinlich gewesen.

„Zehn Minuten, Diecks. Eine Sekunde weniger, und die Zeit startet von vorn."

Christopher wickelte sich die Seilenden um die Hände und fing locker an zu hüpfen. Im linken Knie meldete sich ein Ziehen. Er blendete es aus. Die Uhr an der gegenüberliegenden Wand zählte die Sekunden. Elf Minuten. Mindestens.

KAPITEL 19

Am Freitagmorgen erwachte er in der Muskelkater-
hölle. Romy lachte ihn aus, als er unter Ächzen und
Stöhnen aus dem Bett kroch. Diesmal hatte sie bei ihm
übernachtet. Während des Frühstücks beobachtete er
mit liebevoller Schadenfreude, wie sich seine zuvor
spottende Freundin jammernd nach der Müslidose
streckte. Mark war gnadenlos gewesen. Direkt vor der
Stunde sollte man den Trainer nicht ärgern. Gegen halb
neun lieferte er Romy humpelnd vor der *Zweiten Hand*
ab. Zwölf Minuten Seilspringen plus Marks knallharter
Drill hatten das Ziehen im linken Knie einzementiert.
Deshalb steckte neben dem Laptop und Camcorder
auch die Arnikasalbe in seinem Rucksack. Der Ab-
schiedskuss im Nieselregen vertrieb für einige Momente die Schmerzen. Romy war bereits halb durch die
Tür des Secondhandladens, als er sie zurückzog. Manche Erlebnisse lohnten eine Wiederholung. Und eine
Wiederholung.

Zur Vorsicht, freundliche Umschreibung für Paranoia, parkte er zwei Straßen vom Büro entfernt. Er
nahm den Schleichweg am Mariendom vorbei, über
den begrünten Innenhof und durch die Hintertür des
Gebäudes. Die verkaterte Beinmuskulatur lockerte sich
allmählich. Das Ziehen im Knie blieb. Auf der Treppe
zum zweiten Stock verfluchte er jede einzelne Stufe.
Selbst schuld, verflixter Ehrgeiz. Vor der Tür mit dem

weißen *Detektei-Kleemeyer*-Schild hielt er inne und massierte sein lädiertes Knie. Beim Eintreten war sein Gang trotzdem unrund.

„Moin", grüßte er Cindy, die hinter dem Empfangstresen Unterlagen sortierte.

Sie beäugte ihn besorgt. „Schwer verwundet?"

Er winkte lässig ab.

„Ah, der Flugschüler", witzelte Andi von seinem Schreibtisch aus. Er trug einen dunkelgrauen Anzug, ein hellgraues Hemd und eine grau gestreifte Krawatte. Eine Komposition in Schnarch.

„Moin, Andi. Alles grau?"

Sein Kollege blinzelte irritiert. „Wie bitte?"

„War das der Wagner?" Martin stand vor der Küche, einen Becher in der linken Hand und ein Croissant in der rechten. Ebenfalls in einen gedeckten Anzug gekleidet. Ohne Krawatte, dafür mit scharfem Tonfall.

„Training bei Mark", erklärte Christopher. Bevor sein Chef die Hunde auf Bennis Vater hetzte.

„Na gut." Martin hob den Becher an die Lippen.

Kaffee. Sofort meldete sein Körper Eigenbedarf an. Obwohl es ihm schwergefallen war, hatte er beim Frühstück auf den zweiten Becher verzichtet. Die fehlende Ladung Treibstoff verwirrte seinen Körper und Geist. Er humpelte zu seinem Schreibtisch und stellte den Rucksack ab. Nachdem er die feinen Tropfen von der gefütterten Regenjacke geschüttelt hatte, hängte er sie über die Rückenlehne des Stuhls. Seine Kleidung zielte heute auf Bequemlichkeit ab. Er trug das dunkelblaue Longsleeve von gestern und die schwarze Zimmermannshose mit den beiden breiten Reißverschlüssen. Romys Lieblingshose und mittlerweile auch seine.

Dazu schwarze Sneaker. Zwei seriöse Privatdetektive und ein Schlunz. Er setzte sich. Der robuste Cordstoff der Hose gab dank des Stretchanteils angenehm nach, doch das gebeugte Knie schmerzte stärker als zuvor. Kurzerhand drehte er den leeren Papierkorb um und benutzte ihn als Beinstütze. Viel besser.

Andi schüttelte mitleidsvoll das grau melierte Haupt. „Ist das noch Sport oder schon Masochismus?"

„Eine exzellente Frage. Wie ist es bei der Polizei gelaufen?"

Sein Kollege sprang begeistert auf den Themenwechsel an. „Keine Probleme, kein Wort über die Wagners. Ich habe unsere Ermittlungsergebnisse präsentiert, und Frau Borchert hat die Anzeigen erstattet. Bertram Markgraf ist heute zur Nachtschicht eingeteilt. Zwei Beamte werden ihn während seiner Runde abfangen und zur Befragung aufs Revier bringen. Falls es bei *RC Security* weitere Beteiligte gibt, sollen die nicht durch einen Besuch in der Firma gewarnt werden. Sobald Markgrafs Rolle bei den Einbrüchen geklärt ist, wird über die nächsten Schritte entschieden. Sollte er involviert sein und sich kooperativ zeigen, könnte er mittelmäßig lädiert aus der Sache herauskommen. Den Job wäre er selbstverständlich los, gleichgültig, ob er seine Komplizinnen ans Messer liefert oder nicht." Andi kratzte sich am Kinn. „Rainer und Tara halten an der Hoffnung fest, dass Markgraf unschuldig ist. Oder höchstens für den Eigenbedarf stiehlt. Die Tüten, die wir auf den Überwachungsvideos gesehen haben, sind die einzigen Indizien für eine kriminelle Handlung seinerseits. Und dafür könnte es eine harmlose Erklärung geben. Der Rest, einschließlich des Alkoholproblems, sind Mutmaßungen."

„Wäre schön, wenn wir uns irren würden", erwiderte Christopher. Er bezweifelte es. Zu vieles passte zusammen. Ein anderer Punkt tauchte aus der Informationsfülle in seinem Kopf auf. „Habt ihr herausgefunden, an welchen Wochentagen der Müll bei den Bunkern abgeholt wird?" Das Thema war ihm bei den vielen Ereignissen komplett entfallen.

Martin nickte. „Frau Borchert hat mir per E-Mail eine Auflistung geschickt. Die Objekte, die als mögliche Ziele infrage kommen, sind montags und dienstags an der Reihe. Da es diese Woche ruhig war, könnte der nächste Einbruch sehr bald stattfinden. Der Überfall auf Benni Wagner fällt aus der Kalkulation, also ist die Pause von zwei bis drei Wochen überschritten."

„Vielleicht haben die Täter kalte Füße bekommen und ihre Serie beendet", warf Andi ein.

„Möglich." Martin ging zu seinem Schreibtisch. „Doch warum sollten sie? Das Prinzip funktioniert, und unsere Ermittlungen waren diskret." Er biss von seinem Croissant ab. „Es gibt keinen drängenden Grund, aufzuhören", fügte er kauend hinzu.

Heute war Freitag. Wenn die Einbrecher einen der genannten Termine für den Abtransport des Diebesguts nutzen wollten, könnte es in der kommenden Nacht passieren. Bertram Markgraf würde Zeit und Gelegenheit haben, einen der Räume zu plündern. Oder der Einbruch hatte bereits stattgefunden und war bislang unentdeckt geblieben. Es wäre nicht das erste Mal. Christopher warf die Überlegungen in die Runde.

„Da ist in der Tat Vorsicht geboten." Martin biss erneut ins Croissant. „Falls heute eine Aktion geplant ist, könnte die Situation durch das Auftauchen der Polizei eskalieren."

„Ich spreche mit den ermittelnden Beamten." Andi holte eine flache Box für Visitenkarten aus einer Schreibtischschublade, nahm eines der Pappkärtchen und griff zum Telefonhörer.

Während Andi telefonierte und Martin weiteraß, verkabelte Christopher den Laptop. Kurz darauf füllte das Foto von Frau Wagner und ihrem Geschäftspartner den Bildschirm. Sven Laurentzen. Der fürsorgliche Enkel. Der Dealer, der illegal Medikamente verkaufte. Der Feigling, der verschwand, wenn es eng wurde.

„Der kriminelle Vogel", führte Martin die Aufzählung perfekt abgestimmt fort.

„War deine Informantin bei der Zulassungsstelle erfolgreich?"

„Die Halterin des blauen Opel ist eine gewisse Sabine Kinkel, wohnhaft in Lokstedt. Das Fahrzeug wurde vor drei Jahren auf ihren Namen zugelassen. Das bedeutet nicht, dass die Frau beteiligt ist. Ihr Fahrzeug könnte gestohlen worden sein. Oder ein Mitglied der Bande hat willkürlich ein Modell ausgesucht, das zum eigenen Wagen passt, und sich gefälschte Nummernschilder besorgt." Sein Chef hielt inne. „Mir gefällt die zweite Variante. Geringeres Risiko bei Polizeikontrollen, und die Strafzettel landen im Briefkasten der ahnungslosen Halterin."

„In dir steckt ein kleiner Gangster, der darauf wartet, freigelassen zu werden."

„Ein gesundes Maß an krimineller Energie erleichtert unseren Job ungemein."

Das stimmte. Gelegentlich fand er es beunruhigend, mit welcher Begeisterung seine Gedanken auf die dunkle Seite der Macht wechselten.

„Wie gehen wir vor?", hakte er nach. „Wir können Frau Kinkel schlecht fragen, ob sie gestern zufällig im Malzweg geparkt hat. Falls sie zur Bande gehört, wäre es eine ideale Methode, um die Ermittlungen zu versenken."

Martin kratzt sich nachdenklich am wohlgenährten Bauch. Sein Blick fiel auf Bianca Wagners Foto und verharrte dort.

„Ich würde mir zu gern diesen Lagerraum ansehen. Dürfte interessant sein."

Christopher wurde warm um die Ohren. „Bestimmt." Sein Schweigen war keine echte Lüge. Lediglich ein Zurückhalten von Informationen, die keinerlei Relevanz für die laufenden Ermittlungen besaßen. Trotzdem fühlte er sich schuldig. Bianca Wagner hatte ihn nie ausdrücklich darum gebeten, den Raum und dessen Inhalt vor der Welt geheim zu halten. Sein verquerer Beschützerinstinkt brachte ihn dazu.

Im Hintergrund beendete Andi das Telefonat mit der Polizei. Die rettende Ablenkung von seinem Dilemma.

„Unsere Freunde und Helfer haben sich für den Hinweis bedankt", verkündete sein Kollege. „Sie werden entsprechend vorsichtig vorgehen."

„Gut." Martin strich sich einige Croissantkrümel vom Jackett. „Überprüfe nachher bitte diese Sabine Kinkel. Auf leisen Sohlen. Wir wollen niemanden nervös machen. Und weil wir so hübsch beisammen sind, möchte ich euch meinen Masterplan für die Wagners vorstellen." Er deutete auf das Besprechungszimmer. „Falls der Patient laufen kann ..."

„Aber sicher." Christopher schraubte sich aus dem Stuhl hoch. Neugier war ein wirkungsvoller Motivator. Dem Knie hatte die Pause gutgetan. Dem Muskelkater nicht. Überall zog und ziepte es. Nach Andis Miene zu urteilen, sah sein Humpeln übel aus.

Im Besprechungszimmer sank er in den Stuhl direkt bei der Tür. Kurze Wege, lange Pausen. Er zog den linken Schuh aus und legte das Bein leicht angewinkelt auf der Sitzfläche eines zweiten Stuhls ab. In der Position ließ es sich aushalten. Martin nahm neben Andi auf der Fensterseite Platz. Wie beim Verhör. Ein normal tickender Mensch hätte wohl an ein Bewerbungsgespräch gedacht. Dieser Job veränderte die Sicht auf manche Dinge. „Masterplan klingt spannend", bemerkte Christopher.

„Schlachtplan war mir zu martialisch." Martin morste mit dem rechten Zeigefinger einen unruhigen Rhythmus auf der Tischplatte. „Ich habe den gestrigen Tag genutzt, um mir Gedanken über die nächsten Schritte zu machen. Zu dritt werden wir mit der Bande nicht fertig. Rainer ist in der Firma zu stark gefordert, um uns zu helfen. Besonders jetzt, durch die Situation mit Bertram Markgraf. Tara hat ihre Unterstützung zugesichert und von Rainer grünes Licht bekommen. Wir dürfen sie während ihrer Arbeitszeit in die Ermittlungen einbinden. Allerdings möchte ich sie aus den heiklen Situationen heraushalten. Gleichgültig, ob sie selbst dazu bereit ist. Zum einen könnte die Bande Tara bei

der Observierung des Bunkers in der Palmerstraße beobachtet haben und sie wiedererkennen. Zum anderen
müssen wir an Finn denken. Der Junge braucht seine
Mutter gesund und munter."

Ein Stein plumpste in Christophers Magen und blieb
dort kalt liegen. „Wer soll uns deiner Meinung nach unterstützen?", fragte er.

„Kommt gleich." Martin morste die nächste Botschaft
auf der Tischplatte. „Unser Wissen über Anabolika und
all die anderen Substanzen, mit denen manche Menschen ihre Körper traktieren, ist begrenzt. Im Darknet
kennen wir uns ebenso wenig aus wie auf dem realen
Drogenmarkt. Bianca Wagner wird uns keine Hilfe
sein. Clemens Wagner besitzt umfassende Erfahrungen in der Amateur- und Profi-Wettkampfszene, und er
arbeitet als Personal Trainer für Kraftsportler und Bodybuilder. Was nicht bedeutet, dass er selbst zu unerlaubten Mitteln gegriffen hat oder dies bei anderen toleriert. Auf mich wirkt er wie ein Mann, der seine Ziele
durch harte Arbeit erreichen möchte."

„Würde es deinem Plan helfen, wenn er Dopingerfahrungen mitbrächte?", hakte Andi nach.

„Es würde nicht schaden. Allerdings bin ich unsicher,
wie ich Wagner auf das Thema ansprechen soll."

„Telefonisch", gab Christopher humorig zurück.
„Falls du das persönliche Gespräch bevorzugst, such dir
einen Raum mit breiten Tischen und weichem Teppich."

Martin schnaufte. „Danke für die geschmeidige Überleitung. Wagners größtes Problem ist seine fehlende
Objektivität. Er ist zu wütend, um besonnen zu handeln. Das hat er unlängst bewiesen. Ich möchte mir

nicht ausmalen, was passiert, falls er auf ein Mitglied der Bande trifft. Da sind sämtliche Eskalationsstufen vorstellbar. Um die Leute auffliegen zu lassen, benötigen wir jemanden, der emotionslos agiert. Der den Umgang mit Kriminellen gewohnt ist, ihre Sprache spricht und sich mit der Materie auskennt."

Andi runzelte die Stirn. „Sprache im Sinne von ‚Handel mit verbotenen Substanzen‘ oder Gewaltbereitschaft?"

„Beides."

Christopher beugte sich unwillkürlich vor. „An wen denkst du?"

„An unseren neuen Freund Denno."

Denno? Er kramte in seinem Gedächtnis nach einem Gesicht zum Namen und wurde fündig. „Der aufgepumpte Typ, der Clemens Wagner für uns im Fitnessstudio überwacht hat? Wie kann ...?" Sekunde. Natürlich. Die nicht näher definierten Jobs, die Martin bei der Beschreibung des blonden Hünen erwähnt hatte. Er verzog anerkennend die Mundwinkel. „Clever."

„Danke."

Andi präsentierte seine Interpretation einer skeptischen französischen Bulldogge. „Du möchtest einen kriminellen Koberer einweihen, dessen vollständigen Namen wir nicht einmal kennen? Was, wenn er vor seinen Kumpels den dicken Max markiert und alles ausplaudert? Das könnte die Wagners und uns in ernsthafte Schwierigkeiten bringen!"

Martin hob beschwichtigend die Hand. „Der Kollege, der mir Denno vermittelt hat, verbürgt sich für ihn. Die beiden arbeiten seit Jahren zusammen. Denno besitzt

Straßenschläue. Er ist zuverlässig und verschwiegen. Und er kann sich seiner Haut wehren.“

„Brauchbare Eigenschaften“, gab Andi zu. „Die auch andere besitzen. Mir fehlt die besondere Qualifikation, die das Risiko rechtfertigt.“

Ein feines Lächeln umspielte Martins Lippen. „In einem früheren Leben hat Denno sich intensiv mit dem Anabolikamissbrauch beschäftigt. Er kennt eine Vielzahl von Substanzen, ihre Kombinationsmöglichkeiten, Wechselwirkungen und Nebenwirkungen. Nach Zusammenstößen mit der Polizei und gesundheitlichen Problemen lässt er mittlerweile die Finger von dem Zeug. Seine stählernen Muckis formt er heutzutage angeblich durch diszipliniertes Training und strenge Diät. Trotzdem pflegt er Verbindungen zur alten Szene. Das spielt uns in die Karten. Und sein Führungszeugnis weist passende Vorstrafen auf. Falls jemand auf die Idee kommt, in der Richtung nachzuforschen. Er ist der ideale Kandidat.“

Christopher grinste. „Weiß Denno, dass er einen Fan hat?“

„Kein Wort zu ihm!“ Martin drohte spielerisch mit dem Zeigefinger. „Der Mann erfüllt einen Zweck. Er soll nicht auf die Idee kommen, ich würde seine Vergangenheit gutheißen.“

„Meine Lippen sind versiegelt. Hast du ihn in deine Pläne eingeweiht?“

„Wir haben uns gestern Abend zu einem konspirativen Vier-Augen-Gespräch in einer Bergedorfer Kneipe getroffen.“

„Da wäre ich gern Mäuschen gewesen.“

„Denno hat darauf bestanden, beim ersten persönlichen Kontakt ausschließlich mit mir zu sprechen. Da wir seine Hilfe benötigen, bin ich auf diese Bedingung eingegangen.“

„Wie ist der Mann in natura? Ähnlich imposant wie aus der Ferne?“

Martin wiegte den Kopf. Offenbar ließ er die Begegnung vor seinem inneren Auge Revue passieren. „Auf ungeschliffene Art charmant und latent bedrohlich. Die Hälfte der Zeit habe ich zum Ausgang geschielt.“

„Der ideale Kandidat“, zitierte Christopher.

Martin fand die Antwort amüsant.

Andi blieb skeptisch. „Wie viel weiß Denno über den Fall?“

„So viel wie nötig und so wenig wie möglich. Die Familiengeschichte der Wagners habe ich verschwiegen. Er ist über die Zusammenarbeit von Bianca Wagner und Sven Laurentzen im Bild. Wie es zu dem unheilvollen Bündnis kam, geht ihn nichts an. Benni musste ich erwähnen, um das Risiko zu verdeutlichen. Denno soll wissen, worauf er sich einlässt. Aufgrund seiner Vorstrafen ist er nicht zu allen Schandtaten bereit. Er entscheidet selbst, wie weit er geht. Nach Abschluss der Ermittlungen wird er nicht als Zeuge zur Verfügung stehen. Das könnte die Beweisführung vor Gericht erschweren, doch dieser Punkt ist unverhandelbar. Anonymität ist Dennos Priorität.“

Christopher lachte. „Den Spruch sollten wir auf ein T-Shirt drucken lassen. Als Dankeschön für seine Dienste.“

„Exzellenter Vorschlag. Das Präsent darfst du ihm gern selbst überreichen.“

„Nein, danke. Mein Bedarf an wütenden Bodybuildern ist gedeckt. Hatte Denno eine Idee, wie wir vorgehen können? Oder seid ihr dazu nicht gekommen?"

„Oh, doch. Nach dem zweiten Bier wurde er richtig kreativ. Er hat vorgeschlagen, als Dealer aufzutreten, dem unerwartet der Lieferant weggebrochen ist. Polizeirazzia, Gefängnisstrafe, er denkt sich eine glaubwürdige Geschichte aus. Clemens Wagner soll in seinem Auftrag eine fingierte Testbestellung aufgeben. Mit der Aussicht auf regelmäßige Bestellungen bei erfolgreicher Zusammenarbeit. Da muss Wagner kräftig die Werbetrommel rühren. Sobald der inszenierte Probelauf abgeschlossen ist, folgt ein Auftrag, der sich aus Zeitgründen und wegen des Umfangs nicht über eine Packstation abwickeln lässt. Die Bande möchte ihre Geschäfte abseits des Darknets ausweiten. Wenn Wagner sie überzeugen kann, dass Denno dabei eine große Hilfe wäre, lockt er sie hoffentlich aus der Reserve."

Andi gab einen nachdenklichen Laut von sich. „Möchtest du die klassische Übergabe forcieren, an deren Ende die Handschellen klicken? Wenn die Leute halbwegs intelligent sind, wovon wir ausgehen sollten, kennen sie die Masche und lassen sich nicht darauf ein."

Martin nickte. „Der Vorschlag für ein Treffen muss von der Bande kommen. Alles andere könnte sie misstrauisch machen. Und um das Klicken der Handschellen geht es in dieser Phase nicht. Wir brauchen Beweise, die wir der Polizei präsentieren können. Fotos, Videoaufnahmen, alles, was zur Identifizierung der Beteiligten führt. Eine Stimme am Telefon oder einen Schatten in einer Gasse kann niemand verhaften."

„Wir schicken Wagner oder Denno aber nicht verkabelt zu irgendwelchen Treffen, oder?“, fragte Christopher besorgt.

Martins Augen weiteten sich. „Nein. Keine versteckten Aufnahmegeräte oder Handys, die heimlich Gespräche aufzeichnen. Das werde ich auch Wagner und Denno klarmachen. Ich möchte nicht für die Konsequenzen einer verpatzten Abhöraktion verantwortlich sein.“

„Ich wollte bloß sichergehen. Mir geht nämlich ziemlich die Muffe.“

„Nicht nur dir.“

„Grundsätzlich gefällt mir dein Plan“, erwiderte Christopher. So gut ihm ein Plan gefallen konnte, bei dem es darum ging, einen Haufen gewaltbereiter Krimineller auszutricksen.

„Aber?“, soufflierte Martin.

„Kein ‚Aber‘. Vorläufig. Ich muss die Informationen in Ruhe sacken lassen.“

„Verbesserungsvorschläge sind ausdrücklich willkommen. Spätestens morgen sollten wir uns einig werden, wie wir vorgehen. Damit nicht zu viel Zeit verstreicht.“

Da verabschiedete sich wahrscheinlich sein freier Samstag. Zum Glück arbeitete Romy morgen ebenfalls. Den Großteil des Tages hätten sie sowieso getrennt verbracht. „Was ist mit den Wagners?“, erkundigte er sich. „Wie wollen wir sie informieren?“

„Das Problem ist gelöst“, erwiderte Martin. „Der Detektivkollege aus St. Pauli hat gestern einer gewissen Apotheke einen Besuch abgestattet und Bianca Wagner diskret ein Päckchen überreicht.“

„Ein Handy?", wählte er das Naheliegende.

„Zwei Handys. Eines für Frau Wagner und eines für ihren Mann. Unsere Nummern sind bereits unter den Kontakten gespeichert. Selbstverständlich ohne Verweis auf die Detektei."

„Gute Idee."

„Ich habe meine Momente. Die neuen Rufnummern der Wagners gebe ich euch später. Herr Wagner hat gestern Abend per Textnachricht den Erhalt der Handys bestätigt. Er meldet sich gegen Mittag telefonisch, um über den Plan zu sprechen."

Andi sah zweifelnd drein. „Ob er sich auf das Spiel einlässt?"

„Welche Alternativen hat er?" Martin hob den rechten Zeigefinger. „Selbstanzeige bei der Polizei. Mögliche Festnahme. Gerichtsverfahren. Im schlimmsten Fall Gefängnis für seine Frau und ihn. Die Bande entkommt unerkannt, weil es keine Beweise gibt. Mit einer prompten oder späteren Rache an der Familie ist zu rechnen." Er nahm den Mittelfinger dazu. „Die Dinge laufen lassen. Sich tiefer in kriminelle Aktivitäten verstricken. Ein Leben in Angst führen. Vor der Polizei, vor der Bande. Langjährige Haftstrafen riskieren. Clemens Wagner könnte die Belastung wahrscheinlich einige Zeit aushalten. Meine Sorge gilt Bianca Wagner. Wie lange dauert es, bis Schuldgefühle und Scham sie zu einer Dummheit treiben? Das wäre das schrecklichste Szenario."

„Außerdem wissen wir drei Bescheid", warf Christopher ein. „Lily und Benni sind eingeweiht, Rainer und Tara ebenfalls. Keiner von uns wird vor der Situation die Augen verschließen. Die zweite Alternative steht außer Frage.“

„Die Bande könnte sich trotzdem rächen“, bemerkte Andi. „Selbst wenn die Mitglieder identifiziert und verhaftet werden. Und die Wagners entgehen nicht automatisch einer Gefängnisstrafe.“

Betrübt rieb sich Martin das Kinn. „Es gibt kein Happy End in dieser Geschichte. Die Wagners werden verlieren. Sie haben längst verloren. Deshalb liegt es an uns, alles zu versuchen, damit die Täter ihre gerechte Strafe erhalten. Das ist der einzige Triumph, auf den wir hoffen können.“

Schöne Aussichten. Christopher richtete sich im Stuhl auf. Er spürte wieder den Muskelkater in Schultern, Armen, Oberschenkeln und Rücken. Wie oft konnte man kontrolliertes Fallen und Abrollen üben, bevor sämtliche Knochen zerbröselten? Während er eine bequemere Sitzposition suchte, fiel ihm die Wurzel allen Übels ein. „Wir dürfen Sven Laurentzen nicht vergessen. Falls die Polizei ihn in die Finger bekommt, könnte sein Geständnis Bianca Wagner helfen. Wenn er zugibt, dass er ihre Situation ausgenutzt und sie manipuliert hat, spricht der Richter vielleicht ein milderes Urteil. Besonders in Anbetracht ihrer Vergangenheit und der psychischen Probleme.“

„Oder Laurentzen reißt sie mit sich in den Abgrund“, erwiderte Andi, der ewige Sonnenschein. „Bianca Wagner hat weit mehr beigetragen als medizinische Beratung und Seelsorge für bedürftige Kunden. Sie hat Bestellungen verschickt. Lieferungen abgeholt. Davon gibt es laut ihrer Aussage sogar Fotos. Wir können nicht ausschließen, dass sie illegale Substanzen in der eigenen Wohnung zwischengelagert hat. Falls Laurentzen davon weiß, könnte er sie belasten, um sein eigenes Strafmaß zu verringern."

„In diesem Punkt bin ich bei Topher", erwiderte Martin. „Laurentzen kann Bianca Wagner helfen. Leider ist es zu früh, ihn bei der Polizei als vermisst zu melden. Das würde Fragen aufwerfen, die wir noch nicht beantworten können."

Die Polizei. Kriminaloberkommissar von Evert.

Christopher stöhnte auf. „Falls Felix von Evert davon erfährt, reißt er mir den Kopf ab. Ach, was rede ich, *wenn* er davon erfährt!" Es war lediglich eine Frage der Zeit.

„Du kannst ihn nicht einweihen", sagte Martin bestimmt. „Ich verstehe dein Dilemma. Mein Gewissen geht genauso auf die Barrikaden. Doch ich habe Clemens Wagner in die Hand versprochen, die Polizei herauszuhalten, bis wir ausreichend Beweise gesammelt haben. Wenn die Wagners die Kooperation verweigern, ist alles vorbei. Felix von Evert hätte keine andere Wahl, als sofort Ermittlungen einzuleiten. Möchtest du von ihm verlangen, Wissen über strafrechtlich relevante Handlungen zu verschweigen? Seine Kollegen und Vorgesetzten zu belügen? Falls bei unserem Vorhaben irgendetwas schiefgeht, könnte es ihn den Job kosten. Möglicherweise sogar weitreichendere Konsequenzen nach sich ziehen."

„Natürlich würde ich das nicht verlangen!", gab Christopher schärfer als beabsichtigt zurück. „Dafür respektiere ich den Mann viel zu sehr. Außerdem mag ich Felix von Evert. Und obwohl er meinetwegen fast erschossen worden wäre, beruht das Gefühl erstaunlicherweise auf Gegenseitigkeit. Wenn ich diese Nummer vor seiner Haustür ablade, kann es sich ändern. Das will ich nicht." Die verzwickte Lage konnte einen zur Verzweiflung treiben!

„Wir finden einen Ausweg", gab sich Martin optimistisch. „Wenn wir all unseren Grips zusammentun, sollte etwas Vernünftiges dabei herauskommen."

„Okay." Obwohl der Aufmunterungsversuch nicht fruchtete, wusste er ihn zu schätzen.

„Um von der trüben Stimmung abzulenken ..." Martin holte sein Smartphone aus der Hosentasche. „Ich hatte vorhin einen interessanten Austausch mit Frau Wagner." Er tippte einige Male auf das Display, wischte mit dem Zeigefinger nach links und rechts und reichte das Gerät über den Tisch. Christopher las die angezeigte Textnachricht. Sie enthielt lediglich eine Buchstaben- und Zahlenfolge, die auf *.onion* endete.

„Sven Laurentzens Portal", erklärte Martin. „Ich dachte mir, wir sollten einen Blick darauf werfen. Vielleicht finden wir dort einen Hinweis auf den Verbleib des kriminellen Vogels."

Ein Ausflug ins Darknet? In unbekannte, von Kriminellen bevölkerte Gefilde? Sein inneres Kind hüpfte begeistert auf und ab. Er reichte das Smartphone zurück. „Wann?"

„Meinetwegen sofort. Ich habe das nötige Equipment mitgebracht."

Er klaubte rasch seinen Schuh vom Boden auf und zog ihn an. Mit dem Becher in der Hand folgte er Andi und Martin humpelnd aus dem Raum. Bevor sie starteten, verschwand er samt Arnikasalbe im Badezimmer. Das lädierte Knie und der dunkelblaue Fleck an der linken Schulter erhielten jeweils eine großzügige Portion. Als Christopher zurückkam, warteten Andi und Martin mit ihren Stühlen an seinem Arbeitsplatz. Auf dem Schreibtisch lag ein klobiger, verkratzter Laptop.

„Wo hast du den ausgegraben?", fragte er belustigt.

„Connys Alter", erwiderte sein Chef. „Und nein, ich meine nicht mich."

Sie setzten sich. Andi und Martin nahmen ihn in die Mitte. Er stützte den linken Fuß wieder auf den umgedrehten Papierkorb. Sobald er es einigermaßen bequem hatte, schaltete er den Laptop ein und schob ihn seinem Chef hin, damit dieser das Passwort eingeben konnte. Es dauerte eine Weile, bis das veraltete Gerät einsatzbereit war. Endlich erschien ein hellblauer Hintergrund und, leicht verzögert, eine Reihe von Symbolen. Die Internetverbindung wurde automatisch hergestellt. In der unteren rechten Ecke blitzte ein Kästchen auf. Zu welchem Programm es gehörte, konnte er nicht erkennen.

„Ich hoffe, die Kiste ist ausreichend gesichert. Es wäre ärgerlich, wenn sich ein fieser Hacker Connys Bankdaten und Shopping-Historie schnappen würde."

„Keine Sorge", erwiderte Martin zufrieden. „Einer unserer ehemaligen Klienten ist Mitglied im Chaos Computer Club. Ich habe ihn gestern telefonisch konsultiert und den Laptop mit seiner Hilfe aufgerüstet. Tor-Browser, Firewall, Virenscanner, Schutzprogramme, Verschlüsselungen, frag mich nicht, was wir alles installiert und gelöscht haben."

„Meinst du Hagen Börne?", hakte Andi nach. „Der mit dem Stalker?"

„Ebenjener."

Christopher sagte der Name nichts.

„War vor deiner Zeit", kam Martin seiner Frage zuvor. „Hagen wurde monatelang von einem anonymen Verehrer belästigt. Telefonanrufe, bei denen sofort aufgelegt wurde, wirre Briefe, Fotos, die ihn in Gesellschaft von Freunden zeigten, teilweise mit neidischen Botschaften versehen. Ich habe schließlich die Identität des Mannes herausgefunden. Er arbeitete in einem Bioladen, in dem Hagen regelmäßig eingekauft hat. Ein unauffälliger, schüchtern wirkender Typ. Das klassische Mauerblümchen. Hagen konnte sich nicht erklären, wie die Fixierung entstanden ist. Es gab nie privaten Kontakt zwischen den beiden. Abgesehen von Höflichkeitsfloskeln haben sie kein Wort miteinander gewechselt. Dank der Ermittlungen konnte er bei Gericht eine einstweilige Anordnung gegen den Mann beantragen. Annäherungsverbot, Verbot der Kontaktaufnahme per Telefon, Brief et cetera pp. Eine Woche später hat ihn der Zurückgewiesene in einer Kaufhaustoilette mit einem Messer angegriffen. Hagen erlitt Schnittwunden an Oberkörper und Armen. Der Stalker sitzt seit seiner Verurteilung in der geschlossenen Psychiatrie."

Ein Schauer lief über Christophers Rücken. „Üble Geschichte."

„Ich habe Hagen damals im Krankenhaus besucht und vor Gericht ausgesagt. Seitdem halten wir lockeren Kontakt. Was sich gelegentlich als nützlich erweist."

„Inwiefern?" Das war eine dieser Fragen, bei der er nicht sicher war, ob er die Antwort hören wollte.

„Hagen ist ein talentierter Hacker. Selbstverständlich setzt er seine Fähigkeiten nie für unlautere Zwecke ein. Er hilft vielmehr, sie aufzudecken.“

„Selbstverständlich“, erwiderte Christopher neutral. *Das kannst du deiner Großmutter erzählen.*

Martin schmunzelte. „Mehr werde ich zu dem Thema nicht sagen.“ Er deutete auf den Laptop. „Die Bühne gehört dir.“

„Möchtest du nicht ...?“

„Hagen und ich haben gestern einen Orientierungsausflug unternommen. Meine Neugier ist gestillt. Die Zwiebel weist den Weg.“

Christopher positionierte den Cursor auf einem Symbol, das in der Tat wie eine stark stilisierte, angeschnittene Zwiebel aussah. Er zögerte. In seinen Fingerspitzen kribbelte die Abenteuerlust. Im Magen flatterten Vorsicht und Besorgnis um die Wette. Stellte er sich unnötig an? Der Laptop war geschützt, was konnte passieren? Martin sollte sich Sorgen machen. Immerhin war es der Computer seiner Frau. Ihm wurde bewusst, wie wenig er sich mit dem Darknet auskannte. Es gab die guten Seiten, die auch Bianca Wagner erwähnt hatte. Die geschützten Kommunikationsplattformen für Whistleblower, Aktivisten und Journalisten. Normale Internetbenutzer konnten anonym surfen und sich von den Tentakeln der Datenkraken fernhalten. Selbst die Polizei nutzte das Darknet für Ermittlungen. Trotzdem blieb es ein unheimliches Konstrukt, in dem sich der Unbedarfte verirren und kriminellen Elementen sensible Informationen über sich preisgeben konnte. Jeder Link stellte eine mögliche Gefahr dar. Identitätsdiebstahl, geplünderte Konten, der Stoff für Thriller und äußerst reale Albträume. Genau darin lag der Reiz. Christopher kannte seine Neugier. Fing er einmal mit dem Stöbern an, würde es schwierig sein, aufzuhören. Wollte er von den illegalen Diensten erfahren, die gegen Bezahlung angeboten wurden? Von den menschlichen Abgründen, die sich in manchen Foren auftaten? Nicht zu vergessen die geheimen Websites, in denen Unaussprechliches lauerte.

„Die Büchse der Pandora", wisperte Martin prompt in einem übertrieben ehrfürchtigen Tonfall, der in jeden billigen Abenteuerfilm gepasst hätte.

Christopher fühlte sich veralbert. Er startete den Browser. Und hielt unwillkürlich den Atem an. Die Eingangsseite erschien. Spartanisch und inhaltsarm. Links ein Zwiebelsymbol, daneben ein Willkommensgruß und der Hinweis, dass der Nutzer nun anonym im Internet surfte. Darunter das Eingabefeld einer Suchmaschine. Mehrere Links führten zu Tipps für die achtsame Internetnutzung und zu Möglichkeiten, das Netzwerk zu unterstützen. Nun zeigte Martin ihm erneut die Textnachricht mit der Adresse des Portals. Christopher fügte die kryptische Zahlen- und Buchstabenfolge in das Eingabefeld des Browsers ein. Drückte *Enter*. Die angewählte Website baute sich quälend langsam auf. Ein weißer Hintergrund. Ein Anmeldeformular, in dem Benutzername und Kennwort abgefragt wurden. Darunter ein Link; die Möglichkeit, sich zu registrieren. Kein Hinweis, wohin diese Seite führte.

Er klickte auf den Link. Ein neues Formular erschien. Unter *Benutzername* fügte er spontan *User1991* ein. Bei *Kennwort* nahm er eine beliebige Buchstabenfolge. Bloß keine recycelten Zugangsdaten für andere Websites verwenden. Ein Kontrollfeld verlangte eine Wiederholung des Kennworts. Als er es ausgefüllt hatte, erschien eine zusätzliche Zeile, in der eine gültige E-Mail-Adresse verlangt wurde.

Er sah zu Martin. „Vergiss es."

„Keine Panik." Sein Chef wischte über das Display des Smartphones. „Hagen hat für diesen Fall eine anonyme E-Mail-Adresse erstellt. Die verschickt verschlüsselte Nachrichten und funktioniert ausschließlich im Darknet."

Christopher übernahm den als Memo gespeicherten Buchstabensalat. „Du wirst auf deine alten Tage ein echter Computerfreak."

„Gott bewahre! Und wir zwei sprechen uns, wenn du die alten Tage erreicht hast."

Nach einem Klick auf *OK* wurden sie weitergeleitet. Es dauerte. Und dauerte. Er klopfte mit dem rechten Daumen ungeduldig auf den Rand des Laptops. Von sich selbst genervt, schloss er die Hand zur lockeren Faust. Endlich baute sich die Website auf. Mittig erschien schwarze Schrift vor zartgrünem Hintergrund:

Das Apothekenschränkchen
Für jedes Wehwehchen das passende Mittelchen

Darunter eine freundliche Begrüßung. Schön, dass Sie hier sind, viel Spaß beim Einkauf. Zwei Symbole rahmten den Textblock ein. Links der Äskulapstab mit der sich nach oben windenden Schlange. Das Symbol des medizinischen Standes. Rechts ein antiker Holzschrank, in dem Pillendosen und dunkle Fläschchen in unterschiedlichen Formen standen.

„Echt jetzt?", entfuhr es Christopher.

Schränkchen, Wehwehchen, Mittelchen? Ein bisschen Drogichen fürs Körperchen?

Martin grunzte missbilligend. „Ich weiß nicht, wie ich das einordnen soll."
Andi schüttelte den Kopf. „Der hat den Schuss nicht gehört."
In einer Spalte am linken Rand stand eine Reihe von Rubriken zur Auswahl:

Schmerzmittel, Antidepressiva, Antibiotika, Anabolika, Diverse, Bewertungen, Gästebuch, Kontakt.

Christopher klickte auf *Anabolika*. Nach längerer Ladezeit erschien die nächste Seite. Dort wurden alphabetisch untereinander angeordnet die erhältlichen Produkte angezeigt. Jeweils ein Bild der Verpackung, die Inhaltsbeschreibung, Preis, Lieferzeit und das Symbol eines Einkaufswagens. Über einen nach unten zeigenden Pfeil ließ sich die vollständige Produktbeschreibung ausklappen. Quasi der Beipackzettel. Ein Vermerk informierte darüber, dass es für Erstbesteller und ab einer gewissen Bestellmenge zwanzig Prozent Rabatt auf den Kaufpreis gab und die Versandkosten erlassen wurden. Ein Link führte zu den Produktbewertungen bisheriger Käufer. Schulnoten fürs Doping.
„Ein astreiner Webshop", kommentierte Andi zwischen Abscheu und Bewunderung. „Ich kenne legale Bestelldienste, deren Websites liebloser gestaltet sind."
„Erschreckend professionell", stimmte Martin zu.

Christopher legte wahllos ein Produkt in den Einkaufswagen. Danach wechselte er zum Warenkorb. Ein Pop-up lieferte Informationen zur Kaufabwicklung. Bezahlt wurde in Bitcoins, dieser Kryptowährung, deren Prinzip er nie kapiert hatte. Das Geld landete zunächst auf einem Treuhandkonto. Dort wurde es verwaltet, bis der Käufer den Eingang der Ware bestätigte. Anschließend erfolgte die Überweisung an den Verkäufer. Neben einem Ausrufungszeichen stand der Tipp, im Bestellformular einen falschen Namen anzugeben. Für die ganz Dummen. Unter *Lieferort* bot ein Drop-down-Menü die Möglichkeit, zahlreiche Paketstationen innerhalb Deutschlands auszuwählen. Lieferungen ins europäische Ausland erfolgten auf Anfrage. Er brach die Bestellung ab und wechselte zu den Bewertungen. Hier konnten Käufer ein bis fünf Sterne vergeben und Kommentare hinterlassen. Rechts oben stand die Gesamtnote: Fünf von fünf Sternen. Der Laden lief. Sofern die Beiträge echt waren und keine getarnten Selbstbeurteilungen, um sich Vertrauen zu erschleichen. Er scrollte durch die Bewertungen. Die Kundschaft lobte die schnellen Lieferzeiten, die unkomplizierte Abwicklung, das Preis-Leistungs-Verhältnis und die Beratung. Meist waren es deutsche Bewertungen. Einige in Englisch, zwei in einer osteuropäischen Sprache. Er klickte das Gästebuch an. Ebenfalls viele positive Beiträge. Einige Käufer konnten sich kaum einkriegen vor Begeisterung über *Emmas* professionelle Beratung und ihre einfühlsame Art. Emma. Hinter dem Pseudonym verbarg sich wohl Bianca Wagner. Gelegentlich gab es dankbare Rückmeldungen zu Jubelkommentaren. Negative Beiträge wurden immer zügig beantwortet. Stets mit dem Angebot, das Problem einvernehmlich zu lösen. Durch Rabatte bei zukünftigen Bestellungen oder Ersatzlieferungen. Das geschah ebenfalls zur Zufriedenheit der Käufer. *Emma* trat nie schriftlich in Erscheinung. Die Kommunikation lief allein über einen gewissen *Doc Brown*. Empörung wallte in Christopher auf. Eine Unverschämtheit, den Namen eines Kultcharakters aus *Zurück in die Zukunft* für diese Zwecke zu verwenden!

Zu seiner Linken zischte Andi verächtlich. „Doc Brown. Dieser Laurentzen wird mir immer unsympathischer!"

Christoper schmunzelte. Pluspunkt für Andi.

Der jüngste Eintrag im Gästebuch war zwei Tage alt. Ein Stammkunde wunderte sich über die ungewöhnlich lange Lieferzeit einer Bestellung. Darunter stand Doc Browns Antwort, keine zwei Stunden später abgeschickt. Aufgrund des hohen Auftragsvolumens gäbe es derzeit Verzögerungen bei der Abwicklung. An einer Personalverstärkung würde gearbeitet und der Service bald zur bekannten Form zurückkehren. Fein geschliffenes Blabla.

Verkaufte Sven Laurentzen seinen Mist weiter, während für die Wagners alles den Bach runterging? Saß er entspannt am Strand, die Sonne auf dem Gesicht, den Laptop auf dem Schoß?

„An der See muss es langweilig sein", kommentierte Martin. „Falls tatsächlich Laurentzen hinter der Antwort steckt", ergänzte er skeptisch.

„Irgendjemand führt den Shop unter seinem Pseudonym weiter", erwiderte Christopher. „Entweder Laurentzen selbst, oder die Bande hat das Ruder übernommen."

Andi runzelte die Stirn. „Der Mann fährt wohl kaum in einem Camper voll illegaler Pillen und passendem Verpackungsmaterial durch die Lande. Den Versand müsste er delegieren. Oder Oma Laurentzen hat dich angelogen, und ihr Enkel ist nie in den Urlaub gefahren."

„Das glaube ich nicht. Die alte Dame konnte vor Mitteilungsbedarf kaum an sich halten. Die würde sich innerhalb kürzester Zeit verquatschen. Außerdem wirkte sie ehrlich enttäuscht, dass sich ihr Enkel nicht bei ihr meldet."

„Könnte eine Masche sein."

Martin seufzte. „Dieses Rätsel lösen wir heute nicht mehr." Er sah auf die Uhr. „Bevor Clemens Wagner anruft, habe ich einiges an Papierkram zu erledigen. Ihr könnt gern weitersurfen, aber seid bitte vorsichtig! Ich möchte weder kistenweise Drogen vor der Tür stehen haben noch Mitarbeiter einer amerikanischen Agentur mit drei Buchstaben."

Christopher zuckte die Achseln. „Wäre eine spannende Abwechslung."

Martin fixierte ihn mit einem humorlosen Blick und erhob sich. „Die Unterhaltung darfst du dann allein führen."

Andi stand ebenfalls auf. „Ich habe genug. Bei den Machenschaften dieser Leute stellen sich einem die Nackenhaare auf."

Seine Mitstreiter im Kampf gegen das Unrecht setzten sich an ihre jeweiligen Schreibtische und schlugen synchron Aktenordner auf. Ob sie das heimlich einstudiert hatten?

Seine Neugier war längst nicht gestillt. Eine Weile las er die Beiträge im Gästebuch. Es war unfassbar, mit welcher Selbstverständlichkeit die Käufer Informationen und Meinungen austauschten. Einer prahlte mit sportlichen Erfolgen, die er ohne Anabolika nie erlangt hätte. Ein anderer fragte ihn nach dem verwendeten Cocktail und erhielt eine ausführliche Anleitung zum Doping. Es gab Fachsimpeleien über Potenzmittel und alternative Anwendungsmöglichkeiten für ADHS-Medikamente. Dazwischen stand der Beitrag eines Kunden, der seit Jahren unter Depressionen litt, sich jedoch außerstande gesehen hatte, ärztliche Hilfe in Anspruch zu nehmen. Die Angst vor Entdeckung, vor negativen beruflichen und privaten Konsequenzen, war zu groß gewesen. Dank Emmas Beratung hatte er endlich ein Medikament gefunden, das ihm half, den Alltag zu meistern. Es folgte eine Lobeshymne auf das Darknet, in dem verzweifelte Menschen wie er Hilfe fanden. Diese Beiträge hatten Bianca Wagner in ihrem Handeln bestätigt. Von zwiespältigen Gedanken erfüllt, verließ Christopher die Website. Er kehrte zur Startseite des Browsers zurück. Am besten wäre es, den Laptop auszuschalten. Sich eine sinnvolle Beschäftigung zu suchen. Stattdessen gab er *Hidden Wiki* in die Suchmaschine ein. Über die Wikipedia des Darknets hatte er in einem Zeitungsartikel gelesen. Er wählte den obersten Treffer aus und landete auf einer englischen Website. Dort fand sich eine umfassende Sammlung von Links. Die ersten führten zu allgemeinen Infoseiten über das Darknet. Las sich alles harmlos. Danach ging es ans

Eingemachte. Unter der Überschrift *Drug Stores* standen Weiterleitungen zu Websites, die Cannabis aus den Niederlanden anboten, LSD aus Belgien, Potenzmittel aus Indien, Anabolika aus China. Weiter unten gefälschte Ausweise, Hackerangriffe, Falschgeld. War all das real?

Ein Teil von ihm hielt die Angebote für einen Witz. Eine globale Verschwörung von Spaßvögeln, auf Kosten gutgläubiger Internetnutzer. Irgendwo stand eine Gruppe von Menschen beisammen, Champagnerflöten in den Händen, und stieß kichernd darauf an, die Welt erfolgreich zum Narren zu halten.

Er bewegte den Cursor über die Links. Spürte das Kribbeln der Abenteuerlust. Das Flattern der Besorgnis. Ein Klick. Zwei Klicks. Tiefer eintauchen. Mehr herausfinden. Wenn er sich vorsichtig verhielt ...

Abrupt schloss er den Browser. Zwang sich, den Laptop auszuschalten. Für ihn gab es kein „Vorsichtig". Wenn er die Zügel losließ, würde er sich tagelang durchs Darknet wühlen. Auf der Suche nach den abscheulichsten Ecken. Und sie höchstwahrscheinlich finden. Er war akribisch, und er war hartnäckig. Beides machte ihm in diesem Moment Angst. Den Laptop in der Hand, humpelte er zu Martin.

„Schon fertig?", fragte sein Chef verwundert.

„Nein." Er legte das Gerät auf den Schreibtisch. „Aber wenn ich jetzt nicht aufhöre, bleibe ich hängen." In den klebrigen Maschen des Netzes.

„Eine weise Entscheidung. Man muss nicht alles wissen. Das hat nichts mit Feigheit oder Desinteresse zu tun, sondern mit Selbstschutz." Martin musterte ihn ernst. „Der ist besonders wichtig, wenn man dazu neigt, sich gewisse Dinge sehr zu Herzen zu nehmen."

Christophers Wangen wurden warm. Manchmal fühlte er sich in Martins Gegenwart wie ein gläserner Mensch. „Kann ich dir was abnehmen?", wechselte er das Thema.

„Diese Frage wirst du noch bereuen." Sein Chef griff nach einer dunkelblauen Pappakte. „Frau Haberling hat den Betrag der Endabrechnung moniert. Offensichtlich ist ihre Definition von Nachtschicht eine andere als unsere. Bitte kontrolliere deine Zeitaufstellung. Der guten Ordnung halber. Ich habe nicht vor, dieser Querulantin auch nur einen einzigen Cent zu schenken."

Sofort kam ihm Andis Spruch mit der *Rechthaberling* in den Sinn. „Soll ich nachträglich einen Posten für Schmerzensgeld einbauen?"

„Hervorragende Idee. Daran hätte ich gleich denken sollen."

Sie lächelten beide.

„Ich sehe mir die Unterlagen an." Die Überwachung des Schrebergartens zu rekapitulieren, würde ihn auf andere Gedanken bringen. Bei der Gelegenheit konnte er sich noch einmal das Überwachungsvideo von Roswitha Kuhnerts Golftraining ansehen. Ihr Ostereiabschlag war gekonnt. Ein Kandidat für Zehntausende Likes im Internet. Gäbe es da nicht Kleinigkeiten wie Verschwiegenheitsklauseln und Persönlichkeitsrechte, die eine unerlaubte Veröffentlichung von Film- und Fotomaterial untersagten.

„Wenn du fertig bist, kannst du Angebote für zwei mögliche Neukunden vorbereiten", legte Martin nach.

„Zeit- und Personalaufwand, Stundensatz, das gesamte Paket. Und für mein persönliches Lesevergnügen bitte eine Ausführung, wie wir am besten vorgehen sollten.“

„Oh, ja klar“, gab er verdattert zurück.

Kostenvoranschläge waren gewöhnlich Chefsache. Gelegentlich durfte Andi einspringen. Christopher war mit dieser Aufgabe noch nie betraut worden.

„Je mehr du lernst, desto mehr kann ich auf dich abwälzen.“ Verschmitzt reichte Martin ihm die Pappakte und zwei Klarsichtfolien, in denen handschriftliche Notizen steckten. Der Mann liebte seine Zettelwirtschaft. „Falls du Fragen hast, melde dich.“

„Mach ich.“ Beschwingt kehrte er zu seinem Schreibtisch zurück. Mehr Verantwortung bedeutete mehr Vertrauen. Ein schönes Gefühl. Andi unterbrach seine Recherche und hob den Daumen. Keine Spur von Verwunderung oder Verstimmung. Beruhigt vertiefte er sich in die Akte Haberling.

KAPITEL 20

Gegen Mittag hatte er seine Zeitaufstellung für korrekt befunden, in Andis Beisein Roswitha Kuhnerts Golfkünste bewundert und die Kostenvoranschläge ausgearbeitet. Beim ersten Fall handelte es sich um einen besorgten Vater, der seine Ex-Frau verdächtigte, die gemeinsamen Söhne zu vernachlässigen. Es gab Hinweise aus dem näheren Umfeld der vier- und sechsjährigen Jungen. Eine Erzieherin und ein Grundschullehrer wurden genannt. Weil der Mann in Wilhelmshaven wohnte, konnte er sich kein eigenes Bild von der Situation machen. Ob es weise oder nötig war, eine Privatdetektei einzuschalten, konnte Christopher anhand der knappen Informationen nicht beurteilen. Sobald Kinder im Spiel waren, kochten die Emotionen bei allen Beteiligten hoch. Der zweite Fall präsentierte sich eher langweilig. In einem Drogeriemarkt verschwanden regelmäßig Bestände aus dem Lagerraum. Hier ein Karton Handcremes, dort ein Karton Haarshampoo. Der Leiter der Drogerie verdächtigte einen Mitarbeiter. Standardermittlung.

Er überprüfte ein letztes Mal seine Kalkulationen und Vorschläge für die Einsatzplanungen. Danach druckte er sie aus. Es war müßig, Martin den Speicherort zu nennen oder ihm die Dateien per E-Mail zu schicken. Der Chef wollte Papier.

Er stand auf, streckte die verkaterten Muskeln und humpelte zum kombinierten Drucker, Kopierer, Scanner.

„Allein das Zusehen schmerzt", bemerkte Andi mitleidsvoll.

„Ich hole mir in der Pause eine Salbe aus der Apotheke."

Eine für Sportverletzungen, die mehr Wumms besaß als Arnika.

„Vielleicht solltest du stattdessen zum Arzt gehen."

„Mache ich, falls es nach dem Wochenende nicht besser ist."

Andi zuckte die Achseln. „Ist dein Knie."

Christopher steckte die Ausdrucke in ihre jeweiligen Folien und legte sie samt der Haberling-Akte auf Martins Schreibtisch. Der war gerade in der Küche.

„Hast du mehr über Sabine Kinkel herausgefunden?"

Andi zuckte die Achseln. „Bisher keine roten Flaggen. Sie ist Ende dreißig, Optikerin, verheiratet und Pferdenärrin. Zusammen mit ihrer Tochter führt sie einen Blog über *Shadow* und *Appaloosa*." Leichter Spott bei der Nennung der Namen. Andi konnte den eleganten Tieren nichts abgewinnen. „Herr Kinkel arbeitet als Altenpfleger. In seiner Freizeit angelt er gern und erweitert stetig die Modelleisenbahn im Keller. Die Fotos auf Facebook sind beeindruckend. Eine detaillierte Miniaturlandschaft. Kann man direkt neidisch werden."

„Teure Hobbys. Geben die Gehälter das her?"

„Der nächste Punkt auf meiner Liste."

In der Küche klingelte es. Ein melodiöses Dingelingeling, das gleich darauf verstummte. Martin erschien mit dem Smartphone am rechten Ohr. „Herr Wagner.

Danke, dass Sie sich melden." Mit der freien Hand deutete er zum Besprechungszimmer.

Sie setzten sich auf dieselben Plätze wie zuvor: Andi und Martin an der Fensterseite, Christopher bei der Tür.

„Warten Sie bitte einen Moment." Martin berührte das Display des Smartphones und legte das Gerät in die Tischmitte. „Ich habe Sie auf Lautsprecher geschaltet, damit Herr Diecks und Herr Ertel ebenfalls zuhören können. Um Ihre Frage zu beantworten, das Gespräch mit Benni hat gestern stattgefunden."

„Wie hat mein Sohn reagiert?" Im Hintergrund war Verkehrslärm zu hören. Clemens Wagner befand sich im Freien, an oder in der Nähe einer viel befahrenen Straße.

Christopher fing Martins Blick auf. Sein Einsatz. „Schockiert, fassungslos, wütend." Die Liste ließ sich beliebig fortführen. „Benni hat viele Fragen."

„Die ich ihm beantworten werde. Wenn alles überstanden ist."

Ich, nicht *wir*.

„Ihre Frau sollte dabei sein. Es ist wichtig für Benni, ihre Seite der Geschichte zu hören."

„Das schafft Bianca nicht."

Der bevormundende Tonfall des Mannes brachte ihn auf die Palme. „Vielleicht unterschätzen Sie Ihre Frau."

„Ich kenne meine Frau eine ganze Weile länger als Sie, Herr Diecks. Bianca ist zurzeit sehr labil. Eine Konfrontation mit Benni würde sie überfordern."

Konfrontation. Als ginge es um einen Gegner und nicht um den eigenen Sohn. Martin legte mahnend den

Zeigefinger an die Lippen. Keinen Streit vom Zaun brechen. Er schob seine Verärgerung beiseite. Die Gesprächsversuche konnte sich Herr Wagner bis auf Weiteres sowieso in die raspelkurzen Haare schmieren. „Benni und Lily sind für einige Tage weggefahren", fuhr er fort. „Wir wissen nicht, wohin."

„Mein Sohn befindet sich in Sicherheit?"

„So sicher, wie es unter den gegebenen Umständen möglich ist."

Erleichtertes Ausatmen. „Wie geht es jetzt weiter?" Inzwischen war das Verkehrsrauschen verstummt.

Martin räusperte sich. „Bevor wir anfangen, wo sind Sie?"

„Am Krupunder See. Ich täusche einen Spaziergang vor. Keine Sorge, das Handy sieht niemand. Ich trage In-Ear-Kopfhörer und spreche mit mir selbst. Wie jeder dritte Depp in dieser Stadt."

„Gut. Wir müssen äußerst vorsichtig sein."

„Falls ich jemanden mit Richtmikrofon im Gebüsch entdecke, gebe ich Bescheid." Schneidender Sarkasmus. Eine gern gewählte Maskierung für Sorge und Angst.

In den folgenden Minuten erzählte Martin von Denno und ihrem Vorhaben, durch fiktive Bestellungen Informationen über die Bande zu sammeln. „Wir benötigen Fotos der Beteiligten, Adressen, Autokennzeichen, Telefonnummern. Alles, was wir in die Finger bekommen können."

Am anderen Ende der Leitung herrschte Stille. Ein Funkloch? Hatte ihr Gesprächspartner aufgelegt?

„Herr Wagner?", fragte Martin.

„Sie engagieren einen ehemaligen Dealer, der Geld mit dem Mist verdient hat, der meine Familie ruiniert? Und ich soll mit dem Typ zusammenarbeiten?“

„Wir nehmen die Dienste eines Kriminellen in Anspruch, um Kriminellen das Handwerk zu legen. Wir können es uns nicht leisten, auf hohen Rössern zu sitzen. *Sie* können es sich nicht leisten.“

„Was passiert, wenn wir diesen Denno wieder auf den Geschmack bringen und er seine alten Kontakte reaktiviert? Haben Sie daran gedacht, was der daraus machen könnte?“

Martin verzog das Gesicht. „Wenn Ihnen der Plan nicht gefällt, denken Sie sich einen besseren aus. Wenn Sie die Zusammenarbeit beenden möchten, steht es Ihnen frei, dies zu tun. Wir gehen für Sie und Ihre Familie ein enormes Risiko ein! Uns drohen Strafanzeigen. Ich gefährde meine Firma. Verstehen Sie das?“, setzte er nach. „Wenn ich meine Lizenz verliere, muss ich die Detektei schließen! Sehen Sie es mir bitte nach, dass ich kein Verständnis für Ihre Befindlichkeiten aufbringen kann.“

Stille. Ein Räuspern. „Das war mit nicht bewusst. Mir geht zu viel im Kopf herum. Jeder Tag ist ein Kampf. Wildfremde Menschen werden in meine privatesten Angelegenheiten eingeweiht. Alles liegt in Trümmern, und ich finde keinen Ausweg.“

Obwohl er den Mann nicht mochte, berührte Christopher seine Verzweiflung. „Es gibt einen Ausweg“, erwiderte er. „Wenn wir zusammenarbeiten.“

Clemens Wagner seufzte. „In Ordnung.“

„Hat die Bande Ihnen Telefonnummern oder andere Möglichkeiten zur Kontaktaufnahme gegeben?“

„Mir wurde eine Darknet-E-Mail-Adresse geschickt, die ich für Bestellungen und Nachrichten nutzen soll. Keine Telefonnummern. Wenn der Kontakt anruft, ist die Nummer blockiert."

„Sie sagen ‚der Kontakt'", schaltete sich Martin ein. „Handelt es sich stets um dieselbe Person?"

„Ja. Die Stimme wird durch irgendein Gerät verfälscht, doch es ist eindeutig ein Mann."

„In natura könnten Sie ihn nicht identifizieren?"

„Nein."

„Schade." Martin tippte nachdenklich mit dem Zeigefinger auf die Tischplatte. „Ich befürchte, die E-Mail-Adresse bringt uns auch nicht weiter. Ich frage zur Sicherheit einen Bekannten, der sich besser auskennt. Vielleicht kann er uns bei der blockierten Telefonnummer helfen. Unter gewissen Umständen ist es möglich, einen anonymen Anrufer zu entlarven."

Auftritt für Hagen Börne, den Mann vom Chaos Computer Club. „Die Bestellungen laufen nicht über Sven Laurentzens Portal?", hakte Christopher nach.

„Nein. Die Leute verlangen den direkten Kontakt."

Martin beugte sich vor. „Herr Wagner, haben Sie eine Idee, wie Sie Denno glaubhaft einführen können? Sein Auftreten darf keinen Verdacht erregen."

Clemens Wagner überlegte. „Ich kann vorgeben, dass wir uns aus meiner aktiven Wettkampfzeit kennen. Es wäre eine plausible Erklärung, warum ich von Dennos früheren Dealer-Aktivitäten weiß. Hinter den Kulissen bekommt man einiges mit. Seit zwei, drei Jahren laufen wir uns gelegentlich in den Studios über den Weg. Vor ein paar Tagen habe ich ihn angesprochen, um ihn als Kunden anzuwerben. Dabei kam heraus, dass er wieder mit Anabolika dealt und groß ins Geschäft einsteigen möchte."

„Klingt gut", erwiderte Martin. „Diese Geschichte sollte Ihren Kontakt neugierig machen."

„Ich werde massiv unter Druck gesetzt, einen Kundenstamm aufzubauen. Wenn ich von Denno erzähle, springt dieser Abschaum bestimmt darauf an."

„Hoffen wir es."

„Das ist ein verdammter Albtraum!", brach es aus Clemens Wagner hervor. „Seit Jahrzehnten setze ich mich für sauberes Training und dopingfreie Wettkämpfe ein. Jeder, der mich kennt, weiß, wie vehement ich gegen Anabolikamissbrauch vorgehe. Jetzt verkaufe ich diesen widerlichen Dreck! Ich spüle meinen Ruf und meine Glaubwürdigkeit die Toilette runter!"

„Wenn alles überstanden ist, bekommen Sie ausreichend Gelegenheit, Ihr Verhalten zu erklären. Sie befinden sich in einer extremen Situation. Das werden die Menschen verstehen."

„Vergessen Sie's, Herr Kleemeyer. Als Personal Trainer bin ich erledigt. Selbst eine Vorstrafe kann mich die Lizenz kosten. Egal, wie blütenrein meine Motive waren."

Ein grimmiges Lächeln umspielte Martins Lippen. „Sie sehen, wir sitzen im selben Boot."

„Da haben Sie wohl recht."

„Sorgen wir gemeinsam dafür, dass es nicht kentert. In welchem Studio arbeiten Sie heute?"

„Im *Power Gym* in Eidelstedt. Die Straße heißt Wildacker." Clemens Wagner nannte die Hausnummer.

„Wie lange werden Sie dort sein?"

„Ich gebe die letzte Privatstunde um zwanzig Uhr."

„Haben Sie nachmittags Zeit für einen spontanen Beratungstermin?"

„Moment, ich sehe im Kalender nach." Es wurde still. „Um sechzehn Uhr, für eine halbe Stunde. Oder nach der Arbeit."

„Ich spreche mit Denno. Wenn er verfügbar ist, schicke ich ihn vorbei. Dann können Sie sich kennenlernen, und er zeigt sein Gesicht. Falls einer von der Bande auf der Lauer liegt. Anschließend rufen Sie Ihren Kontaktmann an und erzählen unser Märchen."

„Gut."

„Seien Sie *bitte* höflich zu Denno. Wir brauchen den Mann."

„Meine Befindlichkeiten werden den Mund halten."

„Besten Dank", erwiderte Martin ebenso sarkastisch. „Kommen wir zu unserer Bezahlung."

„Darauf habe ich gewartet."

Diesen Stich ließ Martin unkommentiert. „Da Sie und Ihre Familie nun offiziell Klienten der Detektei Kleemeyer sind, stellen wir Ihnen unsere Dienste in Rechnung. Herr Ertel wird einen Kostenvoranschlag ausarbeiten. Der Berechnungszeitraum startet am Mittwoch dieser Woche. Wir werden ebenfalls Dennos Entlohnung weiterbelasten sowie einen Teil der Kosten, die während der Observierungen von Sonntag bis Dienstag entstanden sind."

Christopher tauschte einen erstaunten Blick mit Andi.

„Sonntag bis Dienstag?", wiederholte Clemens Wagner verstimmt. „Sie schnüffeln uns ungefragt hinterher, und wir sollen die Zeche zahlen?"

In Martins Augen erschien ein listiges Funkeln. „Darf ich Sie daran erinnern, dass ich es nicht schätze, wenn meine Kollegen über Schreibtische geworfen werden?"

Aus dem Smartphone drang vielsagendes Schweigen.

„Die Detektei trägt den größeren Anteil der Kosten", fuhr Martin fort. „Wie Sie richtig angemerkt haben, beruhten die Observierungen auf unserer Eigeninitiative."

„Meinetwegen. Herr Ertel soll die Aufstellung schicken. Ich muss zurück zum Studio. Bis später", verabschiedete er sich.

„Der Mann ist ein echtes Herzchen", bemerkte Andi.

Martin zuckte die Achseln. „Er steht unter immensem Druck. Die Aussicht auf eine fette Rechnung hilft nicht."

„Anteilig Kosten für Sonntag bis Dienstag zu berechnen, ist ein bisschen dreist", sagte Christopher. „Nicht, dass ich ein Problem damit hätte, für meine Arbeit bezahlt zu werden."

Martin erhob sich. „Bei dem Risiko, das wir für die Wagners eingehen, finde ich es angebracht."

„Diesmal darf ich also beim Kostenvoranschlag ran", schob Andi hinterher.

Martin legte ihm freundschaftlich die Hand auf die Schulter. „Ich verteile das Glück gerecht unter meinen Lieben."

Der Spruch brachte sie alle zum Lachen.

***

Es dauerte geschlagene zwei Stunden, bis Martin Denno telefonisch erreichte. Der Koberer hatte bis in die Morgenstunden gearbeitet und saß gerade beim Frühstück.

Wieder versammelten sie sich im Besprechungszimmer um Martins Smartphone.

„Denno, ich habe meine Kollegen Christopher Diecks und Andreas Ertel dazugeholt. Ich hoffe, das ist in Ordnung."

„Sicher. Moin, Jungs."

Christopher fing Andis pikierten Blick auf und schmunzelte. Ihm gefiel der flapsige Einstieg.

„Moin, Denno", gab er zurück. „Ich bin Topher."

„Na, dat is' ma' ungewöhnlich." Dennos Stimme passte zu seiner Optik: kantig und rau. „Erfreut, dich zu hören." Ein rasselndes Husten erklang. „'tschuldigung, die letzte Kippe war schlecht. Sekündelein." Es folgte ein Schlürfen.

Er sah den blonden Koberer direkt vor sich. Am Küchentisch sitzend, Jogginghose, Muskelshirt, das Haar zum Zopf gebunden, Zigarette im Mundwinkel, schwarzer Kaffee in Reichweite.

„Also, was geht?", meldete sich Denno zurück. „Ihr ruft bestimmt nicht an, um ein Schwätzchen zu halten."

„Korrekt." Martin fasste das Telefonat mit Clemens Wagner in wenigen Sätzen zusammen.

„Sechzehn Uhr schaff ich." Das charakteristische *Ratsch* eines Feuerzeugs erklang. Es folgte ein tiefes Einatmen und ein metallisches Klicken. „Sollte der Gute die Fake Order nicht allein auf die Latte bekommen?" Denno stieß lang gezogen den Rauch aus.

„Wir möchten auf Nummer sicher gehen“, erwiderte Martin. „Die Bestellung soll echt wirken, aber nicht zu umfangreich oder kompliziert sein.“

„Der übliche Testlauf. Kriegen wir hin.“

„Stimmt eure gemeinsame Vergangenheit bitte gründlich ab. Wir können es uns nicht leisten, aufzufliegen, weil jemand Details vergisst oder durcheinanderbringt.“

„Schön simpel.“ Denno zog an der Zigarette und hustete. „Ich werd mir einen Decknamen ausdenken, unter dem mich der Wagner anmelden kann. Hab keinen Bock, dass die sofort erfahren, wer ich bin.“

„In Ordnung. Und sei vorsichtig“, fuhr Martin fort, während ihr Gesprächspartner den nächsten Schluck Flüssigkeit schlürfte. „Geh davon aus, dass man jede deiner Interaktionen mit Clemens Wagner überwacht und dir ebenfalls folgt. Sollten dir Beobachter auffallen, ignorier sie. Keine Konfrontation! Ich kann es nicht genug betonen, diese Leute sind höchst gefährlich und gewaltbereit!“

„Is’ nich’ mein erstes Rodeo, Chef. Ich pass auf.“

„Das hoffe ich. Noch eine Warnung vorweg: Herr Wagner ist aufgrund der Situation äußerst gereizt. Nimm es nicht persönlich, falls er sich im Ton vergreift.“

„Pampige Typen lassen mich kalt. Bei der Arbeit kriege ich ständig Schwachsinn zu hören. Da bin ich Teflon.“

Christopher unterdrückte ein Lachen. Andi kam hingegen aus dem Augenrollen nicht mehr heraus.

„Ich wollte es bloß gesagt haben“, erwiderte Martin. „Nach dem Treffen im Fitnessstudio solltet ihr gemeinsam vor die Tür gehen und euch verabschieden. Ein kurzer Wortwechsel, ein Handschlag, wie bei Geschäftspartnern."

„Kleine Show für die Voyeure."

„Richtig. Und halte bitte nach einem blauen Opel Ausschau. Falls der Wagen auftaucht, würde es eine unserer Fragen beantworten."

„Hast du das Kennzeichen?"

Martin nannte die Buchstaben- und Zahlenfolge aus dem Gedächtnis. „Schreib ich auf." Ein Klappern ertönte, gefolgt von einem unterdrückten Fluch. Papier raschelte. „Noch mal."

Martin wiederholte das Kennzeichen und den Wagentyp. „Ich gebe Herrn Wagner Bescheid, dass du um sechzehn Uhr beim Studio eintriffst. Schick mir hinterher eine Nachricht, wie es gelaufen ist."

„Geht klar. Und damit der gesamte Detektivtrupp es gehört hat: Ich werde bei dieser netten Übung keine illegalen Substanzen kaufen, verkaufen, transportieren oder lagern. Stichwörter Bullen und Vorstrafen. Wie ihr das umsetzt, ist euer Problem."

„Verstanden."

„Jut. Bis dann."

„Bis dann." Martin legte auf und blickte in die Runde. „Was haltet ihr von unserem Helfer?"

„Illustrer Typ", gab Andi sparsam zurück. „Nimmt die Angelegenheit für meinen Geschmack zu leicht."

Christopher sah das anders. „Denno bewegt sich regelmäßig in zwielichtigen Kreisen. Der besitzt ausreichend Erfahrung, um das Risiko realistisch einschätzen zu können. Die markigen Sprüche gehören dazu." Wer sich Nacht für Nacht vor einem Stripclub die Beine in den Bauch stand, um Gäste anzulocken, brauchte neben bequemem Schuhwerk vor allem Selbstbewusstsein und ein dickes Fell.

Andi blieb skeptisch. „Hoffentlich entpuppt sich die Zusammenarbeit nicht als böser Fehler."

Nachdem Martin eine Textnachricht an Clemens Wagner geschickt hatte, um ihn über Dennos Besuch zu informieren, gingen sie wieder an die Arbeit. Christopher bekam grünes Licht für seine Kostenvoranschläge und schickte sie per E-Mail an die potenziellen Neukunden. Anschließend stattete er einer Apotheke in der Langen Reihe einen Besuch ab und kaufte eine Tube Sportsalbe. Der Spaziergang an der frischen Luft lockerte Gedanken und Muskeln gleichermaßen.

Gegen siebzehn Uhr erhielt Martin in kurzer Folge zwei Textnachrichten. Denno und Clemens Wagner hatten ihre Schnupperrunde erfolgreich hinter sich gebracht. Die Formulierungen ließen durchblicken, dass die Männer eines einte: eine tiefe Abneigung gegen den jeweils anderen. Doch ihre gemeinsame Vergangenheit war abgestimmt, und Clemens Wagner wollte nach Feierabend die Bestellung losschicken.

Blieb abzuwarten, ob die Bande den Köder schluckte.

KAPITEL 21

Samstag

Der Anruf erwischte ihn unter der Dusche. Schaum in den Haaren, Schaum an den Händen. Er drehte das Wasser ab und zog den Duschvorhang beiseite. Das Smartphone lag auf dem Wasserkasten, unter einem Waschlappen, der es vor Feuchtigkeit schützen sollte. Er trocknete sich hastig die Hände am Lappen ab. Clemens Wagner rief an. Morgens um halb neun. Beunruhigt nahm er das Gespräch entgegen.

„Herr Wagner, ist alles in Ordnung?"

„Entschuldigen Sie die frühe Störung, Herr Diecks. Ich konnte Herrn Kleemeyer nicht erreichen."

Vermutlich schlief Martin noch. Manche Menschen verbrachten nicht die halbe Nacht damit, sich und ihre rastlosen Gedanken von einer Seite auf die andere zu wälzen. Dazu die ständige Suche nach einer angenehmen Position fürs Knie. Zum Glück hatte Romy in ihrem eigenen Bett geschlafen. Sonst wäre sie heute sehr müde zur Arbeit gegangen.

„Ist etwas passiert?" Er fuhr sich mit dem Waschlappen über die Stirn. Damit ihm kein Schaum in die Augen lief. Obwohl sein Gesprächspartner ihn nicht sehen konnte, war ihm die Situation unangenehm. Nackt unter der Dusche beim Kundengespräch, super.

„Die Testlieferung ist da."

Er hielt verblüfft inne. „Jetzt schon?"

„Vor einer Viertelstunde kam eine Textnachricht. Ich sollte die Wohnungstür öffnen. Auf der Fußmatte lag ein Paket. Ich bin sofort zum Fenster gegangen, aber draußen war niemand zu sehen."

„Gut reagiert."

„Leider umsonst."

„Paket klingt nach einer großen Lieferung. Wie viel haben Sie bestellt?" Schaum lief ihm ins linke Auge. Er wischte ihn weg und blinzelte gegen das Brennen an.

„Sechs Packungen. Die Tabletten sind auf drei Fünfhundert-Gramm-Dosen Proteinpulver verteilt. Jeweils in Viererblistern. Die Etiketten der Dosen lassen sich abziehen. Auf der Innenseite stehen die Angaben der Beipackzettel. Die Deckel waren versiegelt. Als hätte ich das Pulver normal im Geschäft gekauft."

„Das ist professionell", gab er beeindruckt zurück.

„Jemand hat sich ins Haus geschlichen und uns den Mist vor die Tür gestellt!", brauste Clemens Wagner auf. „Ich habe die Schnauze so was von voll!"

„Das kann ich verstehen. Gibt es Anweisungen von der Bande?"

„Ja. Die Übergabe soll möglichst heute laufen. Ich soll so schnell wie möglich den Zeit- und Treffpunkt melden."

„Die machen ordentlich Druck, das ist gut."

„Finden Sie?", erwiderte Clemens Wagner spitz.

Er überging die Bemerkung. „Es ist sehr wahrscheinlich, dass die Übergabe beobachtet wird. Arbeiten Sie heute?"

„Ja. Ich muss in einer Viertelstunde los."

„Wieder ins *Power Gym?*"

„Nein. Ins *Fit for Life* in Lokstedt. Beim Nedderfeld. "

Der Mann kam herum. „Schicken Sie mir die Adresse. Wenn die örtlichen Gegebenheiten stimmen, kann das Treffen dort stattfinden."

„Ich nehme den Dreck nicht mit ins Studio!"

„Das verlangt niemand." Denno würde *den Dreck* sowieso nicht annehmen. „Die Pillen sind Beweismittel. Bewahren Sie sie bitte auf. Denno übergeben Sie lediglich das Proteinpulver."

„Verstanden."

Er sparte sich die Frage, ob Clemens Wagner beim Öffnen des Päckchens oder der Dosen Handschuhe getragen hatte. Die Wahrscheinlichkeit, Fingerabdrücke zu finden, war ohnehin verschwindend gering.

„Informieren Sie Ihren Kontakt, dass Sie alles versuchen, um das Treffen wie gewünscht zu arrangieren. Was allerdings einige Stunden dauern wird. Anschließend fahren Sie wie geplant zur Arbeit." Er fröstelte. Allmählich wurde die Kühle unangenehm. „Wir erreichen Denno frühestens gegen dreizehn, vierzehn Uhr. Bis dahin nutzen wir die Zeit für Vorbereitungen. Wie läuft die Bezahlung? Über Bitcoins?"

„Ja. Denno soll die fällige Summe auf ein Treuhandkonto einzahlen."

„Das Geld werden Sie auslegen müssen."

„Ich weiß. Er hat mir seine Bedingungen genannt."

„Es geht nicht anders. Wir melden uns bei Ihnen, sobald die Planung für die Übergabe steht."

„In Ordnung." Eine Pause entstand. „Danke. Auch wenn es anders wirkt, weiß ich sehr zu schätzen, was Sie und Ihre Kollegen für uns tun."

Er traute seinen Ohren kaum. „Gern geschehen."

„Die Adresse kommt gleich."

Sie verabschiedeten sich. Kurz darauf traf die Textnachricht ein. Er legte das Smartphone zurück auf den Wasserkasten, diesmal ohne den nun feuchten Waschlappen, und drehte das Wasser wieder auf. Ein herrlich warmer Strahl traf ihn. Er schloss die Augen und ließ sich den verspannten Nacken massieren. Die unruhige Nacht steckte ihm in den Knochen. Die Sorge, einen fatalen Fehler zu machen, etwas zu übersehen, nagte an ihm. Mehrmals hatte er den Entschluss gefasst, Felix von Evert einzuweihen – und ihn verworfen.

Er wandte das Gesicht dem Wasserstrahl zu und spülte sich den restlichen Schaum aus den Haaren. Bevor das heiße Wasser aufgebraucht war. Seitdem er bei Romy ein und aus ging, wusste er die Vorzüge von Fernwärme zu schätzen. In ihrer gemeinsamen Wohnung sollte es weder altmodische Boiler noch Kohleöfen geben. Zweieinhalb bis drei Zimmer, je nach Schnitt und Quadratmeterzahl, Balkon, ruhige Lage. Dann könnten sie ein kombiniertes Arbeits- und Nähzimmer einrichten. Bis der Raum anderweitig benötigt wurde. Bei dem Gedanken durchströmten ihn zugleich Freude und Panik. Anders ließ sich der emotionale Wirrwarr nicht beschreiben. Er drehte das Wasser ab und griff nach dem Badetuch. Abgetrocknet stieg er aus der Duschwanne auf den Vorleger. Das linke Knie fühlte sich besser an, trotzdem traute er ihm nicht recht über den Weg. Er schlüpfte in den kuscheligen weiß-grauen Bademantel, den Romy ihm zu Weihnachten geschenkt hatte. Sein Magen knurrte. Er wuschelte sich nachlässig durch die feuchten Haare. Frühstück!

In der Küche duftete es nach frisch gebrühtem Kaffee. Er schaltete die Kaffeemaschine aus, schenkte sich einen Becher ein und gab Milch und Zucker dazu. Nach dieser Nacht brauchte er den Schnellstarter. Auf dem Küchentisch lag die Sportsalbe bereit. Aber zuerst rief er Martin an. Unter der Handynummer meldete sich die Mailbox. Ungewöhnlich. Er versuchte es übers Festnetz.

„Welche Hütte brennt?", meldete sich sein Chef misstrauisch. Sie hatten vereinbart, an diesem Wochenende nur zu telefonieren, falls es Neuigkeiten gab.

„Die von Clemens Wagner. Dich konnte er mobil nicht erreichen, deshalb hat er mich angerufen."

„Conny hat mich gestern Abend unter Androhung von Liebesentzug gezwungen, das Ding auszuschalten." Martin gähnte ausgiebig. „Hab glatt vergessen, es wieder anzuwerfen. Gibt es Nachricht von Clemens Wagner?"

„Er hat vorhin eine Überraschung vor der Wohnungstür gefunden."

„Die Bestellung? Das ging ja fix!"

Christopher wiederholte die wichtigsten Punkte des Telefonats.

„Wir müssen uns die Umgebung des Studios ansehen", erwiderte Martin hinterher. „Ich ziehe gleich Google Maps zurate. Die detaillierten Karten ersparen uns eine Erkundungsfahrt. Um elf Uhr Besprechung in der Detektei?"

„Schaffe ich."

Das Frühstück nahm er an dem kleinen Arbeitsplatz im Wohnzimmer ein. Während er aß, studierte er online eine Straßenkarte. Das *Fit for Life* lag in der Kellerbleek, im Norden Hamburgs. Die Nebenstraße zweigte vom Nedderfeld ab, einer viel befahrenen Gewerbestraße, die gesäumt war von Autohändlern aller erdenklichen Marken, Motorradhändlern, einer Autowerkstatt, einem Reifenhandel und zahlreichen anderen Geschäften. Thematisch passend gab es sogar ein Service-Center des TÜV. Das Fitnessstudio lag dicht an der Kreuzung zum Nedderfeld. Weiter die Kellerbleek runter verlief quer eine Bahntrasse. Wenn er die Aufnahme richtig deutete, wurde der Verkehr unter den Gleisen hindurchgeführt. Auf der dem Studio gegenüberliegenden Straßenseite befand sich ein großer Baumarkt. An einem Samstagnachmittag oder frühen Abend würde dort reges Kommen und Gehen herrschen. Er schaltete von der Karten- auf die Satellitenansicht um. Hinter dem Fitnessstudio gab es einige Kundenparkplätze. Wie es beim Baumarkt aussah, konnte er nicht erkennen. Also Street View starten. Er klickte auf das kleine gelbe Männchen, positionierte es auf der Kreuzung Nedderfeld und Kellerbleek und ließ los. Im nächsten Moment stand er mitten auf der Straße. Er rotierte die Panoramaansicht um 360 Grad.

Vor dem Baumarkt gab es tatsächlich einen Parkplatz, der dazu einlud, sich in einem Fahrzeug auf die Lauer zu legen. Im Nedderfeld blickte der verglaste Pavillon eines Gebrauchtwagenhändlers direkt auf die Einmündung zur Kellerbleek. Ebenfalls eine gute Position. Wenn man sich die geschwätzigen Autohändler vom Hals halten konnte.

Er aktivierte den Routenplaner. Bei der aktuellen Verkehrslage waren es keine zwanzig Minuten Fahrzeit bis zum Studio. Zu gern wäre er in den Volvo gestiegen, um sich vor Ort ein Bild zu machen. *Das ist unnötig und keine gute Idee*, rief er sich zur Ordnung. Für Schnellschüsse war die Situation zu heikel.

Er schaltete den Laptop aus und füllte in der Küche den Kaffeebecher auf. Nachdem er den Bademantel gegen bequeme Kleidung getauscht hatte, setzte er sich im Wohnzimmer auf die Fensterbank. Ein bisschen „fernsehen". Den Blick auf den Hamburger Berg würde er vermissen. Das Hotel gegenüber, die Bars und Kneipen, die vertrauten Gesichter. Genauso die gelegentlichen Schwätzchen mit den Türstehern und die abendlichen Einkäufe in Murats Kiosk. Selbst das Gegröle der Vierergruppe, die jeden Sonntag vor dem Sexkino herumhing. Obwohl die Touristen und der ständige Trubel manchmal nervten, gehörte all das zu ihm.

***

Um Viertel nach elf saß er neben Andi und Martin im Besprechungszimmer der Detektei. Gemeinsam betrachteten sie eine Vielzahl von Ausdrucken, die Martin auf dem Tisch ausgebreitet hatte. Es handelte sich um Ausschnitte von Straßenkarten, Satellitenaufnahmen und Street-View-Bilder von Kellerbleek und Nedderfeld. Genau das, was Christopher sich beim Frühstück angesehen hatte. Der Parkplatz hinter dem Fitnessstudio, der Baumarkt und der Autopavillon waren gelb eingekreist. An anderen Stellen prangten grüne Kreuze.

„Gelb markiert Standorte, die sich am besten für die Überwachung des Studios eignen", erklärte Martin.

„Von denen sollten wir uns fernhalten", bemerkte Andi. „Sonst laufen wir Gefahr, jemandem in die Quere zu kommen. Die werden ihre Augen überall haben."

„Das fürchte ich auch. Wenn einer von uns dreien entdeckt wird, kann uns der gesamte Fall um die Ohren fliegen. Ich möchte mir nicht ausmalen, was dann mit den Wagners geschieht." Martin tippte auf eines der Kreuze. „Deshalb positionieren wir uns an den entfernteren grünen Punkten. Im Gegensatz zur Bande interessiert uns die Übergabe nicht. Wir wissen, wann und mit wem sie stattfindet. Für uns ist es wichtig, mögliche Beobachter zu entdecken."

„Außerdem ist Denno vor Ort", ergänzte Christopher. „Er kann ebenfalls Ausschau halten." Es war cool, einen Spion mitten im Geschehen zu haben.

Martin nickte. „Die Frage ist, welches Verkehrsmittel Denno benutzen soll. Er hat einen Pkw- und Motorradführerschein. Allerdings wird er kaum seine eigenen Fahrzeuge nehmen."

„Das Problem lässt sich durch einen Mietwagen lösen", erwiderte Andi. „Falls ihm jemand folgt, haben wir das nächste Kennzeichen."

Christopher studierte die Straßenkarten. Kennzeichen ließen sich stehlen oder fälschen. Sie brauchten Gesichter, die man in Polizeidatenbanken fand.

„Topher?" Martin musterte ihn. „Ich höre das Rattern der Zahnrädchen in deinem Kopf."

„Ich hab's gleich." Er entdeckte ein winziges, quadratisches Symbol, wo Nedderfeld in einer Kurve in die Kollaustraße mündete. Das Zeichen für eine Bushaltestelle. Klick, Eingebung. „Denno nimmt für beide Strecken den Bus. Im Auto einem Linienbus zu folgen, ist nervig und auffällig. Bei jedem Stopp muss man eine Stelle zum Anhalten finden, die nicht zu Stau oder einem Hupkonzert führt. Denno kann während der

Rückfahrt nach motorisierten Verfolgern Ausschau halten. Im besten Fall steigt einer von denen zu ihm in den Bus."

Martin und Andi hoben synchron die Augenbrauen, tauschten einen Blick und nickten.

„Ist gekauft", gab sein Chef zurück. „Einer von uns wartet in der Nähe der Haltestelle, Nummer zwei behält den Parkplatz des Baumarkts im Auge und Nummer drei den Autopavillon. Vom Studio aus sollte Denno den Straßenabschnitt vor dem Gebäude und den Parkplatz dahinter einsehen können."

Christopher lächelte. „Klingt nach einem Plan."

„Hoffentlich hält Denno, was er verspricht", unkte Andi. „Wenn er sich verrät, können wir einpacken."

Martin legte ihm kameradschaftlich die Hand auf die Schulter. „Auf deinen Pessimismus ist stets Verlass."

Während Andi leise grummelnd das Besprechungszimmer verließ, sammelte Martin verschmitzt die Ausdrucke ein.

Christophers Smartphone piepte. Eine Nachricht von Gerry.

Vertrag ist unterschrieben. Heute Abend Bierchen?

Sch... ...ubidu, fluchte er stumm. Ihre lockere Verabredung hatte er komplett vergessen. Mist, verdammter! Er tippte.

Muss heute arbeiten. Keine Ahnung, wie es morgen aussieht. Nächstes WE? Sorry!

Er ärgerte sich über seinen Gedächtnisschwund. Und darüber, dass er einen Freund versetzte.

Das nächste Piepsen.

Kein Stress. Holen wir beim House Warming nach.

Erleichtert schrieb er eine Antwort.

Vielleicht findest du bessere Gesellschaft für heute.

Er schickte ein Augenzwinkern hinterher. Ob Gerry die Anspielung verstand?

Vielleicht, kam es zurück. Gefolgt von einem Smiley. Schlagartig hellte sich seine Stimmung auf.

KAPITEL 22

Christopher biss hungrig von einer Banane ab. Kauend verfolgte er den Verkehrsstrom auf dem Nedderfeld. Seit einer Stunde beobachtete er von einem gemieteten Smart aus aufmerksam den Baumarkt. Seine Position war ideal. Auf einem Parkplatz auf der gegenüberliegenden Straßenseite, unter einem ausladenden Baum. Dort stand er unauffällig in erster Reihe zwischen anderen Fahrzeugen. Über dem Lenkrad hatte er alibimäßig eine großformatige Tageszeitung ausgebreitet. Der Rucksack mit dem Überwachungsequipment lag auf dem Beifahrersitz; von einer Jeansjacke bedeckt, der Reißverschluss offen, die Kamera griffbereit. Beim Baumarkt herrschte geschäftiges Treiben. Es war erstaunlich, welche Mengen an Blumenerde, Pflanzen, Werkzeug, Fliesen und Holz in allen erdenklichen Formen manche Menschen in die großen Einkaufswagen häuften. Um hinterher festzustellen, dass sie sich bei der Größe des Kofferraums oder Dachgepäckträgers verschätzt hatten. Mehrere Autos waren kreativ be- und überladen zurück auf die Straße gerollt. Er entsorgte die Bananenschale in einer Plastiktüte und gähnte hinter vorgehaltener Hand. Die Kombination aus fehlendem Nachtschlaf, Bewegungsmangel und höchster Konzentration machte sich bemerkbar. Gelegentlich hakten die Rädchen in seinem Kopf aus, und er erwischte sich dabei, stumpf in die Gegend zu stieren. Er senkte das Fahrerfenster, um Sauerstoff in den Wagen zu lassen. Ein Schluck Wasser half gegen den süßlich-klebrigen Nachgeschmack der Zwischenmahlzeit. Im Staufach der Fahrertür steckte neben der Flasche auch ein Walkie-Talkie. Dessen Reichweite betrug laut Hersteller bis zu acht Kilometer, je nach Geländebeschaffenheit. Martin hatte den Viererpack als Ersatz für veraltete Modelle gekauft. Heute wurden drei der Geräte eingeweiht. Bisher leisteten sie hervorragende Dienste.

Die Uhr am Armaturenbrett sprang auf 16:30 Uhr um. In einer halben Stunde sollte die inszenierte Übergabe stattfinden. Nervosität baute sich in ihm auf. Er nahm das Walkie-Talkie.

„Hier ist es ruhig. Wie sieht's bei euch aus?"

„Nichts bei der Bushaltestelle", antwortete Andi.

„Vor dem Autopavillon steht seit einigen Minuten ein Motorradfahrer", meldete Martin. „Der interessiert sich abwechselnd für sein Handy und das Fitnessstudio."

„Kennzeichen?", fragte Andi.

„Hamburg. Der Mann hat das Helmvisier hochgeklappt, aber vom Gesicht ist zu wenig zu erkennen. Sekunde, Textnachricht von Denno."

Nach einer angespannten Minute knackte der Lautsprecher des Walkie-Talkies.

„Er sitzt im Bus. Ankunft gegen zehn vor fünf. Er trägt eine schwarze Perücke und eine Sonnenbrille."

Fasching in Hamburg. Christopher wollte eben etwas in der Richtung antworten, als ein blauer Opel vom Nedderfeld auf den Parkplatz des Baumarkts einbog.

Sollte es wahr sein?!

„Leute, es tut sich was!" Er klemmte das Walkie-Talkie zwischen den Oberschenkeln ein und griff nach der

Kamera. Die zuvor nützliche Tageszeitung störte ihn nun in der ohnehin eingeschränkten Bewegungsfreiheit. Er warf sie achtlos auf den Beifahrersitz. Der Fahrer wählte derweil eine Lücke auf der rechten Seite, wo der Parkplatz an die Kellerbleek grenzte. Beste Sicht auf das Fitnessstudio. Christopher hob die Kamera und betätigte den Zoom. Das Heck des Wagens ruckte heran. Das Kennzeichen passte! Er schoss eine Reihe von Fotos. Aus dem Walkie-Talkie drangen unverständliche Stimmen. Schließlich erbarmte er sich seiner Kollegen.

„Der blaue Opel ist hier!", verkündete er.

Ein triumphierendes „Ha!" von Martin erklang. „Kannst du den Fahrer sehen?"

„Nein. Der Wagen steht mit dem Heck zum Nedderfeld."

„Man kann nicht alles haben. Ich informiere Denno."

„Alles klar."

Auf diesen kurzen Ausbruch an Aktivität folgte zähe Ruhe. Observierungen waren oft ein elendes Geduldsspiel. Heute kamen seine Nerven damit schlechter klar als sonst. Immer wieder suchte er die Umgebung nach weiteren Mitgliedern der Bande ab.

Schließlich vermeldete Andi, dass ihr vierter Mann aus dem Bus gestiegen war. Bald darauf näherte sich der nun schwarzhaarige Denno von links auf der anderen Straßenseite. Ohne den Opel eines Blickes zu würdigen, bog er in die Kellerbleek ein und verschwand im Fitnessstudio.

„Unser Motorradfahrer ist ganz aufgeregt", berichtete Martin. „Der schreibt fleißig Nachrichten."

Ob im Opel etwas passierte, war nicht zu sehen.

Christopher hielt die Kamera knipsbereit auf dem Schoss.

„Info von Denno", berichtete Martin nach einer Weile. „Er hat keine Beobachter entdeckt und kommt raus."

Auf dem Rückweg trug der Koberer wie besprochen einen Rucksack. Darin befanden sich die Dosen mit dem Proteinpulver. Minus Anabolika.

Keine Bewegungen im Opel.

Momente später meldete Martin, dass der Motorradfahrer die Maschine gestartet hatte.

„Rote Kawasaki. Schwarzer Helm, schwarz-graue Kleidung."

Kurz darauf fuhr ebenjene Kawasaki von rechts an Christopher vorbei. In gebührendem Abstand folgte Martin in einem silbergrauen VW, den er sich von dem hilfsbereiten Kollegen auf St. Pauli geliehen hatte.

„Ich sehe Denno", meldete Andi. „Der Biker überholt ihn. Er schwenkt in eine Haltebucht ein und bremst."

„Ich halte an", kam Martins Antwort.

„Denno hat die Bushaltestelle erreicht", fuhr Andi fort. Gleich darauf: „Der Motorradfahrer schreibt eine Nachricht."

Plötzlich wurde die Fahrertür des Opels aufgestoßen. Christophers Puls schoss in die Höhe. Er brachte die Kamera in Anschlag. Ein dunkelhaariger Mann in dunkler Kleidung stieg aus. Mitte bis Ende dreißig, kräftig gebaut, Vollbart, dunkle Schirmmütze. Christopher knipste los. Der Mann schlug die Fahrertür zu und lief quer über den Parkplatz. Folgte Denno. War es derselbe Typ, den Pascal und Ines Sundmann in den Bunker gelassen hatten? Der, dem Benni seinen Krankenhausaufenthalt verdankte? Die Optik passte.

„Macht die Kameras bereit“, sprach er ins Walkie-Talkie. „Der Opelfahrer ist auf dem Weg zur Bushaltestelle.“

Hoffentlich traf der Mann vor dem nächsten Bus ein! Denno konnte nicht auf ihn warten, ohne sich verdächtig zu machen. Am liebsten wäre Christopher dem Fremden gefolgt. Um mit eigenen Augen zu sehen, was geschah. Doch er durfte das Risiko nicht eingehen.

Nervenzerreißende Minuten später meldete Andi, dass Denno und sein Schatten in einen Bus der Linie 5 gestiegen waren. Der brachte sie in die Innenstadt. Entgegen allen Erwartungen folgte der Motorradfahrer den beiden nicht. Stattdessen wendete er und fuhr nach Norden. Martin und Andi hängten sich hinter ihn. Christopher bekam von Martin den Auftrag, sich den Opel näher anzusehen. Angespannt setzte er eine helle Schirmmütze auf und überprüfte im Rückspiegel, ob seine roten Haare gut bedeckt waren. Es würde reichen. Den Rucksack schob er unter den Beifahrersitz und nahm das Walkie-Talkie. Kurz hielt er inne, um sich zu sammeln. Wenn irgendwo ein weiteres Mitglied der Bande auf der Lauer lag, könnte sein Einsatz alles ruinieren. *Heimlichkeit und Unauffälligkeit*, befahl er sich stumm. Er atmete tief durch und stieg aus. Draußen zwängte er das Walkie-Talkie in eine Hosentasche. Er ließ sein dunkelgraues Longsleeve drüberhängen und ging los. In einer Verkehrslücke überquerte er die Straße. Die Daumen betont lässig in die Hosentaschen eingehakt, näherte er sich langsam dem Wagen. Für den Fall, dass jemand auf dem Beifahrersitz saß, den er übersehen hatte. Doch da war niemand. In diesem Abschnitt des Parkplatzes gab es eine Überwachungskamera. Christopher hob das Smartphone ans Ohr und täuschte ein Telefonat vor. Während er die improvisierte, einseitige Unterhaltung über einen anstehenden Kinobesuch führte, schlenderte er scheinbar ziellos um den Opel herum. Sauberes Armaturenbrett, saubere Sitze und Fußräume. Keine Zettel, keine Hinweise. Keine Fingerabdrücke auf dem glänzenden Lack, an den Scheiben oder Außenspiegeln, die man mit einer schnell gekauften Rolle Klebeband sichern konnte. Hatte der Fahrer Handschuhe getragen? Er konnte sich nicht erinnern. Ein junges Paar näherte sich laut zankend. Der Mann schob mit einer Hand einen Einkaufswagen und zog mit der anderen einen zweiten hinter sich her. In beiden befanden sich genügend Kübel, Rankhilfen und Pflanzen, um drei Veranden zu begrünen. Dazu säckeweise Blumenerde. Die Frau hielt ein struppiges Hündchen auf dem Arm, das reichlich gestresst in die Welt blickte. Die „Konversation" drehte sich um endlose Kassenschlangen und die grundsätzliche Idiotie, an einem Samstag zum Baumarkt zu fahren. Christopher schoss rasch zwei Fotos vom Opel samt Kennzeichen. Er hielt sich schon viel zu lang hier auf. Gezwungen langsam verließ er den Parkplatz und ging zurück zum Smart. Erleichtert sank er in den Fahrersitz. Warum stresste ihn dieser Fall so sehr? Es war nicht der erste heikle Einsatz, bei dem er sich in mögliche Gefahr begab. Sollte mit der Zeit nicht eine gewisse Gelassenheit einsetzen? Stattdessen passierte genau das Gegenteil. Er trank einen Schluck Wasser und versuchte, sich zu entspannen. Das Walkie-Talkie schwieg.

Vermutlich waren Andi und Martin außer Reichweite. Wenn sie in den nächsten zehn Minuten keinen Laut von sich gaben, würde er einen der beiden mobil anrufen. Kurz bevor die Frist abgelaufen war, meldete Martin sich auf dem Walkie-Talkie. Der Motorradfahrer war ihnen an einer unübersichtlichen Kreuzung entwischt. Mit der wendigen Maschine hatte er sich am wartenden Verkehr vorbeigeschlängelt und sie abgehängt. Das musste nicht bedeuten, dass der Mann es absichtlich getan hatte. Verfolgungsfahrten mit Motorrädern endeten häufig auf diese oder ähnliche Weise.

„Wir machen Schluss für heute", entschied Martin. „Die Fotos können wir Montag sichten. Ich informiere Clemens Wagner über das Ergebnis der Observierung. Er sollte zufrieden sein. Ich bin es. Wir haben die Bande wie erhofft aus der Deckung gelockt. Hervorragende Arbeit von allen Beteiligten!"

„Finde ich auch", sagte Christopher. „Es könnte sein, dass wir vorhin den Mann vor die Linse bekommen haben, der Benni verprügelt hat. Wenn bei dem die Handschellen klicken, gebe ich einen aus!"

„Das ist ein Wort", erwiderte Martin. „Ich leite das Motorradkennzeichen an meine Informantin bei der Zulassungsstelle weiter. Bin gespannt, wer der angebliche Besitzer ist."

„Ich auch. Herr Wagner sollte der Bande eine vielversprechende Rückmeldung geben. Nach dem Motto: Super gelaufen, nächster Auftrag folgt."

„Ich instruiere ihn entsprechend. Mit der großen Bestellung warten wir aber bis Montag oder Dienstag. Denno muss schließlich die Qualität der Ware prüfen, ehe er sich auf einen neuen Lieferanten einlässt. Das dauert. Außerdem brauchen wir eine Atempause."

„Ich nehme die Kinkels schärfer unter die Lupe", schaltete sich Andi ein. „Obwohl ich bezweifle, dass sich in deren Umfeld ein bärtiger Schläger findet."

„Gute Idee", erwiderte Martin. „Jetzt fahrt nach Hause, und genießt den freien Sonntag. Die nächste Woche könnte aufregend werden, also ladet eure Akkus auf."

Nachdem sie einander ein schönes restliches Wochenende gewünscht hatten, schaltete Christopher das Walkie-Talkie aus. Er steckte es ins Staufach der Innentür und lehnte sich im Fahrersitz zurück. Erholung konnte er in der Tat gebrauchen.

Während er auf die Ausfahrt des Parkplatzes zurollte, fiel ihm sein leerer Kühlschrank ein. Das Nedderfeld Center lag in der Nähe. Dort gab es einen Supermarkt. Die drohende Lebensmittelknappheit war erfolgreich abgewendet.

Er stellte gerade die Einkaufstüte auf dem Beifahrersitz ab, als das Smartphone piepste. Eine Nachricht von Martin. Denno war an der Haltestelle Hauptbahnhof/ZOB aus dem Bus gestiegen und hatte seinen Beobachter im Gedränge abgehängt. Jetzt war er auf dem Heimweg, um sich für die Nachtschicht hübsch zu machen. O-Ton Denno. Der Typ war echt eine Marke.

KAPITEL 23

In dieser Nacht schlief Christopher wie ein Murmeltier an Romys Seite. Nach dem Aufwachen blieben sie aneinandergekuschelt liegen und er erzählte ihr von der erfolgreichen Observierung. Obwohl er sich größte Mühe gab, konnte er seine Besorgnis nicht verbergen.

„Warum setzt ihr euch solchen Risiken aus?" Romy betrachtete ihn aus dunklen Augen. „Wenn diese Leute so gefährlich sind, müsst ihr die Ermittlungen abbrechen und die Polizei einschalten!"

Er schüttelte den Kopf. „Das wäre zu früh. Die Beweise reichen noch nicht aus, um die Bande zu verhaften."

Romy nahm seine Hand. „Ich habe Angst um dich! Jeden Tag mehr! Und du hast auch Angst." Ihr Griff wurde stärker, fast schmerzhaft. „Ruf Kommissar von Evert an. Ihr braucht Unterstützung. Bevor jemand verletzt wird. Bevor *du* verletzt wirst!"

Der letzte Satz versetzte ihm einen Stich. „Das geht nicht. Wir wissen nicht, wie die Leute reagieren, wenn sie sich bedroht fühlen. Falls sie auf die Idee kommen, dass die Wagners nicht mehr mitmachen, könnte es für die Familie schlimm enden. Benni wurde übel zusammengeschlagen, und das war lediglich eine Warnung."

„Nicht mehr mitmachen", wiederholte Romy flach. „Betrachtet ihr das als Spiel? Ein bisschen Räuber und Gendarm, und hinterher essen alle gemeinsam ein Eis?"

„Natürlich nicht! Die Situation ist todernst." Falsche Wortwahl. Er hätte sich ohrfeigen können.

Romy musterte ihn durchdringend. „Ich weiß, ich kann dich nicht davon abhalten, deshalb sei bitte, bitte vorsichtig!"

„Versprochen." Er zog sie in seine Arme. „Ich liebe dich."

Die Antwort war ein Laut, der wie ein unterdrücktes Schluchzen klang. Ihre Umarmung wurde stärker. Schnürte ihm fast die Luft ab. Es tat weh, Romy leiden zu sehen. Und es war allein seine Schuld. Schließlich löste sie sich von ihm. Ihre Augen waren leicht gerötet.

„Frühstück im *Kaffee Stark*?", fragte sie mit einem tapferen Lächeln.

Er nickte. „Gute Idee." Dann nahm er ihre Hand und küsste sie sanft. Romy kuschelte sich an ihn. Doch die Atmosphäre der Besorgnis und Anspannung wollte nicht verschwinden.

Als sie endlich aufstanden, war es fast elf. Sie zogen sich an und schlenderten Hand in Hand die kurze Strecke von seiner Wohnung zur Wohlwillstraße. Das gemütliche, skurril eingerichtete *Kaffee Stark* war äußerst beliebt. Entsprechend geräuschvoll ging es zu. Fast alle Tische waren besetzt. Auch ihr Stammplatz, an dem sie während ihres ersten Dates gesessen hatten. Sie fanden ein wackeliges Tischchen in einer Ecke und nahmen auf zwei ungleichen Stühlen Platz. Mariana, eine der zahlreichen Bedienungen, kam vorbeigewirbelt. Sie flötete ein vergnügtes „Hello, Lovers, das Übliche?", wartete auf Romys Nicken und wirbelte weiter.

Nach einem zweistündigen Frühstück fuhren sie für einen Spaziergang mit der S-Bahn nach Blankenese.

Den Weg durchs hübsche Treppenviertel sparten sie sich. An den Wochenenden fluteten Touristenströme die engen Gassen und steilen Treppen. Es war ein einziger nerviger Slalom. Außerdem wollte er sein Knie nicht durch die vielen Stufen überfordern. Allmählich gelang es Romy und ihm, die Unterhaltung vom Morgen abzuschütteln. Die Stimmung wurde unbeschwerter. Am Elbstrand setzten sie sich an einer windgeschützten Stelle auf den kühlen Sand und genossen in Gesellschaft zahlreicher Sonnenanbeter das hagel-, graupel- und regenfreie Wetter. Gerade als ihn eine wunderbare Trägheit überkam, klingelte sein Smartphone. Tara rief an.

„Moin, Frau Oswald, wie geht's?" Den Arm um Romys Schultern gelegt, blickte er auf die gemächlich dahinfließende Elbe.

„Mies", kam es dumpf zurück. „Bertie wurde von der Polizei in Gewahrsam genommen. Er hat ein umfassendes Geständnis abgelegt. Eure Theorie war richtig. Katinka Linnova hat die Schlüsselkopien für die Panzerriegel organisiert und die Beute abtransportiert. Die zweite Komplizin heißt Nadja Hellgrund und ist eine Bekannte von Katinka. Sie hat die Schlösser der Raumtüren aufgebrochen. Bertie wusste, wo sich ein Einbruch lohnt, und war für die Diebstähle selbst zuständig. Und ja, mit dieser Nadja ist was gelaufen."

„Tut mir leid."

„Ich weiß nicht, wie ich damit umgehen soll."

Romy musterte ihn fragend.

„Moment, Tara." Er senkte das Smartphone. „Taras Kollege hat die Einbrüche gestanden", erklärte er leise. „Sie ist ziemlich fertig."

„Oje", gab Romy ebenso leise zurück.

Er hob das Smartphone ans Ohr. „Bin wieder da."

„Bertie hat auch sein Alkoholproblem zugegeben", fuhr Tara fort. „Er trinkt seit Jahren. Nach der Scheidung ist es aus dem Ruder gelaufen. Mit den Einkünften aus den Diebstählen hat er die Trinkerei finanziert und den Unterhalt für seine Tochter gezahlt. Das wird ein Schock, falls sie jemals davon erfährt. Wie dämlich kann ein Mensch sein, alles aufs Spiel zu setzen, statt sich Hilfe zu suchen?"

„Scham und Stolz." Wie bei den Wagners. „Hat Bertie erzählt, was sich in den geheimnisvollen Tüten befand?"

„Schnaps. Er lagert in einigen Bunkern Vorräte. Falls er während seiner Runden eine Stärkung braucht."

„Das ist ein Witz! Die Geschichte ist aufgeflogen, weil er seinen eigenen Alkohol eingesammelt hat und zu blöd war, es unauffällig zu tun?"

„Jep."

„Unglaublich!"

„Was ist bloß los?", brach es aus Tara heraus. „Jeder Zweite, den ich kenne, steht mit einem Bein im Bau, weil er irgendein illegales Ding gedreht hat!" Ein erschrockener Laut folgte. „Damit meine ich nicht Gerry! Seine Situation ist vollkommen anders!"

„Ich weiß."

Trotzdem lag sie richtig. Die Wagners, Bertram Markgraf, Gerrit, die vereinte Schnüfflerriege der Detektei Kleemeyer, alles mögliche Knastvögel.

„Es wäre einfach unfair", sagte Tara leise. „Ausgerechnet jetzt."

Er brauchte einen Moment, um der Gesprächswendung zu folgen. „Ach, Gerry kriegt garantiert die Kurve. Der hat mehr Glück als Verstand. Und er ist von Haus aus ein pfiffiges Kerlchen.“

Verhaltenes Lachen drang aus der Leitung. „Danke, das habe ich gebraucht.“

„Gern geschehen.“

„Wie läuft es bei den Wagners?“

Der nächste Sprung. Das war wie Gehirnjogging. „Die erste Lieferung hat gestern stattgefunden. Morgen besprechen wir, wie es weitergehen soll.“

„Ich möchte euch helfen. Ich weiß, Martin findet es zu riskant, aber …“ Wie aufs Stichwort schallte ein vernehmliches „Mama! Anziehen!“ aus dem Hintergrund. Tara seufzte. „Mein Haustyrann ist zum Fußballspielen verabredet. Wenn wir zu spät kommen, gibt es Schimpfe.“

„Lass dich nicht aufhalten. Und denk nicht zu viel über alles nach.“

„Ich versuche es. Bis bald.“

„Bis bald.“

Er legte auf und begegnete Romys bohrendem Blick. Ihr Beziehungsfilter hatte garantiert die allerwichtigste Information aus dem Gespräch aufgefangen.

„Ja?“, gab er sich ahnungslos.

Sie betrachtete ihn verschmitzt. „Tara und Gerry?“

„Sieht so aus.“

Ein strahlendes Lächeln erhellte ihr Gesicht. „Schön.“

„Finde ich auch.“

Und wehe dem, der versuchte, ihnen Steine in den Weg zu legen!

KAPITEL 24

Montag früh brummte der Laden. Martin eilte vor dem ersten Kaffee zu einem Termin bei einer Versicherung, die regelmäßig die Dienste der Detektei in Anspruch nahm. Andi vertiefte sich in die Recherche zur Familie Kinkel, und Christopher beantwortete telefonisch die Rückfragen der möglichen Klienten, denen er Kostenvoranschläge geschickt hatte. Der Leiter des Drogeriemarkts fällte eine schnelle Entscheidung und erteilte ihm mündlich den Auftrag. Sie vereinbarten für Mittwochvormittag ein Treffen im Büro, um Details zu besprechen. Wenig später ging die schriftliche Bestätigung per E-Mail ein. Der Vater aus Wilhelmshaven zweifelte an der Richtigkeit seiner Entscheidung. Ihn trieb die Angst um, das Besuchsrecht für die Söhne zu verlieren. Gleichzeitig war ihm das Wohl der Jungen wichtiger als alles andere. Er wollte sich am nächsten Tag melden.

Gegen Mittag saßen sie endlich zusammen, um die nächsten Schritte im Fall Wagner zu besprechen.

„Ich habe Clemens Wagner auf Umwegen eine Spy-Kamera zukommen lassen." Martin nippte an seinem Kaffee. Er wirkte müde und abgespannt. „Falls die Bande den Trick mit der Heimlieferung wiederholt. Schräg gegenüber der Wohnungstür gibt es eine Fensterbank, die von einer Nachbarin mit Vorliebe für großblättrige Topfpflanzen in Beschlag genommen wird. Dort fällt die Kamera niemandem auf."

„Heikle Aktion", bemerkte Christopher. Unerlaubte Videoaufnahmen im öffentlichen Raum verletzten die Persönlichkeitsrechte unbeteiligter Personen. Auch wenn die Überwachung der Beweissicherung in einem Kriminalfall diente. Vor Gericht musste ihre Notwendigkeit überzeugend begründet werden. Ein oft schwieriges Unterfangen. Und die Geschädigten konnten auf Unterlassung oder Schadensersatz klagen. Bei Roswitha Kuhnert half der Detektei ein besonderer Umstand aus der rechtlichen Patsche. Der Schrebergarten der Haberlings war ein Privatgrundstück. Dort durften die Besitzer Kameras installieren und filmen, wie sie lustig waren. Allerdings fehlte ein expliziter Hinweis auf die Videoüberwachung. Trotz ihrer Golfeinlage konnte Frau Kuhnert gerichtlich gegen die Aufnahme vorgehen. Doch die alte Dame dachte gar nicht daran. Im Gegenteil. Sie hatte eine Kopie des Videos angefordert. Zur privaten Verwendung. Die nächste Familienfeier der Kuhnerts würde sicher unterhaltsam werden.

„Herr Wagner hat die Kamera so ausgerichtet, dass nur die Wohnungstür und der Bereich direkt vor der Tür gefilmt werden", erwiderte Martin. „Andere Mieter oder deren Besucher sollten nicht zu erkennen sein. Auf eine Außenüberwachung verzichten wir. Sonst drehen uns die uniformierten Kollegen bei der Beweisübergabe endgültig den Hals um."

„Halten der Akku und die Speicherkarte lang genug durch?", erkundigte sich Andi.

„Wenn die Bande ähnlich schnell reagiert wie beim letzten Mal, sehe ich kein Problem. Es ist verblüffend, was diese Technikwunder mittlerweile leisten."

„Wann schickt Herr Wagner die nächste Bestellung los?", fragte Christopher.

„Heute. Seit der Testlieferung ist ausreichend Zeit vergangen. Sobald Denno seinen Schönheitsschlaf beendet hat, bitte ich ihn, einen neuen Auftrag zusammenzustellen. Umfangreich, aber nicht übertrieben. Die Menge sollte in eine Sporttasche passen. Sonst wird die Übergabe zu kompliziert. Sobald die Liste vorliegt, informiert Clemens Wagner seinen Kontakt und besteht auf schneller Lieferung, weil Dennos Kunden dringend ihre Pillen brauchen."

„Was machen wir, wenn die Sendung nicht vor Wagners Wohnungstür, sondern in einer Packstation landet?" In dem Fall würden sie den Kurier nicht vor die Linse bekommen.

„Wäre schade, aber kein Drama. Wichtiger ist das Treffen zwischen Wagner und Denno. Drücken wir die Daumen, dass Fortuna uns einen ähnlich guten Übergabeort wie am Samstag beschert."

„Und wenn nicht?", erfüllte Andi seine Rolle als Schwarzmaler.

„Gehen wir damit entsprechend um." Martin nahm einen Schluck Kaffee. „Einen Schritt nach dem anderen."

Sie erreichten Denno eine Stunde später. Bald darauf bestätigte der Koberer, dass er die gewünschte Liste an Clemens Wagner geschickt hatte. Der Ball rollte.

Für den Rest des Tages versuchte Christopher, sich auf die Arbeit zu konzentrieren. Es wollte nicht gelingen. Seine Gedanken schweiften ständig ab. Zu Clemens Wagner, der sein Bestes gab, um eine überzeugende Show abzuliefern. Zu Bianca Wagner und ihrem geheimen Lagerraum. Zu Benni, der sich vor Kriminellen verstecken musste und keinen Schimmer davon hatte, was sein Vater auf sich nahm. Dazwischen Bertram Markgraf. Tara. Romy. Immer wieder Romy.

Um achtzehn Uhr verabschiedete sich Cindy in den Feierabend. Martin winkte ihr abwesend nach und las in einer Akte weiter. Andis Reaktion fiel ähnlich sparsam aus. Er stöberte im Internet nach Informationen über einen gewissen Manuel Baier. Laut Martins Kontakt bei der Zulassungsstelle gehörte die Kawasaki vom Samstag dem jungen Mann aus Sasel. Dass er leidenschaftlich gern Motorrad fuhr und tatsächlich eine rote Kawasaki besaß, ließ sich anhand zahlreicher Fotos in den sozialen Medien belegen. Ob Manuel Baier auch das Fitnessstudio beobachtet hatte, war eine andere Frage.

Christopher lockerte die verspannten Nackenmuskeln. Sollte er Feierabend machen? Oder bleiben und das Gedankenkarussell erneut anwerfen? In einer von Martins Schreibtischschubladen lag der Laptop, den Hagen Börne fürs Darknet aufgemotzt hatte. Vielleicht gab es Neuigkeiten auf Sven Laurentzens Portal. Einen Beitrag von Laurentzen selbst oder einen Kundenkommentar im Gästebuch. Ein kurzer Ausflug ...

Um sich von der Versuchung abzulenken, schrieb er eine Textnachricht an Gerrit.

Hast du Samstag bessere Gesellschaft gefunden?

Die Antwort kam nach wenigen Sekunden.

Oha. Anstatt Nachrichten-Pingpong zu spielen, zog Christopher sich ins Besprechungszimmer zurück und rief Gerrit an.

„Hi", meldete sich sein Kumpel. Nach den Hintergrundgeräuschen zu urteilen, befand er sich an einer verkehrsreichen Straße.

„Passt es, oder wollen wir später telefonieren?"

„Passt. Ich bin auf dem Weg nach Mümmelmannsberg, die letzten Klamotten aus der alten Wohnung holen. Bevor die bekifften Hirnis alles für Gras verticken."

„Du kennst kuriose Leute."

„Hör bloß auf."

„Wie war das Treffen mit David?"

„Zum Kotzen höflich. Wir haben über alles Mögliche geredet, nur nicht über den fetten Elefanten im Raum."

„Kein Wort über Jill und die Geschichte mit der Zeitung?"

Über die zweihundert Euro, die ihr ein Journalist für sensible Details aus Gerrits Leben gezahlt hatte?

„Nö." Die Geräuschkulisse änderte sich. Gerrit ging eine Treppe rauf oder runter. „David hat die Zähne nicht auseinandergekriegt, und ich hatte plötzlich keinen Bock mehr auf das Thema. In meinem Leben passieren gerade so viele Dinge, die wichtiger sind als der alte Mist."

„Ist doch gut." Manchmal erwiesen sich Zeit und Abstand als die besten Streitschlichter.

„Klar. Trotzdem nervig. Ich wollte den Punkt endlich abhaken, aber da ist nichts abgehakt."

„Was hat David zu deinem neuen Job und dem Umzug gesagt?", fragte Christopher.

„Herzlichen Glückwunsch."

„Mehr nicht?"

„Banale Floskeln. Neustart, raus aus Mümmelmannsberg, anderes Umfeld, bla, bla, bla. Keine Ahnung, ob er sauer ist, weil ich verschwinde, oder sich tatsächlich für mich freut."

„Wenigstens habt ihr euch diesmal nicht auf die Mütze gehauen." Die letzte Unterhaltung der beiden war anders verlaufen.

Gerrit schnaufte. Es war irgendwas zwischen sarkastisch und belustigt. „Über den Punkt sind wir hinaus. Außerdem wäre eine Schlägerei der beste Beweis dafür, dass ich nichts kapiert habe. Da sperrt mich der Richter gleich weg."

„Die Gefahr besteht."

„Ich hab zu viel zu verlieren, um die Nummer aus Blödheit vor die Wand zu fahren."

Von dieser Einstellung konnten sich gewisse Personen eine Scheibe abschneiden. „Bleibt ihr in Kontakt?"

„Ist der Plan. Keine Ahnung, was dabei herauskommt."

„Halte mich auf dem Laufenden."

„Klaro. Und die Drinks holen wir nach."

„Definitiv."

Christopher ging zurück zu seinem Schreibtisch. Als er sich setzen wollte, schallte ein melodiöses Dingelingeling durch den Raum.

„Clemens Wagner", verkündete Martin und nahm das Gespräch entgegen. „Hallo, Herr Wagner. Sie sind auf Lautsprecher."

Er legte das Smartphone auf den Tisch.

Andi und Christopher traten näher.

„Mein Kontakt hat sich gemeldet", verkündete Herr Wagner. „Die Übergabe soll morgen stattfinden. Zeit und Ort folgen."

„Die legen Tempo vor. Unsere Taktik hat funktioniert."

„Leider zu gut, Herr Kleemeyer. Diesmal wollen sie *direkt* an Denno liefern. Ohne den Mittelsmann."

Martin hob erstaunt die Augenbrauen.

„Das geht nicht", kam Christopher seinem Chef zuvor. „Denno wird die Anabolika unter keinen Umständen persönlich entgegennehmen!"

„Ist mir klar, Herr Diecks. Was soll ich antworten?"

„Moment." Martin überlegte. „Schreiben Sie, dass Denno keinen anderen Kurier akzeptiert. Er verlangt ein bekanntes Gesicht. Eine fremde Person könnte ein Polizist sein. Bei seinen Vorstrafen will er das Risiko nicht eingehen."

„Sind Sie sicher? Ich wäre beleidigt, wenn mir jemand diesen Text vor den Latz knallen würde."

„Ihr Kontakt wird die Bedenken nachvollziehen können. Die Geschäftsbeziehung steht ganz am Anfang. Dennos Vorsicht erhöht seine Glaubwürdigkeit."

„Sie sind der Experte. Ich schreibe." Es wurde still in der Leitung. „Die Textnachricht ist abgeschickt", meldete sich Clemens Wagner schließlich zurück. „Soll ich anrufen, wenn …?" Pause. Ein erstaunter Laut. „Die Antwort ist da: ‚Okay. Rest morgen Vormittag.'"

„Der hat diese Rückmeldung erwartet", vermutete Andi. „Er wollte ausloten, wie Denno reagiert."

„Was wäre passiert, wenn wir die Bedingung ohne Widerspruch akzeptiert hätten?“, fragte Clemens Wagner.

„Gute Frage.“ Martin klopfte mit dem Zeigefinger auf die Tischplatte. „Sparen wir uns sinnlose Mutmaßungen. Diesen Test haben wir offenbar bestanden.“

„Ich melde mich, sobald ich die Informationen erhalten habe.“

„Danke, Herr Wagner. Bis bald.“ Martin legte auf. „Es wird spannend“, sagte er mehr zu sich selbst.

Andi nickte. „Der perfekte Zeitpunkt, um nach Hause zu fahren und sich aufs Sofa zu setzen.“

„Was bleibt uns anderes übrig? Die Observierung können wir erst planen, wenn wir den Übergabeort kennen.“ Martin seufzte. „Das könnte eine äußerst sportliche Kiste werden.“

Ein Schauder lief über Christophers Rücken. Wie sollte er heute Nacht ein Auge zubekommen?

KAPITEL 25

Am nächsten Morgen sah keiner von ihnen sonderlich frisch aus. Der Kaffeeverbrauch spiegelte die geballte Müdigkeit wider. Christopher hatte zusammengenommen vielleicht vier Stunden geschlafen. Irgendwann war er aufs Sofa im Wohnzimmer umgezogen, um Romy nicht durch sein rastloses Herumgewälze zu stören. Gähnend öffnete er eine neue E-Mail, die eben eingegangen war. Der Vater aus Wilhelmshaven hatte die schriftliche Auftragserteilung geschickt. Verbunden mit dem Wunsch eines zeitnahen Treffens in Hamburg. Zwei Kostenvoranschläge, zwei Neukunden. An der Front lief es. Er nahm zur Feier einen Schluck Kaffee und informierte Martin. Der beglückwünschte ihn und beauftragte Cindy mit der Terminabstimmung.

Kurz nach zehn rief Clemens Wagner an. Zwischen zwei Trainingsstunden und merklich gestresst.

„Beide Übergaben sollen beim Alstertal-Einkaufszentrum stattfinden", berichtete er.

Das *AEZ* lag in Poppenbüttel, im Nordosten der Stadt, und war Hamburgs größtes Shopping-Center. Kein verlassener Parkplatz um Mitternacht, kein Abrissgebäude am Stadtrand. Das konnte helfen.

„*Beim* AEZ oder *im* AEZ?", hakte Martin nach. „Für unsere Planung bedeutet das einen gravierenden Unterschied."

„Beim AEZ. Ich soll um halb zwölf an der Haltestelle der Buslinie 607 warten, in der Nähe des Eingangs. Die

Weitergabe an Denno soll eine halbe Stunde später stattfinden."

Synchron sahen Andi und Martin auf die Uhr.

„Anderthalb Stunden Vorlauf sind zu knapp", erwiderte Christopher. „Selbst wenn wir Denno erfolgreich aus dem Bett klingeln. Wir müssen die Observierung koordinieren und rechtzeitig in Position sein." Von der Detektei aus dauerte die Fahrt mindestens eine halbe Stunde. Sofern die Strecke einigermaßen frei war.

„Und jetzt?", fragte Clemens Wagner gereizt.

„Warten Sie eine Viertelstunde", meldete sich Martin. „Dann schreiben Sie Ihrem Kontakt, dass Sie Denno nicht erreichen. Nach Ihrer Erfahrung würde er sein Handy nicht vor dreizehn Uhr einschalten. Schlagen Sie fünfzehn Uhr für die erste Übergabe vor."

„Und wenn mein Kontakt auf der ursprünglichen Uhrzeit besteht?"

„Finden wir eine plausible Begründung, um ihn umzustimmen. Herr Ertel versucht bereits, Denno zu kontaktieren."

Andi ging wortlos zu seinem Schreibtisch und nahm das Telefon auf.

„Was ist mit der Bezahlung? Sobald ich die Bitcoins in Dennos Namen auf das Treuhandkonto überwiesen habe, ist das Geld weg. Ich kann es mir nicht leisten, einen solchen Betrag zum Fenster rauszuwerfen!"

„Sprechen Sie das Thema auf keinen Fall selbst an", erwiderte Martin. „Sollte Ihr Kontakt Vorauskasse verlangen, geben Sie vor, Denno entsprechend zu informieren. Wir müssen die Bezahlung möglichst weit hinauszögern."

„Die Taktik wird nicht lange funktionieren."

„Natürlich nicht. Grundsätzlich lautet unsere Ausrede, dass Denno keine Vorauskasse leisten kann. Durch den unerwarteten Ausfall des früheren Lieferanten stockt sein Cashflow. Er wird die Summe Mittwoch oder Donnerstag überweisen. Sobald die ersten Kunden beliefert wurden und deren Zahlungen eingegangen sind. Wenn wir die Bande so sicher am Haken haben, wie ich denke, wird sie es akzeptieren. Zur Not einigen Sie sich auf eine geringe Anzahlung. Es darf keinesfalls der Eindruck entstehen, Denno würde versuchen, die Bande abzuzocken.“

„Und was machen wir Mittwoch oder Donnerstag? Das Geld aus dem Hut zaubern?“

„Im Idealfall sammeln wir nachher genügend Beweise, um die Polizei einzuschalten. Dann löst sich das Problem von selbst. Wenn nicht, finden wir einen anderen Weg.“

„Sie haben auf alles eine Antwort parat.“ Clemens Wagners Tonfall vereinte Sarkasmus und Anerkennung.

„Ich habe vor allem viele schlaflose Nächte. Verfahren Sie wie besprochen, und melden Sie sich, sobald der Kontakt geantwortet hat.“

„Gut. Bis später.“

„Bis später.“

Martin legte auf und blickte fragend zu Andi. Der tippte gerade auf dem Smartphone.

„Bei Denno meldet sich nur die Mailbox. Ich habe ihn dringend um Rückruf gebeten und schicke eine Nachricht hinterher.“ Andi drückte auf Senden. „Das wird eng!“

„Wie befürchtet.“ Martin sammelte sich kurz. „Topher, du suchst im Internet Straßenkarten und Satellitenaufnahmen vom AEZ raus. Andi, du rufst Tara an und bestellst sie her. Samt Auto. Rapido! Sie wollte unbedingt dabei sein, nun bekommt sie ihre Chance. Ich führe in der Zwischenzeit ein Telefonat mit Hagen Börne.“

„Hagen Börne?“, wiederholte Andi verwundert. „Warum?“

„Das erzähle ich euch lieber nicht.“

Das klang ominös. In Christophers überspanntem Oberstübchen ratterte es. Hagen Börne. Talentierter Hacker. Kennt das Darknet. Würde seine Fähigkeiten selbstverständlich *nie* für unlautere Zwecke einsetzen. Clemens Wagners Frage, ob sie das Geld aus dem Hut zaubern wollten. Seine Augen weiteten sich. „Bist du verrückt?“, platzte er heraus.

„Ein Informationsaustausch“, tat Martin unschuldig. „Ein Erörtern von Möglichkeiten.“

Die Möglichkeiten, eine Überweisung auf ein Treuhandkonto im Darknet zu arrangieren, ohne dass tatsächlich Bitcoins klimperten?

„Du bist verrückt“, bekräftigte er.

„Dürfte ich erfahren, worüber ihr sprecht?“, meldete sich ein verwirrter Andi.

Martin stand wortlos auf und verschwand samt Smartphone in der Küche. Christopher betrachtete die geschlossene Tür.

„Lieber nicht.“ Er schnappte sich seinen Laptop und ging ins Besprechungszimmer. Mal wieder kam er sich vor wie in einem Film. Vergesst die Anzeigen wegen

Strafvereitelung und die Unterlassungsklagen, jetzt wird es richtig kriminell!

Er atmete tief durch. Zu wenig Schlaf, zu viel Kaffee. Keine gute Kombination. Begleitet von einem inneren „Ommmmm" knipste er seine Emotionen aus und den Beamer an. Sobald das Gerät lief, verband er es mit dem Laptop. Ein paar Klicks und Eingaben später erschien eine blasse Satellitenaufnahme des Alstertal-Einkaufszentrums an der gegenüberliegenden Wand. Er schloss die Jalousien und dimmte das Licht, um die Qualität der Projektion zu verbessern. Danach öffnete er auf dem Laptop ein neues Browserfenster. Er rief abermals Google Maps auf und gab dieselbe Adresse ein. Diesmal blieb er bei der Straßenkartenansicht. Der Heegbarg führte rechts am AEZ vorbei nach Norden. Er zoomte heran und fand die Bushaltestelle der Linie 607 in der Nähe des Eingangs. In einem dritten Browserfenster aktivierte er Street View und unternahm eine virtuelle Fahrt. Am Einkaufszentrum verlief die Straße vornehmlich einspurig. An einigen Stellen gab es eine kurze Busspur. Keine Parkmöglichkeiten am Straßenrand. Dafür war das Parkhaus im AEZ vorgesehen. Gut für die Kunden, schlecht für eine Observierung. In der Gegenrichtung gab es meist zwei Spuren. Einige Bezahlparkplätze lagen parallel zur Fahrbahn. Der Bürgersteig war breit. In den Gebäuden, die weit nach hinten versetzt waren, befanden sich verschiedene Geschäfte, Restaurants, Banken und Arztpraxen. Das sah besser aus. Ein möglicher Störfaktor war der schmale, mit Bäumen und Büschen bewachsene Grünstreifen in der Mitte der Straße. Der konnte sich als nützlicher oder hinderlicher Sichtschutz entpuppen. Christopher wechselte zur Straßenkarte und überprüfte die nähere Umgebung. Am südlichen Ende des Heegbarg lagen ein Busbahnhof, die S-Bahn-Station Poppenbüttel und das Polizeikommissariat 35. Unwillkürlich schüttelte er sich. Das hatte er jetzt nicht gebraucht.

Andi kam ins Besprechungszimmer. Block und Stift in der einen, Kaffeebecher in der anderen Hand. „Fertig mit der Planung?" Die Frage war eindeutig scherzhaft gemeint.

„Nope." Christopher kratzte sich am Kopf, obwohl es nicht juckte. „Alles nicht ideal."

„Das zeichnet die Realität häufig aus." Sein Kollege nahm ihm gegenüber Platz. Christopher hatte diesmal die Fensterseite gewählt. „Tara ist auf dem Weg. Wie geht es deinem Knie? Du humpelst nicht mehr so bemitleidenswert."

„Besser, danke. Die Salbe und die Ruhe haben geholfen."

„Schön. Ich sehe, wir sind in der Moderne angekommen." Andi studierte die Projektion der Umgebungskarte. Dabei nippte er am Kaffee. „Ich weiß, was Martin im Schilde führt", sagte er aus dem Nichts. In seinem Blick lag eine ungewohnte Strenge. „Ein konspiratives Telefonat mit einem Hacker? Nachdem wir über eine Zahlung im Darknet gesprochen haben, die niemand leisten möchte? Ich mag gelegentlich langsamer sein als andere, aber irgendwann komme ich auch ans Ziel."

Christophers Nacken wurde warm. Nach all der Zeit und all den gegenteiligen Beweisen ertappte er sich immer wieder dabei, Andreas Ertel zu unterschätzen. „Martin zieht das bestimmt nicht durch. Er möchte bloß die Optionen abklopfen."

„Hoffen wir es." Andis Mienenspiel kehrte zur melancholischen französischen Bulldogge zurück. „Ich bin zu alt, um auf Jobsuche zu gehen."

Bevor Christopher antworten konnte, gesellte sich Martin zu ihnen. Er nahm neben Andi Platz und beäugte interessiert die Straßenkarte. „Ah, die Hightechversion. Legen wir los."

Kein Wort über das Telefonat mit Hagen Börne. Christopher sah zu Andi. Der schüttelte kaum merklich den Kopf. Später.

Während er durch die unterschiedlichen Ansichten und Karten klickte, tauschten sie Ideen für die Observierung aus und spielten verschiedene Szenarien durch. Am Ende lehnte sich Martin zufrieden zurück.

„Ich fasse zusammen: Wir positionieren Tara in der Nähe der S-Bahn-Station und des Busbahnhofs. Sie besitzt wenig Erfahrung in der mobilen Überwachung, deshalb lassen wir sie am Rand des Geschehens. Ich suche mir ebenfalls einen Standort südlich vom AEZ. Herr Wagner parkt im Heegbarg. Sobald er die Ware an der Bushaltestelle übernommen hat, wartet er im Wagen auf Denno. Unser Koberer nimmt die S-Bahn und bringt einen leeren Koffer mit. In Wagners Jeep bleibt Denno lang genug, um das Umpacken der Lieferung vom ursprünglichen Behältnis in den Koffer zu simulieren. Die Bande soll denken, dass sich die Tabletten nun in Dennos Besitz befinden, obwohl sie natürlich im Wagen verbleiben. Damit der Koffer beim Aussteigen nicht leer ist, bitten wir Wagner, ein oder zwei Hanteln aus dem Fitnessstudio mitzubringen, um das Gewicht der Ware zu ersetzen. Falls der Kontaktmann später nach dem Grund für den Koffer fragt, kann Wagner es auf Dennos Paranoia schieben. Dessen Angst vor versteckten GPS-Sendern und anderen technischen Schweinereien, über die man ihn aufspüren könnte. Nach der Übergabe nimmt Denno ein Taxi und fährt zu einem Hotel. Am besten zu einem Touristenbunker, in dem das Personal an der Rezeption vor lauter Kommen und Gehen nicht überblicken kann, wer zu den Gästen gehört. Das bespreche ich später mit ihm. Denno lässt das Taxi warten, verweilt einige Minuten im Hotel und verlässt es dann wieder. Als hätte er einen Kunden beliefert. Anschließend fährt er zu einem Restaurant oder einer Kneipe und wiederholt die Übung. Sollte sich beim Einkaufszentrum ein Wagen ans Taxi hängen, übernehme ich die Beschattung. Ihr beide positioniert euch beim Einkaufszentrum. Falls wir ein ähnliches Szenario wie am Samstag erleben, also mehrere Bandenmitglieder auftauchen, übernehmt ihr deren Observierung. Den Rest koordinieren wir vor Ort." Martin blickte in die Runde. „Einverstanden?"

Andi nickte. Christopher stimmte ebenfalls zu. Besser würde es unter diesen Voraussetzungen nicht gehen.

„Ich weiß, ich wiederhole mich, aber seid äußerst wachsam! Wir sind in großer Besetzung vor Ort. Das erhöht die Wahrscheinlichkeit, Beobachter zu entdecken, aber auch das Risiko, selbst entdeckt zu werden. Ein falscher Schritt kann die ganze Aktion auffliegen lassen!" Martin sah auf die Uhr. „Herr Wagner sollte die Nachricht an seinen Kontakt abgeschickt haben. Ich versuche noch einmal, Denno zu erreichen. Topher, du erklärst Tara gleich den Plan."

Sie hatten die Runde kaum aufgelöst, als es an der Tür klingelte. Kurz darauf saß Tara bei Christopher im

Besprechungszimmer. Sie trug gedeckte Kleidung, ein langärmliges Oberteil, Jeans, Sneaker. Ihre Wangen waren gerötet, und in den grünen Augen funkelte Tatendrang. „Ich weiß, ich sollte nervös sein. Aber ich bin bloß froh, dass es weitergeht und ich euch helfen darf."

Andi betrat den Raum. Er stellte einen Becher vor Tara ab und deutete eine Verbeugung an. „Einen Kräutertee für die Dame."

Sie lächelte. „Danke schön."

Andi wirkte kurz, als wolle er etwas sagen, überlegte es sich aber offensichtlich anders. Ohne ein Wort verließ er das Besprechungszimmer und schloss die Tür hinter sich.

Tara blickte ihm nach. „Das wird ihn hart treffen, oder?"

Christopher verstand die Frage nicht, was sie ihm wohl ansah.

„Na ja, die Entwicklungen bei mir."

Er grinste.

Taras Teint wechselte rasant zur Schattierung ‚reife Tomate'.

„Hör auf!" Sie verbarg das Gesicht in den Händen. „Das ist nicht witzig, sondern chaotisch und schwierig und ... argh!"

Ihre Verzweiflung brachte ihn zum Lachen. Weil sie dabei trotz allem glücklich wirkte. Schließlich senkte Tara die Hände und straffte sich. „Bitte." Sie deutete betont professionell auf den Laptop. „Was soll ich nachher machen?"

Er zwang sich zur Ernsthaftigkeit und rief die Straßenkarte auf. Er hatte fast das Ende seines kleinen Vortrags erreicht, als jemand an die Tür klopfte.

„Ja?“

Andi trat ein. „Clemens Wagner hat sich gemeldet. Er konnte die erste Übergabe auf vierzehn Uhr verschieben. Die Weitergabe an Denno läuft eine halbe Stunde später.“

Christopher atmete auf. Das nahm ein wenig Druck vom Kessel. „Habt ihr Denno erreicht?“

„Ja. Er war nicht erfreut über die frühe Störung, aber er ist dabei. Martin bespricht gerade telefonisch die letzten Details mit ihm. Um zwölf Uhr ist Abfahrt.“

In knapp einer Stunde.

Tara wurde leicht blass um die Nase. „Ich muss auf die Toilette.“

KAPITEL 26

In Christophers Kopf spielte unaufhörlich eine fröhliche Melodie. Irgendein blöder Werbe-Jingle, den er nicht loswurde. Angespannt klopfte er den Rhythmus auf dem Schaltknüppel des Volvos mit. Auf der anderen Straßenseite, kaum dreißig Meter Luftlinie entfernt, wartete Clemens Wagner an der Bushaltestelle. Die Hände in den Jackentaschen vergraben, ging er rastlos auf und ab. Als ein Bus eintraf, blieb er stehen und beobachtete die aussteigenden Fahrgäste. Zweifellos auf der Suche nach dem Kurier.

Christopher nahm das Walkie-Talkie aus dem Staufach in der Fahrertür und legte es neben seinen rechten Oberschenkel. Fünfzehn Minuten bis zur ersten Übergabe. Falls Beobachter in der Nähe waren, hielten sie sich gut verborgen. Er blätterte eine Seite der Sportzeitung um, die vor ihm am Lenkrad lehnte. Er fühlte sich wie unter Strom. Weil es bald losging. Weil er keine andere Parklücke gefunden hatte und sich der Beobachtungsposten für seinen Geschmack zu dicht am Geschehen befand. Zumindest konnte er hier gute Fotos schießen. Die Kamera lag unter einer Jeansjacke verborgen auf dem Beifahrersitz. Der Rucksack mit Camcorder, Fernglas und Schirmmütze stand im Fußraum. Er würde drei Kreuze machen, wenn dieser Fall endlich abgeschlossen war! Zu seiner Rechten bewegte sich etwas. Er wandte den Kopf. Eine rote Kawasaki rollte an der Beifahrertür des Volvos vorbei. Christopher erstarrte. Jeder Muskel in seinem Körper schien wie gelähmt. Bis auf das Herz. Es schaltete schlagartig auf höchste Pumpleistung. Das Kennzeichen stimmte. Der schwarze Helm und die schwarz-graue Sicherheitskleidung stimmten. Shit! Hektisch griff er nach dem Walkie-Talkie. Und besaß trotz des Schrecks die Geistesgegenwart, es nicht an den Mund zu heben. Er hielt es auf Brusthöhe und verfolgte mit Sprinterpuls, wie der Motorradfahrer anhielt. Schräg zur Fahrbahn. Höchstens zwölf Meter entfernt. Die einzige Barriere zwischen ihnen ein schlanker Baum. Er zwang sich, ruhig auszuatmen, und drückte den Sprechknopf am Walkie-Talkie.

„Leute, die Kawasaki ist eingetroffen." Bedachte man, dass ihm der Allerwerteste auf Grundeis ging, klang seine Stimme bewundernswert entspannt.

„Hervorragend", erwiderte Martin. „Hast du sie gut im Blick?"

„Kann man so sagen. Sie steht quasi direkt vor mir."

Ein unterdrückter Fluch drang aus dem Walkie-Talkie.

„Hat dich der Fahrer gesehen?"

„Bisher nicht."

Der Mann klappte das Visier hoch. Jetzt suchte er etwas in der linken Jackentasche.

Was immer du tust, guck nicht in den Rückspiegel!

„Kannst du die Position wechseln?", meldete sich Andi. Er hatte an der Kreuzung Saseler Damm und Heegbarg Position bezogen und überwachte den Verkehr, der von Norden in den Heegbarg einbog. Von dort behielt er auch Clemens Wagners Jeep im Auge. Der stand vor einem Steakrestaurant in der Nähe der Kreuzung.

Christopher sah sich um. „Schwierig." Das Verkehrsrauschen und der Motorradhelm sollten das Geräusch des startenden Motors kaschieren. Allerdings gab es keine Wendemöglichkeit. „Ich müsste direkt an ihm vorbeifahren." Über den bewachsenen Mittelstreifen zu brettern, wäre die sicherste Methode, um aufzufallen. Vorhin war es ihm klüger vorgekommen, zur Abwechslung den Volvo zu nehmen. Er konnte für die Observierungen nicht ständig weiß-blaue Smarts mieten. Das würde irgendwann auffallen, gleichgültig, ob es jedes Mal ein anderes Kennzeichen war. Jetzt wäre es ihm lieber, nicht in seinem eigenen Wagen zu sitzen.

„Bleib, wo du bist", entschied Martin. „Der Fahrer rechnet nicht damit, beobachtet zu werden. Er wird sich auf die Bushaltestelle konzentrieren."

„In Ordnung." Inzwischen hatte der Mann die Handschuhe ausgezogen und tippte auf seinem Smartphone. „Er schreibt eine Nachricht."

Von rechts näherte sich der nächste Bus der Haltestelle. Die wartenden Fahrgäste machten sich bereit. Der Bus hielt, sammelte seine menschliche Fracht ein und setzte einen Schwung neuer Kunden für das AEZ ab. Die meisten steuerten zielstrebig auf den Eingang zu. Eine schlanke, dunkelhaarige Frau mit Kinderwagen kam dem Strom entgegen. Sie nahm wenige Meter von Clemens Wagner entfernt auf einer Bank Platz. War das etwa ...? Christopher kniff die Augen zusammen. Tatsächlich! Es war die Frau, die eine Eidechsenkarte an Bianca Wagners Wagen hinterlassen hatte.

Wieder hatte sie ein Kind dabei. Die perfekte Tarnung. Und unglaublich verantwortungslos.

Der Motorradfahrer hatte inzwischen das Tippen eingestellt und beobachtete die Szene. Christopher nahm sein eigenes Smartphone aus der Freisprechanlage am Armaturenbrett. Nach kurzem Zögern aktivierte er die Videofunktion und hielt es gerade hoch genug, damit die Kameralinse freie Sicht hatte. Er filmte seinen Vordermann und schwenkte rüber zu der Frau. Zoomte heran, bis ihr Gesicht deutlich zu erkennen war.

Die Uhr am Armaturenbrett sprang auf 13:55 Uhr um.

Im nächsten Moment beugte sich die Frau vor und zog etwas aus dem Staufach unter der Babywanne des Kinderwagens. Eine dunkle Sporttasche. Sie setzte die Tasche ab und wartete einige Sekunden. Dann schob sie die Tasche mit dem Fuß unter die Bank. Christopher schielte zum Motorradfahrer. Der interessierte sich nicht für seine Umgebung. Die Frau erhob sich und ging mit dem Kinderwagen nach links davon. Clemens Wagner hatte von all dem nichts mitbekommen. Christopher ließ die Aufnahme laufen und drückte mit der freien Hand den Knopf am Walkie-Talkie.

„Der Kurier ist eine dunkelhaarige Frau um die dreißig. Sie schiebt einen Kinderwagen. Martin, Tara, sie kommt in eure Richtung. Auf der rechten Straßenseite."

Beide bestätigten. Der Motorradfahrer schrieb die nächste Nachricht. Bei der Haltestelle holte Clemens Wagner sein Handy aus der Hosentasche. Er las und wandte sich zur Bank um. Nach kurzem Zögern setzte er sich in Bewegung. Er nahm Platz und wartete, bis zwei Passanten vorbeigegangen waren. Schließlich holte er die Sporttasche unter der Bank hervor. Ohne sich umzublicken, schulterte er sie und ging nach rechts davon. Christopher stoppte die Videoaufnahme.

„Wagner ist auf dem Weg zu seinem Wagen", informierte er die anderen und steckte dann das Smartphone zurück in die Halterung der Freisprechanlage. „Der Motorradfahrer rührt keinen Muskel." Er hatte gehofft, Mr Kawasaki würde sich endlich verziehen.

„Verstanden", gab Martin zurück. „Denno ist überpünktlich. Er wartet bei der S-Bahn-Station auf seinen Einsatz."

„Ich sehe Wagner", sagte Andi kurz darauf. „Er steigt in den Jeep."

Tara meldete, dass sie die dunkelhaarige Frau mit dem Kinderwagen entdeckt hatte. „Sie steht beim Busbahnhof. Ich glaube, sie wartet auf jemanden. Moment. Da kommt ein Wagen. Ein blauer Wagen! Der Opel!" Taras Stimme rutschte eine Nuance höher. „Die Frau beugt sich zum Beifahrerfenster herab. Sie unterhält sich."

„Steigt sie in den Wagen?", erkundigte sich Martin. Seine Ruhe stand im starken Kontrast zu Taras Aufregung.

„Nein. Sie schiebt den Kinderwagen weiter. Ich glaube, sie will zur S-Bahn. Soll ich ihr folgen?"

„Nein", erwiderte Martin bestimmt. „Bleib auf deinem Posten. Denno kann das überprüfen. Er hat ausreichend Zeit. Was passiert beim Opel?"

„Der Fahrer wendet. Jetzt hält er am Straßenrand. Gegenüber vom Busbahnhof."

„Der geht auf Warteposition. Kannst du erkennen, wie viele Personen im Wagen sitzen?"

„Eine."

„Sicher?"

„Ja. Ich habe ein Fernglas. Der Fahrer ist dunkelhaarig. Trägt Sonnenbrille und Schirmmütze."

Kurz darauf kam von Martin die Nachricht, dass Denno die Kurierin entdeckt hatte. Sie wollte tatsächlich die S-Bahn nehmen. Poppenbüttel war die Endstation der S1, deshalb konnte sie nur in Richtung Innenstadt fahren. Martin entschied, dass sie die Frau nicht beschatten würden. Tara klang leicht enttäuscht darüber.

Die nächsten Minuten verstrichen zäh. Alle warteten auf den zweiten Akt. Allmählich wurde es stickig im Wagen, doch Christopher wagte nicht, ein Fenster zu öffnen. Als ob das leise Surren der Automatik seinen Vordermann aufschrecken würde. Blödsinn.

Das Walkie-Talkie knackte.

„Denno ist unterwegs", verkündete Martin. „Wieder mit schwarzer Perücke. Ich habe meine Position geändert und kann den Opel sehen. Der Fahrer sollte unseren Koberer gleich entdecken."

Sekunden später überprüfte der Motorradfahrer sein Handy und wandte den Kopf nach links. Christopher starrte auf die Sportzeitung, als hinge sein Leben davon ab.

„Mr Kawasaki ist in Habachtstellung gegangen", erwiderte er mit minimalen Lippenbewegungen.

Es dauerte nicht lange, bis Denno auf der gegenüberliegenden Straßenseite vorbeiging. Er zog einen kompakten dunklen Koffer hinter sich her. Der Motorradfahrer startete seine Maschine. Doch er fädelte sich nicht in den Verkehr ein, sondern rollte parallel zu

Denno den Bürgersteig entlang. Christopher atmete auf. Endlich! Er öffnete das Fahrerfenster. Frische Luft drang ins Wageninnere und kühlte sein erhitztes Gesicht. Andi meldete schließlich, dass Denno die Straße überquert hatte und zu Clemens Wagner in den Jeep gestiegen war. Unter dem wachsamen Blick von Mr Kawasaki, der in einiger Entfernung wartete. Nach einem fürs fingierte Umpacken angemessenen Zeitraum verließ Denno den Wagen.

„Textnachricht von Denno", berichtete Martin. „Das bestellte Taxi trifft gleich ein. Ich bin gespannt, welcher der Beobachter sich an ihn hängt."

„Hoffentlich das Motorrad", gab Christopher zurück. „Von dem habe ich für heute genug."

So viel Glück sollte er nicht haben. Als Denno im Taxi nach Süden fuhr, rührte sich Mr Kawasaki nicht von der Stelle. Es war der blaue Opel, der seinen Posten am Busbahnhof verließ und sich hinter den Koberer klemmte. Martin folgte mit Tara im Schlepptau. Der Motorradfahrer bog links in den Saseler Damm ein. Andi übernahm die Poleposition. Christopher folgte in gebührendem Abstand.

„Wir sind bald außer Reichweite der Walkie-Talkies", meldete sich Martin. „Danach bleiben wir telefonisch in Kontakt. Geht keine unnötigen Risiken ein!"

„Natürlich nicht", gab Andi zurück.

Christopher stimmte ihm stumm zu.

KAPITEL 27

Die Fahrt ging zunächst nach Nordwesten. Der Verkehr floss locker und verlangte ihnen keine auffälligen Manöver ab. Als sie die Landesgrenze zu Schleswig-Holstein überquerten, aktivierte er die Kartenapp des Smartphones. Außerhalb Hamburgs kannte er sich nicht so gut aus. Kurz darauf überholte er Andi und übernahm die Führung. Sie befanden sich auf der Poppenbütteler Straße in Richtung Norden. Mr Kawasaki fuhr drei Pkw vor ihm. Souverän und stets leicht unter der erlaubten Höchstgeschwindigkeit. Ein Auge auf den Verkehr gerichtet, verschob Christopher die Karte auf dem Display des Smartphones. Sie näherten sich einem Industriegebiet. Dahinter lagen ein See und ein Gewerbegebiet. Westlich ging es nach Norderstedt-Mitte. Dort gab es im Straßengewirr zahlreiche Möglichkeiten, abgehängt zu werden. An der nächsten Kreuzung blinkte der Motorradfahrer rechts. Weiter nach Norden. Zwischen ihnen fuhren zwei andere Pkw, ein ausreichender Puffer. Sie passierten das Industriegebiet und den See. Im Gewerbegebiet bog der Mann links ab. Die beiden Pkw fuhren geradeaus weiter. Christopher ließ sich zurückfallen. Nachdem er dem Motorradfahrer beim AEZ fast auf dem Schoß gesessen hatte, wollte er dringend Abstand halten. Andi schien Gedanken lesen zu können. Er überholte und scherte vor ihm ein. Das fühlte sich gleich besser an.

Einige Minuten später tauchte vor ihnen ein Umspannwerk auf. Sie folgten dem Straßenverlauf in einer Linkskurve an den hoch aufragenden Metallkonstruktionen vorbei. Laut Karte näherten sie sich einer T-Kreuzung. Er ging vom Gas. Vor ihm leuchteten die Bremslichter von Andis schwarzem VW Golf auf.

„Links oder rechts?", fragte Christopher.

„Geradeaus."

„Was?"

„Direkt aufs Feld."

Er hielt am Straßenrand und kontrollierte die Karte. Jenseits der Kreuzung lag unbebaute Fläche. Ein feiner Strich verlief nach Norden. Das konnte ein Weg sein. Er verschob die Karte. Am oberen Rand erschienen zwei Rechtecke. Links ein großes und rechts daneben ein kleines, leicht versetzt zueinander. Neben einer Markierung stand *Star Power Nutrition & Supplements*. Das klang nach Proteinpulver mit illegalen Extras.

„Er fährt auf zwei Lagerhallen zu", meldete Andi prompt.

Sein Puls beschleunigte sich. „Ich glaube, wir sind am Ziel."

„Ich warte an der Kreuzung. Wie teilen wir uns auf?"

„Moment." Christopher schaltete auf die Satellitenansicht um. Die Kohtla-Järve-Straße führte rechts am Brachland vorbei. Nach gut vierhundert Metern kam eine Zufahrt zu den Lagerhallen. Zweihundert Meter weiter zweigte links eine schmale Straße ab. Die verlief oberhalb der Gebäude durch bewaldetes Gebiet. Ausreichend Abstand und natürliche Deckung für eine Observierung. Er gab die Info an Andi weiter.

„Klingt gut. Wo stellst du dich hin?"

„Kampmoorweg." Auf der anderen Seite des Geländes, parallel zur Kohtla-Järve-Straße. Die Satellitenaufnahme zeigte im oberen Bereich ebenfalls dichten Baumbestand.

„Ist der Weg befahrbar? Sieht auf dem Navi nicht danach aus."

„Finde ich heraus."

Als er die Kreuzung erreichte, war Andi bereits abgebogen. Christopher blinkte links, fuhr ein Stück in die falsche Richtung und schwenkte bei einer Tannenbaumschule rechts in den Kampmoorweg ein. Die Reifen des Volvos holperten über verwitterten, rissigen Asphalt und durch flache Schlaglöcher. Trotzdem gab Christopher Gas. Über offenes Gelände zu fahren, behagte ihm überhaupt nicht. An der Rückseite der größeren Lagerhalle stand ein heller Lieferwagen. Das deutete auf weitere Personen hin. Er erreichte die schützenden Bäume und hielt in gebührendem Abstand zum Gebäude. Ein gut zwei Meter hoher Maschendrahtzaun umgab das Gelände. Keine sichtbaren Kameras. Das Walkie-Talkie erwachte zum Leben.

„Bin in Position", meldete sich Andi. „Ich sehe das Motorrad zwischen den Hallen. Keine Spur vom Fahrer."

„Hinter der größeren Halle steht ein Lieferwagen. Halte nach einer zweiten Person Ausschau." Das kleinere Gebäude konnte er aus diesem Winkel nicht sehen.

„Ich informiere Martin."

„Alles klar."

Christopher senkte das Beifahrerfenster, um keine Spiegelungen auf den Fotos zu haben, nahm die Kamera und knipste los. Die Lagerhalle hatte eindeutig schon bessere Zeiten gesehen. Rostflecke bedeckten die schmutzigen Außenwände. Das Fensterband unter dem Satteldach war blind vor Dreck. Mehrere Scheiben waren von spinnennetzartigen Rissen überzogen. Ein Rolltor in der ihm zugewandten Längsseite wurde von einem umgestürzten Palettenstapel blockiert. Die gesamte Gebäudekonstruktion neigte sich leicht nach rechts, als hätte sie bei einem der vergangenen Winterstürme ordentlich eins verpasst bekommen. Zuletzt fotografierte er das Kennzeichen des Lieferwagens. Auf dem Gelände blieb es ruhig. Er senkte die Kamera und berührte auf der Straßenkarte die Markierung neben dem Firmennamen. Ein neues Fenster öffnete sich im Display. Dort gab es zusätzliche Informationen. Unter anderem einen Link, der ihn zur offiziellen Website brachte. *Star Power Nutrition & Supplements* war angeblich ein Lieferant für ausgewählte Nahrungsergänzungsmittel und Sportlernahrung. Die ideale Maskierung für den illegalen Handel mit Anabolika und anderen Substanzen.

„Martin und Tara sind noch auf Tour mit Denno", meldete sich Andi. „Der Opel bleibt hartnäckig am Taxi dran."

Christopher wollte eben antworten, als eine Tür an der Rückseite der Lagerhalle geöffnet wurde. Eine dunkel gekleidete Frau trat ins Freie. Sie trug eine Schirmmütze und eine Sonnenbrille. Über ihrer linken Schulter hing eine Laptoptasche. Er hielt bildlich fest, wie sie die Tür schloss und in den Lieferwagen stieg.

„Ich habe hier jemanden", informierte er Andi und gab eine knappe Beschreibung durch.

Die Frau startete das Fahrzeug und lenkte es rechts um die Halle herum. „Sie fährt los.“

„Sehe ich“, erwiderte Andi. „Wollen wir ihr folgen?“

„Lass uns abwarten, was der Motorradfahrer macht.“

„Einverstanden. Am besten ... Sekunde ... er kommt aus dem kleineren Gebäude. Er steigt auf seine Maschine.“ Durch das offene Beifahrerfenster drang das Startgeräusch des Motors. „Der fährt gleich in deine Richtung, Topher. Was machen wir? Ich müsste erst wenden, bis dahin ist der garantiert weg.“

„Dito“, antwortete Christopher. Auf dem schmalen Weg würde es dauern, bis er den Volvo gedreht hatte. „Außerdem wird der mich bemerken, sobald ich aus der Deckung komme.“

Das Dröhnen der Kawasaki wurde lauter. Die Maschine schoss hinter der Lagerhalle hervor und sauste über den Feldweg. Am Ende bog der Fahrer links ab.

„Schöner Mist“, grummelte Andi.

Christopher betrachtete die Lagerhalle. „Hast du sonst jemanden auf dem Gelände entdeckt?“

„Nein. Aber das muss nichts heißen.“

Er konnte den Blick nicht vom Gebäude nehmen. Dort würde er die Antworten finden, die sie so dringend brauchten, um die Bande zu überführen. Dessen war er sich absolut sicher. Er rang mit sich. Wägte Risiko und Nutzen ab. Und fällte eine Entscheidung. „Ich sehe mich um“, teilte er Andi mit.

„Das ist eine ganz schlechte Idee!“

„Keine unnötigen Risiken, versprochen.“ Christopher löste seinen Gurt. „Ich drehe die Lautstärke vom Walkie-Talkie runter. Ruf mich mobil an, falls sich was tut.“

„Topher, lass das! Es ist zu gefährlich!“

„Ich mache das nicht, weil ich es lustig finde. Es wäre einfach dämlich, diese Gelegenheit verstreichen zu lassen!“

„Martin reißt uns den Kopf ab!“

„Schieb die Schuld auf mich. Ich habe deine Warnung ignoriert, und du warst zu weit weg, um mich aufzuhalten. Ist nicht einmal gelogen“, fügte Christopher gezwungen humorig hinzu. Ihm war nicht ansatzweise zum Lachen zumute.

„Sei um Himmels willen vorsichtig!“

„Bis später.“ Er drosselte die Lautstärke des Walkie-Talkies und schaltete das Smartphone stumm. Bei Anrufen und Nachrichten würde es vibrieren. Danach schloss er das Beifahrerfenster und stieg aus. Den Volvo verriegelte er. Danach verstaute er Walkie-Talkie und Smartphone in den Hosentaschen und joggte los. Der Maschendrahtzaun verlief einige Schritte von den schützenden Bäumen entfernt. Kniehohes Gestrüpp umwucherte das Metall. Rankende Pflanzen wanden sich durch die Maschen. Er entdeckte keine zusätzlichen Sicherheitsvorkehrungen. Kameras erregten Aufmerksamkeit. Sie deuteten darauf hin, dass es etwas zu beschützen oder zu verbergen gab. Und welcher Kriminelle wollte seine illegalen Tätigkeiten für die Nachwelt festhalten? Inzwischen befand er sich parallel zur großen Lagerhalle. Die war geschätzte fünfzig Meter lang und wohl zwanzig Meter breit. Auf Höhe des Rolltores blieb er stehen. Es wurde nicht komplett vom Palettenmikado blockiert. Rechts befand sich ein freier Bereich. Er ließ sich auf ein Knie herab und aktivierte die Kamera im Smartphone. Mit dem Zoom holte er das Tor heran. Zwischen Tor und Boden klaffte eine

Lücke. Ein Zugang zur Halle! Trotz aller Anspannung erfüllte ihn Euphorie. Er rang mit der Versuchung. Dachte an sein Versprechen an Andi, vorsichtig zu sein. Dachte an Romy, die sich Sorgen um ihn machte. Aber was sollte er sonst tun? Felix von Evert alarmieren? Ohne stichhaltige Beweise? Falls die Lagerhalle entgegen seiner Vermutung leer war, hätte die Detektei nichts in den Händen und die Bande wäre gewarnt.

Er trat aus der Deckung. Stand der Zaun unter Strom? Er hielt die Handfläche dicht ans Metall. Kein Prickeln auf der Haut. Er hakte die Finger in die Maschen ein und holte sich keinen Stromschlag ab. Galt es als Hausfriedensbruch, wenn man unerlaubt auf dem Besitz von Kriminellen herumschlich? Der Gedanke kam aus dem Nichts. Christopher schnaufte. Falls das hier schiefging, wäre eine Anzeige seine geringste Sorge.

Nach einer letzten Kontrolle kletterte er über den wackeligen Zaun. Er landete unfallfrei auf der anderen Seite. Mit wild pochendem Herzen und dem gruseligen Gefühl, von verborgenen Augen beobachtet zu werden, rannte er die zwanzig, fünfundzwanzig Meter bis zur Lagerhalle. Vor dem Palettenstapel ging er in die Knie. Adrenalin und Furcht kribbelten durch seinen ganzen Körper. Die Lücke zwischen Rolltor und Boden war gerade hoch genug für ihn, aber zu schmal. Er blickte sich rasch um, konnte niemanden entdecken und rückte vorsichtig eine der verwitterten, feuchten Paletten beiseite. Jetzt sollte es reichen. Er legte sich auf den Bauch, schaltete die Kamera des Smartphones ein und hielt es in die Öffnung, um das Innere der Halle zu überprüfen. Auf dem Display erschien eine Palette mit Pappkartons. Er drehte das Gerät von einer Seite zur anderen.

Paletten und Kartons. Alle in knapp einem halben Meter Abstand zur Wand aufgestapelt. Das war verflucht eng! Wenn er stecken blieb oder eine weitere Panikattacke bekam, wäre er geliefert. Bei der Erinnerung an den Lagerraum zog sich ihm die Brust zusammen. Seine Handflächen wurden feucht. Verärgerung flammte in ihm auf. Er hatte keine Zeit dafür! Je länger er hier herumlag, desto größer wurde die Gefahr, entdeckt zu werden. *Reiß dich zusammen!* Christopher schwenkte das Smartphone erneut. Weiter links endete der schmale Gang offenbar an einem freien Bereich. Es war alles in Ordnung, er würde nicht in einem geschlossenen Raum gefangen sein. Er steckte das Smartphone ein, sammelte sich kurz und robbte schließlich vorwärts in die Halle. Der Rand des Tores schabte über seine Schultern. Erinnerte ihn daran, wie eng die Lücke war. Er kämpfte gegen die Furcht an, eingeklemmt zu werden, beugte den Oberkörper nach links, drehte sich auf die Seite und presste sich rücklings gegen einen Karton. Zuletzt zog er die langen Beine nach. Rasch kam er auf die Beine. Die Wand aus Kartons ragte bedrohlich dicht neben ihm auf. Er wandte beklommen den Blick ab. Sein schwarzes T-Shirt und die bloßen Arme waren von Staub und Krümeln bedeckt. An der Jeans klebten feuchte Grashalme und Erde. Ohne weiter darauf zu achten, eilte er zum freien Bereich und blieb im Schutz der Kartons stehen. Hier fiel ihm das Atmen gleich wesentlich leichter. Der Abstand zum nächsten Stapel betrug drei, vier Schritte. Die Paletten standen in Dreierreihe und erreichten fast die Decke. Alle Kartons trugen den grünen Aufdruck *Star Power Nutrition & Supplements*. Er schrieb Andi eine Textnachricht, dass er in der Halle war. Statt der erwarteten aufgebrachten Antwort folgte Schweigen. Voller Anspannung und Nervosität traute er sich aus der Deckung. An den Längswänden der Halle wechselten sich palettierte Ware und Regale mit Verpackungsmaterialien ab, gelegentlich unterbrochen von freien Flächen. Links standen an der Stirnseite dicht nebeneinander zwei rostrote Container. Die Luft roch abgestanden. Überall lag Staub in dicken Flocken. Hier herrschte definitiv kein täglicher Betrieb. Er lauschte. Alles ruhig. Zügig ging er auf die Container zu. Hielt sich dabei dicht an den Kartons. In der gegenüberliegenden Wand befand sich ein zweites Rolltor. Im Gegensatz zum ersten war es geschlossen und nicht zugestellt. Links vom Tor lag eine weitere Tür. Rasch machte er einige Fotos von der Umgebung. Hinter ihm ertönte ein Knacken. Vor Schreck ließ er fast das Smartphone fallen. Er wirbelte herum. Niemand zu sehen. Reglos wartete er ab. Horchte angestrengt in die Stille hinein. Nichts. Spielten seine Nerven nun endgültig verrückt? Schließlich schlich er weiter, auf die beiden Container zu. Es handelte sich um Zwanzig-Fuß-Boxen, knapp sechs Meter lang und zwei Meter breit. Die waren nicht nur rostrot, sondern auch rostig; die weißen Zahlen und Buchstaben am oberen Rand nahezu verblichen. Die Türen der linken Stahlbox sicherte ein schweres Vorhängeschloss. Die der rechten waren einen Spalt weit geöffnet. Von drinnen drang Licht heraus. Christopher erstarrte. Lauschte angestrengt. Keine Geräusche. Vorsichtig trat er näher. Streckte die Hand nach der rechten Flügeltür aus. Er bereitete sich auf metallisches Quietschen vor und zog sachte am Hebel der

Verriegelung. Kein Geräusch. Er öffnete die Tür und blinzelte verblüfft. Das Innere der Stahlbox war zu einer Art Lagerraum ausgebaut. An der linken Wand standen zwei Metallregale. Im vorderen stapelten sich Plastikbehältnisse unterschiedlicher Form, Farbe und Größe. Einige etikettiert, andere blank. Im hinteren Regal lagen zusammengefaltete Kartons, Rollen von Luftpolsterfolie, Plastikbeutel mit Verpackungschips, Briefumschläge, leere CD- und DVD-Hüllen. An der Stirnseite des Containers stand ein Kühlschrank. Daneben zwei graue Metallkanister. Rechts eine breite Arbeitsfläche. Darauf zwei elektronische Waagen, unterschiedliche Gefäße, ein Klebebandabroller und zahlreiche flache Kartons. Ein Klappstuhl lehnte an einem gelben Plastikfass ohne Beschriftung. Den Boden bedeckte dunkles Linoleum. Das Licht stammte von einer Glühbirne, die an einem Kabel von der Decke baumelte. Christopher schoss rasch eine Reihe von Fotos. Jede Sekunde, die er in der Halle verbrachte, war eine zu viel. Um das Fass und die Kartons zu untersuchen, musste er in den Container gehen. Die Vorstellung trieb seinen Puls schlagartig höher. Das konnte er nicht. Nicht jetzt. Wenn die Flügeltüren zufielen ...

Mechanisches Rattern ließ ihn herumfahren. Zu seiner Linken wurde das Rolltor geöffnet. Furcht rauschte durch seine Adern. Verstecken! Sofort! Links konnte er zwischen den Paletten verschwinden. Es waren vielleicht sieben Meter. Rechts lag das zweite Rolltor, der Zugang, durch den er in die Halle gekommen war. Die Strecke war weiter, aber er würde es knapp schaffen. Er wollte losrennen, doch im letzten Moment fiel ihm ein, dass die Containertür offen stand. Hektisch schob er sie zu. Das Rolltor war inzwischen zur Hälfte hochgefahren. Jemand stand dicht davor. Zu spät für die schützenden Kartons. Er quetschte sich rückwärts in den freien Raum zwischen den Containern. Ein blonder Mann tauchte unter dem Rolltor hindurch. Er hielt sich ein Handy ans Ohr. War auf ein Telefonat konzentriert. Christopher wich zurück. Metall scheuerte schmerzhaft über seine Oberarme. Er drehte sich seitlich und blieb gegen die linke Stahlbox gepresst stehen. Er spürte seinen Herzschlag in der Kehle. Wagte kaum zu atmen. Die Rückseiten der Container berührten die Hallenwand. Der einzige Fluchtweg wäre nach oben. Nicht daran denken, wie eng es war! Nicht daran denken!

„Wir kümmern uns drum!", blaffte der blonde Mann. „Was weiß ich, verdammter Scheißdreck!" Er kam näher. Tauchte vor der Lücke zwischen den Containern auf. Sah Christopher nicht, der vor Schreck wie erstarrt war. „Das kriegen wir raus." Der Blonde machte sich am rechten Container zu schaffen. Metall schlug gegen Metall. Ein Quietschen von schlecht geölten Scharnieren. „Nikos ist auf dem Weg. In ein paar Minuten wissen wir mehr." Ein plötzlicher Schlag oder Tritt gegen den Container ließ Christopher zusammenzucken. „Ist ja gut, ich bin dran!" Schritte entfernten sich zügig.

Er atmete keuchend aus. Sein Körper bebte vor Anspannung und Adrenalin. Schweiß hatte sich auf seinem erhitzten Gesicht gebildet. Die Gesprächsfetzen beunruhigten ihn. Irgendetwas lief nicht wie geplant. Er schob sich seitlich vorwärts. Warum hatte Andi ihn nicht vor dem Mann gewarnt? Er kontrollierte das Smartphone. Keine Textnachricht, kein verpasster Anruf. Aus der Deckung konnte er das offene Rolltor sehen. Keine Spur von dem Blonden. Christopher gab sich einen Ruck und trat aus dem Versteck hervor. Das schwere Vorhängeschloss am rechten Container war verschwunden. Die Türverriegelung stand in der geöffneten Position. Was immer sich in der Stahlbox befand, es musste wichtig sein. Er blickte zum Tor. Niemand zu sehen oder hören. Nach einem Moment des Zögerns öffnete er die rechte Flügeltür. Und erstarrte. In dem Container stand ein orangefarbener VW-Bus. Jemand hatte das Fahrzeug vorwärts hineingefahren oder geschoben. Hamburger Kennzeichen. Sven Laurentzen besaß einen VW-Bus. Ein Schauer lief ihm über den Rücken. Von einer furchtbaren Ahnung erfüllt, umfasste er den Griff am Heck. Drückte ihn probeweise herunter. Nicht verschlossen. Ein Geräusch! Hinter ihm! Christopher fuhr herum. Doch da war niemand. Reine Einbildung. Er atmete tief ein und aus. Dann zog er die Tür des Busses einen Spalt auf. Ein scharfer, chemischer Geruch stieg ihm in die Nase. Ihm wurde eiskalt. Sein Mund war plötzlich staubtrocken. Wie ferngesteuert öffnete er die Tür. Wollte nicht hinsehen und tat es doch. Auf der blanken Ladefläche lag ein menschlicher Körper. Ein Mann. Nackt. In durchsichtige Folie verpackt. Der Kopf zeigte zum Heck. Braune Haare. Dunkle Flüssigkeit bedeckte den Oberkörper. Sven Laurentzen. Es musste Sven Laurentzen sein. Die Bande hatte ihn ermordet. Absichtlich? Aus Versehen? Waren da Stichwunden in der Brust des Mannes? Plötzlich rebellierte sein Magen. Er würgte. Presste sich die Hand vor den Mund, um sich nicht zu übergeben. Er schlug die Hecktür zu. Erschrak über das laute Geräusch und fuhr herum. Vor dem Rolltor war niemand zu sehen. Er schob die Containertür heran und verschwand rechts zwischen den Kartonstapeln. In dem engen Gang zwischen Hallenwand und Kartons blieb er keuchend stehen. Gedankenfetzen wirbelten ihm durch den Kopf. Sven Laurentzen ermordet. Die Wagners in Gefahr. Alles viel größer. Andi! Polizei! Vor Aufregung schaffte er es nicht, das Smartphone aus der Hosentasche zu ziehen. Seine Finger wollten ihm nicht gehorchen. Er bekam das Walkie-Talkie zu fassen und rief Andi. Erhielt keine Antwort. Rief ihn erneut. Die Lautstärke stand noch auf zwei. Deshalb war nichts zu hören. Er drehte am Knopf. Versuchte es noch einmal. Keine Antwort. Er zwang sich zur Ruhe. Sammelte sich. Als seine Hände endlich weniger zitterten, zwängte er das Walkie-Talkie zurück in die Hosentasche und holte das Smartphone hervor. Er wählte Andis Nummer. Die Mailbox sprang an. Er legte auf. Wollte Martin anrufen.

„Mach das Maul auf!" Ein gebrüllter Befehl. In der Halle! Vor Schreck entglitt ihm fast das Smartphone. „Bist du allein?" Die Stimme des blonden Mannes. Ein dumpfes Geräusch. Gefolgt von einem unterdrückten Schmerzensschrei. Es klang, als würde jemand stolpern. Nein, das konnte nicht sein! Es durfte nicht sein! Obwohl sich alles in ihm dagegen sträubte, schlich er zurück zum freien Bereich. Er schob sich lautlos hinter den Kartons hervor, bis er freie Sicht hatte. Was er sah, erfüllte ihn mit Entsetzen. Andi kniete in der Nähe des Rolltors auf dem Boden. Er blutete aus Mund und Nase. Der linke Ärmel seines Jacketts war eingerissen, der Stoff dreckig. Vor Andi stand der blonde Mann, ein Smartphone in der Hand. „Wie lautet die PIN-Nummer?" Als keine Antwort kam, schlug er Andi mit der flachen Hand ins Gesicht. „Wie lautet die PIN?"

Wut und Furcht rauschten durch Christopher. Er wollte losstürmen. Draußen näherte sich jemand dem Rolltor.

„Ein beschissener Privatdetektiv!" Der Motorradfahrer marschierte in die Halle. Kochend vor Wut.

Zum ersten Mal sah Christopher sein Gesicht. Scharfe Züge, südländischer Teint. Kurze schwarze Haare. Nikos?

„Ich habe gesagt, du sollst aufpassen!", fauchte der Blonde. „Stattdessen führst du Idiot den Typ direkt hierher!"

„Halt's Maul!" Der Motorradfahrer ballte die Hände zu Fäusten. „Ich habe ihn wenigstens bemerkt!"

„Super, Nikos! Echte Glanzleistung!"

Für einen Moment wirkte es, als wollten die Männer aufeinander losgehen.

„Das verdanken wir diesem aufgepumpten Gorilla", schoss Nikos hinterher. „Der Typ ist dran! Wenn das hier erledigt ist, schnapp ich ihn mir. Danach sein verhuschtes Frauchen und diesen weinerlichen Schwächling von Sohn. Nein, erst die beiden. Und der Affe darf zusehen!"

„Vergiss es! Wir haben deinetwegen schon genug Ärger am Hals!"

Nikos' Gesicht wurde noch eine Spur röter. Er deutete auf den Container, in dem der VW-Bus mit Sven Laurentzens Leiche stand. „Der Wichser hat versucht, uns abzuziehen! Wenn ich eines nicht ausstehen kann, ist es die Kombi von Gier und Unfähigkeit! Hey, Schnüffler!" Nikos wandte sich Andi zu. „Wer weiß, dass du hier bist? Wer hat dich beauftragt?" Als keine Antwort kam, schickte er Andi mit einem Tritt gegen die Schulter zu Boden. Und trat erneut zu. Diesmal in die Rippengegend. Andi schrie auf vor Schmerz und rollte sich zu einer Kugel zusammen. Christopher wollte eingreifen. Andi helfen. Doch es wäre das Dümmste, was er tun konnte. Von Mark Brenner lernte er Selbstverteidigung, keine Angriffstaktiken, um mehrere Gegner gleichzeitig auszuschalten. Bebend vor Wut und Verzweiflung schickte er eine Textnachricht an Martin.

110 sofort aufgeflogen nicht antworten gefahr

Ein schrilles Klingeln ließ ihn zusammenzucken. Nikos ging ans Handy. Hörte aufmerksam zu. Seine Miene strahlte plötzlich eisige Ruhe aus. „Wo?" Und dann: „Welche Farbe?"

Christopher war sich sicher, dass jemand den Volvo entdeckt hatte. Ihm wurde schlecht vor Furcht.

Hinter Nikos Stirn arbeitete es. Er erinnerte sich. Knüpfte Verbindungen.

„Was ist los?", fragte der Blonde angespannt.

Nikos ignorierte ihn. „Nein", antwortete er seinem Gesprächspartner. „Wir kümmern uns darum." Danach legte er auf. Starrte ins Leere. Seine Kiefer mahlten.

„Was ist los?", wiederholte sein Kumpan genervt.

„Auf dem Kampmoorweg steht ein verlassenes Fahrzeug. Die sind zu zweit!"

„Der Wagen könnte einem Spaziergänger gehören."

„Tut er nicht."

„Woher ...?"

„Glaub mir einfach."

„Sucht Carolina nach dem Fahrer?“

„Nein. Sie bringt die Laptops in Sicherheit.“

Carolina. Laptops. Die Frau im Lieferwagen. Es war eine Finte gewesen. Nikos hatte Andi entdeckt. Vielleicht beim Umspannwerk, vielleicht früher. Er hatte seine Komplizen informiert und die Show mit dem Wegfahren inszeniert. Um Andi aufzuspüren. Es gab drei Straßen, von denen das Gelände beobachtet werden konnte. Wenn man wusste, nach wem man suchte ...

„Verdammter Scheißdreck“, brach es aus dem Blonden hervor. „Das hast du sauber versaut!“

Nikos funkelte ihn an und verschwand wortlos im umgebauten Lagercontainer. Im Inneren fielen Gegenstände zu Boden. Ließ er seinen Frust an der Einrichtung aus? Als Nikos zurückkam, trug er einen der grauen Metallkanister. Er öffnete den anderen Container und zog die Hecktüren des VW-Busses auf. Danach entfernte er den Deckel vom Kanister und schüttete eine klare Flüssigkeit ins Fahrzeug. Nach einem letzten Schwall schraubte er den Kanister zu, stellte ihn vor dem Blonden ab und deutete auf Andi.

„Prügle so viel wie möglich aus dem Typ heraus. Danach fackelst du hier alles ab. Ich kümmere mich ums Büro.“ Ohne auf die Antwort zu warten, verließ er die Lagerhalle.

Der Blonde fluchte. Er packte Andi am Kragen, der vor Schmerzen stöhnte, und zerrte ihn auf die Knie. „Wem gehört der andere Wagen? Deinem Kollegen?“ Schweigen. „Wer hat euch beauftragt? Wer weiß, dass ihr hier seid? Wenn du das Maul aufmachst, lassen wir dich laufen. Ich gebe dir mein Wort.“

Es war gelogen. Andi hatte zu viel gehört. Sie konnten ihn nicht am Leben lassen. Sie würden ihn ermorden. Das würde Christopher nicht zulassen! Schlagartig fiel die Furcht von ihm ab. Er machte sich bereit.

Dann ging alles blitzschnell.

Der Blonde griff in Andis Haare. Schlug ihm ins Gesicht und holte erneut aus. Christopher sprintete los. Er schaffte fast die gesamte Strecke, bevor der andere ihn bemerkte. Der Mann fuhr herum, die Augen vor Verblüffung geweitet. Christopher rammte ihn wie ein Footballspieler beim Tackle. Sie stürzten hart zu Boden. Überschlugen sich durch den Schwung. Er landete halb unter seinem Gegner. Umklammerte ihn. Der Blonde wand sich in seinem Griff. Versetzte ihm schlecht gezielte Faustschläge. Rief laut nach Nikos. Christopher zog das Knie hoch. Einmal, zweimal. Er traf seinen Gegner in der Seite, in den Unterleib. Der Blonde keuchte und gab für einen Moment den Kampf auf. Christopher stieß ihn von sich. Er kam auf die Knie und schlug seinem Gegenüber mit der Faust ins Gesicht. Er legte all seine Angst und Wut in diesen einen Schlag. Der Blonde verdrehte die Augen und brach zusammen. Um Atem ringend starrte Christopher auf den Bewusstlosen hinab. Er konnte nicht fassen, was er getan hatte. Andi lag reglos am Boden. Er streckte die Hand nach seinem Kollegen aus.

Ein Dampfhammer traf ihn in den Rücken und katapultierte ihn nach vorn. Er krachte neben dem Blonden auf den Betonboden. Bekam vor Schmerz keine Luft. Jemand packte ihn. Schleifte ihn durch die Halle. Er war zu benommen, um sich zu wehren. Im nächsten Moment wurde er in den Lagercontainer gestoßen. Er landete bäuchlings auf dem dunklen Linoleum. Beißender Gestank stieg ihm in die Nase. Er wollte sich hochdrücken, doch der Untergrund war glitschig, und seine Hände rutschten weg. Er landete wieder auf dem Bauch. Atmete einen Schwall Dämpfe ein und würgte. Benzin! Überall Benzin! Vor dem hinteren Regal lagen Kartons und Verpackungsmaterial. Dazwischen der zweite Metallkanister. Ohne Verschluss. Raus hier! Er musste sofort raus! In Panik wälzte er sich herum, kam auf die Knie und erstarrte. Nikos stand vor dem Container, eine Pistole auf ihn gerichtet.

Christopher hob die Hände zum Zeichen der Aufgabe. Benzin tropfte ihm von den Fingern. Sein T-Shirt und die Hose waren vorn von der Flüssigkeit durchtränkt. Die Dämpfe brannten ihm in den Augen. In der Luftröhre.

„Du hast zwei Möglichkeiten", erklärte sein Gegenüber ruhig. „Du erzählst mir alles, was ich wissen will, und kommst lebend aus diesem Container heraus. Oder du schweigst." Nikos holte etwas aus der linken Tasche seiner Motorradjacke. Es war ein Feuerzeug. „In dem Fall kannst du dir aussuchen, ob du lieber verbluten oder verbrennen möchtest." Er blickte über die Schulter zu dem reglosen Andi. „Dein qualvoller Tod wäre bestimmt ein wirkungsvoller Anreiz für deinen Kollegen, das Maul aufzumachen." Nikos entzündete das Feuerzeug. Die Flamme loderte hoch auf.

„Nein!", rief Christopher entsetzt. Er zitterte so stark, dass er kaum sprechen konnte. „Das ist nicht nötig! Bitte!" Er zweifelte keine Sekunde daran, dass der Mann ihn töten würde. Sven Laurentzen war von ihm ermordet worden. Was sollte ihn von einem zweiten Mord abhalten?

Sein Gegenüber blies die Flamme aus. „Gehört dir der Volvo?"

Er nickte. Zwang sich, flach zu atmen. Seine Augen tränten von den Dämpfen.

Nikos lächelte grimmig. „Du hast beim Einkaufszentrum hinter mir gestanden. Ich Idiot habe es nicht geschnallt. Ich dachte, du wärst ein harmloser Typ, der seine Freundin im Shopping-Center abgeladen hat und die Ruhepause genießt. Dein Kollege war weniger subtil. Wäre der mir nicht so penetrant auf die Pelle gerückt ..." Nikos steckte das Feuerzeug wieder ein. Seine Miene verhärtete sich. „Wer weiß, dass ihr hier seid?"

„Niemand. Wir hatten keine Gelegenheit, unseren Chef zu informieren." Er musste raus hier! Raus aus dem Container. Aus der Enge!

„Wer hat euch beauftragt, uns zu beschatten?"

Was sollte er antworten? Christopher wollte auf keinen Fall den Verdacht des Mannes bestätigen, dass Clemens Wagner dahintersteckte. Ihm fiel nichts anderes ein. Die Angst und die Dämpfe vernebelten seine Gedanken.

„Hey", blaffte Nikos. „Ich werde mich nicht wiederholen!"

Schieb es auf den Toten! „Sven Laurentzen", stieß er hervor.

Sein Gegenüber starrte ihn ungläubig an. „Bullshit! Das kleine Wiesel? Nie im Leben! Es war dieser Wagner."

„Nein. Sven ..." Eine Welle der Übelkeit erfasste Christopher. Er kämpfte gegen den Brechreiz an. Ihm wurde schwindelig. „Eure Drohungen gegen die Wagners haben ihm Angst gemacht. Sven …“ Die Welt geriet plötzlich in Schieflage. Er kippte seitlich gegen das vordere Regal. Alles drehte sich.

„Werd mir nicht ohnmächtig!“ Nikos hob die Pistole. Plötzlich ertönte hinter ihm ein lauter Schrei. Er fuhr herum. Etwas Klobiges traf ihn am Kopf. Ein dumpfes Geräusch. Ein Knall. Nikos stolperte zur Seite und brach zusammen. Andi stand vor dem Container. Blutüberströmt und schwankend. In den Händen hielt er den Metallkanister, aus dem Nikos zuvor Sven Laurentzen mit Benzin übergossen hatte. Christopher mobilisierte seine letzten Kräfte und kroch ins Freie. Gierig sog er die Luft ein. Hustete. Würgte. Er schaffte es auf die Beine, taumelte einige Schritte und brach dann in die Knie. Die Konturen der Regale und Kartonstapel verschwammen vor seinen Augen. Sein Gehirn schien wie in Watte gepackt. Er fühlte keine Schmerzen, obwohl alles wehtun musste. Das benzindurchtränkte T-Shirt klebte ihm am Oberkörper. Er zerrte daran. Zog es sich ungelenk über den Kopf und warf es von sich. Der Blonde lag noch immer reglos in der Nähe des Rolltores. Dem bewusstlosen Nikos rann Blut aus einer Platzwunde an der linken Schläfe. Die Pistole hatte er fallen gelassen. Andi kauerte neben dem Benzinkanister. Er atmete schwer. Hielt sich die Rippen. Das blutverschmierte Gesicht war geschwollen von den Schlägen. Sie brauchten einen Krankenwagen. Zwei Krankenwagen! Christopher versuchte, ans Smartphone zu kommen. Seine Finger verweigerten den Dienst. Schwindelgefühl und Übelkeit setzten ihm zu. Er legte sich auf den kühlen Hallenboden und schloss erschöpft die Augen. Durch den Nebel in seinem Kopf drang das Heulen von Sirenen.

EPILOG

Zwei Monate später

Der Himmel über der Stadt war strahlend blau. Ein leichtes Lüftchen wehte. Selbst am frühen Abend lag die Temperatur bei über zwanzig Grad. Perfektes Wetter für eine Freiluftveranstaltung im Stadtpark. Vielleicht dreihundert Menschen hatten sich vor der mobilen Bühne versammelt, auf der heute ein Musikfestival für Nachwuchstalente stattfand. Die meisten Zuschauer saßen auf Decken oder in Campingstühlen, aßen mitgebrachte Snacks, unterhielten sich, lachten und genossen die entspannte Picknickatmosphäre. Im Hintergrund spielte eine Gruppe Jugendlicher Fußball. Ein Pärchen warf ein Frisbee hin und her, ein anderes spielte Federball. Christopher hatte eine Pause zwischen zwei Auftritten genutzt, um sich in die Warteschlange vor einem Kiosk einzureihen. Dort wurden neben Eiscreme, Bratwurst und Pommes auch kalte Getränke angeboten. Er kaufte ein Alsterwasser, entfernte mit einem bereitliegenden Öffner den Flaschendeckel und schlenderte zurück zur Wiese. Er blieb am Rand stehen und nahm einen Schluck herrlich erfrischendes Alsterwasser. Trotz der Sonnencreme prickelte sein Nacken. Auch die Schultern vermeldeten Schattenbedarf. Selbst schuld, wer im ärmellosen Shirt und Bermudashorts stundenlang in der prallen Sonne saß.

Ohne die Schirmmütze wäre sein Gesicht wohl auch verbrutzelt.

Romy winkte ihm aus der Zuschauermenge zu. Sie trug ein knielanges geblümtes Kleid mit Spaghettiträgern, in dem sie umwerfend aussah. Er winkte zurück und ging weiter. Wahrscheinlich dachte Romy, er hätte seine Gruppe gesucht. Als könnte er die übersehen. Fast die gesamte Besetzung von IMPRO-CHAOS fläzte sich sommerlich gekleidet in Campingstühlen, knabberte Salzgebäck und trank dazu Bier oder Limo. Nur Lily fehlte. Gerrit stand einige Schritte entfernt in T-Shirt, abgeschnittenen Jeans und Flipflops. Die Sonnenbrille lässig auf dem blonden Schopf, demonstrierte er, wie man mit vier hart gekochten Eiern gleichzeitig jonglierte. Scheinbar mühelos wirbelte er sie durch die Luft. Finn verfolgte das Schauspiel mit großen Augen und offenem Mund. Sein Schokoladeneis schmolz unbeachtet am Stiel. Tara beobachtete die beiden von einer Wolldecke aus. Ihre Augen strahlten vor Glück.

„Du hast ordentlich Sonnenbrand", bemerkte Romy schmunzelnd.

Statt einer Antwort gab er ihr einen Kuss. Sie setzten sich auf die karierte Wolldecke, zwischen Vorratsdosen mit klein geschnippeltem Obst und Gemüse. Romy nahm einen Schluck vom Alsterwasser und holte eine Tube Sonnencreme aus ihrem Rucksack. Während er Karottenstreifen knabberte, rieb sie ihm behutsam Nacken, Schultern und Arme ein.

Auf der Bühne tat sich etwas. Ein junger Mann in schwarzer Kleidung stellte ein Cello in einen Ständer. Er war schlank, hatte kinnlanges silbergraues Haar, einen blassen Teint und weiche Gesichtszüge. Benni

Wagner. Auf seinem T-Shirt prangte in Silber der Schriftzug *The Lost*. Lily kam mit einem Barhocker dazu. Sie trug ein schwarzes Minikleid mit Rüschenbesatz, schwarze Sandalen und trotz der Wärme schwarze Netzhandschuhe. Das weißblonde Haar fiel ihr weit über die Schultern. Sie sprühte vor Energie und Vorfreude auf den Auftritt ihres Freundes. Benni wirkte hingegen matt und erschöpft. Er hatte schlimme Zeiten hinter sich und kaum bessere vor sich. Seine Mutter befand sich auf eigenen Wunsch seit Wochen in einer psychiatrischen Klinik. Sein Vater kämpfte um die Arbeitsverträge mit den Fitnessstudios und seine Trainerlizenz. Beide warteten auf das Gerichtsverfahren. Termin unbekannt, Ausgang ungewiss. Und neben alldem musste Benni irgendwann entscheiden, was mit dem Inhalt des nicht mehr geheimen Raums im SelfStorage-Lagerhaus geschehen sollte. Doch es gab auch Gründe zum Feiern. Die Schnüffler der Privatdetektei Kleemeyer standen nicht mehr mit einem Bein im Bau. Ihre Ermittlungen hatten die Zerschlagung der kriminellen Bande um Nikos und seine Komplizen ermöglicht. Sämtliche Mitglieder saßen in Untersuchungshaft. Martin hatte einige unangenehme Gespräche mit den zuständigen Polizeibeamten geführt. Unter anderem über das Verschweigen von Straftaten und die Inszenierung illegaler Geschäfte mit Drogenhändlern. Seine Weigerung, nähere Informationen über Denno preiszugeben, hatte die Situation verschärft. Doch Martin stand zu seinem Wort und wollte den blonden Koberer aus allem heraushalten. Schließlich waren es die Aussagen von Bianca und Clemens Wagner gewesen, die sie endgültig vom sprichwörtlichen Haken geholt hatte. Ihre Schilderung der Ereignisse und ihre Dankbarkeit für den mutigen Einsatz der Detektive.

Felix von Evert hatte es sich nicht nehmen lassen, Christopher telefonisch in den Hintern zu treten und ihm einzuhämmern, sich – verdammt noch mal – zu melden, bevor er derartig idiotische Aktionen abzog. Der Buschfunk bei der Hamburger Polizei funktionierte bestens. Und dank der umsichtigen Arbeit der Pressestelle war der Fall lediglich als Randnotiz in den Medien aufgetaucht. Das hatte den Wagners die öffentliche Demütigung erspart.

Vor zwei Wochen war Andi endlich zurückgekehrt. Nach einem längeren Krankenhausaufenthalt und einem ausgedehnten Erholungsurlaub auf den Kanaren. Christopher würde nie vergessen, wie sein Kollege diesem Nikos den Benzinkanister über den Schädel gezogen hatte. Andi hatte ihm das Leben gerettet und dabei sein eigenes riskiert. Der Schuss, der sich aus Nikos' Pistole gelöst hatte, war nur haarscharf an ihm vorbeigezischt.

In manchen Nächten wachte Christopher schweißgebadet auf und roch wieder das Benzin. Dann spann seine Fantasie schreckliche Bilder zusammen. Von Feuerzeugen. Von Flammen, die ihn umhüllten.

Romy drängte ihn, sich professionelle Hilfe zu suchen. Jemanden, mit dem er über alles sprechen konnte. Wahrscheinlich würde er es tun. Nein. Er würde es tun.

„Wo bist du gerade?" Romys Stimme holte ihn zurück in die Wirklichkeit. Sie musterte ihn besorgt.

Er strich ihr über die Wange. „Hier. Bei dir."

Sie lächelte und lehnte sich an ihn. Er blickte zu Gerrit. Der saß zwischen Tara und Finn auf der Wolldecke. Gerade reichte er Tara ein gepelltes Ei. Als sie es nehmen wollte, zog er es grinsend weg und küsste sie. Tara erwiderte den Kuss und schlang die Arme um ihn. Finn wandte sich angeekelt ab. „Bäh, Mama!"

Schallendes Gelächter erfüllte die Luft.

In Gerrits Gerichtsverfahren war endlich das Urteil gesprochen worden. Der Richter hatte Milde walten lassen und ihn zu Sozialstunden und einer geringen Geldstrafe verurteilt. Gerrits Bemühungen der vergangenen Monate, das Anti-Aggressions-Training, der Umzug und der neue Job, hatten sich ausgezahlt.

In einem Monat begann der Prozess gegen den Mörder seiner Cousine Nina. Sie hofften alle auf ein hartes Urteil. Ob es tatsächlich erfolgte, würde sich zeigen. Das Wichtigste war, dass Gerry endlich unbeschwert die Freiheit genießen konnte. Ohne die ständige Angst, wieder ins Gefängnis zu müssen.

Auf der Bühne war die Besetzung von *The Lost* inzwischen komplett.

Der tätowierte Mirko am Kontrabass. Daniel mit den beeindruckenden Muckis an der Percussion. Jan an der Geige, ohne Brille und ohne albernes Ziegenbärtchen. Pascal am Klavier und Benni Wagner am Cello. Lily gesellte sich zu Stanne und den anderen von IMPRO-CHAOS. Der Ansager, der das Festival begleitete, stellte die Band vor und verließ danach die Bühne. Besorgnis erfüllte Christopher. Einige der Stücke, die Benni und seine Kumpels coverten, waren harter Tobak. Die passten definitiv nicht zum bisherigen Programm des Musikfestivals. Er konnte sich nicht vorstellen, wie die

Songs in der klassischen Version klangen. Hoffentlich wurde der Auftritt kein Reinfall!

Jetzt setzte Benni Wagner den Bogen an die Saiten des Cellos. Eine Veränderung ging in ihm vor. Obwohl er ruhig dasaß, wirkte er plötzlich kraftvoll. Eins mit sich und der Welt. Er spielte die erste Note. Einen sanften, getragenen Ton. Weitere Töne folgten. Wurden zu einer melancholischen Melodie. Der Kontrabass setzte ein. Steuerte die Tiefen bei. Die Geige brachte die Höhen.

Christopher bekam eine Gänsehaut. Wow!

ENDE

DANKSAGUNG

Mein größter Dank gilt – wie immer – meiner Mutter, die das ursprüngliche Manuskript auf Herz und Nieren geprüft, korrigiert und für anständig befunden hat.

Birgit Förster hat beim Lektorat erneut hervorragende Arbeit geleistet. Ihre Anmerkungen und Verbesserungsvorschläge haben der Handlung den nötigen Schliff gegeben.

Ich danke Ina Lütjen vom dp Verlag für die schöne und unkomplizierte Zusammenarbeit.

Tara Sandor und Sven Weschler haben mir freundlicherweise erlaubt, ihre Vornamen zu verwenden.

Ich hoffe, ihr seid zufrieden mit den Charakteren.

Bei Sven muss ich mich allerdings entschuldigen. Das von Dir gewünschte, möglichst brutale Ende konnte ich leider nicht realisieren. Sonst wäre das Buch nie durch die Altersfreigabe gekommen.

Ich danke Chris Harms von *Lord of the Lost* und der Plattenfirma *Napalm Records* von Herzen dafür, dass ich Textpassagen aus „Credo" zitieren durfte. Als großem Fan der Band bedeutet mir das sehr viel.

I gave my heart to the Lord of the Lost.